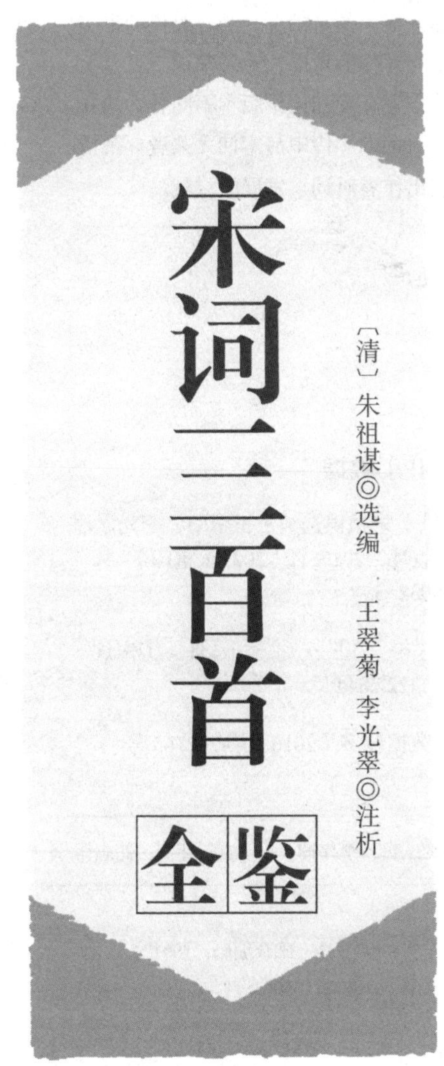

国家一级出版社 中国纺织出版社 全国百佳图书出版单位

内 容 提 要

本书在前人注析与翻译成果的基础上，结合时代的审美需求，重点从美学、生活与写作的角度，对《宋词三百首》进行赏析。同时，对于词作者存疑和词作版本不同者，均在注释中进行解释和说明；对词人小传中与宋词无关者，视情况予以删减，以进一步突出作者对词学发展的贡献。

图书在版编目（CIP）数据

宋词三百首全鉴 /（清）朱祖谋选编；王翠菊，李光翠评注．—北京：中国纺织出版社，2017.11（2023.1 重印）

ISBN 978-7-5180-3032-3

Ⅰ．①宋… Ⅱ．①朱… ②王… ③李… Ⅲ．①宋词－选集②宋词－注释 Ⅳ．① I222.844

中国版本图书馆 CIP 数据核字（2016）第 242165 号

责任编辑：郝珊珊　　特约编辑：李伟楠　　责任印制：储志伟

中国纺织出版社出版发行
地址：北京市朝阳区百子湾东里A407号楼　邮政编码：100124
销售电话：010-67004422　传真：010-87155801
http://www.c-textilep.com
E-mail:faxing@c-textilep.com
中国纺织出版社天猫旗舰店
官方微博 http://weibo.com/2119887771
佳兴达印刷（天津）有限公司印刷　各地新华书店经销
2017年11月第1版　2023年1月第4次印刷
开本：710×1000　1/16　印张：20
字数：323千字　定价：49.80 元

凡购本书，如有缺页、倒页、脱页，由本社图书营销中心调换

前言

提起《宋词三百首》，恐怕近代以来对宋词稍有兴趣的人都不会感到陌生。它是由晚清四大词人之一的朱祖谋所编。朱祖谋（1857—1931），原名朱孝臧，字藿生，号彊村，浙江吴兴人。他早年工诗，诗风与晚唐诗人孟郊、北宋诗人黄庭坚颇为相近，陈衍称其为“诗中之梦窗”。1896年，清季词人王鹏运在京师成立词社，邀请他加入，他从此开始专力于词。《宋词三百首》是他晚年所编，相对于清代其他各家所编的词学选集，这本选集对后世的影响更大。吕明涛《〈宋词三百首〉前言》说：“晚清词家选本如陈廷焯之《云韶集》和《词则》，樊增祥之《微云榭词选》，谭献之《箧中词》，冯煦之《宋六十一家词选》，梁令娴、麦孟华之《艺蘅馆词选》，况周颐之《蕙风簃词选》，这些选本或初具纲目，或并未完稿，或虽已编成，但影响甚微，只有上彊村民之《宋词三百首》，及今八十余年而影响不衰。”

朱祖谋编选的《宋词三百首》，原本是教子侄学习填词的启蒙用书。在编选过程中，该书以浑成典雅为宗旨，抛弃门户偏见，兼收各词学流派的名篇，杜绝艳冶妖娆的词章。对于一些不以词名世的词人的作品，像聂冠卿、朱服、章良能、潘希白等人的词作，也都收选在内。从而使他们因词而留名，体现了不弃遗珠的尚实精神。《宋词三百首》是《全宋词》浓缩后的精华。《全宋词》收录的作品约有20300多首，能够考知的词人有1400多家。除了一少部分专家、学者外，一般人要想通览、熟悉全部宋词是很难的。而《宋词三百首》选录了自北宋初到南宋末的88家词作，宋人填词喜用的词牌尽收在内，在时代跨度上可谓一部小型的“全宋词”，为人们了解宋词提供了许多方便。因此，相对于《全宋词》的普及与推广，《宋词三百首》更加受人欢迎。

打开《宋词三百首》，通过跳动的字符，首先展现在眼前的，是一幅幅美丽的图画："裁剪冰绡，打叠数重，淡着燕脂匀注。新样靓妆，艳溢香融，羞杀蕊珠宫女"的杏花；"城上风光莺语乱，城下烟波春拍岸，绿杨芳草几时休"的春色；"细看诸处好，人人道，柳腰身"的美女；"彩舟云淡，星河鹭起，画图难足"的金陵美景；"转朱阁，低绮户，照无眠"的明月等，无不展示了大自然与人类社会的景观之美。

王国维在《人间词话》中说："词以境界为最上，有境界，则自成高格。"有境界，是宋词之所以具有强大艺术魅力的关键所在。宋词的美，不仅在于描摹了美好的事物，更在于它营造了富有诗意的意境。比如范仲淹的《苏幕遮》："碧云天，黄叶地。秋色连波，波上寒烟翠。山映斜阳天接水。芳草无情，更在斜阳外。"这些词句意境阔大，给人以浩渺无穷、绵绵不尽之感。再如姜夔的《点绛唇》："燕雁无心，太湖西畔随云去。数峰清苦。商略黄昏雨。第四桥边，拟共天随住。今何许。凭阑怀古，残柳参差舞。"将一腔怀古幽情隐于写景，而又不着痕迹，可谓空灵之笔。

宋词向来以词情争胜。选入《宋词三百首》的词作，无论是直抒胸臆，还是借景抒情，都体现了高度的抒情性。其中，既有游子思妇的相互思念，又有生离死别的悼亡之痛；既有文人士大夫的官场失意，又有保家卫国的将士壮志难酬的悲哀；既有田园生活的美好恬静，又有他乡羁旅的孤独与凄凉；既有国运盛隆时歌舞升平的欢欣，又有国破家亡时流离失所的无奈；既有抚今思昔的感伤，又有对未来的希冀。总之，一部《宋词三百首》，囊括了人世间的所有情感。特别是其中描写爱情的词作，堪称一曲曲撼人心魄的千古绝唱。"莫把幺弦拨，怨极弦能说。天不老，情难绝。心似双丝网，中有千千结。"（张先《千秋岁》）"拟把疏狂图一醉。对酒当歌，强乐还无味。衣带渐宽终不悔。为伊消得人憔悴。"（柳永《蝶恋花》）"生怕离怀别苦，多少事、欲说还休。新来瘦，非干病酒，不是悲秋。"（李清照《凤凰台上忆吹箫》）爱情，是历代文学作品吟唱的主题，宋词也不例外。即便是生活在今天的人们，再读这些词，也会不由自主地在心底引起强烈的共鸣。

寓哲理于词，生动地展示了丰富多彩的人生画面。在宋词中，富含丰富的人生哲理，给人以深刻的人生启迪。像苏轼的《水调歌头》："人有悲欢离合，月有阴晴圆缺，此事古难全。"说明无论是自然现象，还是人生，都不是永远圆满的，这是事物发展的共性。李元膺的《洞仙歌》："到清明时候，百紫千红花正乱。已失春风一半。”揭示的是盛极而衰的道理。贺铸的《青玉案》:“试问闲愁都几许。一川烟草，满城风絮，梅子黄时雨。”体现了抽象与具体的关系。其他如辛弃疾的《青玉案》:“众里寻他千百度，蓦然回首，那人却在，灯火阑珊处。”体现了“踏破铁鞋无觅处，得来全不费工夫”的喜悦，同时也说明了只要付出终会有所收获的道理。这些词，都是借具体的物象表达深邃的哲理。

宋词是当时整个社会人生的缩影，它涵盖了政治、经济、文化、外交等各个领域。入选在《宋词三百首》中的作品，题材广泛，风格多样，可以说代表了宋词的总体风貌和最高的艺术水平。这些词，或气吞山河，或温婉细腻，或清丽典雅，或幽隐哀怨，或通俗浅近，反映了宋代社会的方方面面。通过这些作品，我们可以对宋代社会发展、各个阶层人物的命运有进一步了解。

实际上，宋词给予我们当代人的助益远远不止这些。首先，它影响了我们当代人对于精神生活的追求。从古至今，无论是爱情的吟唱，还是对青春岁月的留恋;无论是人生理想的追求，还是痛苦失意的悲叹，都是人们歌咏的主题。所以，尽管时代发生了变化，人们的精神生活与追求却有着很大的相同之处，这也是我们能够产生共鸣的原因所在。所以，纠结于爱情的人对“衣带渐宽终不悔，为伊消得人憔悴”的词句深有感悟;事业受挫的人，也深深理解了“未名未禄”的失落;而乐观豁达的人，则更倾向于“竹杖芒鞋轻胜马，谁怕，一蓑烟雨任平生”的潇洒。我们读前人的作品，常常感到其中所描写的就是自己的生活。这并非人们在读古人的作品时走火入魔，非要以古人的生活遭遇来框定自己，而是我们和古人生活境遇的相似性使然。

其次，《宋词三百首》作为一本选集，它所给予人们的，更多的是那些爱国词章对人们的激励，是那些词中描写的历史兴衰给人们的警醒。无论是“壮志饥餐胡虏肉，笑谈渴饮匈奴血”的豪情壮志，还是“念腰间箭，匣中剑，空埃蠹，竟何成”的悲叹;无论是“浊酒一杯家万里，燕然未勒归无计”的热心参战，还是“闻道中原遗老，常南望，翠葆霓旌”的翘首期盼，都体现了一种高度的爱国精神。虽然《宋词三百首》中入选的爱国词并不多，但其所体现的爱国精神却是不容忽视的。

再次，宋词所展示的美，所涉及的情，以及所具有的社会教育意义，无不影响着我们的现代生活。词中那些发人深省、劝人珍惜时间、注重实际的词句，诸如“莫等闲，白了少年头，空悲切”;“满目山河空念远，落花风雨更伤春，不如怜取眼前人”等，至今仍是我们励志和珍惜幸福的至理名言。“旧游无处不堪寻，无寻处，惟有少年心”，说明青春一去不复返。“朱颜那有年年好”，体现了人都避免不了生老病死的自然规律。读词促使人们更好地把握人生，领略人生的真谛。因而，我们有必要将这部经典著作进一步普及，使其古为今用，更好地服务于当代的文化建设。

20 世纪以来，以朱祖谋选词和唐圭璋《宋词三百首笺注》为基础的注释、译注和赏析的版本就有十余种之多。如注析类有胡云翼的《详注宋词三百首》，汪中、周鹏飞与王黎雅、沈家庄诸家的《宋词三百首注析》、郭伯勋的《宋词三百首详析》；今译类有汪中的《新译宋词三百首》、弓保安的《宋词三百首今译》、沙灵娜的《宋词三百首全译》、王筱芸与郝敏的《今译宋词三百首》；赏析类有蔡义江《宋词三百首详解》等。凡此种种，都为《宋词三百首》的传播做了大量的工作。

本书在编写的过程中，以 1924 年初刻本为底本，借鉴吕明涛、谷学彝《宋词三百首》中华书局 2009 年版注释的方法，参考唐圭璋《宋词三百首笺注》、蔡义江《宋词三百首全解》以及《宋词欣赏辞典》等著作的精华。对于一些词作者的存疑，本书根据《全宋词》等相关资料文献予以辨明，对于词作内容有所不同者，也尽量在注释中予以指出。关于词人的生平，本书在借鉴历史资料文献的同时，重点突出词人在词作方面的贡献，其他方面则视情况予以取舍。另外，在对词的赏析方面，本书重点从美学、写作以及与当今社会的关系等方面重点把握，从读者的期待视野和审美角度予以关注，进一步突出了《宋词三百首》的美学价值与实用价值。

本书在写作过程中增删数次，虽不能达到尽善尽美，但也确实下了很大工夫。由于作者水平有限，疏漏错误之处，在所难免，恳请广大读者批评指正。

王翠菊
2016 年 8 月

目录

赵佶

钱惟演

范仲淹

张先

晏殊

韩缜

宋祁

欧阳修

聂冠卿

柳永

王安石

王安国

晏几道

苏轼

黄庭坚

秦观

晁端礼

赵令畤

张耒

晁补之

晁冲之

舒亶

朱服

毛滂

陈克

李元膺

时彦

李之仪

周邦彦

贺铸

张元干

叶梦得

汪藻

刘一止

韩疁

李邴

陈与义

蔡伸

周紫芝

李甲

李重元

万俟咏

徐伸

田为

曹组

李玉

辛弃疾

姜夔

章良能

刘过

严仁

俞国宝

张镃

史达祖

朱嗣发

刘辰翁

周密

蒋捷

张炎

王沂孙

彭元逊

姚云文

僧挥

李清照

燕山亭（裁剪冰绡）

燕山亭[1]
北行见杏花[2]

赵佶[3]

裁剪冰绡，打叠数重，淡着燕脂匀注。[4]新样靓妆，[5]艳溢香融，羞杀蕊珠宫女。[6]易得凋零，更多少、无情风雨。愁苦。闲院落凄凉，几番春暮。

凭寄离恨重重，这双燕，何曾会人言语。[7]天遥地远，万水千山，知他故宫何处。怎不思量，除梦里、有时曾去。无据。[8]和梦也新来不做。

【注释】

①燕山亭：词牌名，双片99字。上片11句五仄韵，下片10句五仄韵。有宋徽宗、毛幵、王之道、张雨等词作传世。②北行：指公元1127年北宋被金所灭之后，宋徽宗与宋钦宗被金兵掳往北方五国城（今黑龙江省依兰县城西北部）。③赵佶（1082—1135）：即宋徽宗赵佶和南唐李后主一样，是一个多才多艺的皇帝，诗、书、画皆称绝。④冰绡：本指色泽洁白而轻薄细腻的绢，此处喻指杏花花瓣。燕脂：即胭脂。匀注：均匀地涂抹。⑤新样靓妆：时尚、美艳的妆扮。⑥蕊珠宫：亦称为“蕊宫”，道教经典中的仙宫之一。⑦凭寄：凭谁寄，托谁寄。会：理解，领会。⑧无据，无所凭据。

【赏析】

此词上片从杏花洁白无瑕的姿容着笔，展现出一幅工笔重彩的画卷。杏花玉质冰肌，好像“层层打叠”在一起的白色丝绢，透着淡淡的胭脂色彩。词人将杏花比喻成女子，言其配上新鲜、时尚的妆扮，香气四溢，光彩夺目，让蕊珠宫的仙女自惭形秽。接着，描写如此惊艳、绝美的杏花却横遭风雨的无情摧残。这里，词人借杏花的盛衰，感叹自己由一个至高无上的皇帝转为阶下囚的凄惨命运，字里行间透露出对昔日美好生活的眷恋和国破家亡的痛苦。

下片引出离恨。词人为金人所掳，不得不离国北行。亡国之恨与离别之苦交织在一起，词人内心的凄苦无处诉说。他怨双燕不理解自己，叹“地遥天远”，万水千山相隔，只有梦里才能回到魂牵梦绕的故国。然而，即便是这样的梦，近来也无端地不做了。借做梦不成说明词人回归故国无望。况周颐《蕙风词话》云：“‘真’字是词骨，若此词及后主之作，皆以‘真’胜者。”词人特殊的人生经历和对自身情感的真诚抒发，使词有“字字泣血”之感。因而，这首词也曾被王国维称为“血书”。

木兰花（城上风光莺语乱）

木兰花[1]

钱惟演[2]

城上风光莺语乱，[3]城下烟波春拍岸。绿杨芳草几时休？泪眼愁肠先已断。

情怀渐觉成衰晚，鸾镜朱颜惊暗换。[4]昔年多病厌芳尊，今日芳尊惟恐浅。[5]

【注释】

①木兰花：唐教坊曲名。此词牌有多种格式，本词所依格式为双片56字，上下片句式相同，各三仄韵，为定格。②钱惟演（962—1034）：“西昆体”代表诗人之一。字希圣，临安（今浙江杭州）人，吴越王钱俶之子。博学多才，深得真宗赞赏。③乱：本义指散乱的丝，这里指赏心悦耳的群莺共鸣的此起彼伏之声。④鸾镜：镜子的美称。⑤芳尊：尊，同“樽”。盛满美酒的酒杯。

【赏析】

这是一首触景伤情之作。词的上片从城上城下两个角度入笔，描写赏心悦目的大好风光：城上莺声此起彼伏，城下烟波浩渺，春水拍岸。绿杨芳草无止无休，透露出无限生机。然而，这一切并没有给词人带来喜悦，反而增添了无限惆怅。“几时休”三字，将词人内心的愁苦宣泄无遗。本来，春天是短暂的。很多人都为美好的春天逝去而担心忧虑，而词人却希望绿杨芳草的春天赶快结束。“泪眼愁肠”接一“断”字，意在突出词人的愁苦之深，又与开头的“乱”字相对应，使愁苦的心境与美好的景色形成强烈的反差。

面对良辰美景，词人何以愁肠百转？词的下片作了交代：“情怀渐觉成衰晚，鸾镜朱颜惊暗换。”其实，词人所表达的，不仅是年华流转、青春已逝、老之将至的惆怅，更有一生追求无望的感伤。词人从“多病厌芳尊”到“芳尊惟恐浅”的心境变化，强烈地体现了因政治失意而带来的感伤之情。最后两句可谓传神之笔，起到了画龙点睛的作用。

渔家傲（塞下秋来风景异）

渔家傲[①]

范仲淹[②]

塞下秋来风景异，衡阳雁去无留意。[③]四面边声连角起。[④]千嶂里，长烟落日孤城闭。[⑤]

浊酒一杯家万里，燕然未勒归无计。[⑥]羌管悠悠霜满地。[⑦]人不寐，将军白发征夫泪。[⑧]

【注释】

①渔家傲：词牌名，因晏殊词中有一句“神仙一曲渔家傲”而得名。此调亦有创制于范仲淹之说。双调62字，每句用韵，仄韵。②范仲淹（989—1052）：字希文，北宋著名的政治家、军事家和文学家。③衡阳雁去：“雁去衡阳”的倒语，衡阳，在今湖南省，其地有回雁峰，传说秋天北雁南飞，到此而止。④边声：指边塞特有的号角、羌笛、胡笳、马鸣等声音。⑤千障：指绵延不断像屏障一样的群山。长烟：荒漠中的烟。⑥燕然：山名，即杭爱山，在今蒙古人民共和国境内。据《后汉书·窦宪传》，东汉和帝时，大将窦宪追击北匈奴，出塞三千余里，至燕然山刻石记功而还。此处借历史典故，说明战争还未取得胜利。⑦羌管：羌笛。一种出自古代西部羌族的乐器。传为秦汉时期古羌人发明，声音高亢，清脆悦耳。⑧寐：睡，熟睡。征夫：出征的兵将。

【赏析】

宋康定元年（1040年），范仲淹任陕西经略副使兼延州（今陕西延安）知州。这首著名的《渔家傲》就写于他在西北边疆镇守时期。

词的上片，展现了一幅与中原迥异的边塞风景图：秋风萧瑟，雁去衡阳，边声四起，长烟落日，群山环抱，一座孤城四门紧闭。这一派肃杀的边塞景象，为下片抒发边防将士的爱国思乡之情作了铺垫。

下片转入对边防将士生活的描写。浅浅的一杯“浊酒”，勾起了边防将士无尽的思乡之情。然而，家乡远在万里之外，战争还没有取得最后的胜利，难以做回去的打算。这种思乡与爱国戍边难以取舍的矛盾心情，再加上清冷的夜空传来悠悠的羌笛之声与满地霜雪带来的寒气，使人无法入眠。将军的“白发”与征夫的“眼泪”，这两个具有代表性的意象，将词的情感渲染得更加苍凉悲壮。

这首词情景交融，境界雄浑开阔，实开宋代豪放词之先河，同时也奠定了范仲淹豪放派先驱的地位。

苏幕遮（碧云天）

苏幕遮[①]
怀旧

范仲淹

碧云天，黄叶地。秋色连波，波上寒烟翠。[②]山映斜阳天接水。芳草无情，更在斜阳外。[③]

黯乡魂，追旅思。[④]夜夜除非，好梦留人睡。[⑤]明月楼高休独倚。[⑥]酒入愁肠，化作相思泪。

【注释】

①苏幕遮：唐教坊曲名，原为西域传入的军乐。宋人用此调另度新曲，双调62字，上下片各四仄韵。②波上寒烟翠：意指江波之上笼罩着一层翠色的寒烟。烟本为白色，因为上接碧云天，下映碧绿的水波，远远望去，水天一色，给人以翠色的感觉。③芳草无情：以芳草的无情衬托人的有情。④黯乡魂：黯，黯然失色。化用江淹《别赋》“黯然销魂”语，犹言内心伤感之深。⑤好梦：指回到家乡的梦。⑥明月楼句：意谓明月当空，独自倚楼容易引起人的愁思。

【赏析】

这首《苏幕遮》，是羁旅词中一篇不可多得的佳作。

上片主要描写了一派苍茫的秋景：天空中碧云飘浮，大地上黄叶纷飞。一望无际的秋色连接着江间的波浪，波光粼粼的江面之上，寒烟空濛，被晕染成苍翠之色。远处的山峰映照在落日的余晖之中，广阔的天宇与江水相连。无情的芳草绵延无际，直伸到斜阳照耀不到的远方。

过片“黯乡魂”两句，点明思乡之苦与羁旅愁思。“夜夜”两句，说明词人不是偶尔为之，而是每夜都如此。希望做回乡的好梦，以期睡得安稳。然而，这不过是词人一个美好的愿望罢了。从夕阳西下到皓月当空，他望来望去，依旧是好梦难成。因而他不敢再独自倚楼观望，于是幻想通过饮酒来排解内心的愁闷。结果，词人这样做仍然是徒劳的。“酒入愁肠”两句言其愁苦更甚。词人的悲慨之声到此戛然而止，言尽而意犹未尽。

御街行（纷纷坠叶飘香砌）

御街行[①]

秋日怀旧

范仲淹

纷纷坠叶飘香砌。[②]夜寂静、寒声碎。[③]真珠帘卷玉楼空，天淡银河垂地。[④]年年今夜，月华如练，长是人千里。[⑤]

愁肠已断无由醉。酒未到、先成泪。残灯明灭枕头攲，谙尽孤眠滋味。[⑥]都来此事，眉间心上，无计相回避。

【注释】

①御街行：首见于柳永《乐章集》，双调78字，上下片各四仄韵。有定格和变格两种，一般以范仲淹此词为准。②香砌：因洒满落花而散发着花香的台阶。③寒声碎：寒风吹动落叶时发出的细碎的声音。④真珠：即珍珠。天淡：天空澄澈无云。银河：即天河。⑤练：白色的丝绸。⑥攲：倾斜。谙：熟。谙尽：尝尽，尝遍。

【赏析】

词的开篇以秋天的落叶入笔：纷乱的树叶飘落在散发着香气的台阶之上。深夜是那样寂静，只有寒风发出细碎的声音。“碎”字是全篇的“词眼”，它既体现了词人听觉上的细致敏锐，也突出了其内心的悲凉。词人无法安睡，于是卷起珠帘，只见整个高楼空空荡荡。词人站在高楼上放眼观望，天淡如洗，银河高挂，直垂向大地。“天淡”句写出了广阔天宇和夜色倾泻的美感，艺术成就上可以和杜甫“星垂平野阔”诗句相媲美。“年年今夜”，言词人长年羁旅在外，“月光如练”，说明月光皎好，“长是人千里”表明思念的人远在千里之外，从而引出怀人之思。

词的下片直接抒情，此时的词人，已是愁肠寸断，无以解脱的他不需要找什么理由，只想以酒浇愁。然而，酒还没有入口，人已经泪流满面。与“酒入愁肠，化作相思泪”相比，思人的愁苦又深一层。楼外夜凉如水，楼内残灯明灭，词人斜倚在枕头上，深深体会到孤枕难眠的滋味。这种愁苦是无法逃避的，从眉间到心头，简直是无处不在。

这首词之所以在情感上能引起人们的强烈共鸣，正是由于它将词人的思念之情与落寞情绪宣泄无余。尤其是“眉间”二句，可谓语浅情深，令人为之欷歔。

千秋岁（数声鶗鴂）

千秋岁[①]

张先[②]

数声鶗鴂，又报芳菲歇。[③]惜春更把残红折。[④]雨轻风色暴，梅子青时节。永丰柳，无人尽日飞花雪。[⑤]

莫把幺弦拨，怨极弦能说。[⑥]天不老，情难绝。心似双丝网，中有千千结。夜过也，东窗未白凝残月。

【注释】

①千秋岁：词牌名，得名于唐教坊大曲《千秋乐》。仄韵双调72字，上片七句，下片八句，各五仄韵。②张先（990—1078）：字子野，湖州乌程（今浙江吴兴）人。北宋时期著名词人，宋天圣八年（1030年）进士。因其词中曾有三处用"影"字，人称"张三影"。③鶗鴂：杜鹃的别称。芳菲：芳草，这里用来指代大好的春光。④把：一作"选"。⑤永丰柳：原指唐代洛阳永丰坊西南角荒园中的垂柳，因白居易《杨柳枝词》而得名。后人常以"永丰柳"泛指园柳，用来比喻孤寂无依的女子。⑥幺弦：琵琶的第四根弦，多用来借指琵琶。

【赏析】

此词是一首讴歌爱情的千古绝唱，作者借杜鹃悲鸣、芳菲消歇、风狂雨肆、柳絮飞雪等一系列意象，在突出暮春悲凉的同时，喻示爱情受挫。词人以"永丰柳"作比，揭示了内心的孤独与无助。然而，抒情主人公并没有因为外界的压力而屈服。"天不老，情难绝"，以天的寿命之永恒，象征美好爱情的永恒，这和汉乐府《上邪》中"山无棱，江水为竭，冬雷震震，夏雨雪，天地合，乃敢与君绝"的表白有着异曲同工之妙。"心似双丝网，中有千千结。"抒情主人公直接告诉人们：这种感情是牢不可破的，任何外在的力量都不能使他们分开。

陈廷焯《白雨斋词话》评价此词："有含蓄处，亦有发越处；但含蓄不似温韦，发越亦不似豪苏腻柳。"诚为中肯之语。

菩萨蛮（哀筝一弄《湘江曲》）

菩萨蛮[①]

张先

哀筝一弄《湘江曲》。[②]声声写尽湘波绿。纤指十三弦[③]。细将幽恨传。

当筵秋水慢。[④]玉柱斜飞雁。[⑤]弹到断肠时。春山眉黛低。[⑥]

【注释】

①菩萨蛮：原为唐教坊曲名。此调用韵两句一换，共四韵，平仄递转，上下片共44字。②哀筝一弄《湘江曲》：此词《全宋词》作晏几道词，《词综》作陈师道词，今依《宋词三百首》仍作张先词。③十三弦：西汉史游《急就篇》之三颜师古注："筝，亦小瑟类也，本十二弦，今则十三。"唐宋时教坊用筝均为十三弦。④秋水：喻指女子明澈的眼波。慢：眼神凝注。⑤玉柱斜飞雁：古筝弦柱像飞行的大雁一样倾斜排列。玉柱，又称为"雁柱"。⑥春山眉黛低：指弹筝的女子因曲调幽怨而双眉紧蹙。

【赏析】

这是一篇描写歌女弹筝的词作。词的上片，词人通过侧面烘托的手法，描写歌女的愁苦和哀怨。首句交代歌女用哀婉凄切的古筝弹奏《湘江曲》，这是一首令人涕泪的爱情乐曲，它以舜帝的二妃娥皇、女英为题材，表达了对爱情的忠贞。词人并没有直接称赞歌女古筝弹得多么好，而以"声声写尽湘波绿"将音乐所表达的情感效果渲染到极致。歌女通过纤细的手指拨动琴弦，深深地传递了内心的幽恨。一个"传"字，透露出词人与歌女之间通过音乐所产生的深深共鸣。

词的下片，词人的目光转向弹筝女子的双目。"秋水慢"三字既写出了弹筝女子的全神贯注，也透露出了其内心的哀伤。因为内心伤感，女子的双眸闪现出泪光，由此可见女子在努力抑制内心的感情。"弹到断肠时，春山眉黛低"，这里的"断肠"，有着双重的含义，它既指乐曲所表达的愁情的高潮，也指弹筝女子因内心愁苦而断肠。为了不在众人面前失态，弹筝女子缓缓地低下了双眉。"此时无声胜有声"，虽然词作就此画上了句号，但言有尽而意无穷，为人们留下了丰富的想象空间。

整首词语词清新，格调幽婉，抒发情感含蓄深沉，令人荡气回肠。

醉垂鞭（双蝶绣罗裙）

醉垂鞭[1]

张先

双蝶绣罗裙[2]。东池宴。初相见。朱粉不深匀。[3]闲花淡淡春。

细看诸处好。人人道。柳腰身[4]。昨日乱山昏。来时衣上云[5]。

【注释】

①醉垂鞭：词牌名，词调为张先所创，双调42字，上下片各三平韵、两仄韵。②双蝶绣罗裙："罗裙绣双蝶"的倒装，意谓罗裙上绣着双飞的蝴蝶。③朱粉：朱，红色；粉，白色。这里用来代指胭脂和铅粉。④柳腰：原指杨柳纤细的枝条，多用来比喻女子纤细的腰肢。⑤衣上云：衣服上印有云霞图案，多为仙女装束。这里指酒宴助兴的歌妓。

【赏析】

这是一首赠妓之作。首句以工笔重彩的手法重点突出绣在罗裙上的双蝶，借以说明女主人公是一个爱美的女子。"东池"两句交代与女子相见的地点和相见的原因，从而指出女主人公"佐酒助兴"之人的身份。"朱粉"二句，意谓女子薄施脂粉，反而显得淡雅不俗。在当时上层社会的娱乐场所，绝大多数女子都是浓妆艳抹，此女以淡妆出现，更显示了她的与众不同。

过片三句，是典型的倒装句法。人人都夸赞她婀娜多姿的杨柳身材，而在词人眼里，女子浑身上下完美得实在是无可挑剔。从"初相见"到"诸处好"的细看，深深体现了词人对佐酒女子的欣赏。结尾"昨日"两句，采用烘托的手法，进一步将女子的美展现到极致。词人由女子衣上的"云"，联想到山上的云，意在突出其服饰之美。这种美，给人以"亦真亦幻"的感觉，仿佛女子不是凡间之人，宛若仙女从云端飘然而降。这种以淡墨晕染的手法，不仅体现了词人高超的艺术表现力，同时也增强了词作寓实于幻的艺术美。

一丛花（伤高怀远几时穷）

一丛花[①]

张先

伤高怀远几时穷？无物似情浓。离愁正引千丝乱，更东陌、[②]飞絮蒙蒙。嘶骑渐遥，[③]征尘不断，何处认郎踪？

双鸳池沼水溶溶。[④]南北小桡通。[⑤]梯横画阁黄昏后，又还是、斜月帘栊。[⑥]沉恨细思，不如桃杏，犹解嫁东风。

【注释】

①一丛花：此调后人多以苏轼《一丛花·今年春浅腊侵年》为正体，双调78字，前后片各四平韵。然早在苏词之前，张先此词已广为流传。②陌：田间东西方向的小路。③嘶骑：嘶叫的马。④双鸳池沼：成双成对的鸳鸯在池中戏水。⑤小桡：小桨。这里用来指船。⑥帘栊：窗帘和窗棂。

【赏析】

这是一首闺愁别怨之作，深深抒发了女子与所爱之人分别之后的浓浓相思与幽怨之情。起首“伤高”两句写女主人公一次次登高远望，一次次失望而归。“几时穷”三字，强烈地表达了抒情主人公无休止的悲哀与无奈，因为感情的东西，任何物品都无法替代。“离愁”句正话反说，本来是随风乱拂的柳丝牵动人的离思，这里却言离愁引动柳丝乱舞。这貌似无理的话语，却更增添了情感的表达效果，使愁情“浓”到可以使外物为之驱驰的程度。从而使那蒙蒙飞絮，成为抒情主人公悲苦愁情的外化。“嘶骑”三句呼应开头的“登高怀远”，点明情郎久不知去向、无处寻觅的痛苦。

过片“双鸳”二句写楼下不远处的池塘，春水融融，鸳鸯成双成对地在池中嬉戏，自由自在的小船来往于南北两岸。这两句看似闲来之笔，却饱含了人不如鸟的感叹和对往日如鸳鸯般形影不离的美好生活的留恋。“梯横”几句写女主人公的目光收回到楼阁。梯子横斜、画阁黄昏、窗前斜月，无不透露着女主人公的孤寂之感。“又还是”三字，与上片的“几时穷”遥相呼应，从而使伤高怀远的主题逐渐向个人命运的沉思转化。结尾“沉恨”数句，以人与桃杏作比，慨叹大好青春匆匆逝去。桃杏犹解嫁给东风，而自己却只能在孤影相吊中消磨青春年华。

细味整首词，情真意切，无论思想内容还是艺术构思，都值得称道。

天仙子（水调数声持酒听）

天仙子[①]

时为嘉禾小倅[②]，以病眠不赴府会

张先

水调数声持酒听。[③]午醉醒来愁未醒。送春春去几时回，临晚镜。伤流景。[④]往事后期空记省。

沙上并禽池上暝。[⑤]云破月来花弄影。重重帘幕密遮灯，风不定。人初静。明日落红应满径。[⑥]

【注释】

①天仙子：唐教坊曲名，据唐代段安节《乐府杂录》载："《天仙子》本名《万斯年》，李德裕进，属龟兹部舞曲。因皇甫松词有'懊恼天仙应有以'之句，取以为名。"②嘉禾：宋时郡名，今浙江嘉兴。小倅：这里指判官。③水调：曲调名，相传为隋炀帝创作。④流景：流转的光阴。唐代武平一《妾薄命》："流景一何速，年华不可追。"⑤并禽：成对的鸟。暝：天晚日暮。⑥落红：落花。

【赏析】

此词起首三句交代词人本想通过听歌饮酒来消愁解闷，结果酒醉醒来却发现愁思有增无减。接着，交代忧愁的原因，"送春"句既有对春天逝去的感伤，又有对青春年华的留恋和惋惜。这里还隐含另外一层意思：大自然的春天还可以周而复始、明年再来，而人生的春天却是一去不回。"送春"体现了作者对春天的恋恋不舍，而"春去"则又揭示了大好青春年华的难以挽留。故而，词人也只能空留下对岁月的感慨和对往事的回忆。

下片采用动静结合的方式，描绘了一个空灵的境界。沙上并禽，池上暝色，层云破月，花影婆娑。尤其是"云破"一句，可谓神来之笔。王国维《人间词话》曾高度评价："云破月来花弄影，著一'弄'字而境界全出矣。"这如同一幅情趣盎然的水墨写意画，以韵味争胜。结尾数句写夜深人静，风声不止，词人难以入眠，为防止灯被吹灭，而遮上了重重帘幕。"明日"句既系词人遐想，又是风吹花落的现实。同时，也照应了上片的"春去"。

全词将作者年老位卑、醉酒伤春以及前途渺茫之情融入暮春之景，使景成为情的代言体。

青门引（乍暖还轻冷）

青门引①
春思

张先

乍暖还轻冷。②风雨晚来方定。庭轩寂寞近清明，③残花中酒，④又是去年病。

楼头画角风吹醒。⑤入夜重门静。那堪更被明月，⑥隔墙送过秋千影。

【注释】

①青门引：词牌名，调见《乐府雅词》和《天机余锦》词。小令，双调52字，上片五句，下片四句，均押仄韵。②乍暖：刚刚开始变暖。③庭轩：庭院中的小室。④中酒：醉酒，饮酒过量。⑤画角：古代乐器的一种。形如竹筒，以竹木或皮革制成，外加彩绘。古代军中常用来警报昏晓，声韵高亢，振奋士气。⑥那堪：那，通"哪"。哪里承受得起。

【赏析】

这是一首春日怀人之作。词的开篇以气候的冷热不定来烘托词人的心绪不宁。"庭院寂寞"透露出周围环境的清冷，"残花"意象则揭示了春光不再的无奈。面对残花，词人借酒消愁，终于又一次醉倒，"又是去年病"说明这样的情况并非第一次。一个"又"字具有摄人心魄的力量，令人为之欷歔、心痛。

过片承接醉酒，写角声与晚风并至，词人不得不醒。"吹醒"二字，既暗示了酒醉之深，又隐喻了愁苦之重。伤心人醒来，无以排遣痛苦，只好重门紧闭。然而，明月当空，竟把隔墙秋千的影子给送了过来，使词人波动的心情无法平静。"那堪"二字，意谓词人的心情郁闷到极点，已经到了难以承受的程度。

张先是写影的高手，他的词有多首写到影，此词也不例外。末句本为写人，却借言物来体现。而写物又不实写，只写物的影子。这种寓实于虚、虚实结合的手法，使词味越发隽永，含蓄蕴藉，读之令人荡气回肠。

生查子（含羞整翠鬟）

生查子[①]

张先

含羞整翠鬟，[②]得意频频顾。雁柱十三弦，[③]一一春莺语。[④]

娇云容易飞，梦断知何处。深院锁黄昏，阵阵芭蕉雨。[⑤]

【注释】

①生查子：唐教坊曲名，《尊前集》入双调，上下片共40字，两仄韵。有多种调式，今多以40字双调仄韵为正体。②翠鬟：鬟，妇女头上的环形发髻。泛指美发。③雁柱：筝上整齐排列的弦柱。④莺语：原意指黄莺的鸣叫声，这里指弹筝的声音。⑤芭蕉雨：敲打芭蕉的雨。

【赏析】

这是一首由写女子弹筝引出爱情与离愁的词作。“含羞”两句描写女子弹筝的细节：她羞怯地整理了一下头发，就神情专注地弹奏起来。弹到高潮处，她的目光随着琴弦的跳动频频回顾。“得意”二字生动地显示出弹筝女子琴艺的高超。“雁柱”两句具体描写弹筝的声音。前一句以雁行比喻筝柱，后一句则以“莺语”状筝声的悦耳动听。“十三”“一一”两组数字并非简单的组合，而是在女子的十指拨动下，筝柱和谐跳动所发出的有节奏的声音。“春莺语”三字是对女子弹筝的高度评价。

过片“娇云”二句暗示他们在弹筝之后曾经有过一段密切的交往，但好景不长，二人很快分离。“容易”二字说明他们的分离是那样轻而易举，“梦断知何处”说明他们的欢会不过是高唐一梦，醒后是无尽的惆怅和失望。结尾两句以黄昏时分深院之中的雨打芭蕉之声照应上片的筝声，令人产生无限遐思。

这首词以昔之乐和今之忧进行对比，同时又运用比喻，增强了词的形象性和艺术感染力。

浣溪沙（一曲新词酒一杯）

浣溪沙[①]

晏殊[②]

一曲新词酒一杯，去年天气旧亭台[③]。夕阳西下几时回。

无可奈何花落去，似曾相识燕归来。小园香径独徘徊。[④]

【注释】

①浣溪沙：唐教坊曲名，有平仄两体，字数以42字为正格，另外还有44字和46字两种。全词分两片，上片三句全用韵，下片后两句用韵。②晏殊（991—1055）：字同叔，临川（今江西抚州）人。其在词学方面以小令见长，是婉约派的代表作家之一。词作风流旖旎，时有真情流露。有《珠玉词》三卷。③亭台：指供人游赏、休息的建筑物。④香径：弥漫着花草芳香的小径。徘徊：来回不停地走动。

【赏析】

这是一首脍炙人口的佳作。上片将怀旧之感、伤今之情与惜时之意巧妙地融合在一起，进一步拓展了艺术表达的空间。在这仅有21字的描写中，既有对酒当歌的宴饮之乐，又有故地重游、物是人非的沧桑之感，可以说是浓缩的语言精华。词人所提供的事物，虽然只有一曲新歌、一杯酒、亭台与夕阳，却能够随心所欲地穿梭时空，由此可见词人驾驭语言文字的深厚功力。

下片通过描写眼前的景物，抒发今日的感伤。本来“无可奈何花落去”的衰败景象容易让人伤感，然而“似曾相识燕归来”的喜悦又冲淡了这种哀愁。尽管这首词所描写的事物，都是人们司空见惯的现象，但却能以小见大，反映深邃的哲理。其词清丽圆转，意蕴深婉，词中对宇宙人生的深思，给人以启迪和美的艺术享受。

浣溪沙（一向年光有限身）

浣溪沙

晏殊

一向年光有限身。[①]等闲离别易销魂。[②]酒筵歌席莫辞频。[③]

满目山河空念远，落花风雨更伤春。不如怜取眼前人。

【注释】

①一向：向，同“晌”。指时间短，片刻，须臾。年光：时光，年华。②销魂：原指灵魂离体，多用来形容内心极度哀伤。③莫辞频：不要因为次数多而推辞。

【赏析】

这是一首伤别惜时之作。上片直接抒情，感叹人生短暂，而且还要经历各式各样的离别之苦，因而要及时行乐，字里行间充满了对人生的珍惜和对人生欢聚的向往。“一向”说明人生向来如此。“等闲”句意谓即便是极为普通的离别也会使人悲伤难抑，从而为下文珍惜人生欢聚的机会作了铺垫。

过片从空间的距离着笔，“满目”二句气象宏阔，意境苍茫。结尾“不如”句化用唐代元稹《会真记》崔莺莺“还将旧来意，怜取眼前人”诗意，告诫人们要珍惜眼前拥有的一切。

本词从普遍存在的现象中总结人生的意义，体现了人生观与价值观的一个侧面。语言明快通俗，格调却很高雅，显示了晏殊词洒脱而又温婉的特色。

清平乐（红笺小字）

清平乐[①]

晏殊

红笺小字。[②]说尽平生意。鸿雁在云鱼在水。[③]惆怅此情难寄。

斜阳独倚西楼。遥山恰对帘钩。[④]人面不知何处，绿波依旧东流。

【注释】

①清平乐：词牌名，双调46字，分上下两片。有两种格式：一为上片四句四仄韵，下片四句三平韵；一为上片四句四仄韵，下片四句三仄韵。②红笺：红色笺纸，又名浣花笺、松花笺、薛涛笺等，因唐代女诗人薛涛喜用而知名。③鸿雁在云鱼在水：这里指鱼雁难以传书。④帘钩：卷帘用的钩子。

【赏析】

这是一首怀人之词。起首“红笺”二句是说红色的信笺上所写的小字，包含了无限情思。“说尽平生意”五字极言书信涵盖的内容之多，说尽了平生对思恋之人的爱意。“鸿雁”句借空中飞翔的大雁和水中游动的鱼儿都指望不上，说明书信无法传递。“惆怅”一句道出了抒情主人公内心的悲苦与无奈。

下片由抒情转为写景：西楼残照、隐约可辨的远山、东流的绿波等，这一系列意象，都是抒情主人公愁情离绪的象征。尤其是结尾两句，化用前人诗句，运用对比的手法，写人面难以再见，绿水依旧东流，进一步强调物是人非的沧桑之感，增强了艺术效果。

以淡语写浓情，是这首词的一个显著特色。

清平乐（金风细细）

清平乐

晏殊

金风细细。[①]叶叶梧桐坠。绿酒初尝人易醉。[②]一枕小窗浓睡。

紫薇朱槿花残。斜阳却照阑干。[③]双燕欲归时节，银屏昨夜微寒。[④]

【注释】

①金风：秋风。②绿酒：美酒。③阑干：即“栏杆”，用竹、木、砖石或金属等制作的护栏，多设于亭台楼阁或路边。④银屏：银色的屏风。

【赏析】

这首词是晏殊雅词的代表作之一。它以细腻的笔触，描绘了一个恬静淡雅的秋天景象：细细的秋风、飘着落叶的梧桐、渐渐衰残的紫薇花和木槿花、斜阳照耀下的栏杆、欲归的双燕、微寒的银屏等。这一系列意象，正是词人内心充溢着忧伤的写照。因为内心忧愁，词人借酒排遣。“绿酒”句说明喝的酒量之少，同时又点明因愁而醉，从而为下文的“小窗浓睡”作了铺垫。

同样写秋，别人往往写得萧瑟凄凉，令人凄苦难耐。而晏殊写秋，笔下的秋天是那样柔和。已经凋残的紫薇和朱瑾、准备南归的燕子、透过银屏传来的微微寒意等，都是刚入秋特有的迹象。而这样的秋天，无论是在感官上，还是在视觉上，都让人感到舒爽。因而，词人内心虽有所郁结，也被这样的景致冲淡了许多。

词作用笔轻灵，色调淡雅。通篇没有一句言情，却处处体现了词人淡淡的愁情。

木兰花（燕鸿过后莺归去）

木兰花

晏殊

燕鸿过后莺归去。细算浮生千万绪。①长于春梦几多时，散似秋云无觅处。

闻琴解佩神仙侣。②挽断罗衣留不住。③劝君莫作独醒人，烂醉花间应有数。

【注释】

①浮生：虚华不实的人生。②闻琴解佩：比喻情投意合，两情相悦。③挽断罗衣留不住：化用李之仪《偶书二首》“挽断罗巾留不住，觉来犹有去时香”诗句。

【赏析】

这是一首咏叹逝去的青春和爱情的词作。上片所言的鸿雁和黄莺都是候鸟，春天到来，秋天南返。“过”与“归”二字借这些鸟已经南归，说明春天已过。“细算”句由客观反思主观，从盘算人生的头绪复杂，得出“长于春梦几多时，散似秋云无觅处”的结论。这里，词人所描写的是对整个人生问题的思考，他将青春年华、美好爱情比喻成瞬间即逝的春梦，把人生聚散与秋云易逝相对照，感慨深沉，发人深省。

下片“闻琴”两句说明美好的爱情和美好的事物难以持久，难以挽留。结尾“劝君”二句可谓振聋发聩之语。不愿“独醒”，只求“烂醉”，说明痛苦之深，只有喝得烂醉如泥方能解脱。同时，“花间烂醉”也反映了及时行乐的思想，意谓当美好的事物到来之时，只有及时抓住，才不至于光阴虚度，空留遗憾。

这首词化用前人诗句入词，信手拈来，贴切自然。整首词情深意挚，感人肺腑。

木兰花（池塘水绿风微暖）

木兰花

晏殊

池塘水绿风微暖。记得玉真初见面。[①]重头歌韵响铮琮，[②]入破舞腰红乱旋。[③]

玉钩阑下香阶畔。[④]醉后不知斜日晚。当时共我赏花人，点检如今无一半。

【注释】

①玉真：泛指美貌女子。②重头：词曲用语，词的上下片节拍完全相同称为重头。铮琮：金属撞击发出的声音。③入破：原指唐宋大曲的专用语，大曲每套有十余遍，归入散序、中序、破三大段。入破为破的第一遍。用来借指乐声突然变为繁碎之音。④玉钩：原指玉制的挂钩，这里用来比喻新月。

【赏析】

这首词通过今昔对比，表达了物是人非的感伤之情。上片主要写昔："池塘"句指出时间为春天，美好的景色引起词人对往事的回忆。"记得"三句都是对当时宴会场面的描写，出现在词人眼前的是一个风华绝代的美貌女子，在宴会上是那样引人注目。她歌唱得好，连高难度的"重头歌韵"都唱得铮琮作响；同时她舞艺高超，将入破舞跳得红影乱旋。"响铮琮"是听觉感受，"红乱旋"是视觉感受。词人虽未有一句评语，赞美与欣赏却从字里行间流溢出来。

下片主要描写今："玉钩"句点明词人酒醉的地点，因为酒醉，不知道已经太阳西斜、天色将晚。词人因何而醉，词中没有明说，但从结尾"当时"两句来看，词人的因愁而醉，定然与盛景不再、故人难遇有关，由此可见今日的凄凉。这种今非昔比、物是人非的感伤，给读者留下了回味和思索的空间。

木兰花（绿杨芳草长亭路）

木兰花

晏殊

绿杨芳草长亭[1]路。年少抛人容易去。楼头残梦[2]五更钟，花底离愁三月雨。

无情不似多情苦。一寸还成千万缕。天涯地角[3]有穷时，只有相思无尽处。

【注释】

①长亭：古时候在道路上每隔十里设一长亭，所以又称为“十里长亭”。多用来供人行旅休息，近城者常作为人们送别之处。②残梦：凌乱不全之梦。③天涯地角：形容地方极远，或者相隔极远。

【赏析】

这首词通过离别相思之苦，寄托了人生短促、聚散无常的落寞心情。上片由绿杨芳草掩映的长亭路入笔，写女子所恋的“年少”轻易地弃她而去。“容易”二字透露出男子的无情。“楼头”两句写女子的别后相思，她常常被楼头的五更钟惊醒残梦，从而又不得不陷入无休止的失望；阳春三月，那些开得正盛的花朵被雨水敲打得零乱不堪，仿佛在诉说离愁。

下片以无情和多情相比，设想无情的“年少”绝不会像多情的自己一样痛苦。“一寸”句言自己的芳心早已被扯成千丝万缕，蕴含了千愁万恨。结尾两句以相思之情与天涯地角进行比较，说明相思的无穷无限。

整首词感情真挚，情调哀婉凄切。

踏莎行（祖席离歌）

踏莎行[1]

晏殊

祖席[2]离歌，长亭别宴。香尘[3]已隔犹回面。居人匹马映林嘶[4]，行人去棹依波转。

画阁[5]魂消，高楼目断。斜阳只送平波[6]远。无穷无尽是离愁，天涯地角寻思遍。

【注释】

①踏莎行：词牌名，双调58字，上下片各五句三仄韵。②祖席：古代出行祭祀路神称为“祖”。这里指设宴饯别的地方。③香尘：因地上积满落花而使尘土带有花香的味道，故称“香尘”。④嘶：牲畜鸣叫的声音，这里特指马的鸣叫声。⑤画阁：彩绘华丽的楼阁。⑥平波：也称为“平陂”，平地与倾斜不平之地。

【赏析】

这是一首描写离别之情的佳作。起首“祖席”两句写送别宴席的场景。“香尘”句写分手时隔着带有落花香气的尘雾，看到远去的人频频回顾。四、五两句分别从送人者和远行者写起，一方面表现出居者的依依难舍，另一方面叙述了行人的不忍离去。“马映林嘶”是行人的听觉，而“棹依波转”是居者的想象。

下片承接上片，写居者登上画阁，不禁黯然神伤，他站在高楼之上，极目远望，只见斜阳照耀下的平波一直延伸到天际尽头。“只送”二字显示出居者的因思极而愁深。结尾两句由眼前平波引起无穷离愁，已是意境深远，再加上天涯地角地寻思，更使相思之情撼人心魄。

词人以工笔细描的手法写词，从别宴到分手时频频回顾，到渐行渐远乃至别后的相思，清晰地勾勒出一幅令人缱绻的春江送行图，使读者有身临其境之感。

踏莎行（小径红稀）

踏莎行

晏殊

小径红稀，芳郊[1]绿遍。高台树色阴阴见。春风不解禁杨花[2]，濛濛乱扑行人面。

翠叶藏莺，朱帘隔燕。炉香静逐游丝[3]转。一场愁梦酒醒时，斜阳却照深深院。

【注释】

①芳郊：芳草丛生的城郊。②杨花：柳絮。③游丝：飘荡在空中的蛛丝。

【赏析】

这首词借暮春景色，流露出淡淡的哀愁。起首“小径红稀”三句写小路两旁的红花已经稀少，一望无际的郊野到处都被绿色覆盖着，高台的树色浓荫如碧。“春风”二句写春风不懂得禁止杨花随处飞舞，以至于乱扑人面。词人在描绘这一景象时，注入了自己的情感，以春风的迟钝和无情来衬托人的敏感和多情。并借写杨花乱舞的动态，来衬托行人内心之乱。

下片由郊野转到居室内外：浓密的绿叶隐藏了黄莺的身影，而燕子也因珠帘阻挡，难以进入室内。这一“藏”一“隔”，显示出浓荫遮蔽的院落的宁静。“炉香”句以动衬静，“逐”和“转”二字表面上写动态，实则着意刻画了一个静的境界。结尾两句写词人愁梦酒醒之时，已是日暮。庭院深深，坐落在丛绿掩映之中，再加上斜阳照耀，空寂冷清之感跃然纸上。

晏殊词写景清丽，融主观于客观，动静结合，内外相辅，在艺术手法上确有独到之处。

踏莎行（碧海无波）

踏莎行

晏殊

碧海无波，瑶台①有路。思量便合双飞去。当时轻别意中人，山长水远知何处。

绮席②凝尘，香闺掩雾。红笺小字凭谁附。高楼目尽欲黄昏，梧桐叶上萧萧③雨。

【注释】

①瑶台：神话传说中的神仙所居之地。②绮席：华丽的席具，盛美的筵席。③萧萧：这里指风雨声。

【赏析】

这是一首深婉含蓄的别情词。起首“碧海”三句写两人交往并没有任何阻碍，而且两人也曾打算结合。“思量”二字说明二人是有感情的，本可以顺理成章地发展下去，但接下来的陡然逆转，却使二人的交往发生了意想不到的变化。“当时轻别意中人，山长水远知何处。”为何会有这种结果，词人没有交代。从“轻别意中人”的举动来看，是男子负心了。

过片“绮席”两句写“意中人”去后，女主人公懒怠洒扫，听任过去与“意中人”欢爱的地方凝满了灰尘，笼罩在愁云惨雾之中。这既是现实的情景，也是主人公心境的写照。她是那样地思恋对方，因不知对方的行迹，早已写好的“红笺小字”，却没有人能为她送达对方。结尾两句写女主人公登高远望，只看到灯火黄昏之下的“梧桐夜雨”。此词以景结情，别有一番深味。

蝶恋花（六曲阑干偎碧树）

蝶恋花[①]

晏殊

六曲阑干[②]偎碧树。杨柳风轻，展尽黄金缕[③]。谁把钿筝移玉柱。[④]穿帘海燕双飞去。

满眼游丝兼落絮。红杏开时，一霎[⑤]清明雨。浓睡觉来莺乱语。惊残好梦无寻处。

【注释】

①蝶恋花：词牌名，唐教坊曲，分为上下两阕，共60字，上下片各四仄韵。②六曲阑干：曲曲折折的阑干。③黄金缕：形容嫩黄的柳条如同丝丝金线一般。④钿筝：用金银珠宝装饰的筝。玉柱：筝上定弦用的玉制码子。⑤一霎：瞬间，一会儿。

【赏析】

这是一首脍炙人口的闺情佳作。起首“六曲阑干”三句写庭院中曲折的栏杆，绿荫婆娑的碧树，风吹杨柳，如丝如缕的柔嫩枝条呈现出金黄的色彩。如金似碧的色彩对比，将春光渲染得格外明艳。一个“偎”字，道出了自然之景与人工造景的和谐，一个“展”字，形象地勾画出了杨柳枝条的柔媚稚嫩。“谁把”二句，写这种宁静被突如其来的古筝弹奏声打破，因此而受惊的海燕也穿帘而去。尽管整个上片都是写景，却深深体现了女主人公闺中独处的寂寞之情。

过片三句仍是景物描写，游丝、落絮、杏花、清明雨，这一系列意象，都是春天将逝的象征。“满眼”二字，将本不相干的“游丝”和“落絮”贯穿起来，使它们成为伤心人眼中的凄凉之物。“红杏开时，一霎清明雨。”盛开的杏花，被突如其来的一阵清明雨打得七零八落，美好的事物横遭摧折。结尾“浓睡”两句写睡得正香的主人公被喋喋不休的莺语惊醒，使自己的好梦再也无法继续下去。“乱”

字在这里有着双重的含意，既是莺的鸣叫声之乱，同时也是主人公内心之乱。“无觅处”三字进一步突出了内心的烦恼与忧愁。

整首词以写景始，以写人终。情景交融，语言清新明丽，用意委婉曲折。

凤箫吟（锁离愁）

凤箫吟[①]

韩缜[②]

锁离愁，连绵无际，来时陌上初熏[③]。绣帏[④]人念远，暗垂珠泪，泣送征轮。长亭长在眼，更重重、远水孤云。但望极楼高，尽日目断王孙。

销魂。池塘别后，曾行处、绿妒轻裙[⑤]。恁时携素手[⑥]，乱花飞絮里，缓步香茵[⑦]。朱颜[⑧]空自改，向年年、芳意长新。遍绿野，嬉游醉眠，莫负青春。

【注释】

①凤箫吟：词牌名，韩缜创调，双调99字，前片十句四平韵，后片十一句五平韵。②韩缜（1019—1097）：字玉汝，原籍灵寿（今属河北），徙雍丘（今河南杞县）。《全宋词》录其词一首。③熏：花草的香气浓烈袭人。④绣帏：绣房，闺阁。⑤绿妒轻裙：轻柔飘逸的绿色罗裙与芳草争艳。⑥素手：女子洁白如玉的手。⑦香茵：芳草地。⑧朱颜：红润美好的容颜。芳意：春意，这里用来指对他人的情意。

【赏析】

仅这一首《凤箫吟》，就足以使韩缜在词学史上垂名后世。此词借咏芳草，寄托离情别绪，堪称一首词中《别赋》。上片起首“锁离愁”两句写连绵无际的芳草，似乎深锁着无穷的离愁。而不久前两人同游时它们在路边才刚刚吐出散发出馨香的嫩芽。“绣帷人”三句将碧绿的青草比喻成送别的深闺思妇，将附在草上的露珠比喻成思妇的眼泪，哭泣着送别远行的征轮。“长亭”数句写人已远去，而她还在痴痴凝望，可看到的只有那重重远水和片片孤云。不甘心的她又登楼极望，只见一片碧色，根本没有男子的踪影。

过片“销魂”三句回忆池畔同游分别以后，她无日不伤心。想她曾经走过的地方，青青绿草都嫉妒她飘逸的绿罗裙。“恁时”三句回忆两人携手，在花乱絮飞的季节里，在碧草如茵的地上缓步而行的情景。“朱颜”两句感叹岁月流逝，红颜易老，而芳草则逢春又绿。结尾“遍绿野”三句提醒人们不要触景伤情，当春风又绿田野之时，应及时纵情宴游，不要辜负了大好的青春时光。

此词运用多种艺术手法，将咏物与抒情巧妙地结合在一起，使人的情感形象化，意境空灵，耐人回味。

木兰花（东城渐觉风光好）

木兰花
春景

宋祁[1]

东城渐觉风光好。縠皱波纹[2]迎客棹。绿杨烟外晓寒[3]轻，红杏枝头春意闹。

浮生长恨欢娱少。肯爱千金轻一笑。为君持酒劝斜阳，且向花间留晚照。

【注释】

①宋祁（998—1061）：字子京，祖籍雍丘（今河南杞县），一说安陆（今属湖北）。天圣二年（1024年）进士，与其兄宋庠称为“大小宋”。其词多写个人生活琐事，语言工丽。近人赵万里辑有《宋景文公长短句》一卷。②縠皱波纹：绉纱一般的波纹。③晓寒：清晨早起时的寒意。

【赏析】

此词上片首句总写春光，一个“好”字总括了春色之美，接下来“縠皱”句写春水的轻柔，波纹细如绉纱，随着船桨的划动微微起伏。远处稚嫩的杨柳翠艳欲滴，在略带凉意的晨雾中轻轻舞动。粉红的杏花开满枝头，显得春意盎然。词人以拟人的手法，用一“闹”字，将绚丽多彩的大好春光描绘得生气十足。而宋祁也因“红杏枝头春意闹”的佳句而蜚声词坛，留下了“红杏尚书”的美名。

过片写人生苦短，不能为了金钱而忽略这短暂的快乐。结尾两句写词人要为同游的朋友举杯挽留夕阳，请它为那些花朵多留些美丽的倩影。词至于此，对春光的深深眷恋之情跃然纸上。

章法上，这首词井然有序，开合自如。在情感表达方面，这首词情意缠绵而不轻薄，措辞华美而不浮艳。

采桑子（群芳过后西湖好）

采桑子[①]

欧阳修[②]

群芳过后西湖好，狼藉[③]残红。飞絮蒙蒙。垂柳阑干尽日风。

笙歌散尽游人去，始觉春空。垂下帘栊[④]。双燕归来细雨中。

【注释】

①采桑子：词牌名，得名于唐教坊曲《杨下采桑》，双调44字，上下片各四句三平韵。②欧阳修（1007—1072）：字永叔，号醉翁，晚号六一居士。他擅长写词，风格深婉清丽。词集有《六一词》等。③狼藉：纵横散乱的样子。④帘栊：帘子和窗户。

【赏析】

这首词是欧阳修晚年退居颍州时所写的十首《采桑子》组词之一。

起首两句用一个“好”字，对西湖的景色进行总括。尽管群芳凋谢，但在词人的眼里仍是美的。这既是对暮春之景的赞赏，也是词人心情愉悦的体现。“狼藉”“飞絮”两句写落红满地零乱，柳絮漫天飞舞。这本是衰残的景象，而词人却能深切体会到其中的“好”味，从而使末句的“垂柳阑干尽日风”美的意蕴顿出。

过片运用虚笔衬托的方法，写西湖的静幽之美。“笙歌散尽游人去”，是指“隐隐笙歌处处随”的情景已经过去，游人陆续离开。词人从西湖美景的陶醉中回过神来，“始觉春空”四字揭示出词人内心的美中不足之感。结尾“垂下”两句别开生面，于幽静的环境中捕捉到一种灵动的气息。即便是室中独居，也有归来的双燕相陪。燕本是与人亲近的鸟类，它的出现无疑给词人带来诸多安慰，仿佛美好的春天并没有离去，依然陪伴在词人身边。

整首词写景与抒情结合，章法缜密，构思严谨，意象鲜明，不愧是一首脍炙人口的佳作。

诉衷情（清晨帘幕卷轻霜）

诉衷情[①]

眉意

欧阳修

清晨帘幕卷轻霜。呵手试梅妆[②]。都缘自有离恨，故画作远山[③]长。

思往事，惜流芳[④]。易成伤。拟歌先敛，欲笑还颦，最断人肠。[⑤]

【注释】

①诉衷情：词牌名，唐教坊曲。唐代温庭筠取《离骚》“众不可户说兮，孰云察余之中情”之意，创制词调。双调44字，上下各三平韵。②梅妆：“梅花妆”的简称。古时候流行的女式妆式，描梅花图案于额上为饰。相传始于南朝宋寿阳公主。③远山：又称“远山黛”，古代妇女大多爱用黛色画眉，色如远山，故称。④流芳：散发香气，指流传的美好声誉。⑤敛：收敛，约束。颦：皱眉。

【赏析】

此词以描写女子的离愁别恨见长。主要通过女子在冬日清晨梳妆时的生活情景，展示了女子痛苦与愁闷的内心世界。

起首两句写女子清晨醒来，不顾天气的寒冷卷起帘子，寒气迎面袭来。“呵手”显示出她身体的娇弱。“试梅妆”说明她是一个爱美的女子。在当时，梅妆是一种流行的妆饰，她一起来便精心打扮自己，可见她很在意自己的形象。后两句写在画眉时，因为“自有离恨”，才把眉毛画作“远山长”。这“远山”形状的眉毛，成了女子离愁别恨的象征，其内心的痛苦与对爱情的渴望，也就毫无掩饰地显露出来。

过片“思往事”二句感叹美好的青春年华已在不知不觉中悄悄溜走。可以说，这是女子内心伤感的主要原因。“欲歌先敛”二句进一步透露了女子为了生活不得不强颜欢笑的神态，结句“最断人肠”既是女子痛苦地感叹，同时也寄寓了词人对女主人公的深深同情。言简意深，令人回味无穷。

这首词以侧面烘托的手法，将女子的爱美之心、多愁善感与聪慧多情，通过梳妆、欲歌以及颦笑显现出来，使女子的形象栩栩如生，呼之欲出。

踏莎行（候馆梅残）

踏莎行

欧阳修

候馆梅残，溪桥柳细。草薰风暖摇征辔[①]。离愁渐远渐无穷，迢迢不断如春水。

寸寸柔肠，盈盈[②]粉泪。楼高莫近危阑[③]倚。平芜[④]尽处是春山，行人更在春山外。

【注释】

①征辔：远行之马的缰绳。常用来代指远行的马。②盈盈：形容清澈。③危阑：同“危栏”，高栏之意。④平芜：草木丛生的平旷原野。

【赏析】

这是欧阳修的代表词作之一。上片写游子在旅途中的所见所感：旅舍旁边的梅花已经凋谢，溪桥边柳树的枝条柔细如丝。暖风阵阵，伴着春草的芳香。在这美好的环境中，远行的人正跨马提缰准备赶路。随着行人越走越远，离愁也就越来越浓，像春水一般迢迢不断。在这段描写中，包含了旅舍、残梅、溪桥、细柳、芳草、春风、征辔、春水等诸多意象。特别是以春水的迢迢不断状离愁的无穷，从而使无形的离愁化成了有形的流水，更进一步增添了离愁的绵长无尽之意。

词的下片，设想闺中思妇对游子的思念。“寸寸”两句以“寸寸”状“柔肠”、“盈盈”显“粉泪”，来突出女子思念游子的心情之切。接下来“楼高”句是思妇的自我安慰。自古以来，登高望远容易引起人的伤感，更何况心爱的人离开自己！“平芜”两句是思妇的凝望和想象。语淡而情深，令人回味无穷。

这首词采用空间转换的方法，从客舍旅馆的游子，到楼头凝望的闺中思妇，逐层深化，虚实结合，进一步增强了抒情的效果。尤其是远视法的运用，则更显其艺术特色。

蝶恋花（庭院深深深几许）

蝶恋花[①]

欧阳修

庭院深深深几许[②]。杨柳堆烟，帘幕无重数。玉勒雕鞍游冶处。[③]楼高不见章台[④]路。

雨横风狂三月暮。门掩黄昏，无计留春住。泪眼问花花不语。乱红[⑤]飞过秋千去。

【注释】

①此词一作冯延巳词，冯延巳《阳春集》有载。今依《宋词三百首》仍作欧阳修词。②几许：几多，多少。③雕鞍：雕刻着美丽花纹的马鞍。游冶：出游寻乐。④章台：又名章华台，著名的古台之一。春秋时楚国的离宫。⑤乱红：这里指落花。

【赏析】

这首词以委婉曲折的笔墨描写了一位闺中少妇孤苦无助的心情。上片首句连用三个“深”字，勾画了女子居处的清幽。接下来写庭院的外围，“杨柳堆烟”，说明杨柳浓郁茂盛，给人以如烟如雾的感觉，从而使深深的院落与世隔绝。而这样的院落，又被重重帘幕遮挡，“无重数”三字，看似随意，却将女主人公不愿见人的心情淋漓尽致地展现出来。接着，把视线转向了游冶在外的男子。“游冶处”是指男子的寄身之处。词人并没有对男子进行更多地描写，仍然折笔写独居的女子。“楼高不见章台路”写女子在高楼之上放眼眺望，却连离庭院不远的“章台路”都看不清，更别说心上人所在的地方了！

过片“雨横”句写天气的恶劣，肆虐的风雨摧残着春花，也敲打着女子凄苦的内心。“门掩黄昏”“无计留春”，女子内心的凄苦无处可诉，只好把花当作知音，向它们倾吐自己的心声。“泪眼”两句说明花钿委地的“乱红”并不理解自己，只顾飞过秋千而去。清代毛先舒曾评价这两句名言：“‘泪眼问花花不语，乱红飞过秋千去’，此可谓层深而浑成。”这两句既做到了语言浑成，又做到了情意层深。“泪眼问花”为一层，写女子把花作为知音；“花不语”又是一层，指花并不能理解女主人公的心情；第三层，非但不理解，反而丢下女主人公“飞过秋千去”。这样层层递转，将女主人公内心的孤独与悲哀完全展现在读者面前。

蝶恋花（谁道闲情抛弃久）

蝶恋花[①]

欧阳修

谁道闲情[②]抛弃久。每到春来，惆怅[③]还依旧。日日花前常病酒[④]。不辞镜里朱颜瘦。

河畔青芜[⑤]堤上柳。为问新愁，何事年年有。独立小桥风满袖。平林[⑥]新月人归后。

【注释】

①这首词一作冯延巳词，冯延巳《阳春集》有载。今依《宋词三百首》仍作欧阳修词。②闲情：即闲愁，春愁。③惆怅：因失意而伤感懊恼。④病酒：饮酒沉醉，因过量饮酒引起身体不适。⑤青芜：杂草丛生貌。⑥平林：平原上的树木。

【赏析】

这是一首言情词。上片开门见山，直接道出欲抛弃“闲情”却又不能够做到的事实。“每到春来”二句说明这并非一般的“闲情”，每到春天来临，这种惆怅与失意便会和以往一样折磨着自己。“日日”二句写词人天天对花饮酒到沉醉，以至于镜里的朱颜消瘦。“不辞”二字说明词人甘心情愿如此，有一种“虽九死其犹未悔”的执着。

过片“河畔”句以写景发端，引起下文。自古以来，青草和柳多作为人们抒发离愁别绪的对象，而词人“问新愁”，不问别的，只问青草和柳树，意在暗示自己的闲愁与离别相关。愁冠以“新”字，说明旧愁又重新复苏。“何事年年有”，“年年”二字与上片的“日日”相应对，突出了时间之长。因为何事这种新愁年年都有，令词人魂牵梦绕，难以摆脱？可以说，这一句是整首词的关键所在，进一步将抒情主人公的情感推向了高潮。结尾“独立”两句以景结情，月上平林，夜色渐起，不知何时行人也都回去了。这种寒夜降临、行人路断的孤冷凄清之感，更令人难以承受。

这首词的长处在于：以凄美之景衬托哀情，从而使词中的景物意义非凡。

蝶恋花（几日行云何处去）

蝶恋花[①]

欧阳修

几日行云何处去。忘了归来，不道春将暮。百草千花寒食路。香车[②]系在谁家树。

泪眼倚楼频独语[③]。双燕来时，陌上相逢否。撩乱[④]春愁如柳絮。依依[⑤]梦里无寻处。

【注释】

①这首词一作冯延巳词，冯延巳《阳春集》有载。今依《宋词三百首》仍作欧阳修词。②香车：指华美的车子或者轿子。③独语：独自言语，自言自语。④撩乱：杂乱，纷乱。⑤依依：留恋，不忍分离。

【赏析】

这是一首描写闺中女子诉说丈夫乐游忘归，自己满腹哀怨而又十分牵念对方的情词。起首“几日”句写外出一连几天都没有消息，这让女子不禁心生猜疑。“行云”，指女子所思恋的对象。“忘了”二句写女子猜想他是忘了归来。“忘”字包含双重含义：一是因忙碌忘了归来；二是忘情，不再把自己放在心上。“不道春将暮”，不知不觉春天将要过去。这里的“春将暮”，既是指美好的春天将要过去，也意味着女子大好的青春年华将要逝去。“百草”两句是女子的想象，怀疑在这百草千花竞相开放的清明时节，心上人的车子不知在何处绊住了脚。从侧面反映了女子思念之切，因为深爱对方而心生疑虑。

过片“泪眼”句直接抒写女子内心的忧伤，她想对人倾诉，却找不到可以倾诉的人，只好一遍又一遍地独自言语。“双燕”二句是她见到飞来的燕子时迷茫的发问，希望燕子能给她带来遇到自己所爱之人的消息。这一问，更突出了女子的痴情。“撩乱”二句写因为得不到心上人的消息而心绪烦乱，于是寄希望于梦境。然而，即便是梦里，也寻觅不到他的身影，女子的希望彻底变成了绝望。

这首词通过抒发女子对所爱之人的痴情，塑造了一个哀婉多情的怨妇形象。语言含蓄，意蕴深厚，感情真挚，深深体现了痴人说痴语、痴语见痴情的艺术特色。

木兰花（别后不知君远近）

木兰花

欧阳修

别后不知君远近。触目[1]凄凉多少闷。渐行渐远渐无书，水阔鱼沉[2]何处问。
夜深风竹敲秋韵[3]。万叶千声皆是恨。故敧[4]单枕梦中寻。梦又不成灯又烬。

【注释】

①触目：目光接触到，目光所及。②水阔鱼沉：比喻音信不通，音信断绝。③秋韵：犹言秋声。④敧：古同"攲"。

【赏析】

这首词是欧阳修的早期作品。词以闺中思妇的离愁别恨为题，描写了一个闺阁女子对情人的别后思念。起首"别后"两句写因为不知情人的行踪，女子触目所及之处尽是凄凉，从而生出诸多郁闷。"多少"犹言不知多少，以模糊的言语状其极多。"渐行渐远"两句是女子对当时离别情景的回忆，词人一连用了三个"渐"字，生动地描绘出两人分别时的依依难舍与别后情人逐渐音信杳无的情景。"水阔"意谓相隔之远，"鱼沉"意谓无法通信息，"何处问"是说女子欲问无处。这种不可言状的痛苦，通过深沉而又婉曲的笔触一一展现出来。

词的下片，深入细腻地刻画了女子的内心世界，反映了她长夜难眠的痛苦。首先，词人描摹了一个"风竹敲秋韵"的深夜，女子辗转难眠。随着窗外风竹飒飒作响的声音，女子对情人刻骨铭心的思念逐渐化成了恨意。"万叶"句说明女子的恨多且深。"一叶叶，一声声"，都牵动着女子的离愁别恨。为了摆脱现实的痛苦折磨，女子只得寄希望于梦，"故敧单枕梦中寻"，说明她是有意寻梦。可是，连她这小小的愿望也成了泡影。不仅"愁梦难成"，而且连象征着光明和希望的一盏残灯也熄灭了。"灯又烬"三字语义双关，既指闺房里的灯油尽灯枯燃成了灰烬，又暗示了女子的命运也同这盏残灯一样，连最后的一点希望也熄灭了。

整首词脉络清晰，层次分明，融情于景，情与景相得益彰，富有深曲婉丽之美。

临江仙（柳外轻雷池上雨）

临江仙

欧阳修

柳外轻雷[①]池上雨，雨声滴碎荷声[②]。小楼西角断虹明。阑干倚处，待得月华[③]生。

燕子飞来窥画栋[④]，玉钩垂下帘旌[⑤]。凉波不动簟纹[⑥]平。水精双枕，傍有堕钗横。

【注释】

①轻雷：隐隐约约能听到的雷声。②荷声：雨水滴在荷叶之上的声音。③月华：月光。这里指月亮。④画栋：彩绘装饰的栋梁。⑤帘旌：帘子两端用以装饰的布帛。这里指代帘幕。⑥簟纹：竹席上的花纹。

【赏析】

这是一首令人称奇的佳作。词以“声”统领全篇，轻轻的雷声、雨声、碎荷声交织在一起，形成了一曲雨中交响乐。很快，雨过天晴，小楼西角出现了被遮断的彩虹。抒情女主人公独倚栏杆，一直待到月华生辉。

下片转写室内之景：画栋、玉钩、帘旌、竹席、水精双枕、堕钗这些意象组合在一起，构成了一幅别开生面的夏景图。这些景物，并非当事人所亲见，而是通过燕子的窥视。显然，这里的燕子被拟人化了。通过燕子的目光所及，展示了女子华贵的生活，同时也暗示了她生活的孤独。“水精双枕”与旁边的“堕钗”说明，女子虽已嫁作人妇，却是深闺独守。

本词虽涉艳情题材，却清雅自然、不露丝毫情事的痕迹。从表现手法上而言，堪称一篇含蓄蕴藉的佳作。

浪淘沙（把酒祝东风）

浪淘沙

欧阳修

把酒祝东风。且共从容①。垂杨紫陌②洛城东。总是当时携手处，游遍芳丛③。聚散苦匆匆④。此恨无穷。今年花胜去年红。可惜明年花更好，知与谁同。

【注释】

①从容：悠闲舒缓，不慌不忙。②紫陌：这里指大路。③芳丛：丛生的繁花。④匆匆：形容时间过得飞快。

【赏析】

这首词是词人与友人在洛阳城东故地重游时所作。词的开篇写词人举杯相邀，与朋友共祝东风，希望它不要这么匆匆离去。接着，“垂杨”三句转写过去也是在这紫陌道路上，风拂垂柳，与友人共同“游遍芳丛”。这种欢乐的情景，至今依然如在眼前。

过片两句感叹人生聚散匆匆，从而心生无穷的怨恨。“今年”句说明今年的春色比去年还好，言外之意是劝慰友人珍惜当前的大好机会尽兴畅游。结尾“可惜”两句意谓明年是否能再聚很难预知。 正所谓“年年岁岁花相似，岁岁年年人不同”，人生的变化比自然的变化更加迅速。

此词虽言惜花，而实质上是写惜别。它将别情融入于对花的欣赏，将三年的花放在一起进行比较，构成过去、现实与将来的设想组合，以虚衬实，构思新颖，是一篇饶有情致的佳作。

浣溪沙（堤上游人逐画船）

浣溪沙

欧阳修

堤上游人逐画船[①]。拍堤春水四垂天[②]。绿杨楼外出秋千。

白发戴花君休笑，六幺[③]催拍盏频传。人生何处似尊前[④]。

【注释】

①画船：装饰华美的游船。②垂天：悬挂在天边，蔽天。③六幺：唐代大曲之一。④尊前：酒杯之前。

【赏析】

这首词以清丽质朴的语言，描写了词人在春日画船载酒宴游之时的所见所感。上片写绿草芳堤之上，游人追逐着画船。春水拍堤，四面垂天，而远处的绿杨楼外，则荡起了秋千。“绿杨楼”一句，写出了美景之中人的活动。特别是“出”字，用得极为巧妙。晁无咎说：“只一‘出’字，自是后人道不到处。”

过片“白发”句转写词人自己，有“白发”意味着不再年轻；“戴花”指乐而忘形，同时也体现了对美好事物的热爱；“君休笑”，说明词人并不认为自己的行为可笑，也不怕别人见怪。“六幺”句形象地写出了急管繁弦、乐声低昂有节，大家频频举杯、觥筹交错的热闹场面。结尾“人生”句将一场普通的宴会上升到人生的高度。此句虽是以议论作结，却格调沉郁，耐人寻味。

青玉案（一年春事都来几）

青玉案[①]

欧阳修

一年春事都来几。早过了、三之二。绿暗红嫣[②]浑可事。绿杨庭院，暖风帘幕，有个人憔悴[③]。

买花载酒长安市。又争似[4]、家山见桃李。不枉东风吹客泪。相思难表，梦魂无据[5]，惟有归来是。

【注释】

①青玉案：词牌名得名于东汉张衡《四愁诗》："美人赠我锦绣段，何以报之青玉案。"双调67字，上下片各五仄韵。②绿暗红嫣：浓绿的叶子，红艳的花朵。③憔悴：黄瘦，瘦损。引申为忧戚烦恼。④争似：怎像。⑤无据：没有凭据。

【赏析】

这首词以伤春、思归、怀人为主题，谱写了一曲感人的情歌。起首"一年"两句感叹春天太短，不知不觉之中，已经过了三分之二，点明已是暮春时节。展现在词人眼前的，依旧绿荫浓浓，繁花重重，全都是可乐的事。词人所处的庭院，也是杨柳依依，暖风吹帘。然而，词人的心境，却与眼前赏心悦目的美景大不相同。"有个人憔悴"五字，展现出一幅"斯人独憔悴"的人物特写。

过片以长安"买花载酒"与"家山桃李"作比，表达了对故乡的深深思念。在词人心目中，他乡虽好，不是久恋之家，只有那桃李芬芳的"家山"，才是自己真正的归宿。"不枉"三句重点写乡愁，东风并不狂，却吹得异乡之客泪水交流，可见乡思之深。"相思难表"四字是从两方面写起，一方面是词人思念家乡，另一方面是家乡的亲人思念宦游在外的词人。这种感情难以言表，寄希望于梦又无有凭据。结句"惟有归来是"写词人决定返回故乡，从而把思乡的感情推向高潮。

整首词由景入情，景与情紧密结合，成功地刻画了深曲委婉的心理活动。

多丽（想人生）

多丽[1]

李良定公席上赋

聂冠卿[2]

想人生，美景良辰堪惜[3]。问其间、赏心乐事，就中[4]难是并得。况东城、凤台沙苑，[5]泛晴波、浅照金碧。露洗华桐，烟霏丝柳，绿阴摇曳，荡春一色。画堂迥、玉簪琼佩[6]，高会尽词客。清欢久、重燃绛蜡，别就瑶席。[7]

有翩若轻鸿体态，暮为行雨标格。[8]逞朱唇、缓歌妖丽，似听流莺乱花隔。慢舞萦回，娇鬟低弹，腰肢纤细困无力。忍分散、彩云归后，何处更寻觅。休辞醉，明月好花，莫谩轻掷。

【注释】

①多丽：因杜甫《丽人行》有“三月三日天气新，长安水边多丽人”诗句而得名。原为唐教坊曲，北宋始用为词牌名。双调139字，上片六平韵，下片五平韵。另有首句起韵式，变格改用仄韵（入声韵），140字。②聂冠卿（988—1042）：字长孺，歙州新安（今安徽歙县）人，大中祥符五年（1012年）进士，庆历元年（1041年）以兵部郎中知诰翰林学士。嗜学好古，手不释卷，尤工诗。著有《蕲春集》十卷。有《多丽》词一首，才情富丽，一般认为北宋慢词始于此篇，在词学史上有着重要的地位。③堪惜：足以珍惜。④就中：其中。⑤凤台：秦穆公为其女儿弄玉及女婿萧史所造。这里用来比喻华美的台榭。沙苑：原指汉明帝沁水公主的园林，后来泛指皇家公主的园林。⑥琼佩：玉制的佩饰。⑦绛蜡：红色的蜡，红烛。瑶席：珍美的酒宴。⑧翩若惊鸿：比喻美女的体态轻盈。暮为行雨：多用来指男女欢爱之情。

【赏析】

这是一首开心人作开心语的绝唱。

上片着笔铺写人生的快乐，说明“良辰美景”与“赏心乐事”难以并得，应当及时行乐。从“况东城”到“荡春一色”，展现了“浅照金碧”“烟霏丝柳”的帝都风貌。接下来，是对宴会场面的描写。这是一次盛大的、高档次的宴会。高朋满座，美女如云。“清欢久”两句写在一阵阵轻歌低吟的欢乐气氛中，不觉时间已晚，而与会者意犹未尽，于是点上红蜡烛，继续开宴。

下片浓墨重彩地描绘了美人歌舞的精彩场面。那些美女，有的体态轻盈如同鸿雁飞舞，有的婀娜多姿似仙女临凡。她们轻启朱唇、曼声缓歌，好似黄莺在花丛之中婉转飞鸣。再看那些翩翩起舞的女子，娇媚的环状发髻松散下垂，柔软的纤腰如困似乏，其慵懒的娇态使人心生爱怜。在这样的情景下，那些有幸参加高会的“词客”们更是饶有兴致，不忍分散，担心以后再没有机会参加这样的盛大宴会，于是频频相邀。结尾“休辞醉”三句劝告人们要尽情享乐，不要辜负了明月好花。

清人陈廷焯曾高度评价此词：“此词情文并茂，富丽精工。”作为宋代第一首长调慢词，它打破了自唐以来小令一统天下的格局，为慢词的发展开辟了道路。

曲玉管（陇首云飞）

曲玉管[①]

柳永[②]

陇首[③]云飞，江边日晚，烟波满目凭阑[④]久。立望关河萧索，千里清秋。忍凝眸。杳杳[⑤]神京，盈盈仙子，别来锦字[⑥]终难偶。断雁无凭，冉冉飞下汀洲。思悠悠。

暗想当初，有多少、幽欢佳会，岂知聚散难期，翻成雨恨云愁[⑦]。阻追游。每登山临水，惹起平生心事，一场消黯[⑧]，永日无言，却下层楼。

【注释】

①曲玉管：唐教坊曲，后用为词牌名，《乐章集》入“大石调”，双调105字。前片两仄韵，四平韵，后片三平韵。②柳永（约984—约1053）：原名三变，字景庄，后改为永，字耆卿。崇安（今属福建）人。景祐元年（1034年）进士，历任睦州团练推官、余杭县令等职，终官屯田员外郎，因而又称“柳屯田”。北宋著名词人，在词学史上有重大贡献。有《乐章集》传世。③陇首：山头。④凭阑：同“凭栏”，身倚栏杆。⑤杳杳：幽远貌。⑥锦字：指锦字书。⑦雨恨云愁：惹人愁怨的云和雨，这里指男女离别之情。⑧消黯：黯然销魂，形容极其惆怅。

【赏析】

这首词以羁旅行役为主题，通过眼前之景，表达了对远方之人的思念之情。起首“陇首”三句写词人站在高处放眼观望。只见千里关河，到处都是一片萧索的清秋景象。从而引出“忍凝眸”三字，使人的心情与眼前的景物和谐地统一起来，为下文的思人宕开一笔。“杳杳神京”三句，把目光和思绪转到京都，远在京城的“仙子”，一直没有信息。这不免让词人心生猜疑，是“仙子”未寄“锦字”？还是“断雁无凭”，未能履行传递书信的职责呢？看着它“冉冉飞下汀洲”，词人不禁思绪万千。

过片“暗想”三句，浓缩了当初说不尽的恩爱之情。“岂知”二句逆笔一转，写人生聚散难以预料，两人当初“幽欢佳会”的结果，竟然是今日的“雨恨云愁”。“阻追游”三字，说明词人不能自由追寻自己的所爱是因为受到了某种阻碍。然而，这种情感每逢“登山临水”，就会“惹起平生心事”。因为难以承受“黯然销魂”的痛苦，词人终日默言以对，最后走下层楼。

词作结构意脉贯通，运用典故含蓄深沉，自然妥帖。同时，采用铺叙，以赋的创作方法写词，丰富了词的表现手法。

雨霖铃（寒蝉凄切）

雨霖铃[①]

柳永

寒蝉凄切[②]。对长亭晚，骤雨初歇。都门帐饮无绪，留恋处、兰舟[③]催发。执手相看泪眼，竟无语凝噎[④]。念去去、千里烟波，暮霭沉沉楚天[⑤]阔。

多情自古伤离别。更那堪、冷落清秋节。今宵酒醒何处，杨柳岸、晓风残月[⑥]。此去经年，应是良辰、好景虚设[⑦]。便纵有、千种风情，更与何人说。

【注释】

①雨霖铃：词牌名，相传唐玄宗入蜀时雨中听到铃声而想起杨贵妃，故作此曲。柳永始以此名创调，双调103字，前后各五仄韵，并用入声韵，且多用拗句。②凄切：形容极其凄惨哀伤。③兰舟：兰木做的船。④凝噎：这里指两人见面时激动得说不出话来，或因伤心而哽咽。⑤楚天：楚地的天空。楚，诸侯国名，春秋五霸之一。⑥晓风残月：拂晓风起，残月将落。⑦虚设：空安置，不起实际作用。

【赏析】

这首词起首三句写别时之景，秋蝉凄婉的鸣叫声、夜幕笼罩下的长亭、刚刚停歇的阵雨。这一切，本来就容易引起人的伤感，而此刻，一对恋人正在饯行话别。“都门”三句写词人面对美酒佳肴，没有一点食欲。尽管两人不想分别，兰舟却在催发，两个人不得不忍痛分手。“执手”两句惟妙惟肖地描画了一对恋人难舍难分的情态。“念去去”三句是词人的内心独白，这其中，既有前路迷茫的失落感，又有千里相隔、难再相见的痛楚感。

词的下片宕开一笔，转向人生常理。“多情”句意谓伤离惜别，自古皆然。“更那堪”句写时值冷落凄凉的秋季，离愁别绪更甚于平时。“今宵”两句精警凝练，整个画面充满了凄清、孤独的气氛，客乡之冷落，风景之幽寂、离愁之绵绵，都在这一抹勾画之中。“此去经年”数句言自从别后，纵然有良辰美景，也难以引起欣赏的兴致。“便纵有”两句归纳全词，以问句作结，使词留有无穷的意味。

全词遣词造句不着痕迹，场面描写栩栩如生，起承转合优雅从容，情景交融，蕴藉深沉，将情人惜别时的真情实感表达得凄婉动人，堪称抒写别情的千古名篇。

蝶恋花（伫倚危楼风细细）

蝶恋花

柳永

伫倚[①]危楼风细细。望极春愁，黯黯[②]生天际。草色烟光残照里。无言谁会凭阑意。

拟把疏狂[③]图一醉。对酒当歌，强乐还无味。衣带渐宽终不悔。为伊[④]消得人憔悴。

【注释】

①伫倚：长时间倚靠。伫，久立。②黯黯：光线昏暗。③疏狂：亦作“踈狂”，豪放，不受拘束。④伊：她，这里指词人所恋的女子。

【赏析】

这是一首羁旅怀人之作。起首数句写词人伫立在高楼之上，目极天涯，一种黯然销魂的春愁油然而生。“极目”二字，强调了目光所能达到的极限，“天际”表示“春愁”所生的地点，“草色烟光”二句借景抒情，草色烟光加以“残照”，更增添了这种凄美的感伤色彩。因为没有人理解自己登高远望的心情，词人也只好默默无言。心有“春愁”却无可诉说，更加重了词人内心的愁苦滋味。

过片“拟把”三句是说词人打算借酒浇愁。然而，“对酒当歌”，词人又感到“强乐还无味”。“强乐”二字深深地表达了词人希望以乐忘愁的心理，而“无味”则又表明词人醉酒并不能消愁。结尾“衣带渐宽终不悔，为伊消得人憔悴”的表白，说明词人是心甘情愿消瘦憔悴。“为伊”二字，指明了使词人消瘦憔悴的对象，同时也揭开了上片“春愁”的谜底。原来词人产生“春愁”、期望以醉解愁、强乐无味、消瘦憔悴，都是为了心中所爱的女子。

此词的妙处在于，既言“春愁”又不说破，只在字里行间透露一些信息，眼看就要说到了，却又止住话头，掉转笔墨言及他事，直到结尾才公布谜底，使情感的高潮与词人故布疑阵的结果合而为一。

采莲令（月华收）

采莲令[①]

柳永

月华收，云淡霜天曙。西征客、此时情苦。翠娥执手送临歧[②]，轧轧开朱户。千娇面、盈盈伫立，无言有泪，断肠争忍回顾。

一叶兰舟，便恁急桨凌波去。贪行色、岂知离绪[③]。万般方寸，但饮恨[④]，脉脉同谁语。更回首、重城[⑤]不见，寒江天外，隐隐两三烟树。

【注释】

①采莲令：词牌名，柳永创调。双调91字，上下片各八句，各四仄韵。②临歧：面临歧路，分别的路口。③离绪：离别时的绵绵情思。④饮恨：抱恨含冤。⑤重城：泛指城市。

【赏析】

这是一首送别词。上片从别时的情景入笔，写明月西沉，霜天欲晓。一个“收”字准确地将黎明时分月光暗淡的景象渲染出来。再加上“霜天”，又增加了几分清冷。而此时，行人要西征，不免心生凄苦。何况这时候，行人所挚爱的“翠娥”，为了执其双手送至分别的路口，打开轧轧作响的朱红大门，千娇百媚的面庞，婀娜多姿的身影，久久地站立在那里，不住地默默流泪。目睹此情此景，行人不由痛断肝肠，哪里还忍心再回头多看一眼呢！这段描写感情真挚，真实地再现了情人难舍难分的分别场面。

过片“一叶兰舟”四句写去者行色匆匆，只顾自己凌波而去，没有考虑到离别的愁绪。直到分别之后，行人才深感到“万千方寸，但饮恨、脉脉同谁语”的寂寞与孤独。这使行人不由得更思念对方，等到“更回首”时，已是“重城”相隔，再也看不到送行者的身影，只看到“寒江天外”那隐隐出现的两三株如烟如雾的树木。词写到此，戛然而止，给人以余意未尽之感，令人回味无穷。

况周颐《蕙风词话》云：“盖写景与言情，非二事也。善言情者，但写景而情在其中，此等境界，惟北宋词人往往有之。”从柳永词可以看出，宋词的这一特点，已经得到了较好的体现。

浪淘沙慢（梦觉）

浪淘沙慢[1]

柳永

梦觉、透窗风一线，寒灯吹息。那堪酒醒，又闻空阶，[2]夜雨频滴。嗟因循、[3]久作天涯客。负佳人、几许盟言，便忍把、从前欢会，陡顿[4]翻成忧戚。

愁极。再三追思，洞房[5]深处，几度饮散歌阑[6]，香暖鸳鸯被。岂暂时疏散，费伊心力。殢云尤雨[7]，有万般千种，相怜相惜。

恰到如今、天长漏永，无端自家疏隔。知何时、却拥秦云[8]态，愿低帏昵枕[9]，轻轻细说与，江乡夜夜，数寒更思忆。

【注释】

①浪淘沙慢：词牌名，柳永《乐章集》注为“歇指调”，三调130字，前片九句四仄韵；中片十句四仄韵；后片七句两仄韵。②空阶：空设的台阶。③嗟因循：迟延拖拉，漫不经心。④陡顿：突然。⑤洞房：指新婚夫妻的卧室。⑥饮散歌阑：宴饮散去，歌声结束。⑦殢云尤雨：比喻男女之间的缠绵欢爱之情。⑧秦云：秦楼云雨之意。⑨低帏昵枕：这里用来比喻男女之间的亲昵之态。

【赏析】

此词是柳永俚俗词的代表作之一。上片写词人梦中醒来，只见寒风从窗户的缝隙将灯吹灭。这时候，词人酒意已醒，听夜雨滴在空阶之上，声声作响。“嗟因循”数句慨叹自己客居天涯，有负与佳人的誓约。以前与所爱之人欢会的情景，如今都变成了忧愁和凄苦的回忆。

中片“愁极”，比上片的“忧戚”愁苦更深一层。“再三追思”数句写词人一遍又一遍追忆当时与心上人在“饮散歌阑”之后恩爱缠绵的情景。从“饮散歌阑”来看，词人爱恋的女子应是一位侍宴的歌妓。

下片由回忆又转到当前的“天长漏永”，词人彻夜难眠，悔恨自己不该出游，以至于造成两人的“疏隔”。于是幻想将来再度相聚之时，一定要在低垂的帘幕下，向她详细地诉说他是如何夜夜数着寒更思念她的。

在谋篇布局方面，这首词颇有独到之处，即以对心上人的思念为轴线，成功地将现在、过去与将来紧密地串联到一起，推动情感活动一步步达到高潮，多角度、多层次地展现了主人公的心理状态。语言方面，多用俚语入词，增加了词的“绮罗香泽之态”。

定风波（自春来）

定风波[1]

柳永

自春来、惨绿愁红[2]，芳心是事可可。日上花梢，莺穿柳带，犹压香衾[3]卧。暖酥消，腻云[4]亸。终日厌厌倦梳裹。无那。恨薄情一去，音书无个。

早知恁么。悔当初、不把雕鞍锁。向鸡窗、只与蛮笺象管[5]，拘束教吟课。镇相随，莫抛躲。针线闲拈伴伊坐。和我。免使年少，光阴虚过。

【注释】

①定风波：唐教坊曲名，后用为词牌名，为双调小令。定风波本义为平定变乱，始见于五代后蜀欧阳炯词。②惨绿愁红：经过风雨摧残的残花败叶。③香衾：散发着香味的锦被。④腻云：比喻光泽的发髻。⑤蛮笺象管：高丽或蜀地所产的纸和象牙管的笔。泛指名贵的纸笔。

【赏析】

这首词以一个女子的口吻描写与恋人分别之后的相思之情。起首数句，展现在读者面前的是一片艳丽的春光。绿叶与红花相互映衬，太阳升到了树梢，黄莺在柳枝间来回穿梭。这样的景色本是美的，但在这位闺中少妇看来，却是“惨绿愁红”，让她感到百无聊赖。尤其是“日上花梢，莺穿柳带”之时，她还赖在床上不愿起来。“暖酥消”三句写女子肌肤消瘦，秀发散乱。整日里心灰意懒，根本没有心情对镜梳妆。“无那”二字透露出了女子深深的无奈。“恨薄情”二句交代原因，原来良辰美景引不起女子的兴致，慵懒消瘦、不爱梳妆，都是因为薄情郎君一去无音信的缘故。

过片“早知恁么”数句写女子悔恨当初没有将郎君的雕鞍锁住，让他待在家里，与书墨作伴，吟咏诗词。“镇相随”数句是女子对于美好生活的设想。希望自己与情郎整日相随，做针线陪伴他，和他长相厮守，也免得自己青春虚度。“莫抛躲”两句，反映了当时市井女子对爱情的大胆追求。

这首词以白描的手法，以当时的里巷俗语入词，使词更贴近人们的生活。

少年游（长安古道马迟迟）

少年游[①]

柳永

长安古道马迟迟[②]。高柳乱蝉嘶[③]。夕阳岛外，秋风原上，目断四天垂。

归云[④]一去无踪迹。何处是前期。狎兴[⑤]生疏，酒徒萧索，不似去年时。

【注释】

①少年游：词牌名，始见于晏殊《珠玉词》，因晏殊词中“长似少年时”句，取以为名。全词50字，前片五句三平韵，后片五句两平韵。②迟迟：徐行貌。③蝉嘶：蝉的鸣叫声。④归云：犹行云。⑤狎兴：狎游的兴致。

【赏析】

词的上片，描绘了一片令人伤感的秋景：马儿驮着主人在长安古道上迟迟缓行。高大的柳树上，一阵阵秋蝉乱鸣。这里，词人用一个“乱”字，既写蝉声之乱，也寓指词人内心之乱。下面的“夕阳岛”“秋风原”都是词人所见到的萧瑟凄凉的秋天郊野景象。“目断四天垂”五字，苍茫之感跃然纸上。

过片“归云”一句，盖言过去的一切不再复返。柳永以“归云”为依托，从而引出“何处是前期”的追问。这里的“前期”，既是词人当初意气风发、踌躇满志的愿望和期待，也指旧日的欢爱约期。对于柳永而言，这两种愿望和期待最终都落空了。“狎兴生疏”三句写他各种愿望都落空之后的寂寞与无奈。当初他虽人生失意，但毕竟还有意中人“堪寻访”，还有流连诗酒的狂朋怪侣一起相乐。而如今，均已生疏和萧索，功业无成的他空剩下“不似去年时”的叹息。

这首词是柳永人生的一个写照。

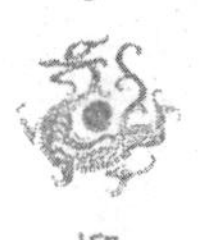

戚氏（晚秋天）

戚氏[1]

柳永

晚秋天。一霎微雨洒庭轩。槛菊萧疏[2]，井梧零乱惹残烟。凄然。望江关。飞云黯淡夕阳间。当时宋玉[3]悲感，向此临水与登山。远道迢递，[4]行人凄楚，倦听陇水潺湲[5]。正蝉吟败叶，蛩响衰草，相应喧喧[6]。

孤馆度日如年。风露渐变，悄悄至更阑。长天净、绛河清浅，皓月婵娟[7]。思绵绵。夜永对景，那堪屈指，暗想从前。未名未禄，绮陌红楼[8]，往往经岁迁延。

帝里风光好，当年少日，暮宴朝欢。况有狂朋怪侣，遇当歌、对酒竞留连。别来迅景如梭，旧游似梦，烟水程何限。念利名、憔悴长萦绊[9]。追往事、空惨愁颜。漏箭[10]移，稍觉轻寒。渐呜咽、画角数声残。对闲窗畔，停灯向晓，抱影无眠。

【注释】

①戚氏：词牌名，柳永创调，始见《乐章集》，入“中吕调”，属于长调慢词。共212字，分三片。上片九平韵，一仄韵；中片六平韵，三仄韵；下片二仄韵，同部参错互叶。②萧疏：荒芜，萧条。③宋玉（约前298—前222）：战国时期鄢（今湖北宜城）人，屈原弟子，曾事楚顷襄王。好辞赋，为屈原之后著名的辞赋家，与唐勒、景差齐名。流传作品有《九辨》《风赋》《高唐赋》《登徒子好色赋》等。④迢递：遥不可及貌。⑤潺湲：水流貌。⑥喧喧：声音喧闹。⑦婵娟：美好的样子。⑧绮陌红楼：犹言花街青楼。⑨萦绊：意谓纠缠。⑩漏箭：古时用以滴水计时的漏壶。常用来借指光阴。

【赏析】

此词是柳永自制的新调之一。全词共分三片：上片起句用“晚秋天”点明晚秋季节。“一霎微雨”三句写微雨悄然而至，致使槛菊萧疏、井梧零乱、寒烟四起。“凄然”二字，转写词人的心情，从而引出“望江关”。“飞云”数句乃是词人望中所见、所思，夕阳余晖使飞云失色，这种景象让词人明显感到秋气的存在，从而引出“临水”与“登山”的话题。“远道”数句皆是对登临引起愁怀的具体描绘。道路遥远，行人凄楚之感顿生，连那陇水潺湲的声音也倦听了，这是一悲；而残败的树叶间，秋蝉哀吟；衰草丛中，寒蛩低鸣，这又是一悲。在这段描写中，词人充分调用视觉和听觉，将流水声、蝉嘶声、蛩鸣声与流水、败叶、衰草组合在

一起，进一步突出了秋天的悲凉气氛。

中片“孤馆”句转写词人居住环境的寂寞；“度日如年”说明其孤苦难耐的程度。“风露”数句写景，秋风、寒露、净无片云的长天、清浅的银河以及明亮的皓月等，都会引起词人那不想触及的心痛。“思绵绵”三字，引发了词人如洪水一般难以阻止的情感。“夜永对景”，尽管词人不敢想起从前之事，却又不得不想。“未名”三句，道出了词人心中惨凄的原因。大中祥符年间，词人进京赴试，屡试不第，并因作词得罪当时的皇帝宋真宗，从此仕途蹉跎。这里的“未名未禄”，当指其落第之事。因为功名无望，词人只好在“绮陌红楼”中排解自己的愁绪，打发空虚的岁月。

下片劈空一句“帝里风光好”，把词人的思路又牵回到京城那种“暮宴朝欢”的生活。当时，词人有“狂朋怪侣”诗酒相乐，生活是何等逍遥！而如今，只落得旧游程远、为利名而“憔悴长萦绊”的结果。尽管不甘心，词人也只能追怀往事，空惨愁颜了。“对闲窗畔”三句，可以说是词人无数个难眠之夜的缩影。

这首词是词人一生的概括。由傍晚到深夜，又由深夜到黎明，由眼前的江关到孤馆，再到留下许多美好回忆的帝京，其思绪在时间、空间、方位之间自由跳跃而又不乱。在词的内容方面，先是以秋景引起秋情，继而描写自己的孤馆生活，然后回忆当年的帝都生涯，最后写长夜难眠的孤苦心情。首尾连贯，一气呵成，体现了柳永在结构安排方面的独到性。

夜半乐（冻云黯淡天气）

夜半乐①

柳永

冻云黯淡天气，扁舟一叶，乘兴离江渚②。度万壑千岩，越溪③深处。怒涛渐息，樵风④乍起，更闻商旅相呼，片帆高举。泛画鹢、翩翩过南浦。⑤

望中酒旆⑥闪闪，一簇烟村，数行霜树。残日下，渔人鸣榔归去。败荷零落，衰杨掩映⑦，岸边两两三三、浣纱游女。避行客，含羞笑相语。

到此因念，绣阁轻抛，浪萍难驻。叹后约，丁宁⑧竟何据。惨离怀，空恨岁晚归期阻。凝泪眼，杳杳神京路。断鸿声远长天暮。

【注释】

①夜半乐：唐教坊曲，后用为词牌，《乐章集》入“中吕调”。全词140字，分三段，前段、中段，四仄韵，后段五仄韵。②江渚：江中小洲，江边。③越

溪：泛指越地的溪流。④樵风：指顺风。⑤画鹢：在船头画鹢鸟，以图吉利。南浦：南面的水边，常用来指送别之地。⑥酒旆：指酒旗。⑦掩映：掩蔽，遮蔽。⑧丁宁：同“叮咛”，反复嘱咐，再三告诫。

【赏析】

此调为柳永以旧曲创制新声的词作。上片“冻云句”交代出发时已是初冬，词人不顾天气寒冷，乘一叶小舟，兴致勃勃地离开江渚。“度万壑”数句说明词人乘舟经过的地方很多。这里的“万”“千”不是实数，都是虚指。“怒涛”数句写小舟行进时的所见所闻。小舟从“万壑千岩”的深处到了比较开阔的江面之上，这时候浪头小了，突然刮起了顺风，更听到过往商旅彼此打着招呼。“片帆高举”“泛画鹢”“翩翩过南浦”等，说明词人当时的心情是轻松愉快的。

中片以“望”始，以“含羞笑相语”作结，主要写舟中所见：酒旆、烟村、霜树、残日、归去的渔人、败荷、衰杨、岸边的浣纱游女、行客等，都尽入眼底。这些意象，因有一个“望”统领，故而显得有序而不乱。

下片“到此因念”很自然地过渡到抒情。“绣阁轻抛”是说后悔当初做出轻率离家的决定；“浪萍难驻”言自己浪迹他乡，行踪不定；“叹后约”二句是指当年离别时，妻子再三叮咛，到了约定的归期却不能兑现；“惨离怀”二句感叹与妻子长久离别，因路途遥远，直到岁暮还不能回家；“凝泪眼”二句进一步写自己泪眼眺望路途遥远的京城；最后“断鸿”句写苍茫暮色中只有离群的孤雁渐渐远去的悲鸣之声。“断鸿”意象正是词人孤苦形象的象征。

这首词上、中两片写景，主要写词人游赏过程中的所见、所闻，笔调悠游从容，叙述描写衔接自然，描绘的对象从自然现象转到社会人事，层次分明，铺排有序。下片抒情，感情汪洋恣肆，笔调遂转为急促。先是后悔当初的所作所为，接着又叹息“别时容易见时难”，并作多角度地反复叙写。同时，注重音节的调配。通篇转承自然，深深体现了柳词慢词善于铺叙的特点。

玉蝴蝶（望处雨收云断）

玉蝴蝶[①]

柳永

望处雨收云断[②]，凭阑悄悄，目送秋光。晚景萧疏，堪动宋玉悲凉。水风轻、苹花[③]渐老；月露冷、梧叶飘黄。遣情伤。故人何在，烟水茫茫[④]。

难忘。文期酒会[⑤]，几孤风月，屡变星霜。海阔山遥，未知何处是潇湘[⑥]。念双燕、难凭远信，指暮天、空识归航。黯相望，断鸿[⑦]声里，立尽斜阳。

【注释】

①玉蝴蝶：词牌名，《乐章集》注为“仙吕调”，此调有小令和长调两体。长调始于柳永，双调99字，平韵。亦有98字体。②雨收云断：雨停云散，指雨过天晴。③苹花：一种夏秋之际开花的浮萍。④茫茫：模糊不清貌。⑤文期酒会：文人相约饮酒赋诗的聚会。⑥潇湘：湘江的别称，这里指所思之人居住之地。⑦断鸿：失群的孤雁。

【赏析】

这首词是柳永怀念湘中故人所作。上片以“望处”统领全篇，写词人凭栏远望，只见雨过天晴，眼前一派萧疏的秋景，遂引起词人的宋玉之悲。那些渐老的苹花，清冷的月露，枯黄败落的梧叶等景象，使词人不禁更加思念不知身在何处的故人。“烟水茫茫”四字，浓缩了词人无穷的悲秋之感和故人之思。

下片以“难忘”二字领格，将旧日的“文期酒会”等赏心乐事与今日的“海阔天遥，未知何处”相比较，进一步表达了“指暮天，空识归航”的无奈。结尾“黯相望，断鸿声里，立尽斜阳”三句，以断鸿的哀鸣衬托自己的孤独，以斜阳中久立显示自己的苦闷彷徨。既照应上片的“望处”使其首尾相顾，又强烈地表达了羁旅愁情与怀念远人之苦。

这首词在写景上颇有独到之处，即词中之景，皆是为情而存在，而词中之情，又因景而生。情景互相映衬，构筑了全篇朦胧、凄凉的意境，进一步揭示了“人间悲苦是离别”的深层含义。

八声甘州（对潇潇、暮雨洒江天）

八声甘州[①]

柳永

对潇潇、暮雨洒江天，一番洗清秋。渐霜风[②]凄紧，关河冷落，残照当楼。是处红衰翠减，苒苒[③]物华休。惟有长江水，无语东流。

不忍登高临远，望故乡渺邈[④]，归思难收。叹年来踪迹，何事苦淹留[⑤]。想佳人、妆楼颙望[⑥]，误几回、天际识归舟。争知我、倚阑干处，正恁凝愁[⑦]。

【注释】

①八声甘州：词牌名，得名于唐教坊大曲《甘州》，因其词前后片共八韵，

故名“八声”，属于慢词。双调97字，平韵。②霜风：指秋风。③苒苒：形容时光流逝，渐渐过去的意思。④渺邈：久远，广远。⑤淹留：长期逗留，羁留。⑥颙望：抬头凝望。⑦凝愁：痛苦不已，愁苦凝结在心。

【赏析】

这是一首思归念远之词。上片以写景为主，重点描写了暮雨洒江的清秋天气。渐渐凄紧的霜风、冷落的关河、当楼的残照以及到处“红衰翠减”等，勾勒出一幅绮靡的暮江烟雨图。这些景物，用“对”字统领，“洗”字增添雨景的灵动之气，仿佛这些景致都是暮雨洗出来的，并借“潇潇”与“洒”字状暮雨之势，使人仿佛看到了下雨的状态，听到了万千雨线落下的声音。“渐霜风”三句，进一步烘托气氛，连一向不喜欢柳词的苏轼，也盛赞此语“不减唐人高处”（赵令畤《侯鲭录》）。它的妙处在于以景绘情，意境苍凉悲壮。“是处”两句谓到处都是残花败叶，万物都在凋零。结尾“惟有”二句颇耐人寻味。流水无情，而人有意，此二句实则寄寓了词人韶华易逝的感慨。

过片三句写词人不忍心登高临远，怕引起难以克制的归思。“望故乡渺邈，归思难收”是全词的重心，它真切地道出了词人长期羁旅他乡的寂寞之感，以及对家乡刻骨铭心的思念之情。“叹年来”两句，一个“苦”字道出了词人不得不滞留他乡的凄苦与无奈。“想佳人”数句从远在家乡的“佳人”入笔，写其如何思念、盼望自己回去，不知多少回把别人的归船当成自己回家的客船。结尾“争知我”三句写对方不知道自己正在依栏远望的痛苦。这里，“依阑”“凝愁”本是实写，却从对方设想，而以“争知我”领格收到了化实为虚、空灵跌宕的效果。

整首词层层深入，以铺张扬厉的艺术手法，将登高远眺、望乡思亲，以及羁旅他乡的凄苦之情委婉道出。结构严密，跌宕起伏，开合有度，前后呼应，深深地体现了柳词的艺术特色。

迷神引（一叶扁舟轻帆卷）

迷神引①

柳永

一叶扁舟轻帆②卷。暂泊楚江南岸。孤城暮角，引胡笳③怨。水茫茫，平沙雁。旋惊散。烟敛寒林簇④，画屏展。天际遥山小，黛眉浅。

旧赏轻抛，到此成游宦⑤。觉客程劳，年光晚。异乡风物，忍萧索，当愁眼。

帝城赊[6]，秦楼[7]阻，旅魂乱。芳草连空阔，残照满。佳人无消息，断云远。

【注释】

①迷神引：始见于柳永词，为柳永所创。《乐章集》注为“中吕调”，双调97字，前片十一句六仄韵，后片十三句六仄韵。②轻帆：小舟，轻舟。③胡笳：我国古代北方民族的管乐器。④烟敛寒林簇：烟云散尽，寒林丛聚。⑤游宦：在官场上奔走漂泊的人。⑥帝城赊：京城遥远。⑦秦楼：代指女子。

【赏析】

这首词是柳永晚年宦游时的作品。

起首两句写风帆收起，小舟暂泊江岸。“暂泊”二字，预示天色将晚，暂时投宿。“孤城暮角”数句叙写哀怨幽咽的暮角声与胡笳声从不远处的孤城响起，更增添了羁旅之人凄凉的情绪，而展现在眼前的茫茫江水、平整的沙地上惊飞的大雁、漠漠的寒林、淡淡的远山等，无不衬托出游子的幽怨之情和寂寞之感。

过片“旧赏”二句，写词人对自己成为“游宦”心有所悔。“觉客程劳”数句写旅途劳顿，年华易逝，异乡风物萧索，惹起客人的愁思。远离京城，秦楼楚馆也被阻碍，愁闷难以消遣。“旅魂乱”三字，生动地刻画出词人神不守舍的神态。“芳草”二句在抒情过程中插入景物描写，使情节富于变化而又生动。结尾“佳人”二句应对前面的“秦楼阻”，指旧爱失去消息，难以追寻。

这首词借言“暂泊”之愁，而道“游宦”之苦，于大肆铺叙中显其真味。

竹马子（登孤垒荒凉）

竹马子[1]

柳永

登孤垒[2]荒凉，危亭旷望，静临烟渚[3]。对雌霓挂雨[4]，雄风拂槛，微收残暑。渐觉一叶惊秋，残蝉噪晚，素商[5]时序。览景想前欢，指神京、非雾非烟深处。

向此成追感，新愁易积，故人难聚。凭高尽日凝伫。赢得消魂无语。极目霁霭霏微[6]，暝鸦零乱，萧索江城暮。南楼画角，又送残阳去。

【注释】

①竹马子：柳永自度曲之一，双调，104字，仄韵。另有103字变体。②孤垒：孤立的堡垒。③烟渚：雾气笼罩的水中沙洲。④雌霓挂雨：指天空出现彩虹，而雨还在下着。雌霓：虹为两种颜色，色彩艳丽的部分为雄，叫作虹；色彩

暗淡的部分为雌，叫作霓。⑤素商：对秋天的雅称。依“五行”之说，秋天色尚白，属于五音之中“商”的音阶，因而称为素商。⑥霁霭霏微：雨后天晴，薄雾弥漫，如同迷蒙的细雨。

【赏析】

这首词是柳永雅词的代表作之一。上片描绘了一系列雄浑苍凉的景象：孤垒、危亭、烟渚、雌霓、雄风，这一系列意象组合，营造了一种苍凉悲壮的气氛，构筑了雄浑的艺术意境。“微收残暑”四字，说明“雄风”给闷热的暑天增添了一丝凉意。“一叶惊秋、残蝉噪晚”，使词人明显感到了秋令的到来。于是，他忍不住又“览景想前欢”了。“指神京”二句，意指“前欢”所在的京城遥远，虽然没有雾没有烟，但远观如烟似雾。实际上，词人营造这种苍茫朦胧的意境也蕴含了其再见“前欢”的渺茫。

过片“向此成追感”三句，意谓词人登孤垒看到的情景容易使人生愁，再加上故人难再相聚，因而愁上加愁。“凭高”二句写词人因为整天凭高望远而“消魂无语”，这既体现了词人愁苦的程度，又展示出词人与故人非同一般的情意。“极目”四句仍是写景，巧妙地将黄昏时分的霁霭、暝鸦、画角、残阳等萧索的景象与悲苦的离别情绪相映衬，进一步增强了词的含蓄、浑厚感。

这首词采用虚实相生的手法，用实来写景，虚来抒情。并且善于根据时令来安排相关的景物，使词的感情基调与抒情主人公的心理活动相一致。在整体结构上，全词意脉相承，铺叙合理，意境开阔，格调清雅。其语言清丽，音律和婉，抒情哀婉动人。相对于柳永的那些俚俗之词，更多了几分诗意美。

桂枝香（登临送目）

桂枝香[①]

王安石[②]

登临送目。正故国晚秋，天气初肃。千里澄江似练[③]，翠峰如簇。归帆去棹残阳里，背西风、酒旗斜矗[④]。彩舟云淡，星河鹭起，[⑤]画图难足。

念往昔、繁华竞逐[⑥]。叹门外楼头，悲恨相续。千古凭高，对此谩嗟[⑦]荣辱。六朝旧事随流水，但寒烟、衰草凝绿。至今商女[⑧]，时时犹唱，《后庭》遗曲[⑨]。

【注释】

①桂枝香：词牌名，双片101字，前后片各五仄韵。②王安石（1021—

1086）：字介甫，号半山，抚州（今属江西）人。"唐宋八大家"之一。有《王临川集》《临川集拾遗》传世。③千里澄江似练：形容长江像一条白色的长练。④斜矗：斜插。矗，直立。⑤星河：银河，这里用来比喻长江。鹭起：白鹭从水中沙洲上飞起。⑥竞逐：竞相效仿追逐。⑦谩嗟：空叹。⑧商女：这里指歌女。⑨《后庭》遗曲：指歌曲《玉树后庭花》，被后人看成亡国之音。

【赏析】

这首词起首三句写词人登高远眺，引出古都的晚秋之景。"初肃"二字，说明天气刚刚转寒。"澄江似练"化用谢朓"澄江静如练"诗意，与"翠峰如簇"相对，既对仗工整，又具有构图的立体感和平面的空阔辽远感。"归帆"数句写在残阳的照耀下，只见船只往来如梭、酒旗高矗在西风中飘舞。这既写出了金陵城美丽的黄昏景色，也喻示了其商旅的繁华。"彩舟"二句是这幅金陵秋景图中的点睛之笔，色彩对比鲜明，动静相映成趣。"画图难足"句对金陵的美景高度赞赏。正所谓"秋山不可画，秋思亦无垠"，"难足"二字深深说明这种美是难以图画的，只能细细品味。

过片"念往昔"由对自然美景的描绘过渡到登临所感，并用"繁华竞逐"概括历代王朝兴亡更替的历史循环。"叹门外"两句化用杜牧《台城曲》"门外韩擒虎，楼头张丽华"诗意，含蓄地讽刺了统治者在亡国之际仍然寻欢作乐的事实。"悲恨相续"说明此后的统治者不引以为鉴，只顾纵情享乐，以至于建都于此的历朝先后覆亡。"千古"二句写词人站在高处，凭吊千古，深为历代王朝的兴衰嗟叹。"六朝"两句是说六朝兴衰的往事像流水一样消逝在历史的长河之中，只留下眼前这些衰煞、凄凉的秋景。"至今"三句化用杜牧《泊秦淮》"商女不知亡国恨，隔江犹唱后庭花"诗句，指出因为统治者的醉生梦死，才导致靡靡之音盛传于金陵市井，并非商女不知亡国之恨的缘故。

这首词的成就在于：其一，具有高度的思想性，通过写景抒发了历代王朝的兴衰之感，为后世统治者稳定自己的统治敲响警钟；其二，在词的艺术风格方面一洗五代以来的绮罗香泽之态，写景奇伟壮丽，气象开阔辽远；其三，立意新颖，高瞻远瞩，使历史观与政治观高度统一；其四，章法上层次井然，笔力雄健。南宋时期的张炎在《词源》中高度评价此词："清空中有意趣，无笔力者未易到。"

千秋岁引（别馆寒砧）

千秋岁引[1]

王安石

别馆寒砧，[2]孤城画角。一派秋声入寥廓[3]。东归燕从海上去，南来雁向沙头落。楚台风[4]，庾楼月[5]，宛如昨。

无奈被些名利缚。无奈被他情担阁[6]。可惜风流总闲却。当初谩留华表语[7]，而今误我秦楼约。梦阑[8]时，酒醒后，思量着。

【注释】

①千秋岁引：词牌名，双调82字，前片八句四仄韵，后片八句五仄韵。②别馆：客馆。砧：捣衣石，这里指捣衣的声音。③寥廓：空阔，这里指天空。④楚台风：典出于宋玉《风赋》："楚王游于兰台，有风飒然而来，楚王披襟而当之。"⑤庾楼月：庾亮南楼之上的月亮。后来人们常以庾楼泛指楼阁。⑥担阁：同"耽搁"，延误、延迟之意。⑦华表语：指向皇帝进谏的奏章。华表：又称"诽谤木"，立于殿堂之前。⑧梦阑：梦醒，从梦中醒来。

【赏析】

这首词格调哀婉，含蓄深沉。上片以秋声开篇，旅舍的寒砧声、孤城的画角声，汇成了秋声的交响乐。"一派"句道出了秋声的高亢清越、声韵辽远。"东归"二句为词人目之所见，燕子与大雁都是候鸟，到了秋天便返回气候温暖的南方，这激起词人久在他乡的客居情绪。"楚台风，庾楼月"两句用典，借以说明昔日游赏的快乐。"宛如昨"三字道出了词人对往日的情景记忆犹新，好像昨天刚刚过去。

下片转入抒情。过片两句连用两个"无奈"，说明词人不得已为名利束缚，为世情耽搁了自己本应有的美好生活。"可惜"句言自己总被风流之事抛在一边而深深惋惜，"当初"二句运用对比，说明自己与心上人信誓旦旦，约定归期，而最终却无法实现。"梦阑时"三句说明每当梦回酒醒之时，总是思量着这件事。这里的"梦"与"酒"，已非单纯意义上的梦和酒。人生本是一场幻梦，而酒醒也包含了屈原所说的"世人皆醉独我醒"的滋味。所以，从词人的一生而言，"梦阑酒醒"更多地包含了词人历尽沧桑之后的幡然醒悟。

关于这首词，历来人们评价很高。明代杨慎《词品》评价此词："荆公此词，大有感慨，大有道悟。"李攀龙盛赞其"不著一愁语，而寂寂景色，隐隐在目，洵一幅秋光图，最堪把玩”；黄廖园《蓼园词评》谓其“意致清迥，翛然有出尘之致”，都从不同角度关注到了王安石此词的精髓所在。

清平乐（留春不住）

清平乐[①]

春晚

王安国[②]

留春不住。费尽莺儿语。满地残红宫锦[③]污，昨夜南园风雨。

小怜[④]初上琵琶。晓来思绕天涯。不肯画堂朱户[⑤]，春风自在杨花。

【注释】

①此词一说为王安石词，今依《宋词三百首》，仍作王安国词。②王安国（1028—1074）：字平甫，抚州临川（今属江西）人。王安石之弟，北宋著名诗人。③宫锦：宫廷监制并特有的锦缎。这里用来比喻落花。④小怜：指齐后主宠妃冯小怜，擅长弹琵琶。这里指弹琵琶的歌女。⑤画堂朱户：达官显贵之家。

【赏析】

这首词以惜春伤春为主题。上片起首“留春”二句写为了留住春天做了种种努力。莺儿那声嘶力竭的“不要归去”的叫声，正是无计留春的失落体现。“满地”两句以浓墨重彩的手法描写风雨飘摇之夜，南园满地残红堆积的零乱景象。在这段描写中，采取听觉与视觉互动的方法，从声音和色彩两方面着笔，清晰地勾勒出一幅令人叹惋的残春图。

过片两句运用北齐后主淑妃冯小怜典故，写正在南园悼红之际，忽然从不远处传来歌女弹奏琵琶的声音，这更引起人的忧思。“晓来”句意谓长夜难寐，任情思飞越万水千山。“不肯”两句借写杨花的品格，来赞扬歌女不肯依附权贵的高洁品质。清代谭献《词辨》对此两句极为赞赏：“末二句见其品格之高。”

这首词在表达伤春、惜春的同时，进一步表达了年华虚度的遗憾，寄寓了美人迟暮、英雄失路的悲慨。在艺术架构方面，运用倒装句法，注重听觉与视觉的调和，寓情于景，并在写景过程中融入自己的生活，写出了高洁的品格与风骨。

临江仙（梦后楼台高锁）

临江仙

晏几道[①]

梦后楼台高锁，酒醒帘幕低垂。去年春恨却来时。落花人独立，微雨燕双飞。[②]

记得小苹[③]初见，两重心字罗衣[④]。琵琶弦上说相思。当时明月在，曾照彩云归[⑤]。

【注释】

①晏几道（1038—1110）：字叔原，号小山，抚州临川（今属江西）人。晏殊幼子，与其父晏殊合称“二晏”。工于言情，以小令见长。有《小山词》传世。②“落花”二句：出自五代翁宏《春残》：“又是春残也，如何出翠帏。落花人独立，微雨燕双飞。”③小苹：歌女的名字。④两重心字罗衣：这里含有心心相印之意。心字罗衣，用心字香熏过的罗衣。⑤彩云归：化用李白《宫中行乐词》“只愁歌舞散，化作彩云飞”句意。

【赏析】

这首词是宋代词人晏几道的代表作。起首两句写词人梦后酒醒之时，心爱的小苹已经离去。“楼台高锁”与“帘幕低垂”说明人去楼空。这里的“梦”，语意双关，既指实际的梦境，又含有“人生如梦”的感慨。“去年”句点明春恨，说明这种春恨由来已久。“落花”二句对仗工整，意境淡雅，堪称经典名句。随风飘落的花瓣，久久地伫立在庭院中的词客，柔细如丝的微雨中双飞的燕子，构成一幅凄美的画面。

过片“记得”二句将词人的思绪带入过去的回忆，当时与小苹初见，她穿着绣有两重心字的罗衣。这样一件有着特殊意义的衣服，意在暗示两人一见钟情，心心相印。当时小苹借弹奏琵琶传情。弹者有心，听者有意，可谓心有灵犀。“当时”二句尤妙，使分别时的情景永远在想象的空间里定格：当时皓月当空，银辉洒向人间，而小苹却像一朵彩云一般飘然而去。

这首词通过对往日快乐生活的回忆，寄寓了“微痛纤悲”的身世之感。艺术风格上，它体现了小山词特有的深婉沉着，为词人赢得了应有的声誉。

蝶恋花（梦入江南烟水路）

蝶恋花

晏几道

梦入江南烟水[1]路。行尽江南，不与离人[2]遇。睡里消魂无说处。觉来惆怅消魂误。

欲尽此情书尺素。浮雁沉鱼，终了无凭据。却倚缓弦歌别绪。断肠移破秦筝柱。[3]

【注释】

①烟水：雾霭迷蒙的水面。②离人：这里指离别的心上人。③移破：移遍。秦筝：古秦地所用的一种弦乐器。这里用来指古筝。

【赏析】

这首词借写梦中相思与梦后遣怀，表达了对恋人的深深怀念之情。起首三句写自己梦中游历江南，期望遇到自己的心上人。可是，他踏遍了整个江南，也没有发现心上人的行迹。“行尽”二字，深刻地反映了词人求索之苦与相思之深。“睡里”二句是说梦中找不到心上人的忧伤情绪无处可说，醒来后反而更加惆怅，觉得这是“消魂”误人。整个上片，前后用了“江南”“消魂”两处叠词，特别是后两句，梦中与醒来都用到“消魂”，极言“消魂”之苦无以排遣，增强了词的感情表达效果。

过片“欲尽”三句是说词人将自己所有的感情都写进了书信，却无法寄达对方，再次言明与心上人联系的无望。结尾“却倚”两句写词人打算用音乐来抒发自己的情怀，结果移遍筝柱发出的都是断肠之声。

这首词以梦境始，以弹筝声终，层层递进，节节顿挫，使人有不忍卒读之感。

蝶恋花（醉别西楼醒不记）

蝶恋花

晏几道

醉别西楼醒不记。春梦秋云[①]，聚散真容易。斜月半窗还少睡。画屏闲展吴山翠[②]。

衣上酒痕[③]诗里字。点点行行，总是凄凉意。红烛自怜无好计。夜寒空替人垂泪。

【注释】

①春梦秋云：化用晏殊《木兰花》“长于春梦几多时，散似秋云无觅处”词句。②吴山翠：指画屏上所画的江南风景。③衣上酒痕：喝酒时不慎滴在衣服上的酒迹。

【赏析】

这是一首以伤别为主题的词。起首一句写自己醉别西楼，醒了之后却浑然不记得。“春梦秋云”两句写人生如同春梦、秋云一般聚散无常。这里的春梦、秋云，是美好事物的象征，“真容易”三字，使好景不长的感叹异常强烈。“斜月半窗”两句意谓月已西沉，自己却毫无睡意。床前的屏风却在灯光的照耀下悠闲地展示着吴山的青翠。这一句看似闲笔，却从侧面映衬了词人内心的伤感与辗转难眠的无奈。

过片承接“醉别”，写衣上的“酒痕”是西楼欢宴时所留，“诗里字”也是当时在酒席宴间词人所题的词章。“点点”两句是说目睹当时留下的酒痕和词章，使词人不禁又回忆起当初的欢乐生活，从而备感到今天的凄凉。结尾“红烛”两句化用杜牧《赠别》“蜡烛有心还惜别，替人垂泪到天明”诗句，将“红烛”拟人化，它虽然很同情词人的遭遇，但也爱莫能助，只好在寒冷寂寞的夜里替人倾洒同情之泪。

这首词既没有突出的事件，也没有引人瞩目的情节，而是通过一系列意象组合，反复诉说离愁。意境含蓄蕴藉，情意深长，使全词充满了惆怅与悲凉之感。

鹧鸪天（彩袖殷勤捧玉钟）

鹧鸪天

晏几道

彩袖殷勤捧玉钟。[1]当年拼却醉颜红[2]。舞低杨柳楼心月[3]，歌尽桃花扇底风。从别后，忆相逢。几回魂梦与君同。今宵剩把银釭照[4]，犹恐相逢是梦中。

【注释】

①彩袖：指身穿彩衣的歌女。玉钟：酒杯的美称。②醉颜红：脸因醉酒而红润。③楼心月：直照到楼中的月亮。④银釭：银白色的烛台。这里用来指灯。

【赏析】

这首词上片回忆当年与歌女相会的情景。“彩袖”句是说当年在酒席宴上词人与歌女相会，歌女挥动彩袖殷勤地为词人频频斟酒，从词人“拼却醉颜红”的举动来看，词人可以说是对歌女一见倾心，不惜为其豪饮至醉。“舞低”二句极言当时的歌舞盛况，以月亮的升落喻示时间之长，以杨柳、桃花扇、风等来描写歌舞宴席的热闹场面。这里，杨柳和月亮是实景，风则是虚景。虚中有实，实中有虚，扑朔迷离。

过片“从别后”二句是说自从分别之后，词人回忆相逢的情景。“几回”句写多少回词人都与歌女做着同样的梦，由此可见两人相爱之深。“今宵”二句写重逢的喜悦，“剩把银釭照”说明两人喜极而忧，担心今宵的相会不过是南柯一梦，因而举灯相照，以确认对方是真的出现在眼前。

这首词虚实结合，真幻难分，体现了词人匠心独具的一面。

鹧鸪天（醉拍春衫惜旧香）

鹧鸪天

晏几道

醉拍春衫惜旧香[1]。天将离恨恼疏狂[2]。年年陌上生秋草，日日楼中到夕阳。

云渺渺[3]，水茫茫。征人归路许多长。相思本是无凭语[4]，莫向花笺[5]费泪行。

【注释】

①旧香：以前遗留在衣服上的香泽。②疏狂：狂放，不受拘束。③渺渺：幽远貌，因距离远而模糊不清。④无凭语：没有根据的语言。⑤花笺：书信。

【赏析】

这首词通过对往日欢聚时醉舞狂歌生活的回忆，表达了别后的孤独与惆怅，流露出离别的无限伤感之情。

起首“醉拍”两句写词人当年与心上人相聚时的欢乐与甜蜜。然而，写他们过度的疏狂招来上天的妒忌与恼恨，使之用别离来惩罚他们。一个“恼”字，生动地体现了词人因天不遂人愿而引起的悲慨。“年年”二句是写别后的痛苦与难以割舍的离情。这里，词人有意选取“秋草”与“夕阳”两个既常见又具有普遍性的意象，将自己挥之不去的情感置于时空之间，表达了对所爱之人无限的思念之情。

过片“云渺渺，水茫茫”二句以天地之浩渺，状佳人之难寻。“征人”句是说征人的归路漫长难以回去，从而与心上人相见无期。字里行间，流露出无限的怅惘、伤感之情。结拍“相思”两句采用极端之语，说相思都是没有凭据的言语，因而还是不要对着书信浪费眼泪了。

总体而言，这首词意境深远，具有很强的艺术感染力。

生查子（金鞭美少年）

生查子

晏几道

金鞭[1]美少年，去跃青骢马[2]。牵系玉楼人[3]，绣被春寒夜。

消息未归来，寒食梨花谢。无处说相思，背面秋千下[4]。

【注释】

①金鞭：用黄金做的马鞭。比喻骑马者出身之高贵，非一般人可比。②青骢马：毛色青白相间的骏马。③玉楼人：指闺阁女子。④背面秋千下：化用李商隐《无题》“十五泣春风，背面秋千下”诗句。

【赏析】

这是一首思妇词。上片以粗笔勾勒的方法描画出了“金鞭美少年”和“玉楼人”的形象。“金鞭”二句突出了少年的气质不凡。在当时，能够手持金鞭、跨名马的人，都不是平凡之辈，非富即贵。这样一个英武俊美的少年，自然能够赢得“玉楼”之人的芳心，使之心有牵系。“绣被”句说明“少年”离去之后，“玉楼人”长夜辗转难眠的事实。“春”点明季节，“寒”既点明阳春季节尚有余寒，又喻示了女主人公内心的落寞。

下片写女主人公深深的思念与期盼。“消息”句意指一直没有“少年”归来的消息，“寒食”句用凋谢的“梨花”来暗示时间的流逝，表现出女子内心无限的惆怅与失落之感。“无处”二句写女主人公的相思之苦无处诉说，痴痴地背面站在秋千架下。黄廖园《蓼园词评》云：“末联‘无处’二字，意致凄然，妙在含蓄。”它委婉地道出了女主人公的孤独与寂寞。“秋千”，本是女子游玩嬉戏的爱物，也是她与心上人多次相会的见证，词人选取这样一个对于女子来说有着特殊意义的意象，进一步增强了艺术效果。

全词以别离为线索，由行者转向居者，由形貌过渡到心灵，层层递进，细腻地表达了女主人公的别后相思与痴情。

生查子（关山魂梦长）

生查子[1]

晏几道

关山魂梦长，塞雁[2]音书少。两鬓可怜青，只为相思老。

归傍碧纱窗[3]，说与人人[4]道。真个别离难，不似[5]相逢好。

【注释】

①此词一说为王观词，或杜安世词，今依《宋词三百首》仍作晏几道词。②塞雁：边塞的大雁，比喻远离家乡的人。③碧纱窗：用绿色薄纱做的纱窗。④人人：宋时口语，指所爱的人。⑤不似：不如，不比。

【赏析】

这首词主要描写远在他乡的游子对家乡的苦苦思念以及渴望回家团聚的心情。

起首两句写游子远在关山对家乡魂牵梦绕，却又因路途太远难以回去。这里，词人用“关山长”与“音书少”进行对比，体现了游子对家乡思念之深。“两鬓”二句感叹满头青丝在相思中慢慢变老，“可怜”“只为”，进一步强调了游子对爱情的执着。

下片借助梦境，抒发词人渴望归家的心情。“归傍”句写词人梦中回到家乡，见到了“碧纱窗”里的爱人。“说与”句是说词人向自己的爱人诉说别后的相思之情。结尾“真个”二句言浅意深，说明人间最苦是离别，不像相逢那样美好。

全词用白描的手法，以家常口语娓娓道来，在精心构筑形象的同时，努力做到景真、情真、语真。立意新颖，语言质朴通俗，却又不失清丽娴雅的韵致。

木兰花（东风又作无情计）

木兰花

晏几道

东风又作无情计。艳粉娇红①吹满地。碧楼②帘影不遮愁，还似去年今日意。

谁知错管③春残事。到处登临曾费泪。此时金盏④直须深，看尽落花能几醉。

【注释】

①艳粉娇红：这里指落花。②碧楼：犹玉楼，翠楼。楼阁的美称。③错管：误管，不应该管。④金盏：酒杯的美称。

【赏析】

这首词在描绘残春景象的同时，表达了强烈的伤春之情。词以埋怨东风的无情入笔，一个“又”字，说明并非第一次。“艳粉”句绘形绘色地展示了风吹落花的情态。那些娇艳的红白花瓣吹落了一地。“满地”，状落花之多。“碧楼”句意谓浓绿掩映的高楼和重重帘幕遮不住落花的残影，忧愁因此而生。“还似”句语浅情深，指词人的愁绪还和去年一样。“还似”二字与起首的“又”字相互照应，再一次说明词人的愁情是年年如此。

过片通过自责错管春残之事，表达了词人惜春怜花的多情。“到处”句说明词人每次登临都是为落花而伤心流泪，现在看来完全是浪费眼泪。结尾两句转写今日当痛饮美酒，醉赏落花。“直须深”意谓酒杯中的美酒应当斟满。“能几醉”是说落花瞬间即逝，即便是为之痛饮，又能沉醉几次！再一次强调了词人对落花的珍惜。

这首词气势不凡，笔力沉重，以无情衬有情，从而使情味更浓。

木兰花（秋千院落重帘幕）

木兰花

晏几道

秋千院落重帘幕。彩笔闲来题绣户[①]。墙头丹杏雨余花[②]，门外绿杨风后絮。

朝云信断知何处。应作襄王春梦[③]去。紫骝[④]认得旧游踪，嘶过画桥东畔路。

【注释】

①绣户：华丽的门户，多用来指女子的居室。②雨余花：雨后的花。这里指出现在墙头的美女的脸庞。③襄王春梦：这里指与所爱之人相会的梦。④紫骝：即紫骝马，泛指骏马。

【赏析】

这是一首含蓄深婉的言情词。上片“秋千”两句写院内的情景，“秋千”二字充满了情调，从侧面暗示了院中的主人对生活的热爱。“帘幕”“绣户”则说明主人是一个闺阁女子，“彩笔闲题”暗示其具有高深的文化修养。“墙头”两句为词人从外面所见到的景色，只见一支红杏露出墙头，门外几株杨柳飘着洁白的柳絮。此处以眼前景寓心中情，情景交织，别有一番韵味。

过片运用巫山神女的典故，表达了词人对院中主人的思念。“朝云”句意谓女子不知去向，没有人知道她的消息。“襄王春梦”，这里用来借指词人渴望梦中与这位女子相会。结尾两句借紫骝马认得过去的“游踪”来说明词人对这位女子的住处很熟悉，任嘶鸣的马儿驰过画桥东畔的道路。虚实并用，营造了美的意境，达到了较好的艺术效果。

总之，深婉含蓄是这首词突出的特点。如上片只是描绘女子居处环境如何清新雅致，女子如何高雅不俗，而女子始终未露面；下片则以梦暗示两人的感情，继而以马识途来说明词人曾是这里的常客。这种委婉的表达方式，为读者留下了丰富的想象空间。

清平乐（留人不住）

清平乐

晏几道

留人不住。醉解兰舟去。一棹碧涛[①]春水路。过尽晓莺啼处。

渡头[②]杨柳青青。枝枝叶叶离情。此后锦书休寄，画楼云雨无凭[③]。

【注释】

①碧涛：绿色的波涛。②渡头：犹渡口，过河的地方。③云雨无凭：典出于宋玉《高唐赋》，这里指行踪不定。

【赏析】

这是一首送别之作。起首两句写尽管女子再三挽留，但情郎依旧醉解兰舟而去。这里，“醉”字用得极妙，使人产生无限遐思。继而“一棹”两句写女子猜想情人一路上经过的情况。船儿行进在碧波当中，所过之处，晓莺啼鸣。这里的描写，既是女子想象的实景，也是对男子一路春风得意、处处留恋歌舞烟花之地的担心。

下片以渡头的杨柳起兴，写其生长茂盛，它的枝枝叶叶，都承载着女子的离别之情。以枝叶茂盛状离情之浓，顿使景语化作了情语。结尾“此后”两句逆笔一转，写女子的决绝与失望。女子何以突然决绝如此？想是女子曾经多次写信给男子，但都杳无音信。“画楼云雨无凭”，说明男子与她交往不过是逢场作戏，女子热切的期盼彻底落空。

这首词刻画细腻，惟妙惟肖地表现出一个女子痴中含怨的复杂心理。

阮郎归（旧香残粉似当初）

阮郎归[①]

晏几道

旧香残粉[②]似当初。人情恨不如。一春犹有数行书。秋来书更疏[③]。

衾凤[4]冷，枕鸳[5]孤。愁肠待酒舒[6]。梦魂纵有也成虚。那堪和梦无。

【注释】

①阮郎归：词牌名，唐教坊曲有《阮郎迷》，疑为其初名。双调47字，前后片各四平韵。②旧香残粉：指过去所剩的香粉。③疏：稀少。④衾凤：绣有凤凰图案的锦被。⑤枕鸳：绣有鸳鸯图案的枕头。⑥舒：宽解。

【赏析】

这是一篇谴责薄情男子的佳作。起首“旧香”二句写自己所用的香粉仍和以前一样没有区别，可恨人情却不如以往，物是人非之感跃然纸上。“一春”两句是对前两句的补充，写春天男子刚离去之时还有几行书信写来，到了秋天信就更少了。

过片“衾凤冷”三句，写女子生活的清冷与孤寂。被子上的凤鸟和鸳鸯，本为吉祥和夫妻相守形影不离的象征，如今一“冷”一“孤”，更加衬托出女子的孤独和痛苦。“酒肠”句写女子希望借酒消愁。结尾“梦魂”两句写女子消愁不成，只好希望梦中得到安慰，然而却是一夜无梦。“纵有也成虚”说明即使有好梦使自己得到安慰，但也是虚梦一场，醒来一切皆无。“那堪和梦无”说明连做梦也不能够的痛苦更让人难以忍受。

这首词运用层层深入的方法，将抒情主人公的情感一步步推向高潮，深切地表达了难以解脱的人生痛苦。

阮郎归（天边金掌露成霜）

阮郎归

晏几道

天边金掌[1]露成霜。云随雁字长。绿杯红袖[2]趁重阳。人情似故乡。

兰佩紫，菊簪黄。[3]殷勤理旧狂[4]。欲将沉醉换悲凉。清歌莫断肠[5]。

【注释】

①金掌：汉武帝在建章宫筑柏梁台，上有铜制仙人以手掌托盘，以盛露水。这里借指京城。②绿杯红袖：指美酒佳人。③兰佩紫：佩戴紫色的兰花。菊簪黄：黄色的菊花插在头上。④理旧狂：重又回到过去狂放不羁的状态。⑤清歌：不用乐器伴奏的歌唱。

【赏析】

这首词是词人重阳节宴饮之作。上片以秋景起兴，引起思乡之情。“天边”句引用典故，点明地点是汴京，时序是深秋季节，为下文的“趁重阳”做好铺垫。“云随”句以“云”和“雁”作比，表达缠绵的思乡情怀。“绿杯”二句写重阳节与人把酒言欢，他乡知己厚重的情意让词人深感客地的朋友之谊和故乡的亲情一样珍贵。

下片“兰佩紫”二句，化用《离骚》“纫秋兰以为佩”和杜牧“尘世难逢开口笑，菊花须插满头归”诗句，写人的服饰之美和参加宴会的盛况。“殷勤”句写词人仿佛又回到了昔日狂歌豪饮的状态。“欲将”句逆笔一转，写词人难掩心中悲凉，试图在沉醉中解脱自己。结尾“清歌”句说明一曲清歌使词人肝肠寸断，进一步突出了悲凉的情景。

纵观全词，写景洗练，抒情跌宕起伏，将词人抑郁不得志的失意情怀宣泄无遗，具有强烈的艺术感染力。

六幺令（绿阴春尽）

六幺令[①]

晏几道

绿阴春尽，飞絮绕香阁。晚来翠眉宫样，[②]巧把远山学。一寸狂心未说，已向横波[③]觉。画帘遮匝[④]。新翻曲妙[⑤]，暗许闲人带偷掐[⑥]。

前度书多隐语，意浅愁难答。昨夜诗有回文[⑦]，韵险[⑧]还慵押。都待笙歌散了，记取来时霎。不消[⑨]红蜡。闲云归后，月在庭花旧阑角。

【注释】

①六幺令：词牌名，双调94字，前后片各九句五仄韵。②翠眉：形容女子眉毛青翠。宫样：皇宫中流行的时髦眉形。③横波：指眼神。目光流转如水波横流。④遮匝：周围全被遮盖。⑤新翻曲妙：新谱写的妙曲。⑥偷掐：暗自以曲调记谱。⑦回文：诗体的一种。顺读倒读皆可成文。⑧韵险：韵难押。⑨不消：不需要。

【赏析】

这是一首典型的香闺恋情词。上片写暮春时节，香阁女子精心梳妆。虽然口未说出，但难以掩饰的一颗“狂心”却通过眼神显示出来。可以看出，女主人公是一个聪慧美丽的女子，她有着令人倾心的美貌，因而赢得了心上人的眷恋。这里，虽然女主人公并没有说出自己已经心有所爱，但那难以掩饰的眼神已经向人透露了一切。然而，处于画帘密遮之中的她，却没有追求个人幸福与爱情的自由。她只有把自己的情感谱写在新曲之中，希望有人能够把自己的曲子传出去。“新翻曲妙”四字，显示出她极高的音乐天赋。

过片言所爱的人前一段时间给她寄来的书信写得委婉含蓄，而自己写得很浅陋，难以回信。昨夜又收到他的回文诗，自己本想和作一首给他，可是他押的韵太险，难以相押，只好作罢。这里，明写歌女难以给心上人回复同样水平的信，难以步其韵作诗，实际上是暗指两人条件悬殊，难以顺利交往。“都待”数句，意指女主人公经过冷静的思考做出了理智的决定。“笙歌散了”意味着两人的交往结束，“记取来时霎”说明只要记得当时相聚的情景就够了。“不消红蜡”是说不需要对方洞房花烛将自己正式迎娶进门，可以说这是女主人公虽重情但又不失理智的一面。结尾两句写景，闲云散尽，月光照在庭花旧阑的角落。这样的景致本不算稀奇，但一个“旧”字，却蕴含了昔日在同样的情景下两人相依相偎的甜蜜，进一步说明女子旧情难忘。

这首词通过对女主人公复杂而又矛盾的心理刻画，表达了其向往真正的爱情而不可得的郁闷。感情真挚，构思新颖，语言生动，展示了歌女的生活和她们的内心世界。

御街行（街南绿树春绕絮）

御街行

晏几道

街南绿树春饶絮[①]。雪满游春路。树头花艳杂娇云[②]，树底人家朱户。北楼闲上，疏帘[③]高卷，直见街南树。

阑干倚尽犹慵去。几度黄昏雨。晚春盘马踏青苔，[④]曾傍绿荫深驻。落花犹在，香屏空掩，人面知何处[⑤]。

【注释】

①春饶絮：春天到处都是柳絮。②娇云：彩云。③疏帘：稀疏的竹制窗帘。④盘马：骑马驰骋盘旋。⑤人面知何处：化用唐代崔护《题都城南庄》“人面不知何处去，桃花依旧笑春风”诗句。

【赏析】

这是一首描写单相思的词。上片“街南”两句描写春天的街景，绿树如茵，飞絮靡曼，“雪满游春路”极言游春路上所积的柳絮之多。“树头”二句先说树，然后再说树下的朱门大户。接下来数句写词人闲情逸致中上了北楼，高高卷起挂着的疏帘，一眼便看见街南的大树。整个上片，通过描写所见之景，寄寓了对朱户所居之人的向往之情。

过片“阑干”二句写抒情主人公倚遍了所有栏杆，最后不得不离去。“犹慵去”三字，深深体现了不甘心就这么离去的心理。“几度黄昏雨”说明不止一次在这里等待到黄昏。“晚春”二句写在这里骑马盘旋，并且“深驻”。其中“盘”字用得颇妙，形象地刻画出了骑马原地打转徘徊不前的神态。“深驻”二字则进一步体现了因心有牵念而一反常态的行为。结尾“落花”三句点明题旨，写终于有机会进入内宅，只见落花满地，散发着香味的屏风虚掩，早已人去楼空。

这首词以三幅不同的景象，深深地表达了对闺中佳人的无限眷恋之情。抒情主人公没有直接诉说自己的相思之苦，而是一步步制造悬念，直到结尾才说出思念佳人而始终未见。这种卒章见意之法，使所表达的情感更为含蓄深沉。

虞美人（曲阑干外天如水）

虞美人[①]

晏几道

曲阑干外天如水。昨夜还曾倚。初将明月比佳期[②]。长向月圆时候、望人归。

罗衣着[③]破前香在。旧意谁教改。一春离恨懒调弦。犹有两行闲泪、宝筝前。

【注释】

①虞美人：词牌名，原为唐教坊曲，因最初咏项羽宠姬虞姬而得名。双调56字，上下片各四句，皆为两仄韵转两平韵。②佳期：美好的时光。这里指男女约会的日期。③着：着装，穿着。

【赏析】

这是一首弃妇的哀歌。起首“曲阑干”两句描写女主人公多次倚栏观望的情景，“天如水”意指天空明澈与清凉，同时喻示夜光皎洁。“昨夜还曾倚”说明女主人公倚栏观望并非第一次。“初将”两句是说曾经将月圆当作心上人回归的佳期，可是到了月圆依然要盼人归来。一个“长”字，既体现了女子等待时日之漫长，又烘托出女子的痴情与幽怨。

过片“罗衣”两句是说虽然女主人公很重视这段感情，但由于心上人负心终至痴想成空。“罗衣着破”说明女主人公重视这件衣服是因为留有往日欢爱的“前香”，女主人公一直不舍得丢掉这身衣服。女子之重衣，实际是重情。“旧意谁教改”以问作答，说明易散之香气反而比人情更为持久。结尾“一春离恨”两句点明题旨，“一春”二字言离恨的时间之长久，“懒调弦”“两行清泪”形容女子内心悲苦之深。

整首词刻画人物心理细腻生动，构思巧妙而不露斧斫痕迹，感情真挚，词意哀婉，语言质朴自然，堪称一篇不可多得的佳作。

留春令（画屏天畔）

留春令[①]

晏几道

画屏天畔，梦回依约，十洲[②]云水。手捻红笺寄人书，写无限、伤春事。

别浦[③]高楼曾漫倚。对江南千里。楼下分流水声中，有当日、凭高泪[④]。

【注释】

①留春令：词牌名，双调50字，前片五句两仄韵，后片四句三仄韵。②十洲：据托名汉代东方朔《十洲记》载：“八方大海中，有祖洲、瀛洲、玄洲、炎洲、长洲、云洲、流洲、生州、凤麟洲、聚窟洲。有此十洲，乃人迹所稀绝处。”③别浦：河流入江海之处称浦。这里指离别之地。④凭高泪：化用冯延巳《三台令》：“流水，流水，中有伤心双泪。”

【赏析】

这首词想象奇特，瑰丽曼妙。起首“画屏”三句采用化实为虚的手法，将相隔咫尺的屏风想象成远在天畔的“十洲”。继而写梦，借神仙所居的十洲喻指心上人所居之处。梦醒之后，方知梦中经历的“云水”乃是画屏上的山水，从而使实景增添了几分虚幻之感。“手捻红笺”句写女主人公手拿红色的信笺，准备写书信寄给心上人。“写无限、伤春事”，意指信的内容写满了伤心之事。这两句把书信的内容与梦中的“十洲云水”联系起来，创造了虚景实情的艺术境界。

过片“别浦”二句写女主人公曾经在离别的水边独倚高楼，面向远隔千里的江南远望，因为那里是心爱的人所居之地。与上片虚写梦中的“十洲”不同，这里的“江南”是实写，二人相隔千里之遥。“楼下”三句进一步写女主人公独倚高楼时黯然神伤的表情。此处“分流”二字，以水分东西喻指分别以后不再相见。

女主人公身倚高楼，泪水却落在楼下东西分流的水中，将一腔离愁写得哀婉曲折而又缠绵悱恻，感人至深，令人为之叹惋。

思远人（红叶黄花秋意晚）

思远人①

晏几道

红叶黄花秋意晚，②千里念行客。飞云过尽，归鸿无信，何处寄书得。

泪弹不尽临窗滴。就砚旋研墨③。渐写到别来，此情深处，红笺为无色④。

【注释】

①思远人：调见《小山乐府》，因词中有“千里念行客”句，取其意以为名。双调51字，上下片各五句两仄韵。②红叶：枫叶。黄花：菊花。③就砚旋研墨：指泪水滴入砚中，遂以泪水来研墨。④红笺为无色：这里指泪水滴到红色的信纸上，使信纸变成了白色。

【赏析】

这是一首闺中念远之作。起首两句以红叶黄花点明晚秋季节，为下文的抒情埋下伏笔。“千里”，指出相隔之远；“行客”，意指女主人公所思之人。“飞云过尽”三句表面埋怨归鸿不给自己带来书信，实则暗责游子不给自己寄信，也不知游子身在何处，无法给对方寄信。

过片写女子临窗洒泪，滴进砚台，随即用它来研墨。这里，词人化用孟郊《归信吟》“泪墨洒为书”诗句，生动地再现了女主人公情不能抑的神态。“渐写”三句叙述女子明知信不能寄，却还要情不自禁地去写，以至于情到深处，泪水把红色的信笺都褪成了无色。其实，女子和泪写书，完全是自我遣怀，她把自己的全部感情都投入其中，不知不觉中升华到物我两忘的境界。

这首词用笔婉曲，用词艳丽，细致入微，情味深厚，与小山一贯的“情溢词外，未能意蕴其中”的风格有着明显的区别。

满庭芳（南苑吹花）

满庭芳[①]

晏几道

南苑吹花[②]，西楼题叶[③]，故园欢事重重。凭阑秋思，闲记旧相逢。几处歌云梦雨[④]，可怜便流水西东。别来之，浅情未有、锦字系征鸿[⑤]。

年光还少味，开残槛菊，落尽溪桐。谩留得，尊前淡月凄风[⑥]。此恨谁堪共说，清愁[⑦]付、绿酒杯中。佳期在，归时待把、香袖看啼红[⑧]。

【注释】

①满庭芳：词牌名，双调95字，前片四平韵，后片五平韵。②吹花：古代重阳节的一种游艺活动。宋祁《和晏相公九日郡筵》：“吹花旧俗存。”③题叶：指红叶题诗。④歌云梦雨：过去人们常把男女欢爱之情称为云雨情，这里指在歌中梦中重温与所爱之人的欢爱之情。⑤锦字系征鸿：书信系在远行的雁足上。⑥淡月凄风：朦胧的月光，凄冷的寒风。⑦清愁：凄凉的愁苦之情。⑧啼红：美人因伤心落下的红泪。这里用来比喻相思之苦。

【赏析】

这是一首怀念远人的词作。起首“南苑”三句回忆故园所发生的种种往事：“吹花”本是重阳节人们玩的一种游戏，“题叶”，典出于唐朝流传的红叶题诗，这里指男女之间互相传递书信。故园之中快乐的事很多，这里举出两例以概括其他。“凭栏秋思”二句转写忧愁之中回忆过去与故人相逢的情景。“几处”两句是说当初在一起时欢爱异常，可叹不久便像流水一样各奔西东。“别来之”三句写分别之后，人们的关系也随之渐渐变淡，以至于久疏音信。“锦字”句意指鸿雁传书。整个上片通过对往事的回忆，揭示了人们交往中相聚时情深义厚，分别后人情逐渐变淡的现象。

下片转写词人当下的生活情景。“年光”句是说词人的生活无聊乏味，与上片的“欢事重重”相比，大有今不如昔之感。“开残”二句写深秋花残叶落的凄凉景象。同时，这种凄凉的景象与上片的“南苑吹花，西楼题叶”形成鲜明的对比。“谩留得”二句写只留得苦酒一杯伴随“淡月凄风”。“此恨”数句写词人内心的痛苦竟没有人能够诉说，满腔的“清愁”只能都寄托在酒杯之中。结尾“佳期在”三句是说词人等待着佳期的到来，期望到时回去见到心上人，定让她看看“香袖”

上留下的“啼红”。

这首词从凭栏忆旧到分别后信息不通，再到如今抒情主人公的悲恨难遣，期待再度与心上人相逢。如此波折横生，大大增强了这首词的艺术性。

水调歌头（明月几时有）

水调歌头[①]

苏轼[②]

丙辰中秋，欢饮达旦，大醉。作此篇，兼怀子由[③]。

明月几时有，把酒[④]问青天。不知天上宫阙[⑤]，今夕是何年。我欲乘风归去，惟恐琼楼玉宇[⑥]，高处不胜寒。起舞弄清影，何似在人间。

转朱阁，低绮户，照无眠。不应有恨，何事长向别时圆。人有悲欢离合，月有阴晴圆缺，此事古难全。但愿人长久，千里共婵娟[⑦]。

【注释】

①水调歌头：词牌名，双调95字，上片九句四平韵，下片十句四平韵。②苏轼（1037—1101）：字子瞻，号东坡居士，眉山（今四川眉山）人。“唐宋八大家”之一，是宋代文学成就最高的作家。有《东坡乐府》传世。③子由：苏轼的弟弟苏辙的字。④把酒：端起酒杯。⑤宫阙：古代帝王所居住的宫殿。因宫门之外有双阙，故称。这里指月中的宫殿。⑥琼楼玉宇：用美玉砌成的楼宇。这里指词人想象中的仙宫。⑦婵娟：美好容貌，这里指月亮。

【赏析】

这首词是歌咏中秋节的千古绝唱，历来受到人们的推崇。起首“明月”数句写词人把酒问月，提出一连串的问题：明月始于何时？天上是否有宫殿？今晚是什么年？这种问法，很像屈原的《天问》和李白的《把酒问月》，从中可以感受到词人对明月的好奇与赞美。“我欲”三句写词人向往月宫的美丽，因而想乘风前往。又担心高处过于寒冷，不如人间温暖。“起舞”两句深深表达了词人对于人间的热爱。上片从问月到想上月宫寻求快乐，最终又回到人间，深深体现了词人出世与入世的矛盾心理。尤其是“何似在人间”句，进一步肯定了入世思想的正确性，对人生观、价值观有着积极的引导作用。

下片由中秋的圆月想到人间的离别，感叹人生的聚散无常。“转朱阁”三句写自己对弟弟子由深深的怀念之情，同时也兼指所有因中秋佳节不能回家与亲人团聚而辗转难眠的人。“不应有恨”二句是词人对明月貌似无理的埋怨，说它不应该心怀怨恨，偏偏在人分别的时候圆。“人有”三句，人生有悲欢离合的苦恼，月亮有阴晴圆缺的遗憾，世上的事情没有十全十美的。这几句是对人生与月的高度概括，包含丰富的人生哲理。结尾“但愿”两句是说只要人能够长久，即使远在千里之外，也可以共同享受美好的月光，深深体现了词人豁达乐观的人生态度。这首词构思奇特，意境高远，富含哲理，具有浪漫色彩和乐观豁达的情怀。

水龙吟（似花还似非花）

水龙吟[①]
次韵章质夫[②]杨花词

苏轼

似花还似非花，也无人惜从教坠。抛家傍路[③]，思量却是，无情有思。萦损柔肠[④]，困酣娇眼，欲开还闭。梦随风万里，寻郎去处，又还被、莺呼起[⑤]。

不恨此花飞尽，恨西园、落红难缀。晓来雨过，遗踪[⑥]何在，一池萍碎。春色三分，二分尘土，一分流水。细看来，不是杨花，点点是离人泪。

【注释】

①水龙吟：词牌名，双调102字，前后片各四仄韵。②章质夫：即章楶，建州浦城（今属福建）人。时任荆湖北路提点刑狱，常与苏轼诗词酬唱。曾作《水龙吟》咏杨花，苏轼这首词便是依其韵而作。③抛家傍路：抛离家乡，却又依附在路旁。这里指貌似无情其实包含着深情。④萦损柔肠：因为牵挂而柔肠寸断。柔肠：这里用来比喻柳枝。⑤莺呼起：这里指被黄莺的鸣叫声惊醒。⑥遗踪：遗迹，遗留的痕迹。

【赏析】

此词是苏轼奉和友人章楶的一篇和作。起首两句形象地描绘了杨花似花非花的神态，感叹没有人爱惜它，任它无声无息地坠落。“抛家”三句化用韩愈《晚春》“杨花榆柳无才思，惟解漫天作雪飞”与杜甫《白丝行》“落絮游丝亦有情”诗句，将杨花拟人化，不言其离枝，而说其“抛家”，赋予其人的情感。“萦损”三句写附在柳枝上尚未离枝的杨花。“困酣娇眼，欲开还闭”形象地刻画了杨花粘依枝条似落非落的状态。“梦随风万里”数句借杨花随风飞舞比喻思妇做寻郎的春梦，结果被“莺呼起”，梦也做不成了。这里以杨花的离枝飞舞，比喻人的离思，生动而形象。

过片“不恨”数句以落红陪衬杨花，委婉地表达了词人对杨花的怜惜。继而“晓来”三句借问杨花遭遇风雨摧残之后的遗踪，进一步烘托春愁离恨。“一池萍碎”既是对“遗踪何在”的回答，同时也隐含了离人的心碎之痛。“春色”三句妙用数字，传达出词人深深的惜花伤春之情。“细看来”三句以离人的眼泪比喻杨花，将承载离人之愁的重任托于杨花，从而使杨花有了人的品性。

这首词借咏杨花，生动地刻画了思妇的形象。苏轼词向来以豪放著称，而这首词委婉含蓄，反而显得别有意趣，令人为之再三赏叹。

念奴娇（大江东去）

念奴娇[①]
赤壁怀古[②]

苏轼

大江东去，浪淘尽、千古风流人物。故垒西边，人道是、三国周郎[③]赤壁。乱石穿空[④]，惊涛拍岸，卷起千堆雪。江山如画，一时多少豪杰[⑤]。

遥想公瑾当年，小乔[⑥]初嫁了，雄姿英发。羽扇纶巾[⑦]，谈笑间、樯橹[⑧]灰飞烟灭。故国神游，多情应笑我，早生华发[⑨]。人生如梦，一樽还酹[⑩]江月。

【注释】

①念奴娇：词牌名。双调100字，前后片各四仄韵，一韵到底。②赤壁：这里指湖北黄冈附近的赤鼻矶。③周郎：指三国时期吴国著名的统帅周瑜，字公瑾，少年得志，24岁为中郎将，掌管东吴重兵，在赤壁之战中发挥了重要作用。④乱石穿空：一作“乱石崩云”。⑤豪杰：才能出众的人。⑥小乔：周瑜的妻子，江东二乔之一。⑦羽扇纶巾：古代儒将的装束打扮。羽毛制成的扇子，青丝制成的头巾。⑧樯橹：樯，挂帆的桅杆。橹，船桨。这里代指曹操的水军战船。⑨华发：斑白的头发。⑩酹：将酒倒在地上，表示祭奠。

【赏析】

这首词是苏轼豪放词的代表作之一。起首三句以滚滚东流的长江之水引出风流人物，气魄雄浑，笔力非凡。“故垒”数句点出赤壁古战场与英雄人物周瑜，“人道是”三字下笔极有分寸，说明这是人们传说中的赤壁，并非真正的赤壁之战中的赤壁。继而“乱石”三句描写赤壁雄奇而又壮阔的气势：纷乱的石峰高耸云天，惊心动魄的波涛拍打着江岸，卷起了千万堆雪一般的浪花。“江山如画”二句在对江山美景的赞美与赏叹之余，引出历史人物。正是由于这“江山如此多娇”的地灵之气，才造就出无数能够改变历史命运、扭转乾坤的豪杰，从而使地灵与人杰相得益彰。

过片“遥想”数句写周瑜当年与江东美女小乔喜结连理，是何等雄姿英武。这里以美人衬托英雄，更显出周瑜的英姿潇洒。“羽扇纶巾”从穿着打扮描写周瑜风度翩翩的儒将装束，“谈笑间”两句写周瑜指挥赤壁之战的从容镇定与破敌的迅速，高度赞赏了周瑜的军事指挥才能。“故国”三句从词人神游故国转到现实，写自己因“多情”而“早生华发”，进一步抒发了光阴虚掷、人生苦短的感慨。“人生”二句虽然寄情于酒，但词人并非那种借酒消愁的颓废之士，“以酒酹月”反映了他的超脱与豁达，增添了生活的诗情画意。

从总体来看，这首词气势磅礴，格调高亢激昂，境界宏大。整首词在大笔挥洒之余，不乏和谐婉丽之句。尤其是对周瑜形象的塑造，深深寄托了词人有心报国却壮志难酬的感慨。在开拓重大的社会题材方面，开辟了新的道路。

永遇乐（明月如霜）

永遇乐[①]

苏轼

彭城夜宿燕子楼，梦盼盼，因作此词。[②]

明月如霜，好风如水，清景无限。曲港跳鱼[③]，圆荷泻露[④]，寂寞无人见。紞如[⑤]三鼓，铿然[⑥]一叶，黯黯梦云[⑦]惊断。夜茫茫，重寻无处。觉来小园行遍。

天涯倦客，山中归路，望断故园[⑧]心眼。燕子楼空，佳人何在，空锁楼中燕。古今如梦，何曾梦觉，但有旧欢新怨。异时对，黄楼夜景，为余浩叹[⑨]。

【注释】

①永遇乐：词牌名，柳永所创，双调104字，后发展为平韵、仄韵两体。②燕子楼：楼名。地址在江苏徐州。相传为唐代贞元时尚书张建封的爱妾关盼盼居所，张建封死后，关盼盼矢志不嫁，独居此楼十余年。盼盼：即关盼盼。③跳鱼：鱼儿跳出了水面。④圆荷泻露：露珠仿佛从圆圆的荷叶间倾泻出来。⑤紞如：击鼓的声音。⑥铿然：激越的音响。⑦梦云：梦中遇见神女朝云。这里指关盼盼。⑧故园：故乡，家乡。⑨浩叹：长叹，大声叹息。

【赏析】

上片起首“明月”三句以“霜”喻月，以“水”比风，从而引出“清景无限”的赞美之词。“曲港”数句是对“清景”的具体刻画，夜静更深，寂寥无人，只有曲港的鱼儿在跳，荷叶上的露珠在滚动。“紞如”三句写词人被三更的鼓声惊醒好梦。这里以声衬静，更增添了夜的清冷与幽绝气氛。“夜茫茫”三句写梦醒之后的茫然，惊梦游园之举，使梦与景相互辉映，亦真亦幻，扑朔迷离。“小园行遍”寥寥数字，却深深体现了词人对梦境的留恋。

下片抒发词人梦醒之后的感慨。“天涯”三句诉说对漂泊天涯的厌倦，词人想念山中的归路，“望断故园”，说明思乡之切。“燕子”三句回忆燕子楼的沧桑和楼中主人盼盼的命运遭际，以人去楼空暗悼世间万物的瞬间熄灭。“古今”三句转写词人自己，“梦觉”二字深深透露出词人梦醒之后的悲慨与凄凉。他由盼盼的旧欢新怨联想到自己，从而对整个人生充满了厌倦和感伤。“异时对”三句感叹将来若有人再度登临黄楼，面对黄楼夜景，定然也会为自己感叹一番。

这首词融景、情、理为一炉，围绕燕子楼的兴衰层层生发，对人生哲理进行思考和探讨。风格和婉而又不失清旷，化用前人诗句和典故不着痕迹，词人的幽寂之怀与清幽之境相得益彰。以抒发历史沧桑和人生悲慨为轴线，将过去、现在、将来三个不同阶段的时空密切串联在一起，揭示了人生普遍存在的真理。

洞仙歌（冰肌玉骨）

洞仙歌[①]

苏轼

仆七岁时，见眉州老尼，姓朱，忘其名，年九十余。自言尝随其师入蜀主孟昶宫中。[②]一日大热，蜀主与花蕊夫人夜起避暑摩诃池上，[③]作一词。朱具能记之。今四十年，朱已死久矣，人无知此词者。但记其首两句，暇日寻味，岂《洞仙歌令》乎，乃为足之。

冰肌玉骨[④]，自清凉无汗。水殿风来暗香满。[⑤]绣帘开、一点明月窥人，人未寝、攲枕钗横鬓乱[⑥]。

起来携素手，庭户无声，时见疏星渡河汉。试问夜如何，夜已三更，金波淡、玉绳低转。[⑦]但屈指、西风几时来，又不道、流年暗中偷换。

【注释】

①洞仙歌：原为唐教坊曲，后用为词牌名。《乐章集》入“中吕”“仙吕”“般涉”三调，句读参差不一。共83字，前后片各三仄韵。②孟昶（919—965）：五代十国时期后蜀最末一个皇帝。③花蕊夫人：后蜀皇帝孟昶的妃子。④“冰肌玉骨”句：化用后蜀孟昶《避暑摩诃池上》“冰肌玉骨清无汗，水殿风来暗香满”诗句，这里指花蕊夫人的肌肤光洁如玉，体态优美。⑤水殿：临水的殿堂。暗香：清幽的香气。⑥钗横鬓乱：首饰横在一边，头发散乱。指女子未梳妆的样子。⑦金波：这里指月光。玉绳：星名。泛指群星。

【赏析】

这首词以丰富的想象，再现了五代时期后蜀君主孟昶和他的宠妃花蕊夫人在摩诃池上消夏的情景。起首“冰肌”两句写花蕊夫人天生丽质，有着冰一般的肌肤，玉一般的骨骼，因而清凉无汗。“水殿风来暗香满”写其居住环境的清凉与优雅，“绣帘”数句描写月光之下在殿阁之中攲枕而卧的花蕊夫人美好的身姿。

过片“起来”三句写花蕊夫人与君主孟昶在庭户中携手闲行，赏观星空夜色。“携素手”三字既透露出了花蕊夫人的纤纤玉手之美，也暗示了她与君主孟昶之间感情深厚。“疏星度河汉”借牛郎织女的传说比喻二人恩爱非常。“试问”数句写二人长时间在月下徘徊，不觉已是夜深。“已三更”说明时间已经很晚。结尾“但屈指”数句为全词的点睛之笔，深深表达出对时光流逝的叹惋之情。

这首词借描写古代帝王后妃的生活，深深寄予了词人的人生感慨。

卜算子（缺月挂疏桐）

卜算子[①]

黄州定惠院寓居作[②]

苏轼

缺月[③]挂疏桐，漏断人初静。谁见幽人[④]独往来，飘渺孤鸿影。

惊起却回头，有恨无人省。拣尽寒枝不肯栖，寂寞沙洲冷[⑤]。

【注释】

①卜算子：词牌名，北宋时盛行此曲。万树《词律》以为取义于“卖卜算命之人”。双调44字，上下片各两仄韵。②定惠院：北宋古刹名，址在今湖北省黄

冈市黄州区青砖湖社区，紧靠黄州古城遗址。③缺月：残缺的月亮。④幽人：幽居之人。这里指孤雁。⑤寂寞沙洲冷：一作“枫落吴江冷”。

【赏析】

这首词是苏轼被贬黄州时所作。起首“缺月”两句精心营造了一个夜深人静、残月高挂疏桐的孤寂清冷气氛。词人用“缺月”这一意象，寓含了人生的不完整。“谁见”二句借写“幽人”，引出“孤鸿”。“飘渺”二字，衬托出了孤鸿身影的幽美。幽人独往，孤鸿倩影，形成了此词独有的孤寂、冷清意境。

过片“惊起”二句语义双关，既是指孤鸿因发现有人而受惊飞起，也是暗指词人因无端遭受不白之冤而受惊。“回头”二字暗喻回头看世界之意。“有恨无人省”是说心有怨恨而无人理解。“拣尽”二句“孤鸿”在寒枝之间飞来飞去，不肯随便栖息，只好宿在寂寞清冷的沙洲。

这首词运用象征的手法，以孤鸿自喻，表达了词人被贬黄州时孤寂、凄凉的处境，强烈地抒发了词人孤高自许、不愿随波逐流的心情。在这首词中，词人与孤鸿惺惺相惜，将孤鸿拟人化；同时将自己的主观感情对象化，体现了独到的艺术技巧。

青玉案（三年枕上吴中路）

青玉案[①]

和贺方回韵送伯固[②]归吴中故居

苏轼

三年枕上吴中路。遣黄犬[③]、随君去。若到松江呼小渡。莫惊鸳鹭。四桥尽是，老子经行处。[④]

《辋川图》上看春暮，常记高人右丞[⑤]句。作个归期天已许。春衫犹是，小蛮[⑥]针线，曾湿西湖雨。

【注释】

①青玉案：词牌名，汉代《四愁诗》有“美人赠我锦绣段，何以报之青玉案”诗句，因取以为词调名。双调67字，前后片各六句五仄韵，亦有第五句不入韵者。②伯固：北宋诗人苏坚，字伯固，号后湖居士，苏轼的朋友。③黄犬：晋代陆机所养的黄耳犬，曾为陆机长途送信。后来遂以为信使的代称。④老子：词人自称。犹老夫，宋人常用语。⑤右丞：唐代著名诗人王维，因官至尚书右丞，

故人称“王右丞”。⑥小蛮：唐代著名诗人白居易侍妾的名字。这里用来指苏轼的妾朝云。

【赏析】

在众多的送别词中，苏轼这首词可谓别具一格。起首“三年”句写自己离家之久，思乡之切。“遣黄犬”句运用典故，嘱咐友人回到吴地后及时来信。“若到松江”数句为词人送行时叮咛之语，这既显示了二人关系之密切，又表现词人对吴地深深的眷恋之情。“四桥尽是”，犹言词人所经之处甚多。“老子”一词为词人自称，语气幽默诙谐，进一步显示了两人关系的亲密无间。

过片“《辋川图》上看春暮”二句借写仰慕王维《辋川图》，记得王维的诗句，引起思归之念。“作个归期天已许”句言词人思归之心切，益见其思乡之情浓。“春衫犹是”数句借小蛮喻指苏轼的爱妾朝云，朝云曾经亲手为词人缝制春衫。“曾湿西湖雨”，意谓词人因思念朝云而泪落如雨，犹言其相思之深。

这首词明为送客，实则思归，既羡慕友人能够回归吴中，又感叹自己归梦难成。词以含蓄深沉的笔墨写自己思亲之切，风格委婉曲折而又不失旷达疏放。

临江仙（夜饮东坡醒复醉）

临江仙

苏轼

夜饮东坡[①]醒复醉，归来仿佛三更。家童鼻息[②]已雷鸣。敲门都不应，倚仗听江声。

长恨此身非我有，何时忘却营营[③]。夜阑风静縠纹平，小舟从此逝，江海寄余生。

【注释】

①东坡：在湖北黄冈县东，苏轼谪贬黄州时，友人马正卿助其垦辟的游息之所。②鼻息：这里指熟睡时发出的鼾声。③营营：周旋、忙碌，内心躁急之状。这里指为功名利禄奔走钻营。

【赏析】

这首词作于苏轼黄州贬官时期。起首两句写词人在东坡夜饮，醒了又醉，回来时好像已经三更。“家童”三句写家里的小童睡得鼾声雷鸣，连词人的敲门声都没有听见。词人只得踱步到江边，扶着手杖听那江上的波涛之声。一个风神潇洒、襟怀豁达的长者形象跃然纸上，令人难以忘怀。

过片“长恨”二句感叹人生没有真正的自由，表达出一种想解脱而又不得的矛盾，深深体现了词人对人生的困惑和感伤。“夜阑”三句以景结情，表达词人对宁静的理想境界的深切向往，从而也显示了词人旷达不羁的性格。

这首词采用叙事议论与写景抒情相结合的方法，将词人洒脱旷达、不为世俗所羁的性格展现得淋漓尽致。

定风波（莫听穿林打叶声）

定风波

苏轼

三月七日，沙湖[①]道中遇雨。雨具先去，同行皆狼狈，余独不觉。已而遂晴，故作此词。

莫听穿林打叶[②]声。何妨吟啸[③]且徐行。竹杖芒鞋[④]轻胜马。谁怕。一蓑烟雨任平生[⑤]。

料峭[⑥]春风吹酒醒。微冷。山头斜照却相迎。回首向来萧瑟[⑦]处。归去。也无风雨也无晴。

【注释】

①沙湖：又名螺师店，在湖北黄冈东南三十里。②穿林打叶：雨水穿过树林打在浓密的树叶上。形容雨势急猛。③吟啸：一边歌咏一边长啸，形容意态潇洒。④芒鞋：草鞋。⑤一蓑烟雨任平生：身上披着蓑衣，就是一辈子都在风雨里也泰然处之。⑥料峭：形容春风略微带有寒意。⑦萧瑟：风雨敲打树叶的声音。

【赏析】

这首词通过对途中偶遇风雨的描写，表达出词人超脱旷达的胸襟，深深体现了词人的人生追求。起首“莫听”两句一方面描写雨骤风狂之势猛烈，另一方面又说明这点挫折不足为惧。“竹杖芒鞋”句写雨中行人的装束打扮，意谓有竹杖探路，有芒鞋保护自己的双脚行走，有如骑马一般轻松。“谁怕”二字显示出词人对眼前困境的藐视。“一蓑”句由眼前的烟雨联想到整个人生，以小见大，深深地体现了词人坦然面对人生烟雨的襟怀。

过片“料峭”数句写料峭的春风吹醒了词人的酒意，身上感到有些冷，但很快雨过天晴，山头的斜阳照射过来，顿时暖和了许多。结尾“回首”三句是点睛之笔，道出了词人在大自然复杂多变的瞬间所得到的启示和感悟：人生中的风雨和自然一样，没有什么可畏惧的。只要坦然处之，一切都会随遇而安。

江城子（十年生死两茫茫）

江城子[①]

乙卯正月二十日夜记梦

苏轼

十年生死两茫茫。不思量。自难忘。千里孤坟[②]，无处话凄凉。纵使相逢应不识[③]，尘满面、鬓如霜。

夜来幽梦忽还乡。小轩窗[④]。正梳妆。相顾无言，惟有泪千行。料得年年肠断处，明月夜、短松冈[⑤]。

【注释】

①江城子：词牌名，原为单调，宋人演为双调，共70字，前后片各七句五平韵。②千里孤坟：当时苏轼任职于密州（今山东省诸城市），其妻王弗葬于眉山东北（今四川省彭山县），相距不止千里之遥。③纵使相逢应不识：即便是两人相遇，因容貌大改，恐怕也不认识了。④小轩窗：小屋的窗前。小轩，有窗栏的小屋。⑤短松冈：指王弗的葬身之地。

【赏析】

这是一首悼亡词，是苏轼悼念其发妻王弗所作。起首“十年”三句写自己与妻子生死相隔、音信渺茫已达十年。人虽已亡，但词人难以忘怀过去的伉俪情深。“千里”二句写妻子王弗待在千里之外的孤坟之中，更没有地方诉说她的凄凉。词人不说自己凄凉，而是担心逝者，这种抹煞了生死界限的痴语，更令人痛彻心扉。“纵使”三句又返回头写自己如今已是“尘满面，鬓如霜”，纵使能与妻子相逢，恐怕她也不认得自己了。这种绝望的、不可能的假设，在表达词人对爱妻深切怀念之情的同时，更增添了词的感染力。

过片“夜来”数句写词人梦中回乡与亡妻相会，妻子正在当年的小屋里梳妆，两个人互相对望，激动得说不出话来，唯有泪流不止。“泪千行”，极言泪水之多。结尾三句又从梦境回到现实，写料想长眠于地下的妻子，在月明之夜，短松冈上，因为眷恋人世，顾念亲人，而柔肠寸断。“明月夜，短松冈”以景结情，道出了常人所不能道之语。

这首词运用空间转换的方法，将词人所居之处与妻子所葬的“千里孤坟”紧密地联系在一起，深深表达了词人对亡者的沉痛哀悼之情。这首词具有高度的艺术美感，它所构筑的凄美意境，深为后世精于词道者所赞叹。

木兰花（霜余已失长淮阔）

木兰花

次欧公西湖韵[①]

苏轼

霜余已失长淮阔。空听潺潺[②]清颍咽。佳人犹唱醉翁[③]词，四十三年如电抹[④]。

草头秋露流珠[⑤]滑。三五盈盈还二八。[⑥]与余同是识翁人，惟有西湖波底月。

【注释】

①欧公：指欧阳修。这里是对欧阳修的尊称，苏轼在文学与仕途上多蒙欧阳修奖掖，二人曾有师生之谊。欧阳修曾作《玉楼春》一词咏西湖，苏轼此词即次其韵而作。②潺潺：流水的声音。③醉翁：欧阳修的号。④电抹：电光一闪而过。形容光阴飞逝。⑤流珠:这里指露珠明澈圆润，流转似珠。⑥三五：指每月的十五。二八：指每月的十六。

【赏析】

这是苏轼追和恩师欧阳修的一首词作。起首两句写词人泛游颍河时所见到的情景。“霜余”表明已经时至深秋，“已失长淮阔”说明秋季干旱，淮河水位迅猛下降，再也没有往日波澜壮阔的气势。而颍水是淮河的支流，水势也随之顿减。“潺潺清颍咽”五字形象地描绘出了颍河水如涓涓细流缓缓而下的状态。“佳人”二句写颍州人对欧阳修的怀念，四十三年如同闪电一般匆匆过去了，由对恩师的怀念引发人生如梭的感慨。

过片“草头”两句写景，深秋的晚上，草尖上珍珠一般的露水晶莹闪亮，十五的圆月十六开始亏损。这里，词人巧用数字，化用南朝鲍照“三五二八时，千里与君同”诗意。草尖上的秋露非长久之物，月亮的圆缺也非人所能主宰。词人借以感叹时光流逝，人生无常。结尾“与余”两句进一步将主旨明朗化，指出如今能记得欧阳修者除了自己恐怕只有这倒映在西湖水底的明月了。这一方面表达了词人怀念恩师感情至深，另一方面以西湖为见证，进一步讴歌欧阳修在颍州时的丰功伟绩。同时，也兼有为恩师被社会遗忘鸣不平之意。

这首词借游颍河时所见到的景致，抒发对欧阳修的深切怀念。感情真挚，描写与议论抒情相结合，将内心的感情杂糅于水光月色之中，缠绵悱恻，娓娓道来，使人读之有身临其境之感。

贺新郎（乳燕飞华屋）

贺新郎[1]

苏轼

乳燕[2]飞华屋。悄无人、桐阴转午，晚凉新浴。手弄生绡[3]白团扇，扇手一时似玉。渐困倚、孤眠清熟[4]。帘外谁来推绣户，枉教人、梦断瑶台曲。又却是、风敲竹。

石榴半吐红巾蹙[5]。待浮花、浪蕊都尽，伴君幽独。秾艳[6]一枝细看取，芳心千重似束。又恐被、西风惊绿。若待得君来向此，花前对酒不忍触。共粉泪、两簌簌[7]。

【注释】

①贺新郎：词牌名，始见于苏轼词，双调116字，上片57字，下片59字，各十句六仄韵。②乳燕：雏燕，刚出生不久的燕子。③生绡：即丝绢。未经漂煮过的丝织物。④清熟：指睡得很香。⑤红巾蹙：形容石榴花半开的时候如同红巾一般皱缩在一起。蹙：皱。⑥秾艳：色泽艳丽。⑦簌簌：这里指泪珠坠落的样子。

【赏析】

这是一首闺怨词。起首“乳燕飞华屋”四句写景，引出出浴美人。“乳燕”点明初夏季节，“华屋”强调居处的豪华，“悄无人”说明环境的安静，“桐阴转午”是说已经过了中午，“晚凉新浴”写傍晚时分天气转凉，美人刚刚沐浴完出来。“手弄”两句写美人手持白色的生绡团扇，扇扇时更衬托得其手似白玉。“渐困倚”句写女子渐渐显出困意，独自倚在那里睡得正香。“帘外”数句写帘外有人来推绣户的门，惊醒了佳人的好梦，醒来一看，原来是风敲竹子的声音。这里，词人化用梦境，来衬托佳人寂寞的心情。

过片“石榴半吐”句形象地描绘出了石榴花的外貌特征，并赋予其西子含颦的神韵。“待浮花”数句写榴花不与众芳争艳的品格。“秾艳”句写花的艳丽动人。“芳心”句不仅捕捉到了榴花的外形特征，而且赋予其坚贞不渝的芳心，写出了其愁心难展的情态。“又恐”句写榴花对自己命运的担心。这里，运用拟人的手法，赋予花人的思维与品格。“若待”数句写美人与花惺惺相惜，花落与泪落，两相簌簌。

这首词在结构安排上，采取咏美人和咏花双线并进的方法，将美人迟暮的失意感慨，融入落花的命运。这种花人合一的手法，更使本词笔致婉曲缠绵，意蕴沉厚隽永。

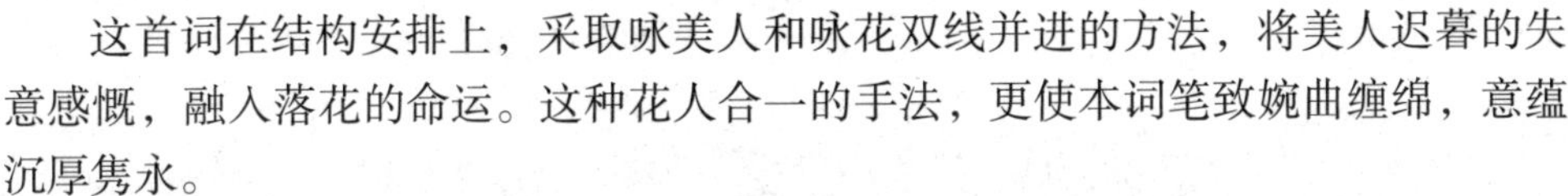

鹧鸪天（黄菊枝头生晓寒）

鹧鸪天

坐中有眉山隐客史应之和前韵，即席答之。①

黄庭坚②

黄菊枝头生晓寒。人生莫放酒杯干。风前横笛斜吹③雨，醉里簪花倒着冠④。

身健在，且加餐⑤。舞裙歌板尽清欢。黄花白发⑥相牵挽，付与时人冷眼看。

【注释】

①史应之：名铸，号眉山隐客，眉山人。②黄庭坚（1045—1105）：字鲁直，号山谷，又号涪翁，洪州分宁人，北宋时期著名的文学家、书法家，“苏门四学士”之一。诗与苏轼齐名，并称“苏黄”；词与秦观齐名，并称“秦黄”。有《山谷词》《山谷琴趣外编》传世。③横笛斜吹：指在斜风细雨中吹笛子。④倒着冠：倒戴帽子。⑤加餐：多加饮食。⑥黄花白发：指老年人与未成年人。

【赏析】

此词是一首以狂放著称的力作。起首“黄菊”两句点明正是菊花盛开的季节，“生晓寒”三字，说明清晨开始转寒，同时也指词人内心生寒。“人生”句劝慰朋友尽情饮酒，深深体现了“人生得意须尽欢”的洒脱情怀。“风前”二句描绘了这位风雨不惧、手握横笛的狂士，只见他喝得酩酊大醉，头上簪花，倒扣发冠，平日被压抑的真性完全被释放出来。

过片“身健在”三句劝人要及时行乐。“黄花”二句写自己要与品行高洁、傲霜挺立的菊花一同携手归去，给那些世俗的人看看。“冷眼看”意谓自己的行为不为世俗接受。进一步表达了词人欲脱离污浊的俗世、归隐田园的思想，显示了词人洒脱不羁、无拘无束的情怀。

这首词在用意方面确有独到之处。表面上，它写词人狂放不羁，而实质上，它体现了词人对污浊的社会现实的不满，特意借放浪形骸以刺之。

定风波（万里黔中一漏天）

定风波
次高左藏使君韵

黄庭坚

万里黔中一漏天①。屋居终日似乘船。及至重阳天也霁②。催醉。鬼门关③外蜀江前。

莫笑老翁犹气岸④。君看。几人黄菊上华颠⑤。戏马台南追两谢。⑥驰射。风流犹拍古人肩⑦。

【注释】

①漏天：这里指阴雨连绵的天气。②霁：雨雪停止，天气放晴。③鬼门关：即石门关，在今重庆奉节县东。④气岸：气度傲岸，气度不凡。⑤华颠：白头。⑥戏马台：古台名，址在今徐州，西楚霸王项羽所筑。两谢：指晋宋时期著名的诗人谢灵运和他的族兄谢瞻，二人均有《九日从宋公戏马台集送孔令》诗。⑦风流犹拍古人肩：意谓自己的风度可以和古人比肩。

【赏析】

这首词起首“万里”两句写黔中阴雨连绵，遍地是水。“似乘船”三字说明雨水积聚之多。“及至重阳”三句意谓等到重阳节期间天也转晴，词人在鬼门关外的蜀江边开怀畅饮，直到沉醉。“催醉”二字用得妙，不说自己想醉，而说重阳节的天气催人醉，从而使重阳节更充满了人情味。“鬼门”句点明登高饮酒的地点。“鬼门关”向来以险峻著称，词人选此地点，蕴含不惧艰险之深意。

过片“莫笑”三句写词人与几个志趣相投的朋友不顾别人嘲笑，头上插满菊花。词人借这种难入世人眼的举动，表现出一种不同流俗的格调。“戏马台”三句写词人参与吟咏诗词、骑马射箭之类的活动，表现了一种不服老的精神。诗追两谢，意在夸耀自己在文学方面的天赋；骑射与古人拍肩，说明词人尚武的英雄豪气不输于古人。

这首词采用一抑三扬的方法，抒发词人虽然被贬黔州、身处在恶劣的环境之中，但却“老当益壮，不坠青云之志，穷且益坚，宁移白首之心”，这种不为险阻所困、奋发向上的精神，在今天读来，仍具有促使人不屈于命运、努力拼搏的积极意义。

望海潮（梅英疏淡）

望海潮[1]

秦观[2]

梅英疏淡，冰澌溶泄[3]，东风暗换年华。金谷[4]俊游，铜驼[5]巷陌，新晴细履平沙。长记误随车。正絮翻蝶舞[6]，芳思交加。柳下桃蹊，乱分春色到人家。

西园夜饮鸣笳[7]。有华灯碍月，飞盖妨花。兰苑[8]未空，行人渐老，重来是事堪嗟。烟暝酒旗斜。但倚楼极目，时见栖鸦。无奈归心，暗随流水到天涯。

【注释】

①望海潮：词牌名，首见于柳永《乐章集》。双调107字，前片五平韵，后片六平韵，一韵到底。②秦观（1049—1100）：字少游，号淮海居士。高邮（今属江苏）人。少有才名。“苏门四学士”之一。其词多写恋情和身世之感，语言工丽，谐和音律，情韵兼胜，哀婉动人。词集有单刻本《淮海居士长短句》传世。③冰澌溶泄：冰块融化流动。④金谷：即金谷园，在洛阳西北。⑤铜驼：汉代洛阳的一个街道名。因其两侧有铜驼相对立而得名。⑥絮翻蝶舞：柳絮翻飞，蝴蝶舞动。⑦笳：胡笳，古代西北少数民族地区的一种管乐器。⑧兰苑：美丽的园林，这里指金谷园。

【赏析】

这是一首伤春怀旧之作。起首“梅英”三句写梅花稀疏，河里冰层融化，和煦的东风悄悄地送来了春天。“暗换年华”语意双关，既指自然界的变化，也指人世沧桑与当时政治形势的变化。“金谷”以下八句写过去春游的情景。金谷园中，铜驼路上，到处都有词人的足迹。这里的“金谷”与“铜驼”并非实指，而是指当时汴京的金明池与琼林苑。“长记”句展开回忆，写自己曾经“误随车”，这一“误”，竟给词人带来许多温馨的遐思。“正絮翻蝶舞”数句，写春色和芳思，以应“随车”之误。

过片三句写饮宴时的情景。“夜饮”二字说明时间已从白天到了夜晚，足见当时词人的宴游是何等尽兴。“兰苑”三句逆笔突转，写时过境迁，故地重来，物人皆非，唯余嗟叹。“渐老”二字，暗含沧桑之感。“烟暝酒旗斜”三句，写今日的苍凉景象，以应“堪嗟”。结尾“无奈”二句引出归心，写词人宦海沉浮，仕途坎坷，不得不离开汴京，飘泊天涯。“暗随”二字道出了词人的无奈。

这首词结构上别具一格，上片先写今后写昔，下片先写昔后写今，今昔反复穿插，人生的历史沧桑借助自然景象的变迁跃然纸上。词作大量运用对比手法，以古衬今，富有极强的艺术感染力。

八六子（倚危亭）

八六子[①]

秦观

倚危亭。恨如芳草，萋萋刬尽还生。[②]念柳外青骢别后，水边红袂[③]分时，怆然[④]暗惊。

无端天与娉婷[⑤]。夜月一帘幽梦，春风十里柔情。怎奈向、欢娱渐随流水，素弦[⑥]声断，翠绡香减[⑦]，那堪片片飞花弄晚，濛濛残雨笼晴。正销凝[⑧]。黄鹂又啼数声。

【注释】

①八六子：词牌名，始见于《尊前集》杜牧之作，宋代词家略有改动，通常以秦观词为定格。双调88字，前片三平韵，后片五平韵。②萋萋：草木茂盛貌。刬：同“铲”，铲除，消除。③红袂：红色的衣袖。④怆然：悲伤的样子。⑤娉婷：形容女子姿态美好的样子，这里用来指美人。⑥素弦：指素琴的弦。⑦翠绡香减：意指分别之后懒得打扮自己。⑧销凝：因感伤而失魂落魄。

【赏析】

这是一首怀人之作。上片“倚危亭”三句直言离恨，以芳草的茂盛比喻离恨难以铲尽。“念柳外”三句回忆当时两人分手的情景，“怆然暗惊”形容词人暗自伤心不已。

过片“无端”三句回忆当初的欢聚，以“夜月一帘幽梦”和“春风十里柔情”来描写两人的柔情缱绻。“怎奈向”数句转写离别后的情景，往日的欢娱像流水一样逝去，平日喜欢的素琴因弦断无法再弹奏下去，绿纱巾上的香味也渐渐变淡，更难以忍受的，是那片片飞花在晚风中飞扬，经受风雨的摧残与晴日的暴晒。结尾“正销凝”二句以黄鹂啼声作结，给人一种余音袅袅之感。

这种以往日之乐，衬托今日之哀的表达方法，在增强了词的艺术感染力的同时，逐步将感情推向了高潮。张炎《词源》云：“离情当如此作，全在情景交炼，得言外意。”在遣词方面，这首词语言清新自然，情词相称，精工而无斧凿之痕。

满庭芳（山抹微云）

满庭芳

秦观

山抹微云，天连衰草，画角声断谯门[①]。暂停征棹，聊共引离尊[②]。多少蓬莱旧事[③]，空回首、烟霭纷纷[④]。斜阳外，寒鸦万点，流水绕孤村。

消魂。当此际，香囊暗解，罗带轻分[⑤]。谩赢得、青楼薄幸名存。[⑥]此去何时见也，襟袖上、空惹啼痕。伤情处，高城望断，灯火已黄昏。

【注释】

①谯门：建有瞭望楼的城门，古代为防盗和御敌，京城和州郡皆在城门建有望楼。②离尊：指饮酒话别。尊，酒杯。③蓬莱旧事：指男女欢爱的往事。④纷纷：纷乱，众多貌。⑤香囊暗解，罗带轻分：暗自解下香囊，分开结在一起的罗带。这里指分别。⑥“谩赢得”句：化用唐代杜牧《遣怀》“十年一觉扬州梦，赢得青楼薄幸名”诗句。谩：徒然。

【赏析】

《满庭芳·山抹微云》是秦观杰出的词作之一。起首三句写远山被一抹微云遮住了形迹，衰草连天，城门用来报时的角声已断，天色已晚。“暂停”二句，写词人停止行船，进而饯行送别。“多少”数句回忆往事，“烟霭纷纷”语意双关，既有实际存在的雾霭现象，又有往事如烟之意。“斜阳外”三句以寒鸦、流水、孤村渲染气氛，尽显别时凄凉之意。

过片以“销魂”入笔，道出词人与青楼妓女的欢爱之情。“香囊”两句意谓着两人别离。“谩赢得”句感叹自己空赢得青楼薄幸之名。“此去”两句写词人不忍离去，“空惹”二字道出了词人因别离而忍不住伤心的情态。结尾“伤情处”三句写词人将无限感伤情怀都付与灯火黄昏下的登高远望之中。“灯火已黄昏”既是实写，同时也寓含了词人前路渺茫与孤独之感。

此词虽写艳情，却能将自己的身世之感与仕途坎坷融入写景，使写景、抒情融为一体，结构错综变化，笔法高超而又富于韵味。

满庭芳（晓色云开）

满庭芳

秦观

晓色云开，春随人意，骤雨[①]才过还晴。古台芳榭，飞燕蹴[②]红英。舞困榆钱[③]自落，秋千外、绿水桥平。东风里，朱门映柳，低按小秦筝[④]。

多情。行乐处，珠钿翠盖，玉辔红缨。渐酒空金榼，花困蓬瀛[⑤]。豆蔻[⑥]梢头旧恨，十年梦、屈指堪惊。凭阑久，疏烟淡日，寂寞下芜城[⑦]。

【注释】

①骤雨：原意为暴雨，这里指阵雨。②蹴：追逐。③榆钱：榆荚，因其形似小铜钱，故称。④秦筝：秦地（今陕西一带）的一种弦乐器。似瑟，相传为秦代蒙恬所造，故名。⑤蓬瀛：蓬莱和瀛洲，传说中的神山，仙人所居之处。这里指仙境。⑥豆蔻：白豆蔻的别称，多用来比喻少女。⑦芜城：古城名，即广陵城。故址在今江苏江都县境。

【赏析】

这首词是词人在扬州追忆汴京旧游之作。起首“晓色”三句，写雨过天晴，晓云初霁。“春随人意”，意谓春天也通人情。“古台芳榭”数句写古时的台榭充满了芬芳，飞舞的燕子亲吻着花瓣，随风飞舞的榆钱似有困意地从树上落下，秋千腾空起处，绿水与桥面齐平。这些景物，被词人精心组织在画面之中，显示出春天独有的美。“东风里”三句由写景转为写人，不过人物并没有直接出场，而是以弹筝的声音出现。这种“不见其人，只闻其声”的写法，给人留下了丰富的想象空间。

过片“多情”四句写华丽的马车，名贵的马匹，足见昔日乐游的盛况。“渐酒空”两句点出游乐时间之久与游乐的尽兴。“豆蔻”数句逆笔一转，指出以上游乐如今都已是前尘旧梦。这里化用杜牧“十年一觉扬州梦”诗意，用典贴切，词约义丰。“堪惊”二字，有惊异变化如此大之意。结尾“凭阑久”三句，转写眼前的凄凉景色，“疏烟淡日”犹言景色黯淡，“寂寞下芜城”意谓淡淡的日光与稀疏的烟雾笼罩着芜城。凄凉之景，与词人的悲苦心情合而为一。

整首词结构精巧，时间、空间、情感三条线索相互交织，相辅相成，和谐地融为一体。语言精练，景随情变，从而使词风婉约有致，含蕴丰富。

减字木兰花（天涯旧恨）

减字木兰花[1]

秦观

天涯旧恨。独自凄凉人不问。欲见回肠[2]。断尽金炉小篆香[3]。

黛蛾[4]长敛。任是春风吹不展。困倚危楼。过尽飞鸿字字愁。[5]

【注释】

①减字木兰花：原为唐教坊曲，后用为词牌名。双调，上下片各四句，共44字。与《木兰花》相比，前后片第一、三句各减三字，改为平仄韵互换格，每片两仄韵，两平韵。②回肠：一段小肠，形状弯曲；比喻思虑忧愁盘旋于脑际。③篆香：犹盘香。④黛蛾：指眉毛。⑤飞鸿：天空中飞翔的大雁。字字：雁群飞行时排成“人”字或“一”字。

【赏析】

这首词抒发了单身独处女子的凄凉孤苦之情。起首“天涯”二句直言旧恨远在天涯，而自己独自承受凄凉，无人问津。“欲见”二句是说要想知道女主人公内心的痛苦，在金炉里燃尽的小篆香就是最好的凭证。整个上片，采用直接诉说怨情与借物喻情相结合的方法，笔法富于变化。

过片“黛蛾”二句写女主人公长期紧皱双眉，任凭春风怎样吹拂也不能舒展，借双眉不展言其愁深。“困倚”两句指出女主人公独处高楼以及引起愁深恨重的原因。“困倚”说明女主人公高楼远望的时间之久，“过尽”说明其盼望之切，“字字愁”意指因盼不到天涯的来信而发愁。其实雁字本身并不含愁，它的愁是人想象和赋予的，带有强烈的主观感情色彩。

这首词意境悲凉，堪称一曲断肠之吟。词中虽多伤感愁极之语，但并不纤弱柔靡。出语凝重，尤显沉郁顿挫之风致。另外，用笔婉曲，兼有气骨。

踏莎行（雾失楼台）

踏莎行
郴州旅舍

秦观

雾失楼台，月迷津渡[①]。桃源[②]望断无寻处。可堪孤馆闭春寒，杜鹃[③]声里斜阳暮。

驿寄梅花，鱼传尺素。砌成此恨无重数。郴江幸自[④]绕郴山，为谁流下潇湘去。

【注释】

①津渡：渡口。②桃源：指桃花源。陶渊明《桃花源记》所描写的理想境界。③杜鹃：鸟的一种，相传其鸣叫像人言“不如归去”，容易勾起人的思乡之情。④幸自：本自，本来是。

【赏析】

这首词是秦观因党争遭贬，远徙郴州时所作。起首“雾失”三句写漫天迷雾掩盖了楼台，月色朦胧，渡口难以分辨。“失”“迷”二字，也蕴含了词人人生方向的迷失。“桃源望断”句写词人强烈的避世心态，“无寻处”说明无处可避。“可堪”两句意在渲染被贬之所的孤冷寂寞，春寒料峭之时，词人独处客馆，政治上的打击与浓重的思乡之情齐涌心头，凄凉悲苦之情油然而生。一个“闭”字，锁住了春寒料峭之中的馆门，也锁住了词人那颗追求功名事业之心。门外，杜鹃声声，斜阳欲暮，这岂是一个“愁”字所能了得的？“斜阳暮”三字，既是长夜即将到来的象征，也是词人日暮途穷心境的写照。

过片“驿寄”两句连用传递书信的典故，写远方的朋友纷纷写信安慰。这本应令人欣慰，可“砌成此恨无重数”又说明一切安慰都起不了作用。一个“砌”字，形象地说明了词人的恨所积之重。“郴江”二句以问作结，写郴江本来是绕着郴山而流的，可如今却为谁流向潇湘而去呢？“为谁”二字，再度强调了词人内心的迷茫。

这首词上片以虚带实，下片化实为虚，虚实相间，互为生发，从而产生了极强的艺术效果。

浣溪沙（漠漠轻寒上小楼）

秦观

漠漠轻寒上小楼。晓阴无赖[①]似穷秋。淡烟流水画屏幽。

自在飞花轻似梦，无边丝雨[②]细如愁。宝帘闲挂小银钩。[③]

【注释】

①无赖：这里指让人厌烦之意。②丝雨：细雨。③宝帘：指珠帘。银钩：银质或银色的帘钩。

【赏析】

这首词曾经被誉为《淮海词》的压卷之作。起首“漠漠”两句写晨起时的感受：抒情主人公在微微清寒之中走上小楼，感觉到恼人的晓阴像穷秋一般恶劣。由此可以看出，女主人公是一个弱不禁风的闺阁女子。“淡烟”句是其在楼上所见，淡淡的烟霭，缓缓的流水，在晓阴的笼罩下，幽迷淡远，使楼中的女主人仿佛置身于清幽的画境之中。

下片写女子倚窗所见。“自在”句描绘了飞花随风飘舞的动态，“轻似梦”三字状飞花之轻盈，将有形化为无形，既写出了飞花的动态之美，又写出了其梦一般的空灵。细雨如丝，冠之以“愁”字，则是将无形的“愁思”化为有形的雨丝。“宝帘”句尤为摇曳多姿，一个“闲”字，看似不经意，实际上透露出词人的匠心。宝帘被玲珑小巧的银钩闲挂而起，外面的景色，无论女主人公是否有意，都不由自主地映入她的眼帘。

这首词以柔婉曲折的笔法、以浅淡的色调与幽渺的意境，描绘了一个女子面对春天的“晓阴”而产生的轻愁和寂寞。

阮郎归（湘天风雨破寒初）

阮郎归

秦观

湘天风雨破寒初。深沉庭院虚。丽谯吹罢小单于。[①]迢迢清夜徂。[②]

乡梦断，旅魂孤。峥嵘[③]岁又除。衡阳犹有雁传书。郴阳[④]和雁无。

【注释】

①丽谯：城门更楼。小单于：乐曲名。唐大角曲有《大单于》《小单于》《大梅花》《小梅花》等。②迢迢：这里形容时间久长。徂：往，过去。③峥嵘：比喻岁月艰难，极不寻常。④郴阳：古衡州治所。相传衡阳有回雁峰，鸿雁南飞到此而止。

【赏析】

这首词是秦观被贬郴州时所作。起首以湘天风雨起笔，勾勒出一个寂静幽深的环境。寥廓湘天，风雨破寒，庭院深而空虚。这一“破”一“虚”，显示出词人的幽深居处在客乡之地是那样渺小。“丽谯”二句写词人数尽寒更，终于等到漫长清冷的寒夜过去。“迢迢”二字，极言时间之长，再著一“清”字，更突出了时间的难捱。由此可以看出，词人在炼字方面的功夫。

过片“乡梦断”三句写自己无法入梦，难以梦中回到家乡，只能做羁旅他乡的孤魂。不知不觉除夕又过去了。这里著一“又”字，说明并非第一次。其痛楚、无奈之情溢于言表。结尾“衡阳”两句，化用鸿雁传书与衡阳回雁峰的典故，说明远离家乡，音信久疏，表达了词人内心的孤寂。

这首词在感慨岁暮天寒的同时，抒发了浓重的思乡之情。作为秦观伤心词的代表作，此词语淡而情浓，颇值得深思玩味。

鹧鸪天（枝上流莺和泪闻）

鹧鸪天

秦观

枝上流莺[1]和泪闻。新啼痕间旧啼痕[2]。一春鱼雁[3]无消息，千里关山劳梦魂。

无一语，对芳尊[4]。安排肠断到黄昏。甫能[5]炙得灯儿了，雨打梨花深闭门。

【注释】

①流莺：叫声婉转动听的黄莺。②啼痕：流泪的痕迹。③鱼雁：这里指书信。④芳尊：美酒。⑤甫能：刚刚能够。

【赏析】

这是一首思妇词。起首两句写女主人公在睡梦之中被黄莺的叫声惊醒，“和泪闻”说明女子所流的泪是梦中之泪。“新啼痕”句是说醒后流泪的痕迹参杂着梦中流泪的痕迹。此二句尤言女子痛苦之深。“一春”二句是说整个春天丈夫都没有消息，因此希望自己能在梦中飞越千里关山与丈夫相见。这种将现实中不可能实现的愿望寄托于梦的做法，更突出了浓郁的愁情。

过片“无一语”三句写女子默默地独对“芳尊”，借酒消愁。“安排”二字用得极妙，意指“肠断到黄昏”的凄苦仿佛是她自己特意安排的，这恰好显示了她对丈夫的思念与痴情。结尾“甫能”二句写女主人公一直待到灯油熬干，又在一叶叶、一声声“雨打梨花”的凄楚声音中捱到了天明。

这首词以声音为媒介，将自己的情感付诸各种声音，体现了声情并茂的特点。清晨黄莺的叫声，白天闷坐对酒的无声，深夜敲打梨花的雨声，汇成一曲声音的哀歌。在对声音的描写上，有声与无声、现实与梦境相结合，着力塑造了一个至情至性的思妇形象。

绿头鸭（晚云收）

绿头鸭[①]

晁端礼[②]

晚云收，淡天一片琉璃。烂银盘[③]、来从海底，皓色千里澄辉。莹无尘、素娥[④]淡伫，静可数、丹桂参差。玉露初零，金风未凛，一年无似此佳时。露坐久、疏萤[⑤]时度，乌鹊正南飞。瑶台冷，阑干凭暖，欲下迟迟。

念佳人、音尘别后，对此应解相思。最关情、漏声正永，暗断肠、花阴偷移。料得来宵，清光未减，阴晴天气又争知。共凝恋[⑥]、如今别后，还是隔年期。人强健，清尊素影[⑦]，长愿相随。

【注释】

①绿头鸭：原为唐教坊曲，宋代用作词牌名。双调，有平、仄两种格式。平韵139字，仄韵140字。平韵前片六平韵，后片五平韵。②晁端礼（1046—1113）：名一作元礼，字次膺。开德府清丰（今属河南）人，徙家彭门（今江苏徐州）。有词集《闲斋琴趣外编》六卷。③烂银盘：形容中秋之夜月圆而亮。④素娥：嫦娥，月中的仙女。⑤疏萤：稀疏微弱的萤火。⑥凝恋：深切思念。⑦清尊素影：清醇的美酒，素淡的月影。

【赏析】

这是一首中秋咏月词。起首两句写晚云收尽，淡淡的天空好像一个琉璃世界。“琉璃”二字形象地绘出了傍晚前明丽的色彩。“烂银盘”数句写一轮明月从海底涌出，皎洁的明月使万里河山都挂满了澄澈的光辉。“莹无尘”数句设想月中的嫦娥身着素衣伫立在月中，丹桂参差不齐，枝叶历历可数。“玉露”三句写中秋露水初降，秋风习习，天气虽凉但未至寒，是一年当中天气最佳的时候。“露坐久”数句写词人在外面久坐，看到有几只流萤偶尔飞过，还有那正往南飞的乌鹊。楼台之上不时袭来阵阵凉意，由于待的时间长，连凭倚的栏杆都被身体暖热了，欲下高楼却难以移动脚步。

过片“念佳人”数句转写对佳人的思念。词人不说自己思念对方，而说佳人“对此应解相思”，这是以己度人。“最关情”数句设想对方今夜“最关情”的是“漏声正永”，“暗断肠”的是“花阴偷移”。这与唐代张九龄《望月怀远》“情人怨遥夜，竟夕起相思”的诗意是一样的。“料得”三句意谓料想明天夜里的月光未必

比今天减弱，然明晚是阴是晴却难以预料。“共凝恋”数句是说两人共同留恋的明月，过了今天，再见到就是明年之期了。结尾“人强健”三句义同于苏轼的“但愿人长久，千里共婵娟”，但本词却显得更加委婉含蓄。

这首长调词收纵自如，气脉连贯，不蔓不枝，徘徊宛转，十分出色。

蝶恋花（欲减罗衣寒未去）

蝶恋花

赵令畤[①]

欲减罗衣寒未去。不卷珠帘[②]，人在深深处。红杏枝头花几许。啼痕止恨清明雨。[③]

尽日沉烟香一缕。宿酒[④]醒迟，恼破春情绪。飞燕又将归信误。小屏风上西江路。

【注释】

①赵令畤（1061—1134）：初字景贶，后改为德麟，自号聊复翁。著有《侯鲭录》八卷，赵万里辑《聊复集》词一卷。②不卷珠帘：这里化用王昌龄《西宫春怨》“西宫夜静百花香，欲卷珠帘春恨长”诗意。③啼痕：这里指杏花上沾有雨水的痕迹。止恨：只恨。④宿酒：隔宿的酒。即昨晚临睡之前饮的酒。

【赏析】

这是一首春日闺中怀人之作。起首“欲减”句点名季节是早春，“不卷”二句有双重含义：一是畏寒不愿与外界接触，二是不想因外面的春景引起内心的哀愁。“红杏”二句意谓虽然眼下红杏开满枝头，但很快就会被清明雨摧残，花落无觅处。“啼痕”意指闺中女子联想到自己的青春也会像雨中之花一样凋残，忍不住泪水簌簌而落，因此也更恨“清明雨”。这里的“清明雨”泛指一切摧残美好事物的风雨。短短几句，深切地表达了女主人公无可奈何的苦闷。

过片“尽日沉烟香一缕”三句写闺中的情景，女主人公终日对着一缕袅袅升起的香烟出神，因为昨夜喝了很多酒的缘故，次日便醒迟了。“恼破春情绪”直言春愁。结尾“飞燕”两句写女主人公对远方来信的期盼与失望，点明“恼春”的原因。着一“又”字，说明她失望已久。

这首词用情至深，意蕴丰富含蓄，语言简练精警，是一篇不可多得的佳作。

蝶恋花（卷絮风头寒欲尽）

蝶恋花

赵令畤

卷絮风[①]头寒欲尽。坠粉飘香[②]，日日红成阵[③]。新酒又添残酒困。今春不减前春恨。

蝶去莺飞无处问。隔水高楼，望断双鱼信[④]。恼乱横波秋一寸。斜阳只与黄昏近。

【注释】

①卷絮风：吹起柳絮的风，多用来指春风。②坠粉飘香：春花飘落，传来阵阵香气。③红成阵：飘落的花瓣堆积成阵。形容花落之多。④双鱼信：指书信。

【赏析】

这是一首伤春怀人之作。起首“卷絮”三句，写时至暮春，风卷柳絮，春寒将尽，到处是“坠粉飘香”“落红成阵”的景象。“日日”说明天天如此。“新酒”二句写抒情主人公天天以酒浇愁，愁恨年年增加。“又添”二字形象地说明“酒困”的次数之多。“不减”二字说明所积愁恨之深。整个上片在伤春惜花的同时，深深地表达了抒情主人公难以排遣的愁苦。

过片“蝶去”三句极写孤独之感，“蝶去莺飞”说明主人公无处探听所爱之人的消息，“隔水高楼”意谓两人相隔之远，“望断双鱼信”说明无法书信往来。“恼乱”两句写凄迷的黄昏景色缭乱人的眼目，更加触动了心中的愁绪。“斜阳只与黄昏近”句景中带情，更将恼人的愁绪渲染到极致。李攀龙云：“此词妙在写情语，语不在多，而情更无穷。”它以惜花寄托别恨，用暮色来渲染与所爱之人音信断绝的痛苦和郁闷，抒情细腻，婉丽多姿，营造出一个清丽哀愁的词境。

清平乐（春风依旧）

清平乐

赵令畤

春风依旧。着意隋堤柳[①]。搓得鹅儿黄欲就。天气清明时候。

去年紫陌青门。今宵雨魄云魂[②]。断送一生憔悴，只消几个黄昏。

【注释】

①隋堤柳：指隋炀帝在运河堤岸种植的杨柳。②雨魄云魂：比喻行踪漂泊不定。

【赏析】

这首词借景伤怀，深深地表达了对昔日情人的怀念之情。起首“春风”二句写春风依旧像往年一样，十分关注隋堤上那婀娜多姿的杨柳。“着意”二字将春风写活，体现了春风拂柳的温柔。“搓得”句形象鲜明地绘出了柳叶嫩黄的娇柔之态，“天气”句交代季节，以照应“春风依旧”。整个上片，描绘出一幅春风和煦、柳枝柔媚、如金似碧的清丽美景。

过片“去年”二句通过今昔对比，抒发感伤之情。“雨魂云魂”化用“高唐云雨”的典故，写抒情主人公梦中与所爱之人相见。结句“断送”二句尤为沉痛，词人采用夸张的手法，来写离别之情对人的折磨。“断送一生憔悴，只消几个黄昏”，李攀龙云：“对景伤春，至‘断送一生’语，最为悲切。”因而，这两句也成为人们传颂的千古名句。

这首词写景细致精工，以美景衬哀情，更显其哀动人。

风流子（木叶亭皋下）

风流子[①]

张耒[②]

木叶亭皋[③]下，重阳近、又是捣衣秋。奈愁入庾肠[④]，老侵潘鬓[⑤]，谩簪黄菊，花也应羞。楚天晚、白苹烟尽处，红蓼[⑥]水边头。芳草有情，夕阳无语，雁横南浦，人倚西楼。

玉容知安否，香笺共锦字，两处悠悠。空恨碧云离合，青鸟[⑦]沉浮。向风前懊恼，芳心一点，寸眉两叶，禁甚闲愁。情到不堪言处，分付东流。

【注释】

①风流子：唐教坊曲，后用为词牌名，有单调、双调两种体格。上片十二句四平韵，下片十一句四平韵，共110字。②张耒（1054—1114）：字文潜，号柯山，楚州淮阴（今江苏清江）人。北宋著名的文学家，擅长诗词，苏门四学士之一。著作有《柯山集》五十卷、《拾遗》十二卷、《续拾遗》一卷。③亭皋：水边平地。④庾肠：北周庾信原本仕官于梁，后来出使西魏被留，因思故乡而作《愁赋》。后人常以此典故称思乡的愁肠为庾肠。⑤潘鬓：西晋潘岳三十余岁即有白发。潘鬓常用来指未老头发先白。⑥红蓼：蓼科植物，多生于沟河岸边的草地与沼泽潮湿处，花淡红色或者玫瑰红色。⑦青鸟：传说中西王母养的鸟，能够传递信息。多用来指信使。

【赏析】

这首词是反映羁旅生活的名篇之一。起首“木叶”数句写重阳节将近，树叶纷纷落在水边的平地之上，又到了妇女们为远方亲人捶打寒衣的深秋季节。“又是”，说明又和往常一样。“奈愁”数句化用典故，写词人内心含愁，鬓发斑白。这时如果漫不经心地将菊花插在头上，连菊花也会感到羞愧。“楚天晚”数句将离别相思之情融于写景，“楚天晚”既是实写，又有客居异乡致老的感慨，“白苹”“红蓼”都是水中之花，着以“尽头”和“水边头”，借言其远。“芳草”数句描写含情的芳草、无语的夕阳、横过南浦的大雁，都是词人所望之物，共同构筑了空阔、凄美的意境。“人倚西楼”是词人想象妻子倚在西楼之上翘首以盼自己归来，其思乡思亲之情溢于言表。

过片“玉容知安否”引出所思之人。“知安否”三字透露出词人对妻子的关心。

“香笺”二句与“空恨”二句写由于相隔遥远，书信无法寄达，空增了两地分居、音信渺茫的愁怨。“向风前懊恼”数句想象妻子在风前烦恼异常，眉头紧锁，怎么也止不住心头那百无聊赖的愁思。实际上，词人写妻子思念自己，正是为了表达自己对妻子的挚爱和刻骨铭心的思念之情。结尾“情到”二句绾合全篇，相思至极，无可言说，只好赋予东流之水。结句融情入景，余味无穷。

这首词用典丰富，却毫无堆砌罗列之感，显得自然贴切，浑然天成。同时，多处运用对偶，增强了词的节奏感和韵律美。

水龙吟（问春何苦匆匆）

水龙吟
次韵林圣予惜春

晁补之[①]

问春何苦匆匆，带风伴雨如驰骤[②]。幽葩细萼[③]，小园低槛，壅培[④]未就。吹尽繁红，占春长久。不如垂柳。算春常不老，人愁春老，愁只是、人间有。

春恨十常八九。忍轻孤、芳醪[⑤]经口。那知自是，桃花结子，不因春瘦。世上功名，老来风味，春归时候。最多情犹有。尊前青眼，相逢依旧。[⑥]

【注释】

①晁补之（1053—1110）：字无咎，号归来子，济州巨野（今属山东）人。“苏门四学士”之一。其词格调豪爽，语言清秀晓畅。著有《鸡肋集》《晁氏琴趣外编》等。②驰骤：驰骋，疾奔。③幽葩细萼：清幽的花朵。④壅培：施肥培土。⑤芳醪：芳香醇厚的美酒。⑥“最多情犹有”三句：一作“纵樽前痛饮，狂歌似旧，情难依旧。”

【赏析】

这是一首抒发惜春情怀，感叹时光流逝的词作。起首两句问春何苦这样匆匆，携风带雨，如同快马一般疾驰而去。这种以问开篇的方式，将词人无限的惜春之情倾吐而出。“幽葩”三句写小园中新栽的花儿，还没来得及培土。“吹尽”三句是说繁花易落，不如杨柳经得起风雨摧残，因而杨柳占春最为长久。“算春”数句是说就算春天能够长久不会变老，人也会忧愁它变老。这种忧愁，只有人间才有。

过片“春恨”三句，写春恨十中常有八九，怎能够辜负这大好时光，不饮美

酒。“芳醪经口”意谓借酒消愁。“那知”三句化用唐代王建《宫词》“自是桃花贪结子，错教人恨五更风”诗句，意思是桃花凋谢是为了早日结果，不是因为春瘦。“世上功名”三句将世上功名利禄、垂暮之年与春归相联系，直接道出对人生的体悟。结尾“最多情”三句表达了对人生的珍惜，意思是说最为多情的，是人与人之间相互尊重。由惜春转为对人生的珍重和爱惜，从而赋予了此词一定的积极意义。

这首词借物言理，关乎人情，将一首平常的惜春之作升华到珍重人生的高度，融写景、抒情、析理、哲思为一体，物我相一，可谓一篇“笔走游龙盘旋下，惜春笔墨悟人生”的佳作。

盐角儿（开时似雪）

盐角儿[①]
亳社观梅[②]

晁补之

开时似雪[③]。谢时似雪[④]。花中奇绝。香非在蕊，香非在萼，骨中香彻[⑤]。

占溪风，留溪月。堪[⑥]羞损、山桃如血。直饶[⑦]更、疏疏淡淡，终有一般情别。

【注释】

①盐角儿：词牌名。双调54字，上下片各六句四仄韵，下片衬两逗句。②亳社：即殷社。古代建国必先立社，殷建都亳，故称亳社，故址在今河南商丘。③开时似雪：化用卢照邻《梅花落》“雪处凝花满，花边似雪回”诗意。④谢时似雪：化用杜审言《大酺》“梅花落处疑残雪，柳叶开时任好风”诗句。⑤骨中香彻：梅花的香气是从骨子里透出来的。⑥堪：可以，能够。⑦直饶：纵使，即使。

【赏析】

这是一首咏梅词。起首“开时”三句盛赞梅花开放与凋谢时的洁白，以喻其无瑕。“花中奇绝”盛赞其在花中绝无仅有。“香非”三句是说梅花的香气在于骨髓，而不在花蕊和花萼，以照应前文的“奇绝”，高度赞美梅花的品格。

下片进一步写梅花之美。“占溪风”数句运用对比的方法，将梅花与山桃进行比较，以烘托梅花超凡脱俗的气质和神韵。在词人看来，梅花的美，可以使月亮含羞，使山桃自惭形秽。“直饶更”数句写梅花的特征，纵然梅花的枝叶与花朵稀疏、香味幽淡，毕竟有他花所不具备的超凡脱俗的情致。

这首词在盛赞梅花高雅脱俗品格的同时，寄寓了词人对高洁品格的向往与追求。

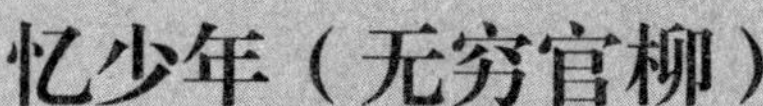

忆少年[①]

别历下[②]

晁补之

无穷官柳，无情画舸[③]，无根行客。南山尚相送，只高城人隔。

罨画[④]园林溪绀碧。算重来、尽成陈迹。刘郎[⑤]鬓如此，况桃花颜色。

【注释】

①忆少年：词牌名，晁补之创调。双调46字，前片两仄韵，后片三仄韵，亦以入声部为宜。两结句皆上一、下四句法。亦有于过片处增一领格字者。②历下：位于今山东省济南市历城。③画舸：彩船，首尾以彩画装饰的大船。④罨画：色彩扎染的图画。绀碧：深蓝色。⑤刘郎：指刘禹锡。

【赏析】

这是一首伤别之作。起句“无穷”三句连用三个“无”字，选取了官柳、画舸与行客三个意象，以白描的手法，写出了漂泊者的孤苦与凄凉。“南山”二句点明送别题旨，南山相送，却被高城无情隔断，依依不舍之情溢于言表。

过片“罨画”句是对历城美丽风光的刻画，极力赞美了历城林泉之盛。“算重来”句设想即便今后再度来此，这里已成陈迹。“刘郎”二句化用唐代刘禹锡《再游玄都观》诗意，感叹岁月催人老，好景难以长驻人间。

这首词借词人离开历下城时的感受，进一步抒发了世事无常、年华易逝的感慨。丽而不艳，清雅深婉。融情入景，以无情之景衬有情之人，从而更显出情味深厚。

洞仙歌（青烟幂处）

洞仙歌
泗州中秋作

晁补之

青烟幂[1]处，碧海飞金镜[2]。永夜闲阶卧桂影。露凉时，零乱多少寒螿[3]。神京远，惟有蓝桥[4]路近。

水晶帘不下[5]，云母屏开，冷浸佳人淡脂粉。待都将许多明，付与金尊，投晓共、流霞[6]倾尽。更携取、胡床[7]上南楼，看玉作人间，素秋千顷。

【注释】

①幂：遮掩，覆盖。②金镜：这里指月亮。③寒螿：即寒蝉。④蓝桥：桥名，传说其地有仙窟，唐朝裴航曾在此遇仙女云英。⑤水晶帘不下：化用李白《玉阶怨》“却下水晶帘，玲珑望秋月”诗句。⑥流霞：仙酒的一种。⑦胡床：一种可以折叠的坐具，也称为交椅。

【赏析】

这是一首中秋赏月词。起首“青烟”两句化用李白“皎如飞镜临丹阙，绿烟灭尽清辉发”诗意，形象地描绘出月亮初升时的情景。“永夜”三句写月夜的寂静与清冷，在词人笔下，夜永、阶闲、桂影独卧，其静寂令人难捱；再加上露凉、寒蝉的鸣叫声零乱，更使人不堪其清幽。“神京远”二句写自己远离京城，这里的“神京远”，并非单指地理上的距离，主要是基于政治上的意义来说的。当时词人因受“元祐党争”牵连，屡贬外郡，后来虽然被起用为泗州知州，但朝廷已无知音，回京无望。同时，“神京”又与作为仙境的“蓝桥”相比，更突出了京城的遥远。

过片“水晶帘”三句写水晶帘高高卷起，云母屏风缓缓打开，清冷的银辉照入室内，宛如浸润佳人的淡淡脂粉。用“淡脂粉”三字比喻月光，形象生动而又恰切，反映了词人观察生活的细致和高超的语言组织能力。“待都将许多明”数句写词人用酒杯来盛月光，等到拂晓将它连同美酒一起饮尽。“流霞”二字，本指一种仙酒，这里用来借指美酒，除了称美之外，也使词的意蕴隐隐有一股仙气。“更携取”数句写词人带着一把折叠椅，登上南楼，观赏玉做的人间所呈现的一派素秋千顷的景象。“玉作人间”以玉比月光，形象地描绘出了月光的洁白无瑕。它既是写月色，又寓含有消除人间黑暗与污浊之意。“素秋千顷”则形容月光所照的范围之广，以此豪壮之语作结，顿使通篇增色。

这首词从天上写到人间，又从人间写到天上。运用明写与暗写相结合的方法，将月的光泽、形态与神韵描绘得惟妙惟肖，同时又将人对月的欣赏与迷恋融为一个整体，写得极其细腻生动，确实是一篇咏月佳作。

临江仙（忆昔西池池上饮）

临江仙

晁冲之[①]

忆昔西池[②]池上饮，年年多少欢娱。别来不寄一行书[③]。寻常相见了，犹道不如初。

安稳锦衾今夜梦，月明好渡江湖。相思休问[④]定何如。情知春去后，管得落花无。

【注释】

①晁冲之（生卒年月不详）：字叔用，济州巨野（今山东巨野）人。其词构思新奇，后人评价较高。有《晁具茨先生诗集》《晁叔用词》传世。②西池：汴京的金明池，当时为贵族人士的游玩之所。③别来不寄一行书：指分别后音信皆无。④休问：不要问寻。

【赏析】

这是一首怀旧相思之作。起首“忆昔”两句回忆当初在西池池上的宴饮，每年都在这里留下了很多快乐。“多少”二字浓缩了词人当年与友人把酒言欢、高谈阔论的所有快乐。“别来”三句转写昔日的旧友风流云散之后，竟然鱼沉雁杳，连封书信也没有。这里的“不寄”，并非“相忘于江湖”，而是不能寄。因为这些人都受“元祐党人”牵连被贬各地，为了不落人口实，不敢有书信往来。即使偶尔相见，也只是含糊地说不如当初，不敢再深说。

过片“安稳”二句写词人安排好锦衾，趁着今夜月光皎洁，梦中跨江过湖与朋友相见。“相思”句写即便是梦中重逢，朋友们也不敢互诉衷肠，再一次暗示“元祐党人”案给人们留下的阴影是何等沉重！结尾以感叹春天已经过去，又怎能管得了落花收束全篇。这里借自然的“春天”喻指政治的春天；以自然界的“落花”暗示以词人为代表的元祐党人像落花一样的命运。比类兴感，增强了词作的艺术感染力。

这首词由欢聚到分离，又由分离到梦中相见，相见而又不愿相问，最后归结春去花落。这样层层推演，语词闪烁，将无限的凄楚隐于“休问”和“春去”“落花”等暗喻中，可谓匠心独具。

虞美人（芙蓉落尽天涵水）

虞美人

舒亶[1]

芙蓉[2]落尽天涵水。日暮沧波起。背飞双燕贴云寒。独向小楼东畔倚阑看。

浮生只合[3]尊前老。雪满长安道。故人早晚上高台。赠我江南春色一枝梅[4]。

【注释】

①舒亶（1041—1103）：字信道，号懒堂，慈溪（今浙江余姚太隐）人。治平二年（1065年）试吏部第一，累迁御史中丞。与李定同弹劾苏轼，酿成“乌台诗案”。工于小令，善写离情。词风淡雅而不俗，接近秦观与黄庭坚。近人辑有《舒学士词》一卷。②芙蓉：指荷花。③合：应该。④赠我江南春色一枝梅：用陆凯赠梅于范晔事。据《荆州记》载：陆凯与范晔交善，自江南寄梅花一枝，诣长安与晔，并赠诗：“折梅逢驿使，寄与陇头人。江南无所有，聊寄一枝春。”这里化用其意。

【赏析】

这是一首描写离别之情的词。起首“芙蓉”两句为词人登台所见。“芙蓉落尽”点明季节已经入秋，“落尽”二字尽显衰败之象；“天涵水”，天水相连貌，其水势之渺远，尤显意境之辽阔。“日暮沧波起”，暮色降临，水面上波涛涌起。“沧波起”三字，顿增画面苍凉之意境。“背飞”句写一双燕子直向云边背飞而去，“背飞双燕”，寓含“劳燕分飞”之意，“贴云寒”状其飞行之高，高处生寒。“独向”句是补笔，交代前面所写之景，都是词人在小楼东畔倚栏观望所见。

过片“浮生”二句写转眼又到了岁暮，雪满京城，地冻天寒，百无聊赖，唯有借酒消遣。“故人”二句，词人设想故人一定天天登上高台，思念自己。即使被大雪阻隔，也会寄来一枝江南的梅花。这里借用陆凯赠梅的典故，来表达词人与故人之间的深情厚谊。

这首词借景寓情，将沧桑之感与故人的友谊融合在一起。语言清新婉丽，意境辽阔高远，格调苍凉悲壮，引用典故不着痕迹。

渔家傲（小雨廉纤风细细）

渔家傲[1]

朱服[2]

小雨廉纤[3]风细细。万家杨柳青烟里。恋树湿花飞不起。愁无际。和春付与东流水。

九十光阴能有几。金龟解尽[4]留无计。寄语东阳沽酒[5]市。拼一醉。而今乐事他年泪。

【注释】

①渔家傲：词牌名，此调始于晏殊，因其词中有“神仙一曲渔家傲”而得名。以双调62字，前后片各五句、五仄韵为正体。另有双调62字，前后片各五句，两平韵、三叶韵；双调66字，前后片各六句、五仄韵两种变体。②朱服（1048—？）：字行中，乌程（今浙江吴兴）人。今存《渔家傲》词一首。③廉纤：细微貌。④金龟解尽：这里指解下身上所有的配饰用来换酒。⑤沽酒：卖酒。

【赏析】

这是一首即景抒怀之词。起首“小雨”两句描绘了风细雨润、杨柳笼烟的凄迷景色，千家万户，掩映在这青烟绿雾之中。“恋树”三句写花落春残，“恋树湿花”，意指落花被雨淋湿黏在树上，着一“恋”字，使没有情感的落花变得有情。“飞不起”三字形象地概括了花被雨淋湿后黏在树上的状态。“愁无计”既指花之愁，也指人之愁，愁深难以排遣，只好将它和春天一起交付于滚滚东去的流水。

过片“九十”两句感叹春光短暂。“九十光阴”在这里有两层意思：其一是指为期三个月的春天，其二还包括整个人生之意，“人生七十古来稀”，能够活到九十岁者更是少之又少。“金龟解尽”之说源于唐代贺知章解金龟换酒酬李白的典故，这里表示无论怎样花钱买醉也不能留住春天，留住大好的青春年华。“寄语”句意指词人向酒肆索要酒。结尾“拼一醉”二句体现了举杯浇愁愁更愁的思想。一个“拼”字，体现了词人的义无反顾之态。

这首词袭用传统的作词方法，上片写景抒情，化景语为情语。下片巧用典故，以他人酒杯，浇自己块垒。用语清丽，虚实结合，言有尽而意无穷，彰显了词人深厚的艺术功力。

惜分飞（泪湿阑干花着露）

惜分飞[①]

富阳僧舍代作别语

毛滂[②]

泪湿阑干花着露。愁到眉峰碧聚[③]。此恨平分取。更无言语。空相觑[④]。

断雨残云[⑤]无意绪。寂寞朝朝暮暮。今夜山深处。断魂[⑥]分付。潮回去。

【注释】

①惜分飞：词牌名，毛滂创调，主要歌咏离别之情。双调50字，八仄韵。②毛滂（1060—约1124）：字泽民，自号东堂老人，衢州江山（今浙江江山）人。有《东堂集》十卷和《东堂词》传世。③眉峰碧聚：古人以青黛画眉，双眉紧锁，犹如翠碧聚在一起。④相觑：对看，互相窥视。⑤断雨残云：雨消云散。这里用来比喻男女恩爱中绝。⑥断魂：指极度哀伤。

【赏析】

这是一首追怀昔日离别，表达思念之情的词作。起首“泪湿”两句追忆离别时琼芳梨花带雨的伤感表情，将女子的眼泪写得凄美而有情致。“此恨”三句转写离别在即，词人和所爱的人一样伤心痛苦，两人含泪相望，此时即便有千言万语，也无从说起。

过片“断雨”二句写词人与所爱女子分别之后的孤苦与寂寞。“无意绪”是说自从与心上人离别后，词人对于男女情事再也不感兴趣，再一次说明两人相爱之深。“今夜”三句意指词人此时正在富阳山深处的僧舍之中，而所爱的人却远在钱塘，两人无法相见。因此，词人突发奇想，希望将自己的魂魄交付于浪潮，随着波涛回到心上人那里。这种寄魂于江上波涛的奇想，将词人刻骨铭心的相思之情，淋漓尽致地表现出来。

这首词化用前人诗句入词，以写形来抒情，以无言胜有声，从而使情更深，意更浓。

菩萨蛮（赤阑桥尽香街直）

菩萨蛮[1]

陈克[2]

赤阑桥[3]尽香街直。笼街细柳娇无力。金碧[4]上青空。花晴帘影红。

黄衫[5]飞白马。日日青楼下。醉眼不逢人。午香吹暗尘。

【注释】

①菩萨蛮：唐教坊曲，唐宣宗大中年间，女蛮国派遣使者进贡，她们身上披挂着珠宝，头上戴着金冠，梳着高高的发髻，让人感觉宛如菩萨，当时教坊因此制成《菩萨蛮曲》，后来成了词牌名。双调44字，属于小令。上下片各四句，均为两仄韵、两平韵。②陈克（1081—？）字子高，自号赤城居士。临海（今属浙江）人，侨居金陵（今江苏南京）。赵万里辑其《赤城词》一卷。③赤阑桥：又称赤栏桥，因其赤红栏杆而得名，在安徽合肥城南。④金碧：指富丽堂皇的楼阁。⑤黄衫：贵族的华丽服装。

【赏析】

这首词通过对花街柳巷的描写，对生活放荡的狎妓之人进行了强烈地讽刺。起首“赤阑”二句写笔直的十里长街在赤阑桥尽头，大街两旁，嫩柳成行，柔条随风飘舞。红栏绿柳，相互辉映，写出了十里长街的环境之美。大街着一“香”字，更具有香艳意味。柳可以“笼街”，说明柳树之多。“细柳娇无力”使人联想起女子身材的婀娜多姿。“金碧”二句写大街两旁高楼林立，金碧辉煌，直上天空。“金碧”状楼阁之辉煌，“清空”谓天空高远，色泽淡雅。色彩的一浓一淡，形成鲜明对比。“花”着一“晴”字，神形毕肖地将花艳丽芬芳的神韵体现出来。而帘影的“红”，也正是由于“花晴”的缘故，真可谓“一语之艳，令人魂绝”。

过片两句写贵公子骑着白马，天天到青楼寻欢作乐。“黄衫”是隋唐时期贵族少年所穿的华贵服装，后用来指服饰华贵容貌俊美的公子哥。“日日”说明黄衫公子的往来之频繁。“醉眼”两句是说这些贵公子来此逍遥之后，醉眼惺忪，在大街上横冲直撞，目中无人。“不逢人”，意指这些贵公子不把过往的行人当回事，视若无睹。在他们扬鞭策马过去之后，被马蹄扬起的尘土，混着中午的花香，久久不散。

这首词善于利用色彩的对比描写景物，如赤阑与绿柳、金碧与清空、黄衫与白马等，增强了画面的艳丽质感与繁华气氛。景中寓有深意，明为赞叹，实为讽喻。这首词在描述贵公子流连坊曲的同时，表达了对其丧德败行的谴责与批判。

菩萨蛮（绿芜墙绕青苔院）

菩萨蛮

陈克

绿芜墙绕青苔院。中庭日淡芭蕉卷。蝴蝶上阶飞。烘帘[①]自在垂。

玉钩双语燕。宝甃[②]杨花转。几处簸钱[③]声。绿窗春睡轻。

【注释】

①烘帘：暖帘，用来挡风的布帘。②宝甃：华美的井壁。③簸钱：唐宋时期流行的一种赌博游戏。

【赏析】

这首词通过院中和帘内所见所闻，展现了一个闲适恬静的境界。起首“绿芜”二句写小院的幽深，墙是“绿芜墙”，院是“青苔院”，再用一“绕”字，使这座小院与外界隔绝开来。“日淡”二字，说明阳光并不强烈，这既是绿芜青苔影响的结果，也暗示时值春天。“蝴蝶”二句写院中的蝴蝶飞上台阶，暖帘低垂。“自在”二字，进一步渲染出闲适恬淡的意境。

过片“玉钩”二句描写一对燕子落在帘钩上喃喃细语，杨花轻轻落下，在井壁周围旋转。这一切，使春日的小院顿时增添了许多情趣与清雅的格调。结尾“几处”两句由写景转向写人。远处传来的几处簸钱的声音，惊醒了正在浅睡的闺阁女子。“绿窗”句形象地勾画了女子似醒非醒、似睡未睡的神态。一个“轻”字，用得空灵别致。

这首词深得花间词意蕴，它采用倒装逆挽的章法，由外到内，由景到人，将人的心理活动付诸逼真细腻的景物描绘。使自然的幽景与人物的闲适心情两相契合，韵味隽永，令人神驰。

洞仙歌（雪云散尽）

洞仙歌

李元膺[1]

一年春物，惟梅柳间意味最深。自莺花烂漫时，则春已衰迟，使人无复新意。余作《洞仙歌》，使探春者歌之，无后时之悔。

雪云散尽，放晓晴池院。杨柳于人便青眼。更风流多处，一点梅心相映远。约略颦轻笑浅[2]。

一年春好处，不在浓芳[3]，小艳[4]疏香最娇软。到清明时候，百紫千红花正乱。已失春风一半。早占取韶光[5]、共追游，但莫管春寒，醉红[6]自暖。

【注释】

①李元膺（生卒年月不详）：东平（今属山东）人，南京教官。近人赵万里辑有《李元膺词》一卷。②颦轻笑浅：轻轻地皱眉，浅浅地微笑。③浓芳：繁花浓艳。④小艳：刚刚开放的鲜艳花朵。疏香：指梅花。⑤韶光：美好的时光。⑥醉红：醉酒后的红颜。

【赏析】

这首词通过对早春景致的描绘，表达了词人对春天的怜惜之情。上片“雪云”二句交代季节，说明已是初春天气。“杨柳”句比喻柳枝初吐新叶。“青眼”二字语义双关，既谓初发的柳叶似眼，又暗指对人示以好感。“更风流”三句将梅花拟人化，说它多处具有风流的姿态，特别是那一点梅心，远远与柳轻颦浅笑相映成趣，含有无限风致。

下片“一年”三句指出一年之中最好的时节，不在于繁花争艳、浓香四溢之时，而在于梅花刚刚绽放的时候。“最娇软”三字，逼真地绘出了梅花初绽的情态。“到清明”三句进一步说明清明时节，姹紫嫣红百花斗艳，却早已没有新意，因此说失去了春风的一半。一个“乱”字，写出了百花竞相开放使人眼花缭乱的情景。“早占取”数句是说不如早一点占取时光，与春天共同追游，不要顾及早春寒冷，醉后的红颜自然会感到温暖。这里，词人告诫人们，要及早融入春天的怀抱，不要让美好时光空自流逝。

这首词上片写景，下片抒情，融情思、人生哲理于一体。劝诫人们及早抓住春天莫留遗憾，具有积极的人生观和价值观，给人们以正确的人生启示与指导。

青门饮（胡马嘶风）

青门饮[①]

时彦[②]

胡马[③]嘶风，汉旗[④]翻雪，彤云[⑤]又吐，一竿残照。古木连空，乱山无数，行尽暮沙衰草。星斗横幽馆[⑥]，夜无眠、灯花空老。雾浓香鸭[⑦]，冰凝泪烛，霜天难晓。

长记小妆才了。一杯未尽，离怀多少。醉里秋波，梦中朝雨[⑧]，都是醒时烦恼。料有牵情处，忍思量、耳边曾道。甚时跃马归来，认得迎门轻笑。

【注释】

①青门饮：词牌名，双调107字，前段十二句四仄韵，后段十一句五仄韵。②时彦（？—1107）：字邦彦，古河南开封（今河南原阳）人。存词仅一首。③胡马：泛指西北民族地区的马。④汉旗：这里指宋朝的旗帜。⑤彤云：红云，指风雪前密布的浓云。⑥幽馆：幽深冷清的客舍。⑦香鸭：鸭型的香炉。⑧朝雨：暗用宋玉《高唐赋》朝云暮雨典故。

【赏析】

这是一首远役怀人之作。起首“胡马”四句写寒风呼啸，胡马嘶鸣，汉旗随着漫天纷飞的雪花飘舞，晚霞映红天际，一竿残阳照耀着大地。短短十余字，罗列了胡马、风、汉旗、雪、彤云、残照等多个意象，组成了一幅北国风雪图。“古木连空”三句写古木参天，山峦林立，词人借着夕阳余晖，行尽黄沙衰草间的道路。“星斗”六句写词人在星斗横处的驿馆，长夜难眠，一直到灯花自息。鸭型的香炉不断飘起浓浓的香雾，烛泪凝成了冰，寒霜覆盖的漫漫长夜难明。词人用灯花老、香雾浓、烛泪凝冰等意象，来衬托长夜的难熬、进一步渲染气氛。

过片“长记”三句写离别前夕，心上人淡饰脂粉，简单装束，饯别宴上，她一杯酒还没喝完，心中就涌起不知多少离愁。“小妆”，意指简单地梳洗打扮。“醉里”三句，写醉后两人的痴情相望与梦中的恩爱，而这些都只能徒增醒后的烦恼与哀伤。“料有”数句写词人想起当年依依惜别时，心上人附在自己耳边一再叮咛：什么时候跃马归来，我一定在门口笑迎。结尾这种未别先言见的道别方式，更显得情深意重。

这首词感情真挚，词境悲凉。雅语与口语并用，融情于叙事和写景，情致深婉。

谢池春（残寒销尽）

谢池春[①]

李之仪[②]

残寒销尽，疏雨过、清明后。花径敛余红，风沼[③]萦新皱。乳燕穿庭户，飞絮沾襟袖。正佳时，仍晚昼。着人[④]滋味，真个浓如酒。

频移带眼[⑤]，空只恁、厌厌[⑥]瘦。不见又思量，见了还依旧。为问频相见，何似长相守。天不老，人未偶。且将此恨，分付[⑦]庭前柳。

【注释】

①谢池春：词牌名，双调66字，前后段各六句，四仄韵；亦有64字，五仄韵，以及64字，四仄韵的变体。②李之仪（1048—1117）：字端叔，自号姑溪居士。沧州无棣（今山东无棣）人。著有《姑溪词》一卷、《姑溪居士前集》五十卷和《姑溪题跋》二卷。③风沼：风中的池沼。④着人：让人感觉到。⑤频移带眼：皮带老是移孔，形容日渐消瘦。⑥厌厌：同"恹恹"，精神不振，委靡的样子。⑦分付：交托，托付。

【赏析】

这首词借对春天的感伤，表达了对所爱之人的思念之情。起首"残寒"三句交代季节，说明已是清明之后。"花径"四句写花间的小径上聚满了残落的花瓣，微风吹过池沼萦绕起新的波纹，雏燕在庭院的门窗间穿来穿去，飘飞的柳絮沾满了衣袖。"正佳时"四句说明正值春光大好之际，仍然是夜短昼长。良辰美景，使词人如痴如醉。"浓如酒"三字，深深体现了客观环境引起词人的情感之浓。

过片"频移"三句化用沈约"移带眼"的典故，说明因消瘦而衣带渐宽，只好频移带眼。"不见"四句细腻地刻画了抒情主人公与心上人不见又想、见了感觉还不如长相厮守的复杂心理，进一步表达出与对方长相厮守的心情之强烈。"天不老"数句写抒情主人公的希望之破灭。"天不老"，犹言天无情；"人未偶"，说明两人最终没能走到一起；"且将此恨，分付庭前柳"，此句转入写景，将相思离别之恨交托于庭前的柳树。这里，词人将柳树拟人化，让其替自己托管离愁别恨，从而给人们留下颇费猜测的深思。整首词写景华丽浓艳，韵味隽永，含蓄蕴藉。抒情运用寻常口语，富有人情味，确是一篇感人肺腑的佳作。

卜算子（我住长江头）

卜算子

李之仪

我住长江头，君[①]住长江尾。日日思君不见君，共饮长江水。

此水几时休，此恨何时已[②]。只愿君心似我心，定不负相思意。

【注释】

①君:这里指对人的尊称，相当于“您”。②已:停止。

【赏析】

这首词颇具民歌风味，明白如话，复叠回环，同时又兼具文人词构思新巧、含蓄深婉的特点。起首“我住”二句交代两人居住的空间距离遥远，交往不便。“日日”二句写两人相思而不得相见，“日日”两字体现了两人相思之深。“共饮长江水”写抒情主人公内心自我安慰：尽管思而不见，但毕竟同饮一江之水。一个“共”字，深深道出了两人建立感情的基础。

下片“此水”二句说明长江之水没有休止，不能与心上人相聚的遗憾就无法停止。可见，“共饮长江水”的自我安慰并没有起到多少作用。“几时休”“何时已”，问得让人心痛。这种漫长的、无休止的相思，是那样折磨着抒情主人公的心灵。结尾“只愿”两句是抒情主人公的表白，意谓只要对方和自己的心一样，定然不辜负这份相思之情。这种以心换心的爱情表白，使词的主题进一步得到了升华。

这首词以长江之水为线索，将两个“共饮一江水”的人联系在一起；从相知相思，到思而不见，再到恨不能已，最后到“只愿君心似我心，定不负相思意”的表白，体现了至情至性的特点。

瑞龙吟（章台路）

瑞龙吟[①]

周邦彦[②]

章台[③]路。还见褪粉梅梢，试花桃树。愔愔[④]坊陌人家，定巢燕子，归来旧处。

黯凝伫。因念个人痴小，乍窥门户。侵晨浅约宫黄[⑤]，障风映袖，盈盈笑语。

前度刘郎[⑥]重到，访邻寻里，同时歌舞。惟有旧家秋娘[⑦]，声价如故。吟笺赋笔，犹记燕台句[⑧]。知谁伴，名园露饮，东城闲步。事与孤鸿去。探春尽是，伤离意绪。官柳低金缕。归骑晚、纤纤池塘飞雨。断肠院落，一帘风絮。

【注释】

①瑞龙吟：周邦彦自度曲。此调有不同格体，俱为三片，在此只列其中一体。前、中片第一、三、六句和后片第三、五、七、九、十、十二、十三、十五、十七句押韵，均用仄声韵。前两片称为“双拽头”。②周邦彦（1056—1121）：字美成，号清真居士，钱塘（今浙江杭州）人。北宋著名词人。精通音律，曾创作不少新词调。作品多写闺情、羁旅，也有咏物之作。格律谨严，语言曲丽精雅，长调尤善铺叙。为后来格律派词人所宗。有“词家之冠”“词中老杜”之称，在宋代影响甚大。有《清真居士集》，已佚，今存《片玉集》。③章台：台名，秦昭王曾于咸阳造章台，其地繁华，妓院林立。后用来代指妓女所居之地。④愔愔：幽深貌。坊陌：一作坊曲，意同“章台”。⑤浅约宫黄：淡饰脂粉。⑥前度刘郎：指唐代诗人刘禹锡。此句化用刘禹锡《再游玄都观绝句》“种桃道士归何处？前度刘郎今又来”诗句。⑦秋娘：唐代名妓，这里泛指歌姬舞女。⑧燕台句：指唐代李商隐《燕台四首》，分题春夏秋冬，为洛阳歌妓柳枝所叹赏，柳枝手断衣带，托人致意，约李商隐偕归，后因事未果。不久，柳枝为东诸侯娶去。此处用以暗示昔日情人已归他人。

【赏析】

这首词是周邦彦的代表作品之一。上片“章台路”三句写词人在章台路所见，梅花凋谢，桃花渐次开放，点明季节是早春。“褪粉”“试花”，写出了季节变化的动态之美。“愔愔”三句写寂静无人的街巷青楼，如今只有忙着安巢的燕子，又回到以前的旧处。“章台路”与“坊陌”均说明词人所要造访的人是青楼歌妓，“愔愔”则显示其环境的冷清，意在强调物是人非、今非昔比。

中片写词人神色黯然，久久地伫立在那里，不由得想起娇小玲珑的她，站在门口招揽客人的情景。“玲珑娇小，乍窥门户”八字运用得相当传神，生动地体现了女子刚入坊陌不久还没有失去少女的纯真之态。“侵晨”三句写初春的清晨尚有余寒，她额头上淡抹宫黄，举起彩袖用来挡风，满面春风地迎接着造访的客人。“盈盈笑语”四字，将女主人公娇媚动人的神态刻画得形神毕肖。

下片“前度”五句，写词人向邻里打听她的消息，当时一同歌舞的姐妹，只有她还在操着旧业，声价还和以前一样。“吟笺”两句是追怀当年自己的诗作受到这位歌女的赏叹，“燕台句”引用李商隐《燕台诗》典故，指出对方的爱才之心和对自己的知遇之情。“知谁伴”两句写佳人不见，无人与自己分担离别的忧愁。“官柳”数句写景，照应开头，进一步抒发离愁别恨。

这首词结构严谨，脉络清晰，层次分明，用语精工典丽，情调缠绵婉转，沉郁顿挫，饶有风致，是一篇不可多得的佳作。

风流子（新绿小池塘）

风流子[①]

周邦彦

新绿小池塘。风帘动、碎影舞斜阳。羡金屋[②]去来，旧时巢燕；土花[③]缭绕，前度莓墙。绣阁里、凤帏深几许，听得理丝簧[④]。欲说又休，虑乖芳信，未歌先噎，愁近清觞[⑤]。

遥知新妆了，开朱户、应自待月西厢[⑥]。最苦梦魂，今宵不到伊行[⑦]。问甚时说与，佳音密耗，寄将秦镜[⑧]，偷换韩香[⑨]。天便教人，霎时厮见何妨。

【注释】

①风流子：唐教坊曲，后用为词牌名。分单调、双调两种体格。单调34字，八句六仄韵。双调上片12句，四平韵，下片11句，四仄韵；上下片共110字。②金屋：美女所居之处。③土花：苔藓。④丝簧：指管弦乐器。⑤清觞：洁净的酒杯。⑥待月西厢：化用元稹《会真记》莺莺与张生诗：“待月西厢下，迎风户半开。”⑦伊行：她那边。⑧秦镜：汉代秦嘉妻徐淑赠其明镜。此处指情人所送的物品。⑨韩香：原指晋代贾充之女贾午爱恋韩寿，以御赐西域奇香赠之。这里指情人的赠品。

【赏析】

这是一首念远怀人之作，抒写了对一位女子的思念之情。起首“新绿”三句写心上人的居住环境，清新碧绿的池塘，风中舞动的珠帘，斜阳之下的碎影，环境的幽美衬托出心上人清新脱俗。“羡金屋”四句借写羡慕那些在“金屋”之中自由来去的燕子和围绕深闺的墙上莓苔来反衬自己不能与心上人相聚的遗憾。“金屋”借用“金屋藏娇”的典故，暗指所恋之人已属他人。“绣阁”三句借写绣阁之中，“凤帏”深重，阻隔了抒情主人公的视线，听着隐约传来的弹奏丝管的声音，更觉得相思难禁。“欲说”四句是写抒情主人公欲言又止，因为得不到心上人的消息而愁情难遣，想唱歌自娱，却如鲠在喉，只好借酒消愁。

过片“遥知”三句写词人进一步想象女子已经装扮好，正打开红色的窗户，等待着他的到来。“待月西厢”，引用唐代元稹《莺莺传》典故，想象女子对自己的期盼。“最苦”二句转写词人竟然连做梦都不能到她身边。“最苦”二字进一步强调两人交往的无望。“问甚时”四句希望与心上人再度修得前缘，互赠信物。后两句化用刘禹锡“秦嘉镜鉴前时结，韩寿香销故箧衣”诗意，用来指自己和心上人之间的感情。结尾“天便”两句祈祷上天，让自己能与心上人有短暂的相见。

这首词想象丰富，描写逼真细腻，深深地表达了词人对心上人刻骨铭心的思念与期盼之情。语言优美精工，用典贴切自然，生动感人。

兰陵王（柳阴直）

兰陵王[①]

周邦彦

柳阴直。烟里丝丝弄碧。隋堤上、曾见几番，拂水飘绵送行色。登临望故国。谁识。京华[②]倦客。长亭路，年去岁来，应折柔条[③]过千尺。

闲寻旧踪迹。又酒趁哀弦[④]，灯照离席。梨花榆火[⑤]催寒食。愁一箭风快，半篙波暖，回头迢递便数驿。望人在天北。

凄恻[⑥]。恨堆积。渐别浦萦回[⑦]，津堠[⑧]岑寂。斜阳冉冉春无极。念月榭[⑨]携手，露桥[⑩]闻笛。沉思前事，似梦里，泪暗滴。

【注释】

①兰陵王：词牌名，源自北齐歌谣《兰陵王入阵曲》，北宋周邦彦与名妓李师师相好，得罪宋徽宗，被押出都门。李师师置酒送别，周邦彦作慢词《越调·兰陵王》，从此西楼南瓦皆歌之，谓之《渭城三叠》，确定了后世《兰陵

王》的格调音律。词调分三段，130字，上片七仄韵，中片五仄韵，下片六仄韵。宜入声韵。②京华：指京城。③柔条：柳条。过千尺：极言折柳之多。④哀弦：哀怨凄婉的音乐。⑤榆火：唐宋时期朝廷在清明日取榆柳之火以赐百官，故有"榆火"之说。⑥凄恻：悲伤，哀伤。⑦萦回：水波回旋。⑧津堠：渡口附近供瞭望歇宿的守望所。岑寂：寂寞冷清。⑨月榭：月光下的亭榭。榭，建在高台上的敞屋。⑩露桥：布满露珠的桥梁。

【赏析】

这是一首自伤离别的词。上片起首"柳阴直"二句写正午时分柳树直照到地上的阴影，柔嫩细长的枝条在烟霭之中的朦胧之美。"弄碧"二字既绘形又绘神，写出了枝条的柔嫩姿态与碧色可餐的神韵。"隋堤上"数句写词人曾在长堤上多次看到这种"拂水飘绵"的送行之色，这不禁勾起浓浓的思乡之情。"登临"三句描写了词人客居京华的孤独、凄凉处境。"倦客"二字说明词人对这种客居京城的生活的厌倦，心生思归之念。"长亭路"三句写在长亭路上，年复一年地折柳，送别时被折断的柳条连接起来恐怕要超过千尺了。这几句表面上似在痛惜柳枝被折，而深层含义则是叹息人们离别的频繁。

中片"闲寻"数句写人们在哀婉的乐曲中饮酒，闪烁的灯光照着离别的宴席，梨花和榆钱催送着寒食节。一个"催"字，充满了岁月匆匆、别期已至的伤感。"愁一箭"三句写行者的难以挽留，本来和顺的春风助船行驶，增加了行船的速度，本应让人高兴。而词人却因船去的疾发愁，从侧面烘托词人与行人的关系非同一般。"望人"句写词人所望之人转眼已在天的另一边，极言两人相距之远。

下片"凄恻"两句写无数的离恨别愁堆积在一起，使词人内心十分惨凄。"渐别浦"三句写不知不觉中已至黄昏，别浦河水回旋，守望所孤零零地立在那里，冉冉西下的斜阳照耀着春景无限，空阔的背景衬托着词人的孤独与凄凉。"念月榭"二句回忆两人在月榭携手赏月，在露水盈盈的桥上一起听人吹笛的情景。"沉思"三句写词人回忆起这些往事，深感如在梦中一样，于是忍不住暗自流下泪来。

这首词明为咏柳，实为伤离，以萦回曲折的笔触，描写了客中送客的凄凉与孤独，表达了浓重的思乡之情。在结构安排上，此词由写景引出送别，继而登高望乡，再感叹送别之繁，然后回忆往事，再送别，伤感别后孤独，再度回忆往事，最后伤感落泪。如此一波三折，复沓重叠，增强了词的艺术感染力，令人为之折服。

琐窗寒（暗柳啼鸟）

琐窗寒[①]

周邦彦

暗柳啼鸦，单衣伫立，小帘朱户。桐花半亩。静锁一庭愁雨。洒空阶、夜阑未休，故人剪烛西窗[②]语。似楚江暝宿，风灯零乱，少年羁旅[③]。

迟暮。嬉游处。正店舍无烟[④]，禁城百五。旗亭[⑤]唤酒，付与高阳俦侣[⑥]。想东园、桃李自春，小唇秀靥[⑦]今在否。到归时、定有残英，待客携尊俎[⑧]。

【注释】

①琐窗寒：周邦彦创调，因词中有“静锁一庭愁雨”“故人剪烛西窗语”句，故取以为词调名。②“剪烛西窗”句：化用唐代李商隐《夜雨寄北》：“何当共剪西窗烛，却话巴山夜雨时。”③羁旅：长期寄居他乡。④店舍无烟：（因为寒食节禁火）旅店客舍都见不到炊烟。⑤旗亭：市楼，有旗立于上，并设酒肆，为唐宋时文人墨客游憩之所。⑥高阳俦侣：指饮酒狂放不羁的人。⑦小唇秀靥：指女子美貌。⑧尊俎：古代盛酒和肉的器皿。这里指酒和菜肴。

【赏析】

这是一首羁旅行役之词，抒发了词人暮年远游思念家乡的凄凉情怀。起首“暗柳”三句点名时间和词人所处的环境。薄暮时分，天色渐暗，乌鸦乱啼，词人身穿单衣，站立在朱红小门的帘外。“暗柳”说明天色渐暗，已近黄昏；“单衣”暗示天气已暖。“桐花”两句写词人伫立所见，被桐花占了半亩的庭院，静静地锁着那满庭的愁雨。一个“锁”字，进一步突出了词人愁闷烦乱的心情。“洒空阶”三句写那滴滴答答的雨声落在空阶之上，一直到深夜还没有停止，这使词人不由得更加思念故人。这里，词人化用李商隐《夜雨寄北》中“何当共剪西窗烛，却话巴山夜雨时”诗意，表达对家乡故人的思念之情。“似楚江”三句写眼前这情景和当年在楚江暝宿时极为相似，“风灯零乱，少年羁旅”八字，富含人生短暂、往事不堪回首之深意，人世沧桑之感跃然纸上。

过片“迟暮”六句写时至暮春，平常游乐的地方，因寒食节，京城各个旅舍都见不到炊烟。词人只好到酒楼之上，与那些狂放的酒友们一起花钱买醉。此处是侧笔描写，其真正的含义是词人因心有愁思，对各种玩乐都不感兴趣，只好借酒消愁。“想东园”三句写思家之情切：想家乡的东园，如今一定是桃李争春，竞相开放，只是不知那位貌美如花的姑娘是否还在？“到归时”三句深深体现了词人归心似箭的急切心情，写词人想象等自己回去时，家乡的桃李尚有残花存在，等待他这位久居他乡的游子携着美酒佳肴前去观赏。

这首词景中含情，情中带景。在忽此忽彼的时空转换中，巧妙地将现实、过去和未来相结合，将自己的羁旅感慨与对家乡的深切思念融合在一起。字句典雅，化用前人诗句而无雕琢之痕。构思巧妙，结构天成，具有高超的艺术表现力。

六丑（正单衣试酒）

六丑[①]

蔷薇谢后作

周邦彦

正单衣试酒[②]，怅客里、光阴虚掷。愿春暂留，春归如过翼[③]。一去无迹。为问家何在，夜来风雨，葬楚宫倾国[④]。钗钿坠处[⑤]遗香泽。乱点桃蹊，轻翻柳陌。多情为谁追惜。但蜂媒蝶使，时叩窗槅[⑥]。

东园岑寂，渐蒙笼暗碧。静绕珍丛[⑦]底，成叹息。长条故惹行客。似牵衣待话，别情无极。残英小、强簪巾帻[⑧]。终不似、一朵钗头颤袅[⑨]，向人攲侧[⑩]。漂流处、莫趁潮汐[⑪]。恐断红、尚有相思字，何由见得。

【注释】

①六丑：词牌名，周邦彦创调。140字，前片八仄韵，后片九仄韵。例用入声部韵，诸领格字并用去声。②试酒：宋代风俗，农历三月末或四月初尝新酒。③过翼：飞过的鸟。④楚宫倾国：楚王宫里的美女，喻蔷薇花。倾国：美人，这里用来比落花。⑤钗钿坠处：花落之处。⑥窗槅：意同“窗格”，窗户上的格子。古时在上面糊纸或纱以挡风，亦指窗扇。⑦珍丛：花丛。⑧强簪巾帻：勉强插戴在头巾上。巾帻：头巾。⑨颤袅：轻轻颤动。⑩向人攲侧：向人表现出依恋的娇媚之态。⑪潮汐：海潮白昼涨落称潮，在夜间涨落称汐。

【赏析】

这首词借咏落花，抒发了身世飘零之感和对光阴虚掷的痛惜之情。起首“正单衣”二句点明时令与抒情主人公的身份，抒发光阴虚度的感慨。“愿春”三句写春去之速，令人无从寻觅。“愿”字领格，诉说主人公对春天的惋惜、挽留之情。“为问”四句以美人比落花，以“钗钿坠处”遗留的“香泽”比喻花的香味，形象而生动。因为一场突如其来的风雨，致使落花无家。这里，将人与花融合在一起来写，以花之遭际喻指羁旅行役之人飘零之身世。“家何在”三字，深深寄寓了有家难归的无奈之情。“乱点”三句写落花飘零的情状，“乱点”“轻翻”意指落花飘入桃溪、落在柳陌随风飘舞。可落花的多情又有谁为之追惜呢？“但蜂媒”二句转写蜜蜂、蝴蝶不时来扣窗槅，似乎在提醒人去追惜。

过片“东园”三句写东园花事已过，草木逐渐繁盛茂密，绿荫幽暗青碧。词人静静地围绕蔷薇花丛，寻找落花遗留下的“香泽”。“成叹息”三字，既说明寻求无望，又说明词人惜花伤情太深。“长条”三句写花恋人。花虽然已经无迹可寻，但有“长条”招惹行客，牵着行客的衣服似乎有话要说。这里的“长条”被拟人化。“残英小”数句是说词人在长条的枝头上看到一朵残留的小花，便将其视为诉说别情的知音，虽是“残花”并非“簪巾帻”之物，而行客却强簪在头巾上。然而，它到底比不上当初盛开的时候插在美人的头上艳丽动人。这既是感叹花不如昔，也是叹息自己岁月空自蹉跎。“漂流处”数句劝慰残花不要顺水漂流而去，恐怕那飘零的花儿，刻有相思的词句，无法再见到！“相思字”化用红叶题诗的典故，写人对花的依恋。

这首词既是惜花，更是惜人。在结构安排上，它体现了慢词长于铺叙的特点，时而写花，时而写人，时而将花与人合起来写。迂回曲折，反复腾挪，将花与人的相惜相怜展现得淋漓尽致。

夜飞鹊（河桥送人处）

夜飞鹊[1]

周邦彦

河桥送人处，凉夜何其。斜月远、坠余辉。铜盘烛泪已流尽，霏霏[2]凉露沾衣。相将散离会，探风前津鼓[3]，树杪参旗[4]。花骢[5]会意，纵扬鞭、亦自行迟。

迢递路回清野，人语渐无闻，空带愁归。何意重经前地，遗钿[6]不见，斜径都迷。兔葵燕麦[7]，向斜阳、欲与人齐。但徘徊班草[8]，欷歔酹酒，极望天西。

【注释】

①夜飞鹊：词牌名，始见《清真集》，入“道宫”。《梦窗词》集入“黄钟商”。双调107字，前片五平韵，后片四平韵。②霏霏：雨露很盛的样子。③津鼓：渡口用以报时的更鼓。④树杪参旗：参宿正在树梢，天将破晓。⑤花骢：毛

色青白混杂的马。⑥遗钿：这里用来比喻落花。⑦兔葵燕麦：野葵和野麦。形容蔓草丛生，一派荒凉。⑧班草：布草而坐。

【赏析】

这是一首咏别词。起首“河桥”两句交代送人的时间与地点。“斜月远”数句写一轮残月向西边坠落，仍有余辉留在人间。铜盘里的蜡烛泪已流尽，霏霏的凉露沾湿人衣。面对这种凄凉的情景，即将离别之人的心境可想而知。“相将”三句写临别前的聚会也到了将散之时，探头听听风中的渡口鼓响，再看看树梢之上参旗星的亮光，已是天将拂晓。“花骢”二句写花骢马明白主人的心思，即便是扬鞭驱赶它，也只是慢步缓行。寥寥数笔，写出了难舍难分的离别之情。

过片“迢递”三句写送别之后，词人渐渐听不到远行之人的声音，不由得满怀惆怅、独自归来。同样是来时之路，可独自回去时却感到是那样漫长，野外更加清旷寂寥。一个“空”字，深深反映出词人孤独落寞的心情。“何意”三句写词人再次经过与心上人分手的地方，不仅找不到她的一点痕迹，就连偏斜的小路也难以辨认了。“重”“前地”，说明词人并不是第一次来此。“遗钿”，更明确地指出远行之人遗留的痕迹。“兔葵”三句写景，那些兔葵、燕麦，面对渐渐西坠的斜阳，似乎在和人比高。“但徘徊”三句写词人在当初与情人待过的草地上驻足徘徊，向着情人远去的西方，以酒浇地，欷歔不已。“极望”二字，尤见词人思念之深。

这首词采用时空转换的方法，在一大段送别情景的描写之后，横空出笔，指明以上所述皆是过往之事。结构上层层伸展，风格上哀怨凄婉而又不失浑厚典雅，堪称送别怀人之作中的佳作。

满庭芳（风老莺雏）

满庭芳

夏日溧水无想山作[1]

周邦彦

风老莺雏[2]，雨肥梅子，午阴嘉树清圆。地卑山近，衣润费炉烟。人静乌鸢[3]自乐，小桥外、新绿溅溅[4]。凭阑久，黄芦苦竹[5]，疑泛九江船。

年年。如社燕[6]，飘流瀚海，来寄修椽[7]。且莫思身外，长近尊前。憔悴江南倦客，不堪听、急管繁弦[8]。歌筵畔，先安簟枕[9]，容我醉时眠。

【注释】

①无想山：山名，在今江苏省南京市溧水区。②风老莺雏：黄莺的幼雏在温暖的春风里逐渐长大。③乌鸢：即乌鸦。④溅溅：流水声。⑤黄芦苦竹：出自白居易《琵琶行》“黄芦苦竹绕宅生。”⑥社燕：燕子春社时飞来，秋社时飞走，故称社燕。⑦来寄修椽：指燕子营巢寄居在房梁之上。⑧急管繁弦：形容各种乐器同时演奏的热闹情景。⑨簟枕：枕席。

【赏析】

这首词反映封建社会一个仕途不得意的知识分子愁苦寂寞心情。起首“风老”三句写雏莺在风中变老，梅子在雨中逐渐变得肥大，正午时分茂密的树阴形成圆形罩着地面。“清圆”二字绘出了茂密的树木亭亭如盖的景象。“地卑”两句写居住环境的恶劣，地势低洼靠近山，空气潮湿，因此衣服需要用火炉烘干。“人静”两句转写此处的安静，连乌鸢也自得其乐，小桥之外，碧水澄澈，水声溅溅，与“衣润费炉烟”的湿润空气相互映衬。“凭阑久”一句，指出上面所写俱是词人凭栏所见，“黄芦”两句借白居易被贬之地喻指自己居住环境的恶劣，其沦落天涯之慨跃然纸上。

过片“年年”四句以社燕自比，感叹身世飘零，寄居他乡。“且莫”两句是说姑且不考虑身外的事，长期饮酒为乐。一个“长”字，说明词人的愁苦非短暂的时间所能排遣。“憔悴”数句极写词人的愁苦，“江南倦客”，是词人自指，此时词人不但疲倦，而且憔悴。词人在酒宴上本想借酒消愁，却被各种乐器同时演奏的声音吵闹得更加烦乱，“不堪听”三字，强烈地表达了词人听觉的忍耐极限。“歌筵畔”三句道出了词人以醉遣愁的苦闷。

这首词化用前人诗句入词，贴切自然。对仗工整，语言清丽典雅。情调哀怨婉转，沉郁顿挫中饶有情味。体现了清真词的一贯风格。

过秦楼（水浴清蟾）

过秦楼[①]

周邦彦

水浴清蟾[②]，叶喧凉吹，巷陌马声初断。闲依露井[③]，笑扑流萤，惹破画罗轻扇[④]。人静夜久凭阑。愁不归眠，立残更箭[⑤]。叹年华一瞬，人今千里，梦沉书远。

空见说、鬓怯琼梳[⑥]，容消金镜，渐懒趁时匀染。梅风[⑦]地溽，虹雨[⑧]苔滋，一架舞红[9]都变。谁信无聊，为伊才减江淹[10]，情伤荀倩[11]。但明河影下，还看稀星数点。

【注释】

①过秦楼：词牌名。调见《乐府雅词》，李甲所作。因词中有“曾过秦楼”句，遂取以为名。②清蟾：明月。③露井：没有井盖的井。④画罗轻扇：用有画饰的丝织品做的扇子。⑤更箭：古代以铜壶盛水，壶中立箭来计时。⑥鬓怯琼梳：形容头发稀少，经不住发梳的梳理。⑦梅风：梅子成熟季节的风。溽：湿润。⑧虹雨：初夏的雨。⑨舞红：指落花。⑩江淹：字文通。南朝著名文学家。相传江淹少时梦人授五色笔而文思大进，而后梦郭璞取其笔，才思竭尽。即后世所称“江郎才尽”。⑪荀倩：字奉倩，后汉人。其妻曹氏亡，荀叹曰：“佳人难再得！”不哭而神伤，未几亦亡。

【赏析】

这是一首即景思人之作。起首“水浴”三句写明月倒映在池塘之中，像是在水中沐浴。树叶在风中簌簌作响，带来了丝丝凉意。街巷之中的车马停止了喧闹。“水浴清蟾”为目之所见，“叶喧”与“马声初断”为听觉所感，体现了视觉与听觉、动与静的结合。“闲依”三句写女子闲倚在露井旁边，笑扑飞来的流萤，由于太专注，竟然把手中的“青罗画扇”都扑破了。不过，这并不是眼前之景，而是词人对过去的回忆。“人静”数句写词人深夜独倚栏杆，愁绪满怀，难以入睡，不由得想起那位离别已久的情人。词人深深叹息年华易逝，转眼之间，两人千里相隔，且不说书信难到，就是做梦也难相遇。在这段描写中，词人并没有按照一贯的顺序安排结构。本来，“闲依”三句应该放在“立残更箭”的后边，可词人却将它们放在了“人静久凭阑”的前面。这样次序颠倒，是为了突出美好的回忆。

过片“空见说”数句写所爱女子鬓发稀少，不胜琼梳，镜中容颜消瘦，渐渐地不再对镜梳洗打扮。女子生活习惯的改变，容貌的未老先衰，都是因为思念心上人所至。女子如此，而词人自己又是如何呢？梅雨季节，雨多地湿，莓苔滋生，一架蔷薇花已由盛开时的红艳变得憔悴不堪。这一派衰煞凄凉的景象，进一步烘托词人为了心中挚爱的女子，而“才减江淹，情伤荀倩”。“谁信”二字，深深透露出两人的相思之苦。结尾“但明河影下，还看稀星数点”两句意谓词人通宵未睡，凭栏到晓。“稀星数点”谓天已放亮，众星隐退，只有个别的明星挂在天空。下片以景语作结，使词的感情意蕴更为深厚。

这首词通过各种意象的巧妙组合，抚今追昔，瞻念未来，伤离痛别，写得极其感慨。词中忽而写景，忽而抒情，令人捉摸不定。常常景未隐而情已生，情未逝而景又现。这样层层推演，具有极强的艺术震慑力。

花犯（粉墙低）

花犯[①]

周邦彦

粉墙低，梅花照眼，依然旧风味。露痕轻缀，疑净洗铅华[②]，无限佳丽。去年胜赏曾孤倚。冰盘[③]同燕喜。更可惜、雪中高树，香篝[④]熏素被。

今年对花最匆匆，相逢似有恨，依依愁悴[⑤]。吟望久，青苔上、旋看飞坠。相将见、翠丸荐酒[⑥]，人正在、空江烟浪里。但梦想、一枝潇洒，黄昏斜照水。

【注释】

①花犯：词牌名，周邦彦自度曲。后来有多种调式，一般以周邦彦词为正格。双调102字。前段十句，六仄韵；后段九句，四仄韵。②铅华：古代妇女用的黛粉等化妆品。③冰盘：指如水一般洁净的白瓷盘。④香篝：熏香之笼。⑤愁悴：亦作“愁瘁”，忧伤憔悴。⑥翠丸荐酒：指以梅子佐酒。

【赏析】

这首词借咏梅抒发词人宦海漂泊的落寞情怀。起首“粉墙低”两句描写梅花在粉墙的衬托下光彩照人的神态。“依然旧风味”说明还和往年一样，这突来的一笔，使眼前的景物增添了怀旧的成分。“露痕”三句着意摹写梅花丽质天成、自然光鲜的神韵与其引人注目的魅力。“去年”两句是对词人去年孤倚寒梅、与梅共醉的回忆。“冰盘同燕喜”化用韩愈“冰盘夏荐碧实脆”诗意，写自己饮酒食梅的快乐。“更可惜”两句是对去年雪中梅花的追念，写梅花被积雪覆盖，形色难以分辨，阵阵花香从雪中传出。词人用“香篝熏素被”来比喻梅花积雪的情景，既形象，又具有清雅的韵味。

过片“今年”三句既是叹息梅花开落匆匆，又是自叹去留匆匆。这里，词人运用移情之法，化自己的愁恨为梅花的愁恨，使无情无知的梅花有了人的知性和感性。“愁悴”二字意谓梅花因愁而憔悴陨落。“吟望久”二句写词人久久地站在那里，眼看着一片片花瓣落在青苔之上。“相将见”数句是词人的想象，他从片片坠落的花瓣想到青绿肥圆的梅子，想到自己在梅子荐新之时，已经离开赏梅之地，乘一叶小舟飘摇在江上的烟浪之中。结尾“但梦想”两句，思绪从“空江风浪里”又回到眼前的花开之地，以梅花清雅不俗的神韵作结，给人以无限遐思。

这首词结构多变，将自己的身世之感融入对梅花不同生长时期的描绘，在过去、现在、将来三个不同的时空里盘旋往复，展开情思，词笔跳跃、空灵变换，化用前人诗句浑化无迹，令人赏叹。

大酺（对宿烟收）

大酺[①]

周邦彦

对宿烟收，春禽静，飞雨时鸣高屋。墙头青玉旆[②]，洗铅霜都尽，嫩梢[③]相触。润逼琴丝，寒侵枕障，虫网吹粘帘竹。邮亭[④]无人处，听檐声不断，困眠初熟。奈愁极频惊，梦轻难记，自怜幽独[⑤]。

行人归意速。最先念、流潦[⑥]妨车毂。怎奈向、兰成憔悴，卫玠清羸[⑦]，等闲时、易伤心目。未怪平阳客[⑧]，双泪落、笛中哀曲。况萧索、青芜国[⑨]。红糁[⑩]铺地，门外荆桃[⑪]如菽。夜游共谁秉烛[⑫]。

【注释】

①大酺：词牌名。唐教坊曲有《大酺乐》，宋人借旧曲以制新调，为重头133字，仄韵。②青玉旆：比喻新生长的竹子。旆，古代旗帜末端状如燕尾的垂旒。③嫩梢：这里指竹子柔嫩的枝梢。④邮亭：驿馆，递送文书者投止之处。⑤幽独：寂寞孤独。⑥流潦：道路积水。⑦卫玠清羸：指晋代卫玠美貌而有羸疾。⑧平阳客：指后汉马融，因其性好音乐，独卧平阳，闻人吹笛而悲，故称平阳客。⑨青芜国：杂草丛生之地。⑩红糁：指落花。⑪荆桃：樱桃的别名。菽：豆类的总称。⑫秉烛：持烛以照明。

【赏析】

这是一首描写春雨中行旅之愁的词。起首三句写春雨从昨天夜里就开始酝酿，到了第二天一早，浓雾散尽，春鸟安静地隐在巢穴之中一声不鸣，飞箭一般的雨敲打得屋顶铮铮作响。“墙头”三句写墙头那些新长出来的嫩竹，被雨水洗尽了粉霜，尖嫩的竹梢在风雨中相互碰撞。“飞”“洗”二字，突出了雨势的急猛。“润逼琴丝”三句转写室内，琴丝受潮，难以发出应有的声音；寒气侵袭枕巾，一片冰凉；虫网被风吹到竹帘上，同竹帘黏在了一起。这些现象，钩织成一个孤冷凄清的气氛。“邮亭”六句孤馆困眠的情景，“邮亭无人”说明居处荒僻冷清；“檐声不断”是说雨一直下个不停。在这样的环境中，词人好不容易入睡。无奈愁意太重而屡次惊醒，恍惚中梦境难以记起，醒来后更加感到自身的孤独。整个上片从春天的雨景写起，由屋外到屋内，到词人的雨中困眠，将词人孤独凄凉的心态刻画得细致入微。

过片两句写词人归心似箭，可偏遇阴雨连绵的天气，路途积水，车毂难行，致使归期难卜。“怎乃向”数句运用“兰成憔悴”“卫玠清羸”“平阳客”典故，将词人行旅受阻、欲归不得的愁绪渲染得淋漓尽致。结尾“况萧索”数句由情及景，由羁旅之愁转为惜花伤春。“青芜国”一语出自温庭筠《春江花月夜》“花庭忽作青芜国”诗句，意指在春雨的摧残下，到处是一片杂草丛生的世界；“红糁铺地”言红色的花瓣被风雨吹落到地上；“荆桃如菽”意指樱桃已经褪尽红衣露出豆粒大的幼桃。而这些，都是春天将逝的象征。“夜游”句与上片的“自怜幽独”遥相呼应。既是自叹孤独，又是思亲情切的体现。

此词结构层次分明，错综变化，首尾相应，体现了词人匠心独运的一面。因景生情，感物应心，气氛渲染与人物心理活动相互映衬，意境凄凉幽眇，令人读之不胜伤感。

解语花（风销焰蜡）

解语花[①]

上元[②]

周邦彦

风销焰蜡，露浥[③]红莲，花市光相射。桂华[④]流瓦。纤云散，耿耿[⑤]素娥欲下。衣裳淡雅，看楚女、纤腰一把[⑥]。箫鼓喧，人影参差，满路飘香麝[⑦]。

因念都城放夜[⑧]。望千门如昼，嬉笑游冶。钿车[⑨]罗帕。相逢处，自有暗尘随马。年光是也。唯只见、旧情衰谢。清漏移，飞盖[⑩]归来，从舞休歌罢。

【注释】

①解语花：词牌名。相传唐玄宗太液池中有千叶白莲，中秋盛开，玄宗设宴赏花。群臣左右为莲花之美叹羡不已，玄宗却指着杨贵妃说：“那莲花怎比得上我的解语花呢？”后人制曲，即取以为名。②上元：又称“上元节”，指农历正月十五元宵节。③浥：沾湿。④桂华：代指月亮。传说月中有桂树，故以桂代月。⑤耿耿：明亮貌。⑥看楚女、纤腰一把：化用《韩非子·二柄》“楚灵王好细腰，而国中多饿人”语意。⑦香麝：指麝香一类化妆品的香气。⑧放夜：古代京城禁止夜行，唯正月十五夜弛禁，市民可欢乐通宵，称作“放夜”。⑨钿

车：用金宝嵌饰的车子。形容车装饰豪华。罗帕：一种丝织方巾。旧时女子的随身用品和饰物。⑩飞盖：飞奔疾驰的车辆。

【赏析】

这是一首上元节怀念故人的词。起首“风销”三句主要描写客地元宵节灯火辉煌的场面：艳丽多彩的蜡炬在风中燃烧，夜露浸湿了红色的莲花灯，街市上各种光彩交相映射。“桂华”三句写皎洁的月光照耀着屋瓦，微云飘散，光彩照人的嫦娥飘然欲下。“衣裳”数句写街上那些衣着精致素雅的南国女子，个个都细腰纤纤。大街小巷人影攒动，整条路上都飘散着沁人心脾的幽香。这段描写，从焰火到月光到人，都体现了设想新奇、构思巧妙、词语典丽精工的特点。

过片“因念”句转写都城汴京元宵节的情景。“望千门”二句总写汴京元宵节的盛况，“千门如昼”尤显气象之宏大，“嬉笑游冶”转写都城士女的活动情况。“钿车”三句描写女子坐着钿车出游，不时有罗帕从香车上落下。在相逢的地方，自然有被马蹄带起的暗尘。“相逢处”二句化用苏味道《上元》“暗尘随马去，明月逐人来”诗句，这里暗含偷期密约之意。“年光”两句是说每年都有一次元宵节，而自己饱经沧桑，再也没有昔日的情怀。“清漏移”三句写到了深夜，词人再也没有心情观赏这灯月交辉的景象，于是就乘着车子飞奔而回，任凭他人纵情歌舞。结语两句，与李清照《永遇乐》中所说的“不如向帘儿底下，听人笑语”，有异曲同工之妙。

这首词通过客地元宵节的热闹情景与京城元宵节盛况的对比，抒发了词人抑郁不得志的苦闷。除了语言精练优美，构思巧妙令人赏叹之外，其所表现的风物人情，为人们了解当时的节日习俗提供了很好的参考。

定风波（莫倚能歌敛黛眉）

定风波

周邦彦

莫倚[①]能歌敛黛眉。此歌能有几人知。他日相逢花月底。重理。好声[②]须记得来时。

苦恨城头传漏水。催起。无情岂解《惜分飞》。休诉金尊推玉臂[③]。从醉。明朝有酒倩[④]谁持。

【注释】

①倚：凭借，依靠。②好声：悦耳动听的歌声。③金尊推玉臂：这里指找借口挡酒推辞。④倩：请，央求。

【赏析】

这是一首伤别词。起首“莫倚”两句劝告唱歌的歌女，不要因为歌唱得动情就频频皱起双眉，这首歌能有几人真正懂得其中的深意呢？“他日”三句是词人与歌女的约定，他日两人在花前月下再度相逢，一定要再唱这首歌。重新整理自己的情绪。美妙动听的歌曲，应当珍惜它得来的不易。这里，词人借喜爱歌女所唱的歌曲，委婉地表达了对歌女的爱恋之情。

过片“苦恨”三句写城头传漏的滴水声催人起早远行。“苦恨”二字，深深道出了词人的依依不舍之情，因想与心上人在一起多待一会儿，希望漏水不要滴那么快，以使时间能够延长。然而，漏水无情，它怎么能够懂得情人之间的分别呢！“休诉”三句劝告对方不要推辞饮酒，应当尽情地多喝几杯，和自己一起沉醉。明早分别后，纵然有酒，也无人相陪了！

这首词未别先言相逢，以歌传情，以无情漏水衬托人的多情，以共醉暗示两人的心意相通。语言质朴，虽不直接言情，其情深义厚却通过离别时的共期一醉渗透纸背，具有极强的艺术感染力。

蝶恋花（月皎惊乌栖不定）

蝶恋花

周邦彦

月皎[①]惊乌栖不定。更漏将残，轳辘[②]牵金井。唤起两眸清炯炯[③]。泪花落枕红绵冷。

执手霜风吹鬓影。去意徊徨[④]，别语愁难听。楼上阑干横斗柄[⑤]。露寒人远鸡相应。

【注释】

①月皎：月光皎洁明亮。②轳辘：即辘轳，古代汲水用的工具。因“轳”字是平声字，用在句中失粘，故用“轳辘”。③炯炯：目光有神貌。④徊徨：徘徊，彷徨。⑤斗柄：指北斗七星中玉衡、开阳、摇光三星。

【赏析】

这首词描写了情人分别时难舍难分的情景。起首“月皎”句写月光的皎洁明亮，以至于巢中的乌鹊误以为是天色已亮，因而惊飞且鸣叫不止。“更漏”二句，写更漏中的水将要滴尽，天色将明，远处传来人们汲水的辘轳转动声。“唤起”两句写女主人公没有丝毫睡意，两只眸子显得分外有精神。她的眼泪落在枕头上，早把枕芯湿透了，连红棉都有寒湿的感觉。

过片“执手”三句写两人执手相望，寒风吹拂着女子的鬓发。行人几度要走，又折转回来，两人互相倾吐伤心的离别话语。“愁难听”三字，极言话语包含离别之愁，令人不忍去听。“楼上”二句写别后的情景，行人走了好远还恋恋不舍地回头遥望女子所在的高楼，只见斗柄横斜，寒露袭人，鸡声四起，更加衬托出行人旅途的寂寞。

整首词用不同的画面组成，并且杂以乌鹊惊飞的鸣叫声、更漏的水滴声、汲水的辘轳声、呼呼的风声、离别的话语声、此起彼伏的鸡鸣声，各种声音交织在一起，形成声与画的完美组合。

解连环（怨怀无托）

解连环[1]

周邦彦

怨怀无托。嗟情人断绝，信音辽邈[2]。纵妙手、能解连环，似风散雨收，雾轻云薄。燕子楼[3]空，暗尘锁、一床弦索[4]。想移根换叶，尽是旧时，手种红药。

汀洲渐生杜若[5]。料舟依岸曲，人在天角。谩记得、当日音书，把闲语闲言，待总烧却。水驿[6]春回，望寄我、江南梅萼[7]。拼今生、对花对酒，为伊泪落。

【注释】

①解连环：词牌名，双调，106字。前段11句，五仄韵，53字。后段10句，五仄韵，53字。②信音辽邈：指信息渺茫。③燕子楼：楼名。在今江苏省徐州市。相传为唐代贞元时尚书张建封之爱妾关盼盼居所。张死后，盼盼念旧不嫁，独居此楼十余年。后以“燕子楼”泛指女子居所。④弦索：代指乐器。⑤杜若：香草名。又称为地藕、竹叶莲、山竹壳菜。⑥水驿：以船为主要交通工具的驿站。⑦梅萼：梅花的蓓蕾。

【赏析】

这是一首描写怨情的词。起首直接点出“怨怀无托”的主题。“嗟情人”二句是对“怨怀无托”的说明，因为情人断绝，音信皆无，致使自己无处诉说，也无人诉说内心的悲苦与思念之情。“纵妙手”数句运用“解连环”“高唐云雨”等典故，写女子的薄情寡义。“燕子”数句写词人仍然旧情难忘。如今人去楼空，乐器蒙尘，种种旧事涌上心头。再看庭院之中，芍药正发新枝，较之当年手种之时，已是根移叶换。光阴之迅速，人情之变，触处皆是，令人难以忘怀。

过片“汀洲”三句写春天来临，汀州之上的杜若渐渐萌发，词人料想情人沿着曲折的河岸划动小舟，如今已在天涯海角。“谩记得”三句是词人想起当初两人热恋时，她频频写信给自己，这些信，他一直视如珍宝。如今看来，全都是闲言费语，真想焚之以泄愤。“水驿”三句写运用“寄梅”的典故，表达了词人对旧日情人能够回心转意的痴望。“拚今生”两句写词人拼却一生，不惜为有负自己的人对着春花美酒而伤心落泪。

这首词跌宕起伏，情思悲切，缠绵悱恻，深深体现了至情至性的特点。特别是结尾，将不尽之情留在言外，这不仅升华了词的艺术美感，而且对于人生永恒的爱情主题，也留下了令人难忘的一笔。对于后世来说，如何看待爱情，看待付出和回报的问题，这首词是一个很好的借鉴。

拜星月慢（夜色催更）

拜星月慢[①]

周邦彦

夜色催更，清尘收露，小曲幽坊[②]月暗。竹槛灯窗，识秋娘[③]庭院。笑相遇，似觉琼枝玉树[④]，暖日明霞光烂。水眄兰情[⑤]，总平生稀见。

画图中、旧识春风面。谁知道、自到瑶台畔。眷恋雨润云温，苦惊风吹散。念荒寒、寄宿无人馆。重门闭、败壁[⑥]秋虫叹。怎奈向、一缕相思，隔溪山不断。

【注释】

①拜月星慢：原为唐教坊曲名，后用为词牌名。周邦彦创调，有多种体式。其中双调上片十句，押四仄韵；下片八句，押六仄韵。共104字。②小曲坊：这里指妓女所居之地。③秋娘：唐宋时期对歌妓的称呼。④琼枝玉树：这里用来比喻人姿容秀美。⑤水眄兰情：眼睛如同秋水一般闪亮，温情脉脉像兰花一般清新。⑥败壁：残破

的墙壁。

【赏析】

这是一首羁旅怀人之词。起首“夜色”三句写夜色催动更鼓，路上的尘土被露水浸润，不再飞起。小曲幽坊笼罩在一片暗淡的月色之中。词人借着朦胧的夜色，尚能看到歌妓居住的围着竹栏的庭院和闪烁的灯窗。“秋娘”点明女子的歌妓身份。“笑相遇”数句写歌女姿容俊美，光彩照人，与词人一见倾心，眉目传情。“总平生稀见”是词人对女子的高度评价。词人宦场游历，经常出入娱乐场合，可谓阅人无数，由此可以想象女子美到何等程度。

过片“画图”二句说明上片所写是词人的回忆。“谁知道”数句写两人短暂相聚，随即又两相分离。“瑶台”二字运用典故，写歌女神仙般飘逸的身姿与美貌；“雨润云温”指两人的欢爱之情；“惊风吹散”说明良宵苦短，两人不得不分别。“念荒寒”数句写词人寄宿孤馆的情景，“败壁秋虫”言其荒凉至极。结尾“怎奈向”两句写词人无尽的相思，表达了对爱情的执着。

这首词插叙、倒叙手法并用，结构跳跃，有其创新价值和意义。

关河令（秋阴时晴渐向暝）

关河令[1]

周邦彦

秋阴时晴渐向暝[2]。变一庭凄冷。伫听寒声，云深无雁影。

更深人去寂静。但照壁、孤灯相映。酒已都醒，如何消夜永[3]。

【注释】

①关河令：原名《清商怨》，因曲调哀怨而得名。词调有双调43字和双调42字两体。②暝：日落，天黑。③夜永：夜长。

【赏析】

这是一首悲秋词。起首“秋阴”两句一开始便营造了一个凄清、阴冷的气氛，主要写暮色降临，天气时阴时晴，凄冷难耐。“伫听”两句写词人伫立在庭院当中，听空中一声长鸣，词人放眼观望，只见暮云四合，根本不见大雁的踪影。整个上片，于写景之中隐隐流露出词人落寞的情怀。

过片“更深”两句写夜静更深，一同栖息的旅伴已经离去，这既是人生的聚散无常，也衬托出词人远离家乡亲人的痛苦。同时，“人去”二字与下文的“孤灯”“酒醒”相互映衬，更增添了词人内心的悲凉与孤独。酒阑人散，孤灯摇曳，将词人的身影投射到墙上。词人本想以醉忘忧，可偏偏酒醒了。结尾“如何”一句将词人的痛苦推向极致，犹言没有办法来排遣这漫漫长夜的煎熬。旅思乡愁齐涌心头，感情的闸门豁然大开，令人难以收束。

这首词以时间为线索，章法缜密，结构严谨。取景典型，感情层层推进，格调清雅峭拔，情味淡雅隽永。

绮寮怨（上马人扶残醉）

绮寮怨[①]

周邦彦

上马人扶残醉，晓风吹未醒。映水曲、翠瓦朱檐，垂杨里、乍见津亭。当时曾题败壁，蛛丝罩、淡墨苔晕[②]青。念去来、岁月如流，徘徊久、叹息愁思盈。

去去倦寻路程。江陵[③]旧事，何曾再问杨琼[④]。旧曲凄清，敛愁黛、与谁听。尊前故人如在，想念我、最关情。何须《渭城[⑤]》，歌声未尽处，先泪零。

【注释】

①绮寮怨：周邦彦自度曲之一，宋词中仅此一首。双调104字，上片八句四平韵，下片十句五平韵。②苔晕：苔藓的瘢痕。③江陵：古城名，址在今湖北荆州。其南临长江，北依汉水，西控巴蜀，南通湘粤，有“七省通衢”之称。④杨琼：唐代江陵著名歌妓。这里为歌妓的代称。⑤渭城：指唐代王维《送元二使安西》诗，一名《渭城曲》。这里指送行的离歌。

【赏析】

这是一首羁旅怀人的词。起首写上马需要人扶，晓风吹都未醒，说明词人醉的程度之深。“映水曲”两句写绿瓦红檐的津亭和垂杨倒映在蜿蜒曲折的水中的倒影，惊醒了词人的醉意，猛然发现津亭已在眼前。“当时”两句意指当年词人曾来此地并提下诗词，“蛛丝”“苔晕”说明年代已久。“念去来”两句感叹年去岁来，时光像流水一样去而不返。词人在此地久久徘徊，声声叹息，缕缕愁思充盈心头。

过片“去去”句表明词人对不停奔波的生活感到厌倦，苦闷难解，于是才有上片所言的沉醉。这里用的是倒叙写法。“江陵”数句写词人想起在江陵与那位歌妓的交往，以及听曲的往事。“何曾再问”意谓长年劳碌奔波，没有机会再与心爱的歌女相见。词人回忆起当时与其分别，共听凄清、哀婉的《渭城曲》，她那因忧伤而频皱眉的样子如在眼前，而现在，却没有人和自己共听了。“尊前”数句是词人的设想，想象对方思念自己也一定是“最关情”，借以说明两人心心相印。“何须《渭城》”三句水乳交融，构思造意颇为巧妙。使人难以分辨是说昔日之别，还是言今日独听旧曲而怆然泪下。

尉迟杯（隋堤路）

尉迟杯[1]

周邦彦

隋堤路。渐日晚、密霭[2]生深树。阴阴[3]淡月笼沙，还宿河桥深处。无情画舸，都不管、烟波隔南浦。等行人、醉拥重衾，载将离恨归去。

因思旧客京华，长偎傍疏林，小槛[4]欢聚。冶叶倡条俱相识，仍惯见、珠歌翠舞[5]。如今向、渔村水驿，夜如岁、焚香独自语。有何人、念我无聊，梦魂凝想鸳侣[6]。

【注释】

①尉迟杯：得名于“尉迟敬德饮酒必用大杯”之说，双调105字，仄韵。②密霭：浓密的雾霭。③阴阴：形容月光暗淡。淡月笼沙：化用杜牧《泊秦淮》“烟笼寒水月笼沙”诗意。④小槛：窗下或长廊上的护栏。⑤珠歌翠舞：音色美妙的歌舞。⑥鸳侣：这里指情人。

【赏析】

这是一首以抒写离别之情见长的词作。起首数句主要描写词人离开汴京之时的情景：词人在隋堤路上徘徊，只见天色渐晚，茂密的树林中升起浓浓的暮霭。词人独自怅望江天，淡月朦胧，笼罩着江边的沙滩，词人百无聊赖，只好回到河桥深处的泊船之上。“无情”数句回忆两个人分别时的情景，无情的画舸全然不管两人如何难舍难分，只管载着离恨悠悠而去。这里，词人运用了对比和化虚为实的方法，以物的无情与人的有情相比，又将无形的离愁化为有形体有重量的东西，从而使所表达的感情形象化、具体化。

过片“因思”数句描写当时在京城相聚的欢乐场面，疏林之中，廊下的护栏旁，都留有他们欢乐的行迹。词人与歌妓们厮混得很熟，经常观赏她们的歌舞。“俱相识”“仍惯见”等词句说明当日词人在京城过的是一种倚红偎翠的生活。“如今向”数句抖笔逆转，写今日飘泊羁旅的情景，“渔村”三句以昔日之乐衬今日之孤独凄凉，这又是一比。结句“有何人”两句虽然收笔不够含蓄，但却将朴实浓烈的感情宣泄无遗。

这首词以夜泊水驿为中心展开情节，由景入情，由今思昔，进一步突出今不如昔。在艺术表达上，白描、反衬、对比等多种手法并用，显示出词人娴熟地驾驭艺术技巧的能力。

西河（佳丽地）

西河[①]
金陵怀古

周邦彦

佳丽地[②]。南朝盛事谁记。山围故国绕清江[③]，髻鬟[④]对起。怒涛寂寞打孤城，风樯[⑤]遥度天际。

断崖树，犹倒倚。莫愁[⑥]艇子曾系。空余旧迹郁苍苍，雾沉半垒。夜深月过女墙[⑦]来，伤心东望淮水。

酒旗戏鼓甚处市。想依稀、王谢[⑧]邻里。燕子不知何世。向寻常、巷陌人家，相对如说兴亡，斜阳里。

【注释】

①西河：词牌名。双调105字，分为三片，各四仄韵。②佳丽地：这里指金陵。③“山围故国”句：此句与下文的“怒涛寂寞打孤城”均化用唐代刘禹锡《石头城》“山围故国周遭在，潮打空城寂寞回”诗句。④髻鬟：这里指长江两边相对而立的山。⑤风樯：这里代指顺风扬帆的船只。⑥莫愁：即“莫愁湖”，六朝时期称“横塘”，宋元时期就已享有盛名，明朝定都南京后更是盛极一时，有“江南第一名湖”之称。⑦女墙：城墙上的矮墙。⑧王谢：东晋时期的两大名门望族。

【赏析】

这是一首咏史之作。词人面对金陵这一片佳丽之地，亲眼目睹它的变化，遂引起世事沧桑的感慨。词分三片，上片描写了金陵的山川地势。起句借“佳丽地”感慨六朝旧事被人遗忘。“山围”数句写金陵周围环山，长江绕城而过，地势十分险要。“怒涛寂寞”四字采用拟人的手法，将长江的波浪写活，长江的浩瀚气势，与“孤城”金陵形成强烈的对比，“风樯”句更进一步显示了长江的渺远。

中片词人将视线转到断崖树、莫愁湖、城头上的女墙等更具有沧桑意味的景物。词人巧妙地用“空余”二字将历史的旧迹与现实勾连起来，物是人非之感涌上心头。当年曾经系过莫愁游艇的断崖树，如今倒长，触目凄凉，空余旧迹。“夜深”两句化用刘禹锡《石头城》后两句“淮水东边旧时月，夜深还过女墙来”诗句，却比原诗多了伤感的成分。

下片由金陵坊市想到东晋时期的王谢，这里，化用刘禹锡《乌衣巷》诗意，写人世沧桑与历史的巨变。“燕子”数句是对以往历史的回顾，燕子作为一个特殊的意象，是历史的见证者。从府第鳞次栉比的豪华到寻常巷陌人家，这不仅是一个家族的兴衰，而且也是历史的变迁与兴衰。

这首词怀古咏史，格调苍凉悲壮，语言平易晓畅，笔力遒劲。虽然它没有触及大的历史事件，但通过今昔对比，沧桑之感跃然纸上。

瑞鹤仙（悄郊原带郭）

瑞鹤仙[①]

周邦彦

悄郊原带郭。行路永、客去车尘漠漠[②]。斜阳映山落。敛余红犹恋，孤城栏角。凌波步弱。过短亭、何用素约[③]。有流莺[④]劝我，重解绣鞍，缓引春酌。

不记归时早暮，上马谁扶，醒眠朱阁。惊飙[⑤]动幕。扶残醉，绕红药。叹西园已是，花深无地，东风何事又恶。任流光过却。犹喜洞天[⑥]自乐。

【注释】

①瑞鹤仙：词牌名，《清真集》《梦窗词集》并入“高平调”。各家句逗多有出入。双片102字，前片十句七仄韵，后片十一句六仄韵。②漠漠：迷蒙的样子。③素约：旧约，以前的约定。④流莺：这里指与词人相识的另一位歌姬。⑤惊飙：狂风。⑥洞天：原指道家称神仙所居之处，意谓洞中别有天地。多用来指风景胜地。

【赏析】

此词是词人晚年所作，表达了深深的忧患之感。起首“悄郊”两句写郊外的原野连带着城郭，漫长的道路一直延伸到远方，没有止境。行人远去的车子扬起的尘土弥漫了其身后的道路。“斜阳”三句写落日的余辉照在城楼一角的栏杆上，迟迟不肯敛去它那微弱的光影，似乎特别留恋。“凌波”句转写陪同送行的歌妓，说她因过于劳顿而“步弱”，于是临时决定到短亭小憩。在短亭上，词人又遇到一位认识的歌妓。因此，应她之劝，又一次下马饮酒。

过片“不记”三句写词人酒醒之后，昨日之事浑然不记得，不知自己什么时候来到此地，是谁扶自己上的马，醒来才发现自己睡在朱阁之中。一阵狂风吹动帘幕，惊走了几分醉意，感到清醒多了。尽管词人“残醉”未尽，但仍带着残留的酒意去欣赏园中的芍药花。“叹西园”数句写一夜风吹，已是落花满地。这其中，一“叹”一“恶”，深深显示出词人对春天的无限依恋之情。结尾“任流光”两句宕开一笔，转写在自己的愿望破灭之后，词人只好寄托于“洞天自乐”以求安慰。这里，词人借道家的福地洞天，称谓暂时休憩的“朱阁”。这种任时光消磨在青楼朱阁的率性而为，是词人宦途失意的无奈之举。所以，这里的喜乐，并非真正的快乐，而是一种自我麻醉与无奈的消遣。

这首词以惜花为喻，委婉地表达了词人的身世之感与迟暮之悲。结构精巧，波澜起伏，直叙、顺序等叙述手法并用，插叙、逆转相结合。善用比兴，别有寄托。

浪淘沙慢（昼阴重）

浪淘沙慢

周邦彦

昼阴重[①]，霜凋岸草，雾隐城堞[②]。南陌脂车待发。东门帐饮乍阕[③]。正拂面、垂杨堪揽结，掩红泪[④]、玉手亲折。念汉浦[⑤]离鸿去何许，经时信音绝。

情切。望中地远天阔。向露冷风清无人处，耿耿[⑥]寒漏咽。嗟万事难忘，惟是轻别。翠尊[⑦]未竭，凭断云、留取西楼残月。

罗带光消纹衾叠。连环解[⑧]、旧香顿歇。怨歌永、琼壶敲尽缺[⑨]。恨春去、不与人期，弄夜色，空余满地梨花雪。

【注释】

①昼阴重：一作“晓阴重”。②城堞：城上的矮墙。③乍阕：方停，刚结束。④红泪：指女子的眼泪。⑤汉浦：古地名，后来泛指临近水边。⑥耿耿：心中挂怀，烦躁不安的样子。⑦翠尊：饰以碧玉的酒器。⑧连环解：比喻两情分离。⑨琼壶敲尽缺：据《世说新语》载：“晋王敦酒后，咏曹操《龟虽寿》：‘老骥伏枥，志在千里。烈士暮年，壮心不已。’以如意击唾壶为节，壶口尽缺。”

【赏析】

这是一首感旧之作。起首“昼阴重”三句写阴云笼罩天地，岸草经霜凋谢，城堞被雾霭遮掩。在这样的气氛中，南陌脂车待发，东门宴饮刚刚结束，行人即将上路。“正拂面”数句写折柳送行人，两人洒泪分别。“念汉浦”两句写分别之后，便断了消息。“汉浦离鸿”，指以前离去的行人，“去何许”说明不知道对方的行踪，无从联系。“经时信音绝”言其出行日久且没有信息。

中片写词人思念对方的心情是那样迫切，“地远天阔”，而所思之人却杳如黄鹤。夜深人静，抒情主人公独自伤心落泪。“嗟万事”二句感叹离别给人留下的印象之深。“翠尊”三句写杯中的美酒未空，听凭断云，留取那西楼的一轮残月。实际上，这几句寄托了词人的希望，表达了等待行人归来的一种信念。下片列举了罗带光绡、纹衾叠、连环解、旧香歇、琼壶敲缺五种被毁坏的美好事物，借以诉说离别相思对人的痛苦折磨。“恨春去”三句采用移情的方法，将满腹的怨情移于春夜之中满地如雪的梨花。化情为景，给人一种凄美的感伤。

整首词既照顾到整体结构，又注意到局部的细节，充分显示出词人驾驭长调的娴熟技巧。特别是词的结尾以景语隐括，给人以美的意蕴和艺术享受。

应天长（条风布暖）

应天长①

周邦彦

条风②布暖，霏雾③弄晴，池台遍满春色。正是夜堂无月，沉沉暗寒食。梁间燕，前社客。似笑我、闭门愁寂。乱花过、隔院芸香，满地狼藉。

长记那回时，邂逅④相逢，郊外驻油壁⑤。又见汉宫传烛，飞烟五侯⑥宅。青青草，迷路陌。强载酒、细寻前迹。市桥远，柳下人家，犹自相识。

【注释】

①应天长：词牌名。此调有小令、长调两体。小令始于韦庄，双调50字，前后片各五句四仄韵；长调始于柳永，双调94字，前片十句六仄韵，后片十句七仄韵。另有98字体，句式与柳永词略有出入。周邦彦此词为98字体。②条风：东风，春风。③霏雾：飘拂的云雾。④邂逅：不期而遇。⑤油壁：即油壁车，车壁用油涂饰。⑥五侯：这里指豪门权贵。

【赏析】

这是一首怀人伤春之词。起首“条风”三句写春风送暖，雾气飘动，引出晴朗的天气，池塘与高台，到处春意浓浓。“正是”两句转写寒食之夜昏暗无月，寒食节沉浸在沉沉的暗夜之中。实际上，这本是两个不同时段的场景，前三句是追思白天的情景，后两句则是当时所处实景的描写。“梁间燕”数句从燕子的角度反观自己的愁苦孤寂，“闭门”二字，既是主人公生活的封闭，也是其内心的自我封闭。“乱花过”两句写乱花飞过来，院里院外溢满了香气，满地一片狼藉。乱花飞舞，是一种动态的美，“满地狼藉”则是静态的景象。动静结合，描绘出一幅凄艳的美景。

过片以“长记”二字领格，写词人常常记起那次与心上人不期而遇，也是在寒食节，她乘坐的油壁车停驻在郊外。“又见”两句化用唐代韩翃《寒食》“日暮汉宫传蜡烛，轻烟飞入五侯家”诗句，描写当时寒食节的气氛。“青青草”数句写词人沿着当年的踏青之路故地重游，只见芳草萋萋，旧路迷失。词人不甘心，于是强自载酒，仔细寻找以前的踪迹。终于在远离市桥的地方，寻到一户柳下人家，好像是自己的旧相识。词写到此戛然而止，给人留下丰富的想象空间和无穷的韵味。

这首词采用回忆与追思两种手法，将词人寒食节踏青、孤独、伤春、忆旧、寻访等过程描写得清清楚楚。语言方面，句调紧促，韵调激越，是一篇声情并茂、激厉凄楚的词作。

夜游宫（叶下斜阳照水）

夜游宫[①]

周邦彦

叶下斜阳照水。卷轻浪、沉沉千里。桥上酸风[②]射眸子。立多时，看黄昏，灯火市[③]。

古屋寒窗底。听几片、井桐飞坠。不恋单衾再三起。有谁知，为萧娘[④]，书一纸。

【注释】

①夜游宫：词牌名。调见毛滂《东堂词》，《清真集》入“般涉调”。双调57字，前后片各六句四仄韵。②酸风：刺眼的寒风。③灯火市：义同于万家灯

火，指灯光很多。④萧娘：女子的泛称，这里指词人钟爱的女子。

【赏析】

这是一首怀人之词。起首“叶下”两句写词人见到的情景，夕阳余辉透过树叶照在水面之上。江水卷起轻微的细浪，缓缓流去。“千里”极言水势之渺远。“桥上”一句化用李贺《金铜仙人辞汉歌》“魏官牵车指千里，东关酸风射眸子”诗句，写风的寒冷。“立多时”三句写词人久久地伫立在桥上，凭栏远眺，观看黄昏时分那灯火辉煌的夜景。

下片将笔触转到室内。“古屋”两句写词人在古屋寒窗之下，辗转反侧，难以入眠，只听到井台旁边几片梧桐叶簌簌落下的声音。“不恋”数句写词人因为思念心上之人，一次次起床给心上人写信。“为萧娘”三字，不仅交代了词人所思恋的人，而且也体现出词人对其刻骨铭心的思念之情。

这首词虽然表现的是人们司空见惯的相思主题，但在写法上却有独到之处。词从一开始便故布迷阵，只是描写由斜阳晚照到黄昏灯火，由桥上酸风到古屋寒窗，时空依次推移，景物随时变换，感情逐步深化，直到最后才揭出“为萧娘”的谜底。层层剥茧抽丝，环环相扣，跌宕起伏，引人入胜，这种“卒章显志”的方法很值得人们借鉴。

更漏子（上东门）

更漏子[①]

贺铸[②]

上东门[③]，门外柳。赠别每烦纤手。一叶落，几番秋。江南独倚楼。

曲阑干，凝伫久。薄暮更堪搔首[④]。无际恨，见闲愁。侵寻[⑤]天尽头。

【注释】

①更漏子：词牌名。词体有三：一为温庭筠“玉炉香”体，双调46字，前片六句两仄韵、两平韵，后片六句三仄韵、两平韵；一为韦庄“更鼓寒”，字数、句式与温词略同，只是换头一句不用韵。另有双调104字，上下片各十句，五平韵。此词采用温庭筠“玉炉香”体。②贺铸（1052—1125）：字方回，自号庆湖遗老，颍州（今河南汲县）人，重合元年（1118年），以太祖贺皇后族孙，恩迁朝奉郎。他终生仕途失意，晚年退居苏州。能诗文，犹长于词。其词风格多样，兼具豪放、婉约之长，善于锤炼语言、融化前人诗句，具有节奏感和音乐美。曾

有《东山乐府》传世。③东门：这里指洛阳道东门。④搔首：挠头，多用来指心有所思。⑤侵寻：渐次发展。

【赏析】

这是一首抒写别情之作。起首三句写离别的情景，在洛阳的东门，词人与人作别，送行人折柳相赠。“每烦”二字意味着每次送别都是如此。“纤手”说明送行人是女子，折柳相赠意谓分别时是春天。“一叶”两句转写词人看到树叶飘落，深感到秋天已至。“江南”句写词人漂泊江南，独自倚楼观望，虽未直接言情，但字里行间无不显示出别恨离愁。

过片写词人久久地伫立在九曲回栏旁边，薄暮时分，秋意的凄冷更增添了词人心中的悲凉，他不停地搔首，试图消解心中的闲愁，但终归徒劳。“更堪”二字，表示程度进一步加深。“无际恨”三句写词人无边无际的闲愁渐渐扩展到天的尽头。

这首词通过折柳、叶落、高楼独倚、栏杆伫立、薄暮搔首等一系列细节，深深地抒发了词人心中难以言表的哀愁。

青玉案（凌波不过横塘路）

青玉案

贺铸

凌波不过横塘[①]路。但目送、芳尘去[②]。锦瑟华年谁与度。月桥花院[③]，琐窗朱户。只有春知处。

飞云冉冉蘅皋[④]暮。彩笔新题断肠句。试问闲愁[⑤]都几许。一川烟草，满城风絮。梅子黄时雨。

【注释】

①横塘：在苏州盘门外，水上有桥。崔颢《长干曲》：“君家在何处，妾住在横塘。”②芳尘去：这里指美人离去。③花院：一作“花榭”。④蘅皋：沼泽中长有香草的高地。⑤闲愁：一作“闲情”。

【赏析】

这首词被后人评价为贺铸词的压卷之作，它通过对暮春景色的描写，抒发了词人内心的闲愁。上片以偶遇美人发端，写别后的相思之情。“凌波”两句写美人从横塘前走过，词人目送其美丽的倩影渐渐远去。“锦瑟”数句是展开丰富的联想，想象那位美妙佳人的生活。“谁与度”三字体现出词人对那位不知名姓的佳人的牵挂和惦念。“月桥花院，琐窗朱户”，是词人所设想的佳人的住所。“只有春知处”说明只有春天知道佳人的所在。这种跨越时空的想象，虽是虚构，却符合实情。

过片“飞云冉冉”两句以景起兴，写缓缓流动的晚霞笼罩着长满香草的水中高地，虽然景色很美，却给人一种“日落黄昏近”的伤感。“彩笔”句巧用江淹的典故，写词人以生花妙笔题下了断肠之句。“断肠”二字尤显愁苦之痛彻心肺。结尾“试问”数句，进一步用“一川烟草”“满城风絮”“梅子黄时雨”三种物象来比拟浓重的闲愁。这首词以景结情，收束全篇，给人们留下了无穷的韵味。

感皇恩（兰芷满汀洲）

感皇恩[①]

贺铸

兰芷[②]满汀洲，游丝[③]横路。罗袜尘生步，迎顾。整鬟颦黛[④]，脉脉[⑤]两情难语。细风吹柳絮，人南渡。

回首旧游，山无重数。花底深朱户。何处。半黄梅子，向晚[⑥]一帘疏雨。断魂分付与，春将去。

【注释】

①感皇恩：唐教坊曲名，后用为词调。双调67字，前后片各七句四仄韵。②兰芷：指兰草和白芷。汀州：水中陆地。③游丝：飘荡在空中的蛛丝。④整鬟颦黛：整理头发，微皱双眉。⑤脉脉：默默地用眼神或行动表达情意。⑥向晚：天色将晚，傍晚。

【赏析】

这首词以香草美人的象征手法，表达了词人政治理想无法实现的苦闷。起首“兰芷”两句指出这是一个和风吹拂、柔丝飘荡的春日，同时交代地点是长满兰草和白芷的汀州。接下来写词人与心仪的佳人约会的情景。她步履轻盈地缓缓走来，宛如凌波仙子。迎顾之间，她略整秀鬟，眉目传情。两人含情脉脉，却又难以互诉衷肠。终于，在漫天飞舞的柳絮中，她又飘然南渡，留给词人的是无尽的思恋。

过片“回首”二句写重重叠叠的青山，阻隔了“旧游”的视线。这里的“山无重数”，既是指距离的阻隔，也喻指人为的障碍。“花底”数句写佳人不知何处。

“花底深朱户”指佳人的住所，“何处”，谓其不知所踪。“半黄梅子”两句转写眼前之景，以江南梅黄季节的无穷雨丝来比喻词人内心的愁苦与幽怨。“断魂”两句收束全词，直接抒发词人壮志未酬、青春已逝的痛苦与无奈。

整首词格调清疏淡雅，明丽静洁，颇有韵味。从回忆昔日的相见到叙写别后的相思，都显示出了词人的挚情，语言凄婉，令人为之伤感。

薄幸（淡妆多态）

薄幸[①]

贺铸

淡妆多态。更的的[②]、频回眄睐。便认得、琴心[③]先许，与写宜男双带[④]。记画堂、斜月朦胧[⑤]，轻颦微笑娇无奈。便翡翠屏开[⑥]，芙蓉帐掩，与把香罗偷解。

自过了收灯[⑦]后，都不见、踏青挑菜[⑧]。几回凭双燕，丁宁深意，往来翻恨重帘碍。约何时再。正春浓酒暖，人闲昼永无聊赖。厌厌睡起，犹有花梢日在。

【注释】

①薄幸：词牌名，贺铸创调。双调108字，前片九句五仄韵，后片十句五仄韵。②的的：光亮、鲜明貌。眄睐：顾盼。③琴心：以琴声表达心意。④与写宜男双带：一作“欲绾合欢双带”。宜男：旧时祝妇人多子。这里指婚配。⑤斜月朦胧：一作“风月逢迎”。⑥“便翡翠屏开”三句：一作“向睡鸭炉边，翔鸾屏里，羞把香罗暗解”。⑦收灯：一作“烧灯”。唐俗元宵节点花灯三日，之后收灯。⑧踏青挑菜：指二月二日挑菜节，妇女于当日交游，也称“踏青”。

【赏析】

这是一首抒写离情之作。起首两句写女主人公淡饰脂粉的美丽多姿，初次见面，她那双频频回首的明亮双眸，令词人难以忘怀。“便认得”两句暗用司马相如与卓文君典故，写两人心意相许。“琴心先许”意谓两人以琴表达心意，“与写宜男双带”指两人谈婚论嫁。“记画堂”数句回忆当时在画堂之中，她双眉微颦，巧笑倩然，娇艳无比。于是两人便打开了翡翠屏，掩上了芙蓉帐，双双欢合了。

过片“自过了”数句是说自从那次灯节之会，两人再也没有见面。踏青挑菜的节日也未能见。“几回”数句用典，写词人几次设法联系对方，苦于障碍重重，而未能如愿。这时候，连词人自己也不知道，何时才能与心上人再约。结尾“正春浓”四句写词人因相思而精神倦怠，越发感到春浓酒困，于是，百无聊赖的他便昏睡起来，直到一觉醒来，才发现日影仍在花梢之上。

这首词融写人、叙事、写景、抒情于一体，层层深入，一泻无余，笔触细腻婉转。于淡远的景致中尽显浓情蜜意。

浣溪沙（不信芳春厌老人）

浣溪沙

贺铸

不信芳春厌老人。老人几度送余春。惜春行乐莫辞频[①]。

巧笑[②]艳歌皆我意，恼花颠酒[③]拚君瞋。物情惟有醉中真。

【注释】

①莫辞频：莫要频繁推辞。②巧笑：语本《诗经·硕人》：“巧笑倩兮，美目盼兮。”③颠酒：不拘礼节地狂饮。瞋：怒目而视。

【赏析】

这是一首惜春词，词人在表达惜春赏春之情的同时，深深寄托了壮志难酬的哀伤。起首“不信”两句直言不讳地道出自己不相信芳春会厌弃老人。一个“厌”字将春天拟人化，使其拥有了人情味。老人贪恋芳春美景的时日已经不多，还能拥有几个春天呢！还是不要频繁地推辞，及时行乐吧！然而，词人在词中流露的及时行乐思想，是一种无奈的选择。作为皇室宗亲的他，本应当有所作为，可现实却使他空老终生，词人在极端愤慨的同时，抱有这种生活态度，虽然有一定的消极成分，但也有其乐观、豁达的一面。

过片“巧笑”两句写词人听歌观舞、赏花饮酒，随意尽兴。“恼”“颠”“拼”字生动地再现了词人如癫似狂的状态。赏花赏到花恼，喝酒喝得酒癫，“拼君瞋”三字颇值得玩味，自己这种癫狂之态不怕人嗔怪，体现了他性格中不受约束的一面。“物情”一句是对自己之所以猛喝狂饮的注解。在词人看来，物性人情皆是虚妄，只有醉中才能显示出真性情。这种以醉解愁的方式，是对当时社会心存不满的愤懑之举。

这首词直抒胸臆，豪放洒脱，言简义丰，富含哲理，是一篇思想性与艺术性很强的词作。

浣溪沙（楼角初消一缕霞）

浣溪沙

贺铸

楼角初消一缕霞。淡黄杨柳暗栖鸦。玉人和月摘梅花。

笑捻粉香归洞户，[①]更垂帘幕护窗纱。东风寒似夜来些[②]。

【注释】

①捻：摘取。洞户：室与室之间相通的门户。②些：语助词，置于词尾，《楚辞》中较为常用。

【赏析】

这首词以清淡的笔墨描绘了一幅初春夕照图，叙写了一位闺中佳人从傍晚到入夜的生活片段。起首两句写楼角的一缕余霞正在消逝，淡黄的杨柳掩藏了栖息在树上的乌鸦。着一“暗”字，更突出了环境的幽静与色彩的暗淡。第三句中月光下的“玉人”本已很美，更何况，摘梅花是一种雅事，使得人、月、梅花相互映衬，更突出了人美、月美、花美。

过片接着写玉人笑拈梅花回到绣房，垂下帘幕护住纱窗，因为东风吹来，似乎比入夜的时候更寒冷了一些。这里，词人用因果倒置的写法。本来，玉人垂帘护窗，是为了挡寒，第二、三句应当顺序颠倒一下，方显得顺理成章，但词人却是先说出结果，后说明原因。这既是为了突出玉人的活动，又凸显了“夜寒”的有余不尽之意。

这首词通篇写景，却又句句不离抒情。意境清幽淡远，笔法奇妙独特，写景、咏物细致入微，韵味深厚，情调高雅，堪称一篇佳作。

石州慢（薄雨初寒）

石州慢[①]

贺铸

薄雨初寒，斜照弄晴，春意空阔。长亭柳色才黄，远客一枝先折。烟横水际，映带几点归鸦，东风消尽龙沙[②]雪。还记出关来，恰而今时节。

将发。画楼芳酒，红泪清歌，顿成轻别。回首经年[③]，杳杳音尘多绝。欲知方寸，共有几许清愁，芭蕉不展丁香结[④]。枉望断天涯，两厌厌风月。

【注释】

①石州慢：词牌名。双调102字，前片十句四仄韵，后片十一句五仄韵。②龙沙：泛指塞外漠北边塞之地。③经年：年复一年，全年。④芭蕉不展丁香结：出自李商隐《代赠》其一：“芭蕉不展丁香结，同向春风各自愁。”

【赏析】

这首词抒写离别相思之情。起首“薄雨”三句写初春的阴雨天气透着湿冷，一阵细雨过后，云开雾散，斜阳拨弄着晴明的雨色，更显出春意的空明辽远。“长亭”两句，转入具体的景物描写，长亭的柳色刚刚泛黄，远行的客人先折取一枝。接下来词人的视线转向苍茫的远景，一抹烟霭横在水际，映带着几点归巢的晚鸦，东风消尽了沙漠地带的积雪。这段描写，有近景，有远景，层次分明，体现了结构布局精巧的一面。“还记”两句写词人记起当年出关也是在这个季节。

过片“将发”数句回忆当时将要登上征程，词人在酒楼与佳人话别，那散发着芳香的美酒，佳人离别的泪水，没能阻止得了词人的“轻别”。“回首”两句语浅情深，年年盼望相见，盼望得到对方的音信，却是“音尘都绝”。“欲知”三句化用李商隐《代赠》“芭蕉不展丁香结，同向春风各自愁”诗意，想象女子与自己“共愁”。结句“枉望断”，“两”字和“共有”相呼应，既道出了两人天各一方的痛苦，也蕴含了两人心有灵犀的安慰。

这首词在炼字方面，颇下了一番工夫。如“薄雨”与“斜照”形成鲜明的对比，“画楼芳酒”与“红泪清歌”对仗工整等，均体现了词人锤字炼句的特点。整首词将写景、抒情与叙事巧妙结合，表情达意委婉曲折，耐人寻味。

蝶恋花（几许伤春春复暮）

蝶恋花

贺铸

几许伤春春复暮[①]。杨柳清阴，偏碍游丝度。天际小山[②]桃叶步。白苹花满湔裙[③]处。

竟日微吟长短句。帘影灯昏，心寄胡琴语。数声雨点风约住。朦胧淡月云来去。

【注释】

①春复暮：春天又将过尽。②天际小山：形容女子所画的淡眉如同远在天边的小山。桃叶步：即桃叶渡，在今南京。③湔裙：古时风俗，每年旧历正月初一至月底，在水边洗涤衣裙以驱除不祥。湔：洗涤。

【赏析】

这是一首伤春怀人词。起首“几许”句点明暮春季节和伤春的主题。“杨柳”两句一语双关，表面上是说浓密的柳荫偏偏阻碍游丝的飞度，实则暗喻柳阴的浓密阻碍了相思的飞度。“丝”与“思”谐音，以“游丝”喻相思，语义双关。“天际”二句转写天边小山之处的桃叶渡，那是当年两人分手的地方，望着铺满水面的白苹花，词人不由得想起当初恋人在水边湔裙的情景。

过片“竟日”三句写词人把春日的感伤与相思的痛苦煎熬，都寄托在词的吟咏和凄凉的胡琴声中。“竟日微吟”与“帘影灯昏”说明词人日夜都受煎熬。“数声”两句以风吹雨住、淡月穿云的清景收束全篇，语淡而富有情味。“云来去”三字以云的自由来去来映衬词人与心上人不能自由交往，从而使愁情又添了几分。

这首词以景开篇，以景结尾，将日夜所见之景、所做之事，与旧日之事以及今日伤春的情怀、相思之苦杂糅到一起，在跳跃的情思之中蕴含着清新平淡的韵味和真挚深厚的情感。

天门谣（牛渚天门险）

天门谣[1]

贺铸

牛渚天门[2]险。限南北、七雄[3]豪占。清雾敛。与闲人登览。

待月上潮平波滟滟[4]。塞管轻吹新阿滥[5]。风满槛。历历数、西州[6]更点。

【注释】

①天门谣：词牌名，贺铸创调，因词中有“牛渚天门险”句而得名。双调45字，上下片各四句四仄韵。②牛渚天门：位于太平州（今安徽当涂）采石镇，濒临长江，绝壁嵌空，突出江中。矶西有两山夹江耸立，谓之天门，其上岚浮翠拂，状若美人蛾眉。③七雄：这里指六朝及南唐。④滟滟：形容水波闪动的样子。⑤阿滥：当时的曲调名，即《阿滥堆》。⑥西州：西州城，在金陵西。更点：夜晚用来报时的更鼓声。

【赏析】

这是一首登临怀古词。起首“牛渚”句写牛渚矶、天门的险要地势。“限南北”是说偏安江左的小朝廷，每建都金陵，凭依的都是长江的天险。这里所说的“七雄”，指“六朝”和被北宋所灭的南唐。“清雾敛”两句写雾气消散，有意方便人们登览。整个上片分为两层：前三句怀古，笔触大起大落，苍劲豪健；后两句述今，笔致柔婉，显示出词人构思的巧妙。

下片写等到江上潮平，月亮升起，整个江面波光滟滟。这时候，远处传来塞管吹出的悠扬的《阿滥堆》乐曲，清风满槛，更鼓的声响历历可数。整个下片，是词人想象在牛渚天门看到的夜景，并非实写，却在想象中展现了江月笛风如在目前、遐钟远鼓倾耳可闻的美景。同时，也照应了上片词人流连忘返，竟日揽胜而意犹未尽的兴致。

整首词时而剑拔弩张，时而清裘缓带。既显示出大起大落、大气磅礴的气势，又有流水潺湲、笛声悠悠的清雅。可谓驰骤有度，读之令人荡气回肠。

天香（烟络横林）

天香[1]

贺铸

烟络横林，山沉远照，逦迤[2]黄昏钟鼓。烛映帘栊，蛩催机杼。共苦清秋风露。不眠思妇。齐应和、几声砧杵。惊动天涯倦宦，骎骎[3]岁华行暮。

当年酒狂自负。谓东君[4]、以春相付。流浪征骖北道，客樯南浦，幽恨无人晤语[5]。赖明月、曾知旧游处。好伴云来，还将梦去。

【注释】

①天香：词牌名。双调96字，前片十句六仄韵，后片八句五仄韵。②逦迤：本指山脉曲折连绵，这里用来借指钟鼓声由远而近不断传来。③骎骎：马狂奔的样子，这里用来形容时光飞逝。④东君：司春的神。⑤晤语：对语。

【赏析】

这是一首反映游子愁思、羁旅行役的词。上片描绘了一幅黄昏暮景：氤氲的暮霭萦绕着横向延展的林带，落日的余辉渐渐隐藏于群山之中。远处传来的一阵阵报时的钟鼓之声。这时候，烛光映照着窗帘，寒蛩蟋蟀的叫声似在催促机杼。“共苦”二字，道出了在烛光摇曳、蟋蟀哀鸣的清景下，不眠思妇、天涯倦客与烛、蛩、清露共苦的事实。这里只说物而不言人，用的是移情法。“不眠”数句写不眠思妇的的捣衣之声齐声应和着，惊动了宦游天涯的行客，深深感到岁月如同骏马一般疾速，转眼又是一年将要结束了。这既是时序之感，也是词人对人生的深深感慨。

过片“当年”数句回忆当年尚气使酒，自视甚高，一直以为司春之神会眷顾自己，使自己的人生始终充满明媚的春光。哪里想到一生仕途坎坷，沉沦下僚，竟被驱来遣去，南北奔波，以至于居无定所，词人内心难免怀有英雄失路的悲慨。冷驿长夜，形单影只，没有知音可以诉说，没有亲人给予安慰。“幽恨无人晤语”，既是居住环境的孤独，也是词人内心的孤独。“赖明月”数句写天边的明月曾经见证过当年与心上人在一起的快乐，希望它能伴着乘云而至的伊人梦中到来，然后再将她送回去。

这首词体现了方回词的儿女情长与英雄失路的悲慨。其景语情语相结合，炼字与炼意俱臻其妙。笔力遒劲，挥洒自如，确是一首颇具影响力的词作。

望湘人（厌莺声到枕）

望湘人[①]

贺铸

厌莺声到枕，花气动帘，醉魂愁梦相半。被惜余熏，带惊剩眼[②]。几许伤春春晚。泪竹[③]痕鲜，佩兰香老，湘天浓暖。记小江、风月佳时，屡约非烟[④]游伴。

须信鸾弦[⑤]易断。奈云和再鼓，曲中人远。认罗袜无踪，旧处弄波清浅。青翰[⑥]棹舣，白苹洲畔。尽目临皋[⑦]飞观。不解寄、一字相思，幸有归来双燕。

【注释】

①望湘人：词牌名，贺铸自度曲。双调107字，上片十一句五仄韵，下片十句六仄韵。②带惊剩眼：因身体消瘦而空出腰带的孔眼。③泪竹：即斑竹，又名湘妃竹。④非烟：唐代武公业之爱妾步非烟，这里指作者的情侣。⑤鸾弦：据《汉武外传》："西海献鸾胶，武帝弦断，以胶续之，弦二头遂相着，终日射。不断，帝大悦。"后人谓男子再娶为"续胶"或"续弦"。这里用来指爱情。⑥青翰：船名。舣：船靠岸。⑦临皋：临水之地。飞观：原指高耸的宫阙，这里泛指高楼。

【赏析】

这是一首抒写伤离情怀的词。上片由景入情，起首"厌莺声"二句写莺声阵阵，花气扑帘，这样的美景本应引起人对春天的赏爱，可用一个"厌"字领格，从而使乐景充满了愁情。"醉魂"句意指词人醉愁交织，说明对大好的春光感到厌烦的原因：被子上留有往日与情人欢会的余香，而如今，却是一人独梦。"余熏"意指往日与情人欢会之时留下的余香，"剩眼"指因为轻减了腰围，腰带上的孔眼空出。这一"惜"一"惊"，写出了因睹物思人而朝思暮愁，以至于"衣带渐宽"，形容憔悴。"几许"一句言简意深，颇耐人回味。其中既有韶华易逝的悲哀，也暗含与恋人共同度过的美好时光难以回转的沉痛哀伤。"泪竹"数句写暮春时节，斑竹上的点点泪痕犹在，屈原佩带的兰花香草已老，整个湘天已经进入浓暖季节，这使词人不由得忆起当初多次邀请佳人一同在江畔沐浴春风、欣赏明月的情景。

过片"须信鸾弦易断"以弦断比喻与情人的分离，本来还存有鸾胶再续的希望，而"曲终人远"则喻示了希望的破灭。"认罗袜无踪"数句化用曹植《洛神赋》典故，把心上人比喻成步履轻盈、姿态美妙的仙女，感叹其萍踪无迹，难以追寻。

词人登上"临皋飞观"，极目远眺，只见洲畔白萍茂盛，江边船只纵横。目光所及处，都是旧日的景物，然而昔日在水边弄波的地方，再也看不到心上人婀娜多姿的倩影。结尾"不解寄"两句写词人在埋怨心上人去而没有音信的同时，双燕的归来，更加引起词人内心的哀伤。"幸有"二字，带有强自欢颜的意味。词人以双燕作比，意在进一步营造燕归人远、燕双人孤的凄凉感伤气氛。

这首词语言典雅，蕴藉凝练。结构严密，动荡开合，变化多端。章法浑成深厚，有沉郁顿挫、一唱三叹之妙。

绿头鸭（玉人家）

绿头鸭

贺铸

玉人家，画楼珠箔[①]临津。托微风、彩箫流怨，断肠马上曾闻。宴堂开、艳妆丛里，调琴思、认歌颦。麝蜡烟浓，玉莲漏[②]短，更衣不待酒初醺。绣屏掩，枕鸳相就，香气渐暾暾[③]。回廊影、疏钟[④]淡月，几许消魂。

翠钗分。银笺封泪，舞鞋从此生尘。住兰舟、载将离恨，转南浦、背西曛[⑤]。记取明年，蔷薇谢后，佳期应未误行云。凤城远、楚梅[⑥]香嫩，先寄一枝春。青门外，只凭芳草，寻访郎君。

【注释】

①珠箔：珠帘，装饰华美的帘子。②玉莲漏：用玉制成的莲花形漏刻，古代计时器。③暾暾：香味浓烈之意。④疏钟：稀疏的钟声。⑤西曛：夕阳西下时的余光。⑥楚梅：本指章华寺所产的一种古梅，这里泛指楚地生长的梅花。

【赏析】

这首词是词人怀念京都艳姬而作。起首"玉人家"两句交代在繁华的临津地段，有一处雕梁画栋的楼阁，悬挂着的珠帘，透露着"玉人"住处的神秘感和吸引力。"托微风"两句，写词人路过楼下，听到楼上"玉人"吹箫的声音，"断肠"二字即表明楼上传来的箫声之悲，也表明词人被深深打动。"宴堂开"数句写两人相会的经过。宴会上人来人往，他们暗送秋波，借琴传情，继而幽会。"玉莲漏短""更衣不待酒初醺"说明两人两相欢和的心情是那样迫不及待。"绣屏"三句细腻地描绘出幽会的情景。"回廊影"两句以景结情，进一步突出两人幽会时的情深意浓。

过片“翠钗分”转写两人分别，“银笺封泪”与“舞鞋生尘”写女主人公寄给词人的书信浸满了泪痕，因为久不跳舞，舞鞋也布满了灰尘。“住兰舟”数句写其送别时的依依不舍之情。“转南浦、背西曛”对仗工整，在侧面烘托女子目送之远、伫立时间之长的同时，也深深体现了词句的韵律之美。“记取”三句是对能够明年再度聚会的期盼，心里默默嘱咐行人莫误了佳期。“凤城远”数句写女子要求远行之人先寄一枝梅花以慰相思，她甚至还设想亲自到青门外迎接“郎君”。本来，两人才刚分手不久。女子就如此急切地盼望相聚，其情深意重溢于言表。

这首词辞藻华丽，钩织了秾丽的艺术风格。同时，多处化用前人诗句，进一步增添了词的意蕴，丰富了词的意象。从整体来说，这首词构思巧妙，笔触细腻，抒情深婉，韵致深厚，词情缠绵但不哀伤，与花间词风格相类。

石州慢（寒水依痕）

石州慢[1]

张元干[2]

寒水依痕，春意渐回，沙际烟阔。溪梅晴照生香，冷蕊[3]数枝争发。天涯旧恨，试看几许消魂，长亭门外山重叠。不尽眼中青，是愁来时节。

情切。画楼深闭。想见东风，暗消肌雪[4]。孤负[5]枕前云雨，尊前花月。心期切处，更有多少凄凉，殷勤留与归时说。到得再相逢，恰经年离别。

【注释】

①此词《草堂诗余隽》误作周邦彦词。今依《宋词三百首》仍作张元干词。②张元干（1091—约1161）：字仲宗，号芦川居士，芦川永福（今福建永泰）人。有《芦川词》二卷。③冷蕊：冷天的花，多指梅花。④肌雪：指女子像雪一样洁白润泽的皮肤。⑤孤负：徒然错过。

【赏析】

这首词是词人晚年思归之作。起首“寒水依痕”三句化用杜甫《阆水歌》诗句，点明初春时节，寒冰融化，春意渐暖，沙岸的边际烟云渺远，展开一幅开阔的景象。“溪梅”两句写梅花在晴和的阳光下散发着沁人的芳香，“数枝争发”，细腻地描绘出梅花竞相开放的美。“天涯”数句转写词人恨意重重、愁绪萦怀的心境。“旧恨”“消魂”，说明恨愁之重；“长亭”一句，将无形的愁恨化为有形的重叠的山，增强了词的艺术感染力量。同时，词人眼中望不尽的春色，也成为词人内心愁苦的象征。

过片“情切”承上启下，写昔日的夫妇之情。设想妻子整天待在画楼之中，因为思念自己渐渐消瘦。这里的“东风”，是词人自指。“孤负”两句化用“高唐云雨”的典故，写两人难以在一起共同度过甜蜜的生活。“心期”三句应对片首的“情切”，返回头写自己归家的心情之迫切，“更有多少凄凉”表明因思念而承受的无限孤独与痛苦。而这些，都要留待归来时再殷勤相告。结尾“到得再相逢”两句写要想重逢，还要等上一年的光阴。本来，消魂的痛苦、归思的情切已让人难以承受，再加上等待的时间之漫长，更令人情有不堪。

这首词采取两边开花的方法，写夫妻之间相互思念。以离思状情思，愈显夫妻感情之深厚。

兰陵王（卷珠箔）

兰陵王

张元干

卷珠箔。朝雨轻阴乍阁[①]。阑干外、烟柳弄晴，芳草侵阶映红药。东风妒花恶。吹落。梢头嫩萼。屏山掩、沉水倦熏，中酒心情怕杯勺。

寻思旧京洛[②]。正年少疏狂，歌笑迷着。障泥油壁[③]催梳掠。曾驰道同载，上林携手，灯夜初过早共约。又争信飘泊？

寂寞。念行乐。甚粉淡衣襟，音断丝索。琼枝璧月春如昨。怅别后华表，那回双鹤。相思除是，向醉里，暂忘却。

【注释】

①乍阁：初停。②京洛：这里指宋代的都城汴京。③油壁：指油壁车。

【赏析】

这首词明写“春恨”，实际是别有寄托。起首“卷珠箔”两句写抒情主人公在一个春日的清晨，卷起珠帘，看到窗外的阴雨刚刚停止，天气渐转晴朗。“阑干外”三句写如烟的嫩柳拨弄着晴日，台阶下碧绿的芳草与鲜红的芍药花相互映衬，呈现出一派生机盎然的景象。“东风”三句转写强劲的东风大概是嫉妒鲜花的美丽，将刚刚开放的娇嫩花朵都给吹落了。这既是实写，同时又寓含美好事物横遭摧残之意。“屏山掩”两句写词人掩上屏风，沉香也懒得再熏，独自喝起酒来，直到怕看见杯勺。一个“怕”字，说明词人“中酒”程度之深。

中片“寻思旧京洛”转写过去在汴京游乐的情景。“正年少”三句写当时放荡不羁的生活，词人征歌选色，备好游春的车马，催促随行的歌女梳洗打扮。“油壁车”为当时女子所乘，“梳掠”意指女子梳妆打扮，说明当时有女子随行。“曾驰道”三句写词人与随行的歌女同乘一辆马车奔驰在御街之上，携手在园林之中嬉戏漫步。刚刚一起度过热闹的元宵佳节，又约定下一个佳期再见。“又争信”句抒情主人公深深叹息没有想到如今会漂泊异乡，过着颠沛流离的生活。

下片“寂寞”二句转写词人当前漂泊的状况。“甚粉淡”三句设想自己心仪的歌女已经脱离了乐籍生涯，美貌依然。“琼枝”句借张丽华、孔贵嫔典故称赞心仪之人美貌。这既是怀念故人，也是怀念故都。“怅别后”两句化用丁令威化鹤的典故，言分别之后的变化之大。“相思”三句说明词人把许多不便直接吐露的遗憾与怅恨都倾注在酒杯之中，痛饮至醉以期忘却。

这首词所表达的情感，远远超出了离愁别恨与怀旧之思，而更多地融入了黍离之悲、亡国之痛。全词结构严密，由伤春转忆旧都之事，再转到今日的相思。虚实相映，运用铺排、转折等艺术手法，环环相扣，层层深入。

贺新郎（睡起啼莺语）

贺新郎

叶梦得[1]

睡起啼莺语。掩苍苔、房栊[2]向晚，乱红无数。吹尽残花无人见，惟有垂杨自舞。渐暖霭、初回轻暑。宝扇重寻明月影，暗尘侵、尚有乘鸾女[3]。惊旧恨，遽如许。

江南梦断横江渚。浪粘天、葡萄涨绿。半空烟雨。无限楼前沧波意，谁采苹花寄取。但怅望、兰舟容与[4]。万里云帆何时到，送孤鸿、目断千山阻。谁为我，唱金缕[5]。

【注释】

①叶梦得（1077—1148）：字少蕴，号石林居士，吴县（今江苏苏州）人。作为南渡词人中年辈较长的重要词人之一，他开拓了南宋前半期以“气”入词的创作新路，体现出英雄气、狂气和逸气。有《石林词》一卷。②房栊：窗户。③乘鸾女：这里指扇面上绘制的仕女图。④容与：徘徊。⑤金缕：指《金缕曲》。

【赏析】

这是一首于孤独况味中忆旧怀人之词。起首“睡起”句写词人午睡醒来，听闻外面莺声婉转，甚是动听悦耳。此词开篇，描绘了一个“只闻莺语、不闻人声”的幽静环境。“掩苍苔”数句写青苔、落花都掩映在暮色之中。“向晚”，说明天色将晚。“残红无数”，犹言落花很多。“吹尽”两句进一步展开景物描写，“残花”与“乱红”说明春已离去。“无人见”“垂杨自舞”，言落红凋落无声，杨柳独自起舞，寂寞孤独之情溢于言表。“渐暖霭”数句是说初夏的暑气已经来临，于是重新找出来那尘封已久的圆如明月的宝扇，上面绘制的乘鸾素娥隐约可见。“惊旧恨”两句意指词人因目睹宝扇之上的画面，从而惊起以往的恨怨之情，它来得是那样突然，让人防不胜防。这里，词人以极其隐晦的笔触表达了对北宋覆亡的遗恨。

过片“江南”数句写词人梦到江南，被阻隔在横江的一片沙洲之上。长江巨浪接天，汹涌的江涛像葡萄一般碧绿晶莹。这连天的波浪，再加上弥漫在空中的烟雨，景象颇为壮观。“无限”两句想象心爱之人站在高楼之上倚栏凝望，遥对江波的情景，不禁产生采摘苹花寄托相思的想法。“谁采”二字照应前文的“梦断”，暗示旧恨。“但怅望”数句写词人只能满怀惆怅地望着兰舟徘徊不前。“万里”意指相距之远，“何时到”，以疑问的方式说明到达遥遥无期，只能目送归鸿被千山阻隔，再度凸显了旧恨之深。结尾“谁为”两句进一步表现了词人失去恋人之后的孤独与痛苦。

细味此词，委婉含蓄，语言工丽，堪称一首婉约词的佳作。

虞美人（落花已作风前舞）

虞美人

叶梦得

雨后同干誉、才卿①置酒来禽花下作。

落花已作风前舞。又送黄昏雨。晓来庭院半残红。惟有游丝千丈袅晴空。

殷勤花下同携手。更尽杯中酒。美人不用敛蛾眉。我亦多情无奈酒阑②时。

【注释】

①干誉、才卿：都是词人的友人，生卒年月不详。来禽：林檎的别名，南方称花红，北方称沙果。②酒阑：酒尽席散之时。

【赏析】

这是一首伤春词。起首两句写落花在风前飞舞，又一次送走黄昏的风雨。这一“舞”一“送”，写出了落花的有情。“晓来”两句是词人早上起来所见，整个庭院有一半都是飘落的残花，只有长长的游丝在晴空中缭绕。“千丈”，这里用夸张的手法形容游丝之长。整个上片，以落花的有情衬托风雨的无情，又以“残红”和“游丝”渲染暮春景色，不仅创意新颖别致，而且格调高雅。

过片“殷勤”两句写词人殷勤地拉着干誉、才卿两位友人同到林檎花下饮酒。“更尽杯中酒”化用唐王维《送元二使安西》“劝君更尽一杯酒”诗句，既体现了主人的热情，也说明了主客之间饮酒的尽兴。“美人”两句不直接写自己和友人如何伤春惜别，而是劝慰陪酒的佳人不要因伤春惜别而颦敛蛾眉，说明自己也多愁善感。这里用侧面烘托的方法，从而使词的意蕴含蓄深刻，曲折有味。

这首词寓意深厚，情致婉曲，自然而不失雕琢之美，确实是一首不可多得的抒情佳作。

点绛唇（新月娟娟）

点绛唇[1]

汪藻[2]

新月娟娟[3]，夜寒江静山衔斗。起来搔首。梅影横窗瘦。

好个霜天，闲却传杯手。君知否。乱鸦啼后。归兴[4]浓于酒。

【注释】

①点绛唇：词牌名，因江淹《咏美人春游》诗中有“白雪凝琼貌，明珠点绛唇”而得名。全词双调41字，上片四句三仄韵；下片五句四仄韵。②汪藻（1079—1154）：字彦章，德兴（今属江西）人。有《浮溪词》传世。③娟娟：明媚貌。④归兴：归家的兴致。

【赏析】

这是一首吟咏归隐的令词。上片以简练的笔墨点染了一幅寒江月夜图：新月明媚、夜寒江静、山衔星斗、清瘦的梅影横窗、独在室中搔首的人，和谐地组合在一起。寥寥数语，描摹出清幽、淡雅的意境。

过片以“好个霜天”收束上片，引起下文。“闲却”句透露出词人远离官场宴会，饮兴全无。“君知否”三句进一步交代词人逃避饮酒的原因。“乱鸦啼”两句语义双关，它既指乱鸦止住鸣啼归巢之后的宁静勾起词人的归思，同时也寓含因小人的聒噪而使词人产生了归隐之意。言其归隐的兴致比酒还要浓烈，进一步揭

示了词人对官场曲意逢迎的厌倦。

整首词借景抒情，含蓄蕴藉，寄托遥深，深得词家三昧。

喜迁莺令（晓光催角）

喜迁莺令[①]

晓行

刘一止[②]

晓光催角。听宿鸟未惊，邻鸡先觉。迤逦[③]烟村，马嘶人起，残月尚穿林薄。泪痕带霜微凝，酒力冲寒犹弱。叹倦客，悄不禁重染，风尘京洛。

追念人别后，心事万重，难觅孤鸿托。翠幌[④]娇深，曲屏香暖，争念岁寒飘泊。怨月恨花烦恼，不是曾经着。这情味，望一成消减，新来还恶。

【注释】

①喜迁莺令：词牌名。双调103字，前后片各九句五仄韵；另有平仄韵转换变格。②刘一止（1078—1160）：字行简，号苕溪，湖州归安（今浙江吴兴）人。有《苕溪词》一卷。③迤逦：曲折连绵貌。④翠幌：绿色的帘幕。

【赏析】

这首词主要表达了词人行旅、倦于仕宦的情怀。起首“晓光”三句是说角声催促着曙光渐渐到来。仔细静听，巢中熟睡的鸟儿还没有被惊醒，而邻居的雄鸡已先觉醒，声声啼鸣起来。“迤逦”三句写词人已经上路，看到连绵不断的村庄飘着浓浓的晨雾，马儿嘶鸣，人也逐渐起来忙碌，这时候，尚能看到穿过丛林的一轮残月。“泪痕”两句是说词人在客店之中流过眼泪，上路后被寒霜微微凝结；虽然词人为御寒临行前喝了点酒，但酒的热力并不能抵御天气的寒冷。“叹倦客”三句写词人对游宦生涯的厌倦：“不禁重染”，有禁不住再次沾染之意；“京洛”，意谓词人去向是京都，冠以“风尘”二字，说明词人对京城污浊的风物人情的厌倦。

过片“追念”三句追溯思念之情，“心事万重”意指词人心绪纷乱，“难觅孤鸿托”有难以寄托相思之意，曲折地表达出词人对妻子的无尽思念。“翠幌”三句是词人设想家中的娇妻独自坐在深深的翠绿色帘帷之中，曲折的画屏里飘着暖融融的香气，此时此刻她怎能想到在这岁暮时节，自己正在异地他乡不停地奔波呢！“怨月”数句写词人内心的烦乱，他怨恨月亮太明，恼怒花儿开放，因为这些美好的事物只能徒增词人的烦恼。词人不是没有经历过这样的凄苦，而只是想让这些烦恼能够减缓一些，却没有想到最近一段时间却更加惶恐不安。整片描写跌宕起伏，心理刻画细致入微，层次分明，感情真挚。

这首词上片写景，下片抒情，两者结合得非常紧密。尤其是在写景方面，堪称笔力老到。是一首脍炙人口的佳作。

高阳台（频听银签）

高阳台[①]

除夜

韩疁[②]

频听银签[③]，重燃绛蜡，年华衮衮[④]惊心。饯旧迎新。能消几刻光阴。老来可惯通宵饮，待不眠、还怕寒侵。掩青尊、多谢梅花，伴我微吟。

邻娃已试春妆了，更蜂腰簇翠[⑤]，燕股横金[⑥]。句引[⑦]东风，也知芳思难禁。朱颜那有年年好，逞艳游、赢取如今。恣登临、残雪楼台，迟日园林。

【注释】

①高阳台：词牌名，调名取自宋玉《高唐赋》“妾在巫山之阳，高丘之阻，旦为朝云，暮为行雨，朝朝暮暮，阳台之下。”双调100字，前后片各九句四平韵，亦有于两结三字豆处增叶一韵者。②韩疁（生卒年月不详）：字子耕，号萧闲。南宋词人，其词语浅而情深。陈振孙《直斋书录解题》录其《萧闲词》一卷，赵万里《校辑宋金元人词》有辑本。③银签：古代用以计时报更的竹签，此处代指更漏。④衮衮：急速流逝貌。⑤蜂腰簇翠：这里指蜂腰形的翡翠花。⑥燕股横金：这里指燕股形的金钗。⑦句引：即“勾引”，引诱之意。

【赏析】

这首词主要写老年人在除旧迎新之际的心态和情感。起首“频听”三句写老人频繁地倾听计时的银签之声，重新点上红蜡烛，却很难再有年轻时的欣喜与期盼，不住地为年华飞逝而惊心。“饯旧”数句是说辞旧迎新，而自己年老体衰，已经不能像往常那样通宵畅饮。想要迎候新年不睡，可又怕寒气难挡。这几句，将老人想守岁而又怕体力难支的心理状态描绘得淋漓尽致。“掩青尊”两句写老人放下酒杯，对着梅花吟咏，雅景、雅情相映生辉，顿使前文守岁叹老的情怀有所增色。

过片“邻娃”三句转写邻家姑娘的装束打扮。“已试春妆”说明邻家姑娘充满了青春活力，不惧寒冷。“蜂腰簇翠”与“燕股横金”说明姑娘爱美，打扮得珠光宝气，光彩照人。“句引东风”两句写词人在邻家姑娘的感召下，也不由“芳思难禁”。“朱颜”数句写词人打算趁着当下的大好时光，好好享受生活。一个“恣”字，深深体现了老人欲放纵自己的心态。

这首词语言平易之中却又不失雕琢之美，含蕴深厚却不乏真情实感。可以称得上一篇感人肺腑的佳作。

汉宫春（潇洒江梅）

汉宫春[①]

李邴[②]

潇洒江梅。向竹梢[③]疏处，横两三枝。东君也不爱惜，雪压霜欺。无情燕子，怕春寒、轻失花期。却是有、年年塞雁，归来曾见开时。

清浅小溪如练，问玉堂[④]何似，茅舍疏篱。伤心故人去后，冷落新诗。微云淡月，对江天、分付他谁。空自忆、清香未减，风流[⑤]不在人知。

【注释】

①汉宫春：词牌名，因张先此词咏梅，有“透新春消息，汉家宫额涂黄”句而得名。双调96字，上下片各九句四平韵。这首词一说为晁冲之作，今依《宋词三百首》仍为李邴作。②李邴（1085—1146）：字汉老，号龙龛居士。济州任城（今山东济宁）人。有《草堂集》一百卷，存词8首。③“向竹梢”两句：化用苏轼《和秦太虚梅花》“江头千树春欲暗，竹外一枝斜更好”诗意。④玉堂：指富贵豪门的宅第。⑤风流：这里指高尚的品格和气节。

【赏析】

这是一首咏梅词，寄托了词人官场失意的深深遗憾与思念故人之情。起首“潇洒”三句写潇洒的江畔梅花与竹一起，摇曳生姿，以突出梅花的清雅不俗。“东君”数句是说梅花凌寒开放，不但与蜂蝶无缘，就连燕子也因为怕寒而难以在梅花盛期光顾。这里先说“东君也不爱惜”，再言燕子“无情”，以突出梅花备受冷落，有一种双重的遗憾。“却是有”两句是说毕竟还是有南来的归雁能够一睹梅花盛开的姿容，多少能给人带来一丝安慰。

过片“清浅”三句言清浅的小溪像一条白练，梅花疏影横斜，自成风景，虽在村野，却胜似在白玉堂前。“伤心”两句是说自从酷爱梅花的林和靖去后，梅花

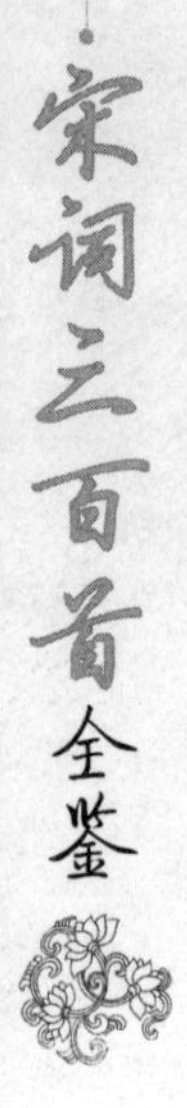

就失去了知音。“微云”数句将梅花拟人化，写其孤芳自赏、自重的品格，不以人知为然。这里，词人借赞赏梅花的高贵品格，表达孤芳自赏之意。

这首词疏淡隽永，风格清新典雅，咏梅不落俗套。其艺术方面的成就在于：化用前人诗句不着痕迹，如盐入水，品尝自知；摹形写神，神形兼备，深得咏物之精髓。

临江仙（高咏《楚词》酬午日）

临江仙

陈与义①

高咏《楚词》酬午日，天涯节序匆匆。榴花不似舞裙红。无人知此意，歌罢满帘风。

万事一身伤老矣，戎葵②凝笑墙东。酒杯深浅去年同。试浇桥下水，今夕到湘中③。

【注释】

①陈与义（1090—1138）：字去非，号简斋，祖籍京兆（今陕西西安），后其曾祖迁居洛阳，故又为洛阳（今河南洛阳）人。两宋交替之际的杰出诗人，也工于词。有《简斋集》传世。②戎葵：即蜀葵，夏日开花，花分五色，与木槿相似，有向阳的特性。③湘中：湘江的水中，这里指屈原投江殉难处。

【赏析】

这是一首端午节怀念屈原、忧叹时局之作。起首“高咏”两句点明端午节，词人高咏《楚辞》，怀念屈原，慨叹天涯节序的匆匆。“榴花”句以鲜艳的石榴花作比，回忆当年春风得意的生活。“无人”两句言没有人理会自己当前的痛苦心情，“满帘风”三字深深体现出词人情绪的激荡。整个上片融情入景，营造了一种高亢悲凉的气氛。

过片“万事”两句饱含了家国离乱、个人身世之感，同时借用蜀葵向阳的特性来比喻自己自始至终忠心爱国。“酒杯”句以今年和去年的酒杯深浅比较，说明酒杯相同而心境不同。“试浇”两句以凭吊屈原作结，进一步抒发词人的怀旧之感与爱国热情。

这首词情感悲壮激烈，而又不失豪放之气，深得东坡词豪壮之精髓。

临江仙（忆昔午桥桥上饮）

临江仙
夜登小阁忆洛中旧游

陈与义

忆昔午桥[1]桥上饮，坐中多是豪英。长沟流月[2]去无声。杏花疏影[3]里，吹笛到天明。

二十余年如一梦，此身虽在堪惊。闲登小阁看新晴。古今多少事，渔唱起三更。

【注释】

①午桥：在今洛阳市南。②长沟流月：月光随着流水悄悄地消逝。③杏花疏影：杏花稀疏的影子。

【赏析】

此词是词人晚年追忆洛中朋友和旧游所作，抒发了家国沦陷的悲痛与漂泊四方的寂寞。过片“忆昔”两句回忆当年在午桥桥上饮宴，在座一起饮酒的人都是当时的英雄豪杰。“长沟”三句是说朋友们夜晚在盛开的杏树下尽情地吹着笛子，一直到天光大亮，竟然不知道当空的皓月什么时候消失了。“杏花”两句，堪称布景抒情的妙笔。它通过明月的清辉下稀疏的的杏花影与悠扬的笛声，组成一幅恬静、清婉而又绮丽的画面，真实地反映了词人充满闲情雅致的生活。

过片“二十余年”两句主要写二十多年来国家发生的重大变化，使词人深深感到自己虽然侥幸存在，但难免胆战心惊。“闲登”三句是说词人闲散无聊地登上小阁，追思古往今来的种种兴亡之事，将无限感慨都寄托在三更的渔唱之中。这种将无限感慨引而不发，寄情于声的方法，进一步增强了词的情感效果。

这首词通过今昔对比，表达了对家国巨变的惊叹与感慨，韵味深远绵长，诚可谓简斋词中一篇优秀的佳作。

苏武慢（雁落平沙）

苏武慢[1]

蔡伸[2]

雁落平沙，烟笼寒水，古垒鸣笳声断。青山隐隐，败叶萧萧[3]，天际暝鸦零乱。楼上黄昏，片帆千里归程，年华将晚。望碧云空暮，佳人何处，梦魂俱远。

忆旧游、邃馆[4]朱扉，小园香径，尚想桃花人面。书盈锦轴[5]，恨满金徽[6]，难写寸心幽怨。两地离愁，一尊芳酒凄凉，危阑倚遍。尽迟留，凭仗西风，吹干泪眼。

【注释】

①苏武慢：词牌名。词有多体，分上下两片，属于慢词。上片十二句四仄韵，下片十三句四仄韵。②蔡伸（1088—1156）：字伸到，号友古居士，莆田（今属福建）人，宋代著名书法家蔡襄之孙。有《友古居士词》一卷。③萧萧：草木摇落的声音。④邃馆：深院。⑤书盈锦轴：指晋人窦涛妻苏蕙思念远方的丈夫，织锦写回文诗以赠之事。⑥金徽：这里用来代指琴。

【赏析】

这首词是蔡伸入燕途中的思家之作。起首“雁落”三句写大雁飞落沙滩，寒冷的秋水笼罩在一片烟霭之中。古垒之上，胡笳悲鸣的声音渐渐停止。“青山”三句化用杜牧“青山隐隐水迢迢”诗意，写远山起伏，山色隐隐约约，给人以归途迷茫之感。残败的树叶在秋风中簌簌飘落，天边的几只昏鸦不住地在空中回旋。“楼上黄昏”点明上面的景色均是词人在楼上所望。前有“青山隐隐”，后有“片帆千里归程”，辽阔的境界把人的思绪扯向远方。“岁华将晚”，则进一步加深了思归的急迫感。“望碧云”三句化用江淹“日暮碧云合，佳人殊未来”诗句，意谓夜幕已至，本应是情人相会之时，而佳人却不知在何方。“梦魂俱远”更深入一层，关山阻隔，云水迢迢，即便是梦中也难以相见。

过片“忆旧游”四句转入对旧游的回忆。“邃馆朱扉”“小园香径”“桃花人面”，这些对于词人而言无比温馨美好的回忆，与眼前的风中败叶、故垒哀笳形成鲜明的对比。“书盈锦轴”三句借用苏蕙织锦事，写妻子对自己的思念。“锦轴”“金徽”“寸心幽怨”等笔触细腻，皆是从女方着笔，写锦中字、琴中音，都不能表达离愁别恨，寸心虽小，而其中的幽怨却非锦轴和琴音所能道尽。“两地”三句写词人的两地相思之愁无以排解，只好寄情于酒，而“凄凉”二字则说明酒并不能解愁。“尽迟留”三句写词人在楼头久久徘徊，因为无人慰藉，只好任西风将泪水吹干，其内心之惨痛溢于言表。

这首词抒情真切感人，铺叙委婉曲折。词情层层递进，依次抒写离愁别恨，缠绵悱恻，哀婉悲怆，令人为之叹息。

柳梢青（数声鶗鴂）

柳梢青[①]

蔡伸

数声鶗鴂[②]。可怜又是，春归时节。满院东风，海棠铺绣，梨花飘雪。

丁香露泣残枝，算未比、愁肠寸结。自是休文[③]，多情多感，不干风月。

【注释】

①柳梢青：词牌名，双调49字，此调有两体。前后片各三平韵，后片第十二字宜为去声。另有一体为仄声韵，前片三仄韵，后片两仄韵，平仄略有区别。②鶗鴂：即杜鹃。③休文：指南朝梁代诗人沈约，字休文，其仕宋及齐，不得大用，郁郁成病，消瘦异常。此处是作者自况。

【赏析】

这是一首惜花伤春之词，同时寄寓了词人的身世之感。起首“数声”三句写远处传来杜鹃的数声悲鸣，可叹又到了春天归去的季节了。“可怜”二字点明伤春，以引起惋惜之情。“满院”三句写整个院落东风吹拂，鲜红的海棠花铺了一地，如同锦绣一般。洁白的梨花更是别有风韵，好像晶莹的白雪一般在空中飘飞。这般美丽的景致，深深寄托了词人既陶醉于美景又为年华消逝而感伤的情怀。

过片写晶莹的露珠颤动在丁香枝头，好像是丁香哭泣而流出的泪水。尽管残留下来的花朵凝结成一簇簇、一串串，但哪里比得上自己“愁肠寸结”呢！结尾“自是”三句用典，借沈约因不得志抑郁成病以自况。“不干风月”言其多愁善感与风月无关，言外之意是自身的原因。这种故作愚笔的写法，于轻描淡写中更突出了愁苦烦闷的情思。结尾言尽而意未尽，引人回味和深思。

这首词写景精妙，章法严密，构思严谨，主题鲜明。感情真挚，景象深邃渺远，确实是一首难得的佳作。

鹧鸪天（一点残釭欲尽时）

鹧鸪天

周紫芝[①]

一点残釭欲尽时。乍凉秋气满屏帏。梧桐叶上三更雨，叶叶声声是别离。

调宝瑟，拨金猊[②]。那时同唱《鹧鸪词》。如今风雨西楼夜，不听清歌也泪垂。

【注释】

①周紫芝（1082—1155）：南宋文学家，字少隐，号竹坡居士，宣城（今安徽宣城）人。有《竹坡词》三卷。②金猊：香炉。

【赏析】

这是一首秋夜怀人词。起首“一点”两句写夜深人静，灯烛将残，而人尚未入睡，满室都是乍凉的秋气。“梧桐”二句化用温庭筠《更漏子》“梧桐树，三更雨，不道离情正苦，一叶叶，一声声，空阶滴到明”词意，写三更时分滴在梧桐叶上的雨，一叶叶、一声声都包含着离情。这种借对声音的感受而构成的心理感应，更加深了词的艺术表达效果。

过片“调宝瑟”二句回忆过去曾与所思之人共同抚琴调瑟，一起拨弄香炉中的燃香，并且共同吟唱《鹧鸪词》。结尾“如今”两句转写今日无情的风雨笼罩着西楼，词人即使不听清歌，也忍不住泪如雨下。整个下片通过今昔强烈的情绪对比，进一步强调了今日愁苦之深。

词人从“风雨西楼夜”着笔，先写整体环境，极力烘托悲秋情绪；再写往日之乐；最后写今日之悲。结构分明，感情缠绵悱恻，于工整疏密中见摇曳之姿。

踏莎行（情似游丝）

踏莎行

周紫芝

情似游丝，人如飞絮。泪珠阁定空相觑[①]。一溪烟柳万丝垂，无因系得兰舟住。

雁过斜阳，草迷烟渚[②]。如今已是愁无数。明朝且做莫思量，如何过得今宵去。

【注释】

①相觑：细看，这里指离别之前两人眼中含泪互相对望。②烟渚：雾气笼罩的洲渚。

【赏析】

这首词起首两句以游丝比喻情丝，以飞絮比喻人的漂泊不定。“泪珠”句写两人临别时泪眼相望，久久地注视着对方。一个“空”字，深深地体现了两人难舍难分的凄苦心情。“一溪”二句写尽管一溪烟柳有千万条垂丝，也没有理由系住离去的兰舟。“一溪烟柳”本来与人的分别并没有直接的关系，却被词人与兰舟联系到一起，浓墨重彩地渲染离别的悲凉与无奈气氛。

过片“雁过”两句通过大雁、斜阳、草、烟渚等意象，进一步营造悲凉的气氛，从而引出“如今已是愁无数”的悲苦情绪。“明朝”两句是说明天早上的事情暂且不要思量，还是先考虑如何度过今宵。这种上下两句互相映衬补充的方法，即诗词论者所谓的“互体”。“互体”法的应用，在这里所起到的作用不仅是相互说明，而且也增强了词的情感表达效果。

历来，人们对这首词评价很高。薛砺若《宋词通论》评价此词：“此等词都极清倩婉秀，实兼晏、欧、少游、清真数家之长，而能暨于化境者。即列入第一流作家内，亦无愧色。”

帝台春（芳草碧色）

帝台春[1]

李甲[2]

芳草碧色。萋萋遍南陌。暖絮乱红，也知人、春愁无力。忆得盈盈拾翠侣[3]，共携赏、凤城寒食。到今来，海角逢春，天涯为客。

愁旋释[4]。还似织。泪暗拭。又偷滴。谩伫立、倚遍危阑，尽黄昏，也只是、暮云凝碧[5]。拼则而今已拼了，忘则怎生便忘得。又还问鳞鸿[6]，试重寻消息。

【注释】

①帝台春：词牌名，北宋词人李甲创调。双调97字，前段十句五仄韵，后段十一句七仄韵。②李甲（生卒年月不详）：字景元，华亭（今江苏松江）人。《乐府雅词》收其词九首。③翠侣：这里指游伴。④旋释：刚刚释怀。⑤暮云凝碧：指黄昏日暮佳人不见。⑥鳞鸿：即鱼雁。古有“鱼雁传书”之说，后来多用以代指书信的使者。

【赏析】

这是一首借景抒情之词。起首“芳草”两句写芳草萋萋，绿遍原野。“暖絮”两句点出春愁，这里，词人采取遗貌取神的写法，说春花柳絮也仿佛理解人的心情，无力地飘落。“忆得”两句回忆寒食节与旅伴在京城共同游赏的情景。“到今来”三句写当前只身漂泊，慨叹良辰不再，佳人难遇，不觉倍增伤感。

过片“愁旋释”四句写愁绪刚刚散去，却又如同密网一般罩住心胸。溢出的眼泪刚刚擦掉，却又不住地流了出来。在这种强烈的凄苦心情驱使下，词人倚遍了高处的栏杆，捱过了整个黄昏，所望到的也只是“暮云凝碧”的暝色。“拼则”两句对仗工整，其语虽浅，但却生动地表达了一种想割舍也割舍不了、拼命忘却又难以忘怀的挚情。“又还问”两句以痴语作结，希望通过“鳞鸿”能够重新寻到佳人的消息，深深地体现出词人对心上人刻骨铭心的爱恋。

整首词以“春愁”为中心，写景、叙事、抒情，层次清楚，脉络分明，情致哀婉，选词用语，庄重与诙谐并用。俞陛云《唐五代两宋词选释》评价此词：“论情致则宛若游丝，论笔力则劲如屈铁。”诚可谓公平之论。

忆王孙（萋萋芳草忆王孙）

忆王孙[①]

李重元[②]

萋萋[③]芳草忆王孙。柳外楼高空断魂。杜宇[④]声声不忍闻。欲黄昏。雨打梨花深闭门。

【注释】

①忆王孙：词牌名，李重元创调，因词中有“萋萋芳草忆王孙”句而得名。单调31字，五句五仄韵。此词作者多有疑误，今从《宋词三百首》为李重元词。②李重元：生卒年月不详，大约宣和前后在世。《花庵词选》以及《全宋词》收其《忆王孙》四首。③萋萋：草木茂盛貌。④杜宇：指杜鹃。

【赏析】

这是一首别具一格的令词。词的开篇，化用刘安《招隐士》赋中“王孙游兮不归，芳草生兮萋萋”语意，点暮春季节。“柳外楼高空断魂”两句写女主人公登上高楼，倚栏远眺，根本望不见丈夫的身影。只听得杜鹃凄切的啼鸣之声，这更增添了她思念丈夫的凄苦之情。“空断魂”“不忍闻”六字，极其恰切地表达了女主人公的失望与悲切之感。“欲黄昏”两句写景，说明黄昏将近，天又风雨骤至，拍打得梨花落了一地，伤离情绪又增添了一层。女主人公思人不见，本已孤寂落寞，再伴以风狂雨骤，更加愁肠百结。因而不忍再看那满地零乱的梨花，遂掩门闭户。词写到此戛然而止，给人以无限遐思。

这首词利用芳草、杜宇、春雨、梨花等意象，与离愁别绪结合在一起，意境深远而情味悠长，不愧是小令中的佳作。

三台（见梨花初带夜月）

三台[①]
清明应制

万俟咏[②]

见梨花初带夜月，海棠半含朝雨。内苑春、不禁过青门，御沟[③]涨、潜通南浦。东风静，细柳垂金缕。望凤阙[④]、非烟非雾。好时代、朝野多欢，遍九陌、太平箫鼓。

乍莺儿百啭断续。燕子飞来飞去。近绿水、台榭映秋千，斗草聚、双双游女。饧[⑤]香更、酒冷踏青路。会暗识、夭桃朱户。向晚骤、宝马雕鞍，醉襟惹、乱花飞絮。

正轻寒轻暖漏永，半阴半晴云暮。禁火天、已是试新妆，岁华到、三分佳处。清明看、汉蜡传宫炬。散翠烟、飞入槐府[⑥]。敛兵卫、阊阖[⑦]门开，住传宣、又还休务。

【注释】

①三台：唐教坊曲名，后用为词牌名。有单调、双调和三调三种体式，此词为三调。②万俟咏：字雅言，自号词隐。今存词27首，有《大声集》传世。③御沟：流经皇宫的河道。④凤阙：这里指皇宫。⑤饧：软糖，麦芽糖。⑥槐府：贵人府第门前多植槐，故用来代指显贵富豪之家。⑦阊阖：原指传说中的天门，后来泛指宫门或京都的城门。

【赏析】

这是一首应制词。起首两句借梨花、夜月、海棠、朝雨等意象，渲染了一幅春意浓浓的美景。“内苑春”两句将笔触由皇宫内苑延展向民间，意谓皇家宫苑关不住春光，春光不受拘束地延伸向城门，随着御沟新涨的流水，暗自通向南浦。“东风静”数句写东风和煦闲静，细柳舞动着金黄色的柳丝，远远望去，皇宫上下金碧辉煌，朦胧缥缈，却又非烟非雾。“好时代”数句盛赞“朝野多欢”，到处是一片“太平箫鼓”的景象。

中片描写市井的繁华与热闹：流莺婉转歌唱，燕子自由地飞来飞去。在临近绿水的地方，台榭与秋千相映，成双成对的游女聚在一起玩斗草的游戏。姑娘们的嬉戏玩耍，无形之中为春天增添了美丽的景色。“饧香更”数句写踏青路上飘散着卖糖的香气，到处是携酒游宴的人。并指出可能会有一番艳遇，而成就终生的好事。“向晚骤”数句则写富贵子弟的狂饮醉归，乱花飞絮落满了衣襟。

下片写寒食节禁火的习俗。“正轻寒”两句交代天气情况，暗示出风调雨顺与人心的舒畅。“禁火天”数句描写了寒食节试新妆的习俗，整个节日洋溢着万象更新的气象。“清明看”数句化用唐代韩翃《寒食》“日暮汉宫传蜡烛，轻烟飞入五侯家”诗意，写清明节禁火，皇宫分赐蜡烛给近臣，以示皇上隆恩，与百官同乐。“敛兵卫”数句写宫门大开，兵卫撤岗，朝廷停止宣召，臣僚们停止了公务。这是寒食节皇宫特有的安宁祥和的气氛，是对“朝野多欢”的一个补充。

整首词铺叙勾勒，层次分明，脉络清晰，语言雅洁富丽，修饰精工自然，不仅韵律美，而且意境美，可以说是应制词中一首不可多得的佳作。

二郎神（闷来弹鹊）

二郎神[①]

徐伸[②]

闷来弹鹊，又搅碎、一帘花影。漫试著春衫，还思纤手，熏彻金猊烬冷。动是愁端如何向，但怪得、新来多病。嗟旧日沈腰[③]，如今潘鬓[④]，怎堪临境。

重省。别时泪滴，罗衣犹凝。料为我厌厌，日高慵起，长托春酲[⑤]未醒。雁足不来，马蹄难驻，门掩一庭芳景。空伫立，尽日阑干倚遍，昼长人静。

【注释】

①二郎神：唐教坊曲，《乐章集》入“林钟商”。一般以柳永词为定格，双调104字，前后片各五仄韵。徐伸此词为转调。②徐伸：字干臣，三衢（今浙江宁波）人。有词集《青山乐府》传世，今已失传，仅存词一首。③沈腰：瘦腰。④潘鬓：指未老头发先白。多用来比喻衰老。⑤春酲：春日醉酒之后的困倦。

【赏析】

这首词表达了对侍妾的思念之情。起首“闷来”三句写自从侍妾离去之后，词人因相思而心情烦闷，故而十分恼恨喜鹊喳喳不休的叫声，于是将其弹走，却搅碎了一帘花影。“漫试”三句写词人看着身上试穿的春衫，不由地回忆起当初侍妾为他缝制新衣、试穿新衣以及熏香衣物的那一双纤纤玉手。如今无人为自己缝衣试衣，而熏衣的火炉里也只剩下冷冷的灰烬。“动是愁端”数句写词人因愁生病，愁病交加，以至于形销骨立、鬓发斑白，难以在镜前观照自己的身影。

过片“别时”两句回忆当时与侍妾分别，她的泪水滴在罗衫上，大概至今仍留有泪痕。“料为我厌厌”三句写词人设想侍妾因为思念自己而“每日里情思昏昏”，太阳都升起很高了还懒得起来，只好借春日醉酒来掩饰。“雁足”三句写侍妾终日等待，却始终不见鸿雁传来信息。终日期待着自己出现在她的门前，却始终看不到有人在门前下马驻足。她只好掩上院门，将一派春景锁在院内。寥寥数笔，勾画出了一个翘首以盼、却又失望之极的佳人形象。“空伫立”三句写爱妾百无聊赖地倚在庭院的栏杆上，自伤自怜。只觉得白昼太长，庭院过于冷清。

这首词将词人与侍妾在一起时的生活、分别时的情景以及别后的思念等，通过词人的想象，生动地表现出来。较为成功地捕捉典型的场景和心理感受，抒情婉曲，笔法细腻，感情真挚，是一篇颇有功力的佳作。

江神子慢（玉台挂秋月）

江神子慢[①]

田为[②]

玉台[③]挂秋月。铅素[④]浅，梅花傅香雪。冰姿洁。金莲[⑤]衬、小小凌波罗袜。雨初歇。楼外孤鸿声渐远，远山外、行人音信绝。此恨对语犹难，那堪更寄书说。

教人红消翠减，觉衣宽金缕，都为轻别。太情切。销魂处、画角黄昏时节。声呜咽。落尽庭花春去也，银蟾[⑥]迥、无情圆又缺。恨伊不似余香，惹鸳鸯结。

【注释】

①江神子慢：词牌名，双调109字，前片九句七仄韵，后片九句六仄韵。②田为：字不伐，籍贯无考。善琵琶，通音律。《全宋词》存其词6首，有《芊呕集》传世。③玉台：传说中天帝的居处。这里指精美的梳妆台。④铅素：铅华，洁白的素颜。⑤金莲：指女子的纤足。⑥银蟾：月亮。传说中月宫之中有蟾蜍，故称。

【赏析】

这首词写离别之情与别后的相思。起首“玉台”数句写女主人公送别之前着意装饰自己的情景，表现出女为悦己者容的心态以及女主人公的冰清玉洁。“雨初歇”三句写送别之后的惆怅，这里借楼外的“孤鸿声渐远”来烘托行人已在山外消失了行踪，声远音绝。“此恨”二句双层递进，既说明两人难以对语，又说明难以寄书。从而为前句的“音信绝”做进一步补充，深深反映了女主人公离愁别绪郁结于心、难以倾诉的痛苦。

过片“教人”三句写女主人公红颜憔悴，金缕衣宽，都是因为“轻别”的缘故。“太情切”三句进一步渲染令人销魂的环境氛围，黄昏时分，画角悲鸣，其呜咽的声音更使女主人公感到悲凉。“落尽”二句写春花落尽，明月无情，刚圆满又残缺。“恨伊”两句写女主人公恨心上人不如残荷的余香，能够惹鸳鸯相伴，反而使自己孤单落寞。

这首长调以痴语见真情。整首词风格婉丽，情致缠绵，不愧是一首描写闺怨的佳作。

蓦山溪（洗妆真态）

蓦山溪[①]

梅

曹组[②]

洗妆真态，不假铅华[③]御。竹外一枝斜，想佳人、天寒日暮。黄昏院落，无处着清香，风细细，雪垂垂，何况江头路。

月边疏影，梦到消魂处。结子欲黄时，又须作、廉纤[④]细雨。孤芳一世，供断有情愁，消瘦损，东阳[⑤]也，试问花知否。

【注释】

①蓦山溪：词牌名，《清真集》入“大石调”。双调82字，前片六仄韵，后片四仄韵。亦有前片四仄韵，后片三仄韵别格。②曹组：北宋词人，生卒年月不详。字元宠，颍昌（今河南许昌）人，一说阳翟（今河南禹县）人。有《箕颍词》传世。③铅华：搽脸用的脂粉。④廉纤：纤细，细微。⑤东阳：指南朝梁代沈约，曾经任东阳太守。这里用来代指词人自己。

【赏析】

这首词借描写梅花的姿态、品格，抒发了词人对梅花的深情，寄托了词人有才不得重用的苦闷。起首“洗妆”两句写梅花天然的本色，不需要用胭脂花粉来装扮。这种“天然去雕饰”的美，使它更显得清雅脱俗。“竹外”两句将竹外斜伸出来的一枝梅花比喻成天寒日暮时分依靠在修竹旁边的一位幽独的佳人。这一比喻，既形象生动，又富有意境之美。“黄昏”五句写黄昏时分，无论是在院落之

中，还是在寒风阵阵、白雪茫茫的江岸之上，孤芳自赏的寒梅，始终散发出清幽的芳香。

过片"月边"两句化用林逋"疏影横斜水清浅，暗香浮动月黄昏"诗意，写月下梅影稀疏，凄清无比，如同美人进入销魂的梦境一般。"结子"两句写梅花结成梅子将要变黄的时候，又该是连绵不断的梅雨季节了。"孤芳"数句写梅花一世孤高自许，清雅绝俗，让人不由得产生敬佩之情。结尾三句通过"试问"，将词人对梅花的深深怜惜之情宣泄无遗。

这首词以清丽委婉的笔墨，细腻的笔触，谱写了梅花清雅脱俗的品格，表达了词人对梅花的赞赏，同时也流露出一种期待被人赏识的渴望。

贺新郎（篆缕销金鼎）

贺新郎

李玉[①]

篆缕销金鼎。[②]醉沉沉、庭阴转午，画堂人静。芳草王孙知何处，惟有杨花糁径。[③]渐玉枕、腾腾春醒。帘外残红春已透，镇无聊、殢酒厌厌病。云鬓乱，未忺整。[④]

江南旧事休重省。遍天涯、寻消问息，断鸿难倩。月满西楼凭阑久，依旧归期未定。又只恐、瓶沉金井。[⑤]嘶骑不来银烛暗，枉教人、立尽梧桐影。谁伴我，对鸾镜。[⑥]

【注释】

①李玉：大约生活在北宋末南宋初。传世作品不多，《全宋词》录其词一首。②篆缕：盘香的烟缕，如同篆字和丝缕。③杨花糁径：被杨花铺满的路径。④忺整：不高兴整理，没有心情整理。⑤瓶沉金井：比喻彻底断绝，希望破灭。⑥鸾镜：指梳妆的镜子。

【赏析】

这是一首思妇念远之词。起首"篆缕"数句写金色的香炉之中，香烟袅袅上升，如同篆字在空中渐渐消散。这时候，庭院的树荫已经转过了正午，画堂之中一片寂静。而这些，都是一个深锁在闺房的沉醉之人所见、所感。"芳草"两句化用《招隐士》"王孙游兮不归，芳草生兮萋萋"语意，写其对远方之人的思念。而"杨花糁径"则表明是暮春时节，女主人公怀人加之伤春，是她之所以"醉沉沉"

的原因。"渐玉枕"数句写女主人公醒后的懒散状态，而此时，帘外春老花残，使女主人公敏锐地感到自己青春将逝、红颜将老。因而整日借酒消愁，以至于因酒致病，更没有心情去整理自己散乱的鬓发，深深体现了"岂无膏沐，谁适为容"的惆怅与伤感之情。

过片"江南"句写其不愿再回忆那些"江南旧事"，一个"休"字，透露出了女主人公内心伤感之极。"遍天涯"数句揭示了女主人公不愿"省"的原因，女主人公曾经到处打听，而没有任何消息。接下来"月满"数句写女主人公的矛盾心态，既猜想心上人不来书信可能是很快要回来，因日期还没确定，故而没有托鸿雁捎来书信；又想象绳索坠断，瓶沉于金井之中，爱情破裂无法弥补。尽管如此，女主人公仍抱有一丝希望。"嘶骑"数句写其长时间翘首以盼，等待对方骑马归来。然而最终，她还是失望了。一直到银烛暗了，梧桐的树影消失，也没有听到她所盼望的马嘶声。一个"枉"字，更增添了女主人公内心的痛切之感。结尾"谁伴我"两句写因无人陪伴，女主人公连梳妆的镜子也懒得再照，再次表明了自己的孤独。

这首词和婉淳雅，在众多思妇题材的作品中独树一帜，有一定的影响力和思想艺术价值。

烛影摇红（霭霭春空）

烛影摇红[①]

题安陆浮云楼[②]

廖世美[③]

霭霭[④]春空，画楼森耸凌云渚。紫薇登览最关情，绝妙夸能赋。惆怅相思迟暮，记当日、朱阑共语。塞鸿难问，岸柳何穷，别愁纷絮。

催促年光，旧来流水知何处。断肠何必更残阳，极目伤平楚。晚霁波声带雨。悄无人、舟横野渡[⑤]。数峰江上，芳草天涯，参差[⑥]烟树。

【注释】

①烛影摇红：词牌名，原本为小令，双调50字，前片两仄韵，后片三仄韵。周邦彦改为慢曲，双调96字，前后片各九句五仄韵。②浮云楼：即浮云寺楼，址在今湖北省安陆市。③廖世美：大约生活在北宋末南宋初，生平无考，据说是安徽东至廖村人。现存词两首，见于《唐宋诸贤绝妙词选》。④霭霭：云气密集

貌。⑤舟横野渡：化用唐代韦应物《滁州西涧》“野渡无人舟自横”诗意。⑥参差：高低不齐貌。

【赏析】

这是一首登高怀远之词。起首“霭霭”两句写词人在一个雾霭迷蒙的春日，登上了高耸入云的浮云楼。“森耸”二字，既突出了浮云楼的庄严，也再现了云雾缭绕的气氛。“紫薇”二句写杜牧登楼赋诗，“紫薇”，唐代称中书省为“紫薇省”，杜牧官至中书舍人，故人称杜紫薇。“登览最关情”是说登高临远最能牵动人的情感，“绝妙夸能赋”，既称扬杜牧《题安州浮云寺楼》一诗写得绝妙，又暗自道出自己具有登高能赋的才情。“惆怅”两句写词人在春暮之时，登楼望远，引起相思之情。“记当日”数句回忆当时一起在朱栏边“共语”的温馨情景。“塞鸿”三句意谓心上人像塞鸿一样一去无踪，空余下岸边无数的柳树，扯着纷乱的柳絮。“别愁纷絮”四字，将离别之愁与纷乱的柳絮相比，使无形的愁化成了有形的柳絮，既形象又生动。

过片“催促”两句写岁月匆匆，旧时两人倚栏共语处的楼下流水，如今谁也不知会流向何处。这既是指旧日流水的不可寻觅，同时也是指逝去的时光难以追寻。“断肠”两句是说并非只有日暮斜阳才令人愁断寸肠，看到无边无际的原野，同样让人伤心。“晚霁”数句化用韦应物《滁州西涧》“春潮带雨晚来急，野渡无人舟自横”诗意，写傍晚天气转晴，波涛声中夹杂着雨声。江边静寂无人，舟船孤零零地横在渡口。“悄无人”三字，静寂、清幽之意境顿出。“数峰”三句写雨后的景致，江上数峰青青，芳草远接天涯之外，远处的江岸烟树凄迷，展示了一幅境界开阔、疏笔淡墨的画面。

这首词融情入景，以淡远凄迷之景状莫名的伤感之情，历来被视为佳作。

薄幸（青楼春晚）

薄幸

吕滨老[①]

青楼[②]春晚。昼寂寂、梳匀又懒。乍听得、鸦啼莺弄，惹起新愁无限。记年时、偷掷春心，花间隔雾遥相见。便角枕[③]题诗，宝钗貰[④]酒，共醉青苔深院。

怎忘得、回廊下，携手处、花明月满。如今但暮雨，蜂愁蝶恨，小窗闲对芭蕉展。却谁拘管。尽无言、闲品秦筝，泪满参差雁[⑤]。腰肢渐小，心与杨花共远。

【注释】

①吕滨老：一名渭老，字圣求，嘉兴（今属浙江）人。有《圣求词》一卷。②青楼：这里指华美的楼房。③角枕：用兽角装饰或制作的枕头。④貰：赊欠。⑤雁：这里指雁柱，即古筝的筝柱。

【赏析】

这是一首恋情词，描写了一个女子对他乡恋人的深深相思之情。起首“青楼”句点明时节，“昼寂寂”两句写其整日寂寞，梳匀头发却懒得装扮自己。“乍听得”数句写乌鸦和黄莺的鸣叫声更使她增添了无限新愁。“记年时”数句回忆当初“偷掷春心”，在花丛之中，隔着薄雾与恋人遥遥相望。随着交往日深，两人在角枕上题诗，取下金钗赊酒畅饮，在青苔深院共醉。词人有意将女子与恋人在一起时的欢乐与别后的孤寂形成鲜明的对比，以突出这种强烈的情感反差。

过片“怎忘得”数句写女子难以忘怀两人携手在回廊下共赏“花明月满”的情景，“怎忘得”三字，说明这些往事对于少女来说是那样刻骨铭心。“如今”四句转写当今暮雨迷蒙，连蜜蜂和蝴蝶都感到愁恨难遣，舒展的芭蕉叶寂寞地对着小窗。还有谁会关心自己呢？这里明写蜂蝶，实则写女子含愁带恨。这种移情法的运用，更增添了“物犹如此，人何以堪”的艺术表达效果。“尽无言”数句写其以秦筝诉说自己的哀伤，泪水浸湿了参差的雁柱。由于相思之情的煎熬与折磨，她腰肢渐渐瘦小，心也随同那飘舞的柳絮一起飞向远方。结尾借杨花写女子悠远的愁绪，含有不尽之意于言外，读之令人荡气回肠。

这首词写景、叙事、抒情，层次分明，构思巧妙，情致婉转，佳处不让一流大家。

透碧霄（舣兰舟）

透碧霄[①]

查荎[②]

舣兰舟。十分端是载离愁。练波[③]送远，屏山遮断，此去难留。相从争奈，心期久要，屡变霜秋。叹人生、杳似萍浮。又翻成轻别，都将深恨，付与东流。

想斜阳影里，寒烟明处，双桨去悠悠。爱渚梅、幽香动，须采撷，倩纤柔。艳歌粲发[④]，谁传余韵，来说仙游。念故人、留此遐洲[⑤]。但春风老后，秋月圆时，独倚江楼。

【注释】

①透碧霄：词牌名，据《词谱》卷三五：“透碧霄，双调一百二十字，前段十二句，六平韵，后段十二句，五平韵。”②查荎：约为北宋末南宋初词人。③练波：像白练一般的水波。④粲发：启齿歌唱。⑤遐洲：远洲。

【赏析】

这是一首离别怀远之词。起首两句写停靠在岸边的兰舟，承载的是满满的离愁。“十分”二字说明兰舟承载的离愁之重。“练波”三句写舟船在如练的水波护送下，渐行渐远，以至于被屏山遮断，再也看不见。“此去难留”进一步说明分别的无奈。“相从”三句写词人希望与所思之人长相厮守，怎奈约定的归期总是难以实现，“屡变霜秋”既道出了岁月变化的迅速，又道出了等待时间的漫长。“叹人生”数句感叹人生如同浮萍，不知要飘向何方，不知什么时候又变成新的分别。“都将”两句，写将离愁别恨都付与滚滚东去的流水，以流水无穷无尽，状离愁无穷无尽。

过片“想斜阳”三句设想小船在斜阳残照、寒烟暮景之中，悠闲地行驶在宽阔的江面之上的情景。“爱渚梅”数句是说远行之人最喜爱这江边的梅花，等到再度幽香浮动的时候，准备采撷一枝给她寄去，告诉她此地的春意。“艳歌”数句回忆两人曾经一起唱《艳歌》，感叹如今没有人能够像她那样将这首歌唱得这么好，字里行间透露出对去者的深深思念。“念故人”四句是希望对方会想起在这荒远的水洲之上，还有自己这位老朋友。会想到每当春花凋谢、秋月正圆之时，会有一个独倚栏杆，深深地思念她的情趣相投的故人。

这首词深沉含蓄而无通常所见的悲戚之语，意境开阔，将伤离念远之情表现得淋漓尽致，确实是一首难得的抒情佳作。

南浦（风悲画角）

南浦[①]

旅怀

鲁逸仲[②]

风悲画角，听单于[③]、三弄落谯门。投宿骎骎征骑，飞雪满孤村。酒市渐阑灯火，正敲窗、乱叶舞纷纷。送数声惊雁，乍离烟水，嘹唳[④]度寒云。

好在半胧溪月，到如今、无处不销魂。故国梅花归梦，愁损绿罗裙。为问暗

香[5]闲艳，也相思、万点付啼痕。算翠屏应是，两眉余恨倚黄昏。

【注释】

①南浦：词牌名，调名出自《楚辞·九歌》“送美人兮南浦”。唐教坊曲有《南浦子》，宋人借此曲名，翻为新调。双调，分102字平韵和105字仄韵两体。此词即用102字平韵体。②鲁逸仲：孔夷的隐名，字方平，汝州龙兴（今河南宝丰）人。黄升《花庵词选》称其“词意婉丽，似万俟雅言”。《全宋词》录其词三首。③单于：唐大角曲名。④嘹唳：大雁凄凉激越的角声。⑤暗香：指梅花。

【赏析】

这是一首羁旅怀思之词。上片起首“风悲画角”两句写风声伴随着画角之声响起，听得出是有人在谯楼上吹奏《小单于》的乐曲，声声凄切，令人顿生凄凉之感。“投宿”二句写因急于投宿催马奔驰，终于来到一个偏僻的小村。只见漫天飞雪，到处都堆满了积雪。“酒市”两句则是描写入村之后的景象，灯火阑珊，乱叶敲窗，随风乱舞。“送数声”三句是词人在客舍所闻，写群雁受惊，飞向高空，鸣叫之声高亢凄厉。整个上片通过画角、谯门、征骑、飞雪、孤村、酒市、灯火、乱叶、惊雁、寒云等一系列意象，构筑了一个凄冷、清幽的意境。

过片“好在”数句写风雪转晴，云雾尚未散尽，淡月朦胧。词人望月生情，不禁黯然销魂。“故国”两句写词人梦中回到故乡，见到了故乡的梅花和那位身穿绿罗裙的心上人，才知她也为相思而愁损容颜。“为问”两句进一步将梅花拟人化，将枝上的蓓蕾比喻成万点相思的泪珠。“算翠屏”两句设想对方薄暮时分也在故园赏梅忆人，余恨绵绵，泪滴枝头。

这首词遣词造句，精工警绝，婉丽含蓄，耐人寻味，感情深挚。

满江红（怒发冲冠）

满江红[1]

岳飞[2]

怒发冲冠，凭阑处、潇潇雨歇。抬望眼、仰天长啸，壮怀激烈。三十功名尘与土，八千里路云和月。莫等闲[3]、白了少年头，空悲切。

靖康耻[4]，犹未雪。臣子恨，何时灭。驾长车踏破、贺兰山[5]缺。壮志饥餐胡虏肉，笑谈渴饮匈奴[6]血。待从头、收拾旧山河，朝天阙。

【注释】

①满江红：词牌名，双调93字，上片八句四仄韵，下片九句五仄韵。②岳飞（1103—1142）：字鹏举，相州汤阴（今河南汤阴）人，中国历史上著名的军事家、战略家，伟大的爱国将领。有《岳忠武文集》十卷，存词三首。皆充满爱国豪情。③等闲：无端，平白地。④靖康耻：指宋钦宗靖康三年（1127年），金兵攻陷汴京，掳走徽、钦二帝之事。⑤贺兰山：位于宁夏回族自治区与内蒙古自治区交界处。⑥匈奴：我国古代北方民族之一。这里代指金国。

【赏析】

这首词强烈地表达了词人抗击金兵、收复故土、统一祖国的雄心壮志和爱国精神。起首“怒发”五句写词人内心的愤怒到了极点，词人凭高远眺的地方，一场疾风骤雨刚刚停止。词人望着空阔的四野，不由得仰天长叹，悲壮的情怀是那样激烈。“三十”四句感叹自己已经年过三十，却功名未就；征战数千里，如今只剩下浮云与明月。尽管如此，词人并没有悲观失望，而是劝告自己：不要无端白了少年头，空留下悲切的情怀。

过片“靖康耻”四句写由于没有雪靖康之耻，词人心中之恨难以消除。“何时灭”三字，反映了词人雪耻的愿望是那样强烈。“驾长车”数句，写雪耻的过程，同时也揭示了对敌人的愤恨之情，表现了大无畏的英雄主义与乐观精神。“待从头”两句既表明了必胜的信心，又表白了对朝廷的忠诚。这里，以“旧山河”象征故国，以“朝天阙”表示忠于朝廷，坦然言其志向抱负。一个忠君爱国、以匡扶山河为己任的英雄形象出现在人们面前。

这首词是反映岳飞“精忠报国”之志的爱国名篇，它表现了报国立功的决心和必胜的信念，充分体现了奋发图强、雪耻若渴的坚强品质。

烛影摇红（双阙中天）

烛影摇红
上元有怀

张抡[1]

双阙[2]中天，凤楼十二春寒浅。去年元夜奉宸游，曾侍瑶池宴。玉殿珠帘尽卷。拥群仙、蓬壶阆苑。[3]五云深处，万烛光中，揭天丝管。

驰隙流年，恍如一瞬星霜换。今宵谁念泣孤臣，回首长安远。可是尘缘未断。

漫惆怅、华胥[4]梦短。满怀幽恨，数点寒灯，几声归雁。

【注释】

①张抡：字才甫，自号莲社居士，开封（今属河南）人。工于词，有《莲社词》，收入《疆村丛书》。②双阙：指皇宫前面两边高大的城楼。③蓬壶阆苑：蓬壶，山名，即蓬莱。阆苑，仙人所居之境。④华胥：传说中的古国名。这里指梦境。

【赏析】

此词为上元节感怀之作，通过今昔对比，在反映个人遭遇的同时，抒发了亡国之痛。起首“双阙”两句写宫廷建筑的壮丽巍峨，宫城的双阙高耸云天，宫中的层层楼阁弥漫着春寒的气息。“去年”数句写词人在去年的元夜曾经陪伴君王参加宫廷的盛宴。玉殿珠帘高卷，宫女美若天仙，舞姿翩翩，此情此景，大约只有蓬莱仙境才有。“五云”三句描写音乐的空前盛况，五彩祥云笼罩下，千万盏灯光闪耀，丝管之声响彻云霄。

过片“驰隙”两句写时光如白驹过隙，转眼又是一年过去。“今宵”数句写词人远离故都，心中无限哀戚。故国难忘，过去的时光如同春梦一般短暂，一想到这些，词人便心生无限惆怅。结尾“满怀”数句写梦破之后的凄凉，如今只能满怀幽恨，在寒灯的陪伴下，听归去的大雁声声哀鸣。

这首词通过极盛与极衰的对比，深深表达了故国之思。如此大起大落，更增添了词的抒情效果。

水龙吟（夜来风雨匆匆）

水龙吟[1]

程垓[2]

夜来风雨匆匆，故园定是花无几。愁多怨极，等闲孤负[3]，一年芳意。柳困桃慵[4]，杏青梅小，对人容易。算好春长在，好花长见，原只是、人憔悴。

回首池南旧事。恨星星、不堪重记。如今但有，看花老眼，伤时清泪。不怕逢花瘦，只愁怕、老来风味。待繁红乱处，留云借月[5]，也须拚醉。

【注释】

①此词误作辛弃疾词。②程垓：字正伯，眉山（今属四川）人。有《书舟词》传世。③孤负：义同于“辜负”，徒然错过。④慵：懒惰，懒散。⑤留云借

月：留住云彩，借取月光。比喻努力珍惜时光。

【赏析】

这是一首惜春怀乡、嗟老伤时之作。起首“夜来”两句感叹夜里一场风雨，故园的花已落得所剩无几，说明春已逝去。“愁多”三句写自己因辜负了大好的春光而愁苦怨恨。“愁多怨极”说明愁怨多而且到了极点，字里行间透露着无限伤感和追悔之意。“柳困”六句写柳絮困倦，桃花懒散，杏子青，梅子绿，春光飞逝而去。就算美好的春光能够年年重来，美丽的花儿能够再度看到，但人的心早已憔悴了，由伤春转为感伤岁月流逝。

过片“恨星星”数句感叹自己两鬓斑白，池南那些欢乐的往事，如今已经不堪重新回忆。如今只有一双看花的老眼，常常因感时伤事留下清泪。“不怕”数句写词人不怕因伤春惜花而消瘦，怕的是那种老年的孤独滋味。因而，对花更加珍惜，希望能够延长这美好的时光，尽情地饮酒赏花，以期与花共醉。观花伤春之余流露出叹老与伤时之情，表现出及时行乐的思想。

这首词以委婉哀怨的笔触，反复抒写了自己的叹老与伤时之情，寄寓了家国之思。立意深远，凄婉绵丽，堪称一首伤心人自有怀抱的抒情佳作。

六州歌头（长淮望断）

六州歌头[①]

张孝祥[②]

长淮望断，关塞莽然[③]平。征尘暗，霜风劲，悄边声。黯消凝。追想当年事[④]，殆天数，非人力，洙泗[⑤]上，弦歌地，亦膻腥。隔水毡乡[⑥]，落日牛羊下，区脱纵横[⑦]。看名王[⑧]宵猎，骑火一川明。笳鼓悲鸣。遣人惊。

念腰间箭，匣中剑，空埃蠹，竟何成。时易失，心徒壮，岁将零。渺神京。干羽[⑨]方怀远，静烽燧，且休兵。冠盖使[⑩]，纷驰骛，若为情。闻道中原遗老，常南望、翠葆霓旌[⑪]。使行人到此，忠愤气填膺。有泪如倾。

【注释】

①六州歌头：程大昌《演繁露》：“《六州歌头》，本鼓吹曲也。”后用为词牌名。双调143字，前后片各十九句八平韵。也有平韵外兼叶仄韵者，或者同部平仄互叶，平韵同部、仄韵随时变换。要以平韵为主，仄韵为辅。②张孝祥（1132—1170）：字安国，别号于湖居士，历阳乌江（今安徽和县乌镇）人。南

宋著名词人，为唐代诗人张籍七世孙。工于词。其才思敏捷，词风豪放爽朗，与苏轼相近。有《于湖居士文集》四十卷、《于湖词》一卷传世。③莽然：草木茂盛貌。④当年事：指靖康二年（1127年）导致中原沦陷的靖康之变。⑤洙泗：鲁国二水名。流经曲阜，孔子曾在此讲学。⑥毡乡：这里指金国。北方少数民族居住在毡帐里，故称为毡乡。⑦区脱纵横：指土堡很多。区脱，匈奴语称边境屯戍或守望之处。⑧名王：这里指敌方将帅。⑨干羽：干盾和翟羽，都是舞蹈娱乐的用具。⑩冠盖使：这里指求和的使臣。⑪翠葆霓旌：指皇帝的车驾。

【赏析】

这首词通过对国土形势的分析，谴责了南宋朝廷的苟安政策，抒发了强烈的爱国热情。起首“长淮”两句展现了一幅苍茫的图景，词人伫立在淮河岸边极目观望，只见关塞野草繁茂昌盛，一望无际。“征尘暗”三句写北伐的征尘暗淡，寒风劲吹，边塞上一片静寂。这里的边塞，是指淮河以北地区。中原沦陷后，南宋的国土便以淮河为界。“追想”六句回忆当时中原沦陷的经过，词人认为是天意运数，非人力所能改变。孔子讲学的洙水和泗水边，弦歌交响的礼乐之邦，变成膻腥一片。“隔水”六句写词人一眼望去，只见隔河相望的是敌人的毡帐，黄昏落日照耀下，牛羊返回圈栏。到处都布满了敌军前哨的瞭望据点。同时还看到敌军将领夜间出猎，骑兵手持火把照亮了整个平川。笳鼓悲鸣的声音，更让人心惊胆寒。

过片“念腰间箭”数句写词人空有杀敌的武器，只能看着它虫蛀尘封。尽管词人拥有雄心壮志，也只能等闲虚度，空待终老。“渺神京”七句把笔触指向南宋偏安的小朝廷，写恢复神京的希望渺茫。这里，化用《尚书·大禹谟》所载“舞干羽于阶”的典故，谴责南宋朝廷醉心歌舞、罢兵休战，并且派遣使者出使金国和谈的苟安行径。“纷驰骛，若为情”六字，神形活现地勾画出了那些使者匆忙奔走的窘态。“闻道”三句转写那些身处中原沦陷区的人们对王师北定中原的盼望。“使行人”三句意谓任何一个有爱国之心的人到达此地，都会因中原长期不能收复而满腔激愤，怒气填膺，泪水洒满胸襟。

这首词之所以具有强大的生命力，主要在于熔铸了民族与文化、现实与历史、人民与个人的因素。同时，这首词篇幅长，格局阔大。多用三言、四言短句，构成激越紧张的节奏，声情悲壮激昂。

六州歌头（东风着意）

六州歌头

韩元吉[1]

东风着意，先上小桃枝。红粉[2]腻。娇如醉。倚朱扉。记年时。隐映新妆面。临水岸。春将半。云日暖。斜桥转。夹城西。草软沙平，跋马[3]垂杨渡，玉勒争嘶。认蛾眉凝笑，脸薄拂燕脂[4]。绣户曾窥。恨依依。

共携手处。香如雾。红随步。怨春迟。消瘦损。凭谁问。只花知。泪空垂。旧日堂前燕，和烟雨，又双飞。人自老。春长好。梦佳期。前度刘郎，几许风流地，花也应悲。但茫茫暮霭，目断武陵溪。往事难追。

【注释】

①韩元吉（1118—1187）：字无咎，号南涧，开封雍丘（今河南开封）人；著有《南涧甲乙稿》《南涧诗余》，存词80首。②红粉：女子化妆用的胭脂和铅粉。③跋马：勒马使之回转。④燕脂：即胭脂。一种红色的颜料，女子常用作化妆品。

【赏析】

这首词借吟咏桃花，表达了对逝去的甜美爱情的深切怀念之情。上片“东风”两句写春风骀荡，红桃初绽。“红粉腻”三句写桃花如同浓饰脂粉、娇痴如醉、倩倚朱扉的佳人。这种以佳人之美比拟花之美的写法，不仅使桃花具有了人的丽质和灵气，而且也为下文写人做了铺垫。“记年时”数句回忆当时春光旖旎，暖意融融，词人沿着水岸策马而行，过斜桥，驰入城西那片平坦的绿草地，又跋马垂杨渡，任骏马嘶鸣。不经意间，发现了“蛾眉凝笑”的佳人，只见她薄饰脂粉，仪态端庄优雅，令词人一见倾心。于是才有了后来的“绣户曾窥”，有了苦苦追寻却终违心愿的“恨依依”。一个“恨”字，透露出了词人恋情的苦涩。

过片“共携手”三句转写今，当年携手共游之处风景依旧，芳香如雾，满地落红随着步履旋转起舞。“怨春迟”数句写词人深深埋怨春天已是迟暮，因为它带来了太多的伤感，使词人因此而消瘦、孤独、垂泪。“只花知”三字说明，词人的心事无人知晓，只有花是自己的知音。“旧日”三句运用对比的方法，以堂前燕的双栖双飞来衬托自己的形单影只。“人自老”三句以春长好反衬人的易老，纵有佳期，也只能求诸梦里。“前度刘郎”数句化用刘禹锡《再游玄都观》“前度刘郎今

又来”典故，紧扣桃花，抒发物是人非的感伤。这里，以花悲喻人悲，与前文的“只花知”相呼应，体现了花知人意的情愫。“但茫茫”三句借茫茫暮霭隔断遥望武陵溪的视线，道出了理想的破灭与往事难追的感伤。

这首词以桃花始，又以桃花终，以咏花和写人双线并行，借物抒情，同时又借物喻人，情致缠绵曲折，语言抑扬顿挫，富有节奏感，足可为后世填词者之法。

好事近（凝碧旧池头）

好事近①
汴京赐宴闻教坊乐有感

韩元吉

凝碧②旧池头，一听管弦凄切。多少梨园③声在，总不堪华发。

杏花无处避春愁，也傍野烟发。惟有御沟声断，似知人呜咽。

【注释】

①好事近：词牌名，双调45字，前后片各四句两仄韵。②凝碧：指凝碧池，唐代洛阳禁苑中池名。③梨园：唐玄宗选坐部伎子弟三百，教于梨园，号皇帝梨园弟子，宫女数百，也称梨园弟子。后泛指演戏的地方。

【赏析】

宋孝宗乾道八年（1172年）阴历十二月，词人奉命去金朝祝贺次年三月初一的万春节（金主完颜雍生辰），行至汴梁，金人设宴招待。酒席宴间，词人百感交集，因赋此词。起首“凝碧”两句写旧日在宫廷池苑，一听到管弦之声就让人感到凄楚哀怨。“凝碧池”，本是唐代禁苑中的一个水池，当年安禄山攻陷洛阳在此宴会，命梨园弟子演奏，乐工雷海青掷乐器于地，西向大恸。词人借这个典故，抒发凄切的管弦之声带给自己的悲哀。“多少”两句，写梨园之声触动词人内心的哀愁，使人容易衰老，以至于“总不堪华发”。整个上片，以精炼的语言，道出了词人在特定的历史环境下特有的复杂心理活动。

过片“杏花”两句既是实写，又是词人兴寄遥深之语。词人以杏花自比，写杏花无处躲避春愁，实际上是说自己无处躲避春愁。“野烟”这一意象，象征着征战后的荒凉景象，杏花依傍野烟独自开放，富有清幽的意境。“惟有”两句，进一步抒发内心的悲哀。御沟的水，本来是长年流淌的，可是经过战争的破坏，早已

干涸。这对于韩元吉这位宋朝的使臣来说，难免会引起故国之思，却又碍于眼前的处境，只能隐忍在心。这里词人将御沟拟人化，说它怕引起词人内心的呜咽，因而才“声断”。这种移情于物的方法，进一步增强了词的情感表达效果。

瑞鹤仙（郊原初过雨）

瑞鹤仙

袁去华[①]

郊原初过雨。见败叶零乱，风定犹舞。斜阳挂深树。映浓愁浅黛[②]，遥山眉妩[③]。来时旧路。尚岩花[④]、娇黄半吐。到而今，惟有溪边流水，见人如故。

无语。邮亭深静，下马还寻，旧曾题处。无聊倦旅。伤离恨，最愁苦。纵收香藏镜，他年重到，人面桃花在否。念沉沉、小阁幽窗，有时梦去。

【注释】

①袁去华：字宣卿，奉新（今属江西）人。有《袁宣卿词》，收入《四印斋所刻词》。②浓愁浅黛：这里指山色浓淡相间。③眉妩：眉毛的形状妩媚可爱。④岩花：生长在岩石旁边的花。

【赏析】

这是一首怀人之作。起首“郊原”三句描写郊原的秋景，一场雨过，败叶零乱，风虽已停止，但枯叶仍在空中盘旋。寥寥数句，营造了一个凄凉的气氛。“斜阳”三句写雨过天晴，斜阳挂在丛林树梢，映照得远山如同佳人微微皱起的愁眉，显得分外妩媚。“来时旧路”数句写词人回顾来时的道路，见岩前的黄花含娇半吐，而如今，却只有溪边的流水，见人仍和往常一样。

过片“无语”句承上启下，转写邮亭幽深宁静，词人下马寻找当初曾经题诗的地方。“无聊倦旅”数句写词人对这种倦旅生活感到无聊。“伤离恨，最愁苦”六字点名主题，深深体现了词人内心郁结的愁苦之情。“纵收香”数句化用“收香”“藏镜”“人面桃花”等一系列典故，说明自己即使信守前盟，他年重到，也未必能够与情人会合，表达了前途未卜的忧虑与失望之情。结尾“念沉沉”两句写词人在现实中实现不了与情人相会的愿望，只好寄希望于梦中到她的“小阁幽窗”与之相会。全词以梦境结束，说明词人的期盼除了梦中之外，在现实中根本无法实现。

这首词以斜阳始，以梦终，巧妙地将今昔悲欢挽合在一起。景中寓含伤离之情，叙事怀人，抱收香藏镜之痴，极写寻人不遇之恨。风格委婉含蓄，语言流畅自如，深深体现了袁词“至性至语，自然流露”的特点。

剑器近（夜来雨）

剑器近[①]

袁去华

夜来雨。赖倩得、东风吹住。海棠正妖娆[②]处。且留取。

悄庭户。试细听、莺啼燕语[③]。分明共人愁绪。怕春去。

佳树。翠阴初转午。重帘未卷，乍睡起、寂寞看风絮。偷弹清泪寄烟波，见江头故人，为言憔悴如许。彩笺无数。去却寒暄，到了浑无定据[④]。断肠落日千山暮。

【注释】

①剑器近：原为唐舞曲，后用为词牌名。三调96字，前片四句四仄韵，中片四句四仄韵，下片十一句七仄韵。②妖娆：妖媚艳丽，形容景色十分艳丽。一作“娇娆”。③莺啼燕语：莺啼鸣啭，燕语呢喃。形容春光明媚。④浑无定据：没有一点确切的消息。

【赏析】

这是一首闺怨词。上片写夜雨被东风吹住，海棠花正开得恰到好处，希望这样的美景长时间停留。寥寥数语，写出了主人公对春花的赏爱之情。中片写庭院寂寂，黄莺婉转的啼鸣之声、燕子的呢喃之声交织在一起。分明是和人共同分担伤春的愁绪，“怕春去”三字，体现了词人惜春的心理。下片写美丽高大的树木，青翠的树阴刚刚转过中午，以树影的位置表述时间，是古典诗词中常用的一种方法。“初转午”，说明午昼正长。“重帘”三句写重帘还没有卷起，主人公刚刚睡起，倦意未消，“寂寞看风絮”透露出其情绪的无聊。“偷弹”三句写其偷偷抹去伤心的泪水，寄予那烟波浩渺的江水，希望随水流流到江头的故人那里，告诉他自己如今的凄凉之景。“彩笺”三句是说故人寄来的信笺虽然很多，但除了问候寒暄，却没有只字片纸提及归来的消息。这让女主人公既有殷切的盼望，也有笔墨难以形容的幽怨与无奈。结尾“断肠”句以景语作结，写夕阳照耀下，只见千山茫茫，更令人断肠。词写至此，将无限伤感都蕴于苍茫的凄凉暮景之中。

安公子（弱柳千丝缕）

安公子[①]

袁去华

弱柳千丝缕。嫩黄[②]匀遍鸦啼处。寒入罗衣春尚浅，过一番风雨。问燕子来时，绿水桥边路。曾画楼、见个人人否。料静掩云窗，尘满哀弦危柱[③]。

庾信愁如许[④]。为谁都着眉端聚。独立东风弹泪眼，寄烟波东去。念永昼春闲，人倦如何度。闲傍枕，百啭黄鹂语。唤觉来厌厌，残照依然花坞[⑤]。

【注释】

①安公子：原为唐教坊曲，后用为词牌名。双调80字，前片九句六仄韵，后片十句六仄韵，②嫩黄：这里指刚长出柳芽。③哀弦危柱：这里指乐器。④庾信愁如许：庾信曾作《愁赋》，赋中有“谁知一寸心，乃有万斛愁”之语。⑤花坞：花木丛生的山坳。

【赏析】

这是一首怀人之词。起首“弱柳”两句点明早春季节，弱柳千丝，被嫩黄色的柳芽匀遍，“鸦啼处”，意指有乌鸦藏于其间。“寒入”两句写抒情主人公的感受，寒侵罗衣，因而感觉“春尚浅”，又加上一阵风雨，这种寒意就更加明显。“问燕子”三句向燕子询问，在飞过绿水桥边的道路时，是否曾见到画楼中的那个人？这里是故作痴语，燕子本不通人情，却让其见证那位“掩云窗、尘满哀弦危柱”的女子的愁苦。其实，这不过是抒情主人公的设想而已，幻想女子也是为情所困，对自己思念不已。

过片“庾信”两句以庾信自比，言其愁深怨重，以至于眉头紧皱。“为谁”二字故作设问，隐隐透露出对心上人的埋怨，饶有情致。“独立”两句写自己迎风洒泪，欲托烟波传达自己的心事。“人倦”一句写出了排愁无计的无奈，于是便“闲傍枕”，期望能够在睡梦之中得到一丝安慰，却又被黄鹂的鸣叫之声惊醒。“唤觉”句说明，黄鹂悦耳的声音并没有消除主人公内心的忧愁，反而更添一段惆怅。结句“残照”以景结情，更显出情味深厚。

这首词想象与构思不落俗套，表情达意委婉曲折，用字准确生动，确实是一首难得的好词。

瑞鹤仙（脸霞红印枕）

瑞鹤仙

陆淞[①]

脸霞[②]红印枕。睡觉来、冠儿还是不整。屏间麝煤[③]冷。但眉峰压翠，泪珠弹粉。堂深昼永。燕交飞、风帘露井。恨无人，与说相思，近日带围宽尽。

重省。残灯朱幌[④]，淡月纱窗，那时风景。阳台路迥。云雨梦，便无准。待归来，先指花梢教看，却把心期细问。问因循[⑤]、过了青春，怎生意稳[⑥]。

【注释】

①陆淞（1109-1182）：字子逸，号雪溪，山阴（今浙江绍兴）人。今存词2首。②脸霞：脸上的红润光泽。③麝煤：一种名贵的香墨。④朱幌：床上的红色帷幔。⑤因循：轻易，随便。⑥意稳：心安。

【赏析】

这是一首抒写别情之词。起首“脸霞”三句化用白居易《长恨歌》中“云髻半偏新睡觉，花冠不整下堂来”诗意，写女主人公睡醒之后的慵懒之态。语言清新别致，富有生活情趣。“屏间”三句化用唐代韩偓《横塘》“蜀纸麝煤添笔媚，越瓯犀液发茶香”诗意，写女主人公看到屏风上的水墨丹青画，不由得紧锁眉头，泪水从粉脸上流了下来。“堂深”数句更深一层，写周围的一切都让她心生怅恨。画堂幽深寂静，白天漫长难捱。女主人公独自坐在窗前，无意间瞥见一对燕子上下翻飞、低语呢喃，不时从帘下掠过，盘旋在露井旁边，不由得涌起无限伤感。联想到自己的孤独，她爱恨交织，愁病交加，以至于形容憔悴，腰围瘦尽。

过片“重省”转入对往事的回忆。“残灯”两句对仗工整，写出了静夜的温馨与甜蜜，随即指出那是两个人一起共度的令人难忘的良宵。接下来逆笔一转，写今日的两相隔绝。“阳台”三句借用“高唐云雨”的典故，说明如今与所爱之人万里相隔，只有期望梦中相见。希望能像楚襄王与巫山神女那样，在梦中尽云雨之欢。但梦中之事，哪里有定准呢！“待归来”数句描写细腻生动，将女主人公爱恨交织的矛盾心理表现得淋漓尽致。

这首词脉络清晰，雅而不俗，深得汉魏乐府之遗意，不愧是一首闺怨题材的佳作。

卜算子（驿外断桥边）

卜算子
咏梅

陆游[1]

驿外断桥边，寂寞开无主[2]。已是黄昏独自愁，更着风和雨。

无意苦争春，一任[3]群芳妒。零落成泥碾作尘[4]，只有香如故。

【注释】

①陆游（1125—1210）：字务观，号放翁，山阴（今浙江绍兴）人。南宋著名的文学家、史学家、爱国诗人。有《放翁长短句》传世。②无主：没有主人，自生自灭，无人照管和欣赏。③一任：完全听任。④零落成泥碾作尘：化用王安石《咏杏》“纵被春风吹作雪，绝胜南陌碾作尘”诗意。

【赏析】

这是一首咏梅的绝唱。它以清新的格调赞赏了梅花傲然不屈的品格，笔致细腻，神味隽永。词中的梅花，实际上是词人高洁品格的自我写照。上片写梅花处于荒僻冷清之地，自开自落，寂寞无比。继而写梅花的遭遇：黄昏独处本已凄凉，却还要遭受风雨的摧残和打击。联系陆游的生平不难理解，词中梅花的遭遇，正是词人横遭打击的体现。

下片写梅花的开放虽在春先，却无意与众芳争春。它既不炫耀自己美丽的神姿，也不肯屈尊俯就媚俗。对于群芳的妒忌，置若罔闻。即便是零落之后化为尘土，也要保持其特有的清香之气，其身处逆境而矢志不渝的品格跃然纸上。

纵观全词，托物言志，以物喻人，深得咏物词之精髓。

渔家傲（东望山阴何处是）

渔家傲
寄仲高①

陆游

东望山阴何处是。往来一万三千里。写得家书空满纸。流清泪。书回已是明年事。

寄语红桥②桥下水。扁舟何日寻兄弟。行遍天涯真老矣。愁无寐。鬓丝几缕茶烟里③。

【注释】

①仲高：指陆游堂兄陆升之，仲高是陆升之的字。②红桥：又名虹桥，在山阴近郊。③鬓丝几缕茶烟里：杜牧《醉后题僧院二首》（之二）：“今日鬓丝禅榻畔，茶烟轻扬落花风。”茶烟：煮茶时冒出的水汽。

【赏析】

这首词以委婉的笔调抒发了浓浓的乡愁以及遭受朝廷投降势力排挤打击的悲愤之情。上片写故乡山阴与自己所居之地相隔遥远。“一万三千里”，不是确数，意在极言两地相距之远。“写得”三句写思念家乡之切，“空满纸”意谓情难写尽，“流清泪”说明伤感之深。“书回已是明年事”感叹一封家信竟要等到来年，这种等待对于思乡之情极为迫切的词人来说，无异于炼狱一般的煎熬。

过片两句巧妙地借流水表达对兄弟的怀念之情。红桥是词人家乡的一座桥，词人欲乘扁舟沿流水到红桥不远万里寻兄弟，可见兄弟之间情深义厚。“何日”二字，说明词人只是设想而无定期。“行遍”一句横空出笔，道出了词人虽思乡迫切却难以回归的另一面。多年来，词人行遍天涯，经过了许多地方，猛然发现自己已老。“愁无寐”两句化用杜牧《题禅院》“今日鬓丝禅榻畔，茶烟轻扬落花风”诗意，写自己愁多难寐，两鬓已是白发间黑发，在茶烟缭绕中虚度光阴。语调凄婉感伤，令人不忍卒读。

此词寄语亲人表达思乡、思亲以及叙述自身他乡飘零的愁苦之情，深深体现了情思缠绵的特点。语言清丽，意境新颖。

定风波（敧帽垂鞭送客回）

定风波

进贤道上见梅赠王伯寿[①]

陆游

敧帽垂鞭送客回。小桥流水一枝梅。衰病逢春都不记。谁谓。幽香却解逐人来。

安得身闲频置酒。携手。与君看到十分开。少壮相从今雪鬓[②]。因甚。流年羁恨两相催。[③]

【注释】

①王伯寿：词人的友人，生平事迹不详。②雪鬓：指鬓发全白，洁白如雪。③流年：如水一般流逝的岁月。羁恨：羁旅途中的愁苦。

【赏析】

这首词写于词人在江西任官时期。描写词人送别友人回来，无意间瞥见桥边的一枝梅花，映照在缓缓流动的河水之中。这一幅清新雅致的美景，使词人惋惜不已：因为自己衰老多病，连春天的到来都没有感觉到，如果不是有一股幽香传来，酷爱梅花的他几乎完全忽略了梅花的存在。“幽香”一句，化用杜甫《诸将五首》“锦江春色逐人来，巫峡清秋万壑哀”诗意，赋予梅花以人的情感，进一步表达了词人对梅花的喜爱之情。

过片“安得”三句写词人盼望能够有时间频频置酒，与朋友一起开怀畅饮，把酒赏花，一直看到花朵盛开。这既体现了词人对花的赏爱，也体现了词人对友情的珍重。“少壮”三句抖笔一转，叙述自己与朋友少壮便开始相从，到如今都已是白发如霜。面对艳花，词人岁月流逝的感伤与羁旅他乡的愁恨，一起涌上心头。

这首词借写梅花，表达了与友人深厚的情谊。写景清新俊雅，抒情真挚感人。送客、赏花两个情节衔接自然，语言清雅脱俗，熔铸前人诗句入词，自然贴切。兼具婉约与豪放风格之长。

水龙吟（闹花深处层楼）

水龙吟

陈亮[①]

闹花深处层楼，画帘半卷东风软。春归翠陌，平莎茸嫩，垂杨金浅。迟日催花，淡云阁雨[②]，轻寒轻暖。恨芳菲[③]世界，游人未赏，都付与、莺和燕。

寂寞凭高念远。向南楼、一声归雁。金钗斗草[④]，青丝勒马，风流云散。罗绶[⑤]分香，翠绡封泪，几多幽怨。正销魂、又是疏烟淡月，子规声断。

【注释】

①陈亮（1143—1194）：字同甫，号龙川先生，永康（今属浙江）人。有《龙川词》传世。②阁雨：即“搁雨”，止雨之意。③芳菲：指花草。④金钗斗草：做斗草游戏时以金钗为赌注。⑤罗绶：罗带。

【赏析】

这首词借描写春景，表达了词人对时势的担忧与国家离乱的感伤之情。起首两句写层楼掩映在繁花深处，画帘半卷，和煦的东风吹进屋内。花“闹”风“软”，给人以赏心悦目、舒适惬意之感。“春归”六句写春天已经归来，道路两旁绿树滴翠，平旷的原野莎草柔嫩，挺拔的垂杨呈现出一片浅淡的金色。春日催开百花，淡云止住酥雨，微寒之中又有丝丝暖意。本来，这一切应该带给词人好的心情，可一个“恨”字，却使词人所要表达的情感发生了逆转。如此佳景，却是游人未赏，都付与了莺燕，这未免使人感到遗憾。

过片“寂寞”数句写抒情主人公因为寂寞而凭高临远，听到南楼那边传来归雁的悲鸣之声，不由得回想起当年拔下金钗作为斗草游戏的赌注，手挽青丝勒止住将要远行的马儿。这些昔年的赏心乐事，如今早已烟消云散。“罗绶”三句写抒情主人公想到分别之时，两个人互赠罗带为信物，分别之后，用翠绡裹着眼泪寄给对方，其中包含着多少离别的幽怨。结尾“正销魂”两句寄情于景，“又是”两字，说明抒情主人公看到这样的情景并非第一次。“疏烟淡月”与“子规声断”八字饱含了抒情主人公黯然销魂的浓愁，令人读之不由得为其欷歔长叹。

忆秦娥（楼阴缺）

忆秦娥[①]

范成大[②]

楼阴缺。阑干影卧东厢月。东厢月。一天风露，杏花如雪。

隔烟催漏金虬[③]咽。罗帏黯淡灯花结。灯花结。片时春梦，江南天阔。

【注释】

①忆秦娥：词牌名，相传唐代著名诗人李白创调，因词中有“秦娥梦断秦楼月”句而得名。双调四十六字，有仄韵、平韵两体。一般以仄韵格为定格。范成大此词即用仄韵体。②范成大（1126—1193）：字致能，号石湖居士，吴郡（今江苏苏州）人。今存《石湖词》一卷，《疆村丛书》有收。③金虬：铜龙，造型为龙的铜漏，古代滴水计时的一种器具。

【赏析】

这首词是范成大五首《秦楼月》组词中的第四首。它借描写春日的晚景，抒发了难以排遣的愁情。上片写楼阴缺处，皓月当空，栏杆的疏影静卧在东厢之下。寥寥数笔，勾勒出了一片清幽的景色。这里，“东厢月”三字重叠，既显示了顶针方法的应用技巧，也突出了月色的意境之美，为进一步展示新的气象埋下了伏笔。天清如水，风露生凉，在月光的照耀下，盛开的杏花如同雪一般洁白。皎洁的月光，雪白的杏花，共同营造了一个洁白无瑕的世界。

下片写少妇独卧于罗帏之中，隔着烟雾，听那催促时光的漏壶下，铜龙的滴水声像呜咽哭泣一般。滴漏之声与暗淡的灯光一起，构筑了一种幽怨的意境。特别是“灯花结”的重叠，更将人的愁苦渲染到极致。结尾“片时春梦”两句以梦境作结，空灵跌宕，摇曳生姿，给读者留下了丰富的想象空间。

这首词虽未直接言愁，而愁意自显。在表现情景的艺术技巧方面，颇值得称道。

眼儿媚（酣酣日脚紫烟浮）

眼儿媚[1]

范成大

萍乡[2]道中，乍晴。卧舆中，困甚，小憩[3]柳塘。

酣酣[4]日脚紫烟浮，妍暖[5]破轻裘。困人天色，醉人花气，午梦扶头[6]。

春慵恰似春塘水，一片縠纹愁。溶溶泄泄[7]，东风无力，欲皱还休。

【注释】

①眼儿媚：词牌名，双调四十八字，前片五句三平韵，后片五句两平韵。②萍乡：今江西萍乡。③小憩：短暂休息。④酣酣：旺盛、炽盛貌。⑤妍暖：晴朗暖和。⑥扶头：扶头酒的简称，指易醉之酒。这里指醉态。⑦溶溶泄泄：春水荡漾的样子。

【赏析】

这首词作于词人调知静江府、广西经略安抚使赴桂林上任的途中，主要记述了在萍乡道中休息时的情景。起首“酣酣”两句写初春乍晴，阳光透过云层直射到地面，云脚低垂，地气浮腾。气温回暖，词人敞开了身上的皮衣。“困人”三句写天气使人困倦，花香令人陶醉，于是便有了午梦“扶头”之感，从而为下片的柳塘小憩作了铺垫。

过片“春慵”两句以春塘之水拟春慵之状，以縠纹言心中之愁，从而使“慵”“愁”有了可观、可视之感。“溶溶”三句拟写春慵不可捉摸的状态，它像水一样缓缓流动，像东风一样娇软无力，那种“欲皱还休”的起起伏伏，把难以言状的困乏表现得具体而形象。

这首词写得生动、细腻、充盈，使人读之如身临其境，感受到了温暖的天气带给人的困倦感觉、温暖的花香以及柳塘小憩的温馨与甜美。

霜天晓角（晚晴风歇）

霜天晓角[1]

范成大

晚晴风歇。一夜春威[2]折。脉脉[3]花疏天淡，云来去，数枝雪。

胜绝。愁亦绝。此情谁共说。惟有两行低雁，知人倚、画楼月。

【注释】

①霜天晓角：词牌名，有定格、变格多体。双调43字，前后片各五句三仄韵。②春威：春寒料峭之威。③脉脉：形容梅花含情不语的神态。

【赏析】

这首词上片写景。起首两句写傍晚时分，天气转晴，风也渐渐停止了，料峭的春寒之威有所消减。一个“折”字，突显出天气的一反常态。接下来便是一幅春光融融的速写：脉脉含情的梅花，淡远的天空，几朵白云悠闲地飘来飘去。末句“数枝雪”形象地勾勒出了梅之疏态，由此可见词人描形绘物的功力。

过片以“胜绝”二字概括上片对景物的描写。美景之“绝”与愁之“绝”形成鲜明的对比。“此情”句言此愁无人可说，抒情主人公的孤独溢于言表。结尾“惟有”两句，进一步以雁的成双成对衬托人的孤独。同时，雁飞之低，隐含有雁将归巢之意，而主人公此时仍在他乡飘零，归之无期。可以说，这是主人公“愁绝”的原因所在。

此词含蓄委婉之中，使人感到其感情的炽热。这种以佳景写浓愁，以良夜衬孤独的方法，进一步增强了词的艺术表现力。

好事近（日日惜春残）

好事近

蔡幼学[①]

日日惜春残，春去更无明日。拟把醉同春住，又醒来沉寂。

明年不怕不逢春，娇春[②]怕无力。待向灯前休睡，与留连今夕。

【注释】

①蔡幼学（1154—1217）：字行之，瑞安（今属浙江）人，有《育德堂集》传世，存词1首。②娇春：美好、可爱的春光。

【赏析】

这是一首惜春词。开篇即点明题旨，说明天天都在对残春的怜惜中煎熬。正因为春色一天天减少，词人对春色老去、再无明日的担心就更加强烈。因而试图劝春与自己一同沉醉，以便停下匆匆的脚步。然而，每当酒醒之后，却又发现一切如故。一个“又”字，说明这种情况并非一次，“沉寂”二字，表明了邀春同醉的徒劳。

下片进一步把惜春的情怀引向更深一层，指出明年春天还会再来，这一点丝毫不用担心，担心的是人会逐渐老去，再没有心力与体力惜春。正是因为“年年岁岁花相似，岁岁年年人不同”，使人无法与春同在。“待向灯前休睡”句化用苏轼《海棠》“只恐夜深花睡去，故烧高烛照红妆”诗意，意谓举灯赏春。“与留连今夕”说明珍惜当下，进一步体现了及时行乐的思想。

这首词以通俗易懂的语言，揭示了深刻的哲理：世间万物，都有一个盛衰的过程。只有及时把握住当下，才不至于留下遗憾。

贺新郎（绿树听鹈鴂）

贺新郎

别茂嘉十二弟[①]

辛弃疾[②]

绿树听鹈鴂[③]。更那堪、鹧鸪声住，杜鹃声切。啼到春归无啼处，苦恨芳菲都歇。算未抵、人间离别。马上琵琶关塞黑，更长门、翠辇辞金阙。看燕燕、送归妾。

将军[④]百战身名裂。向河梁、回头万里，故人长绝。易水萧萧西风冷，满座衣冠似雪。正壮士、悲歌未彻。啼鸟还知如许恨，料不啼清泪长啼血。谁共我，醉明月。

【注释】

①茂嘉十二弟：辛弃疾的族弟，生平事迹未详。②辛弃疾（1140—1207）：字幼安，号稼轩，历城（今山东济南）人。豪放词派的奠基人之一，在词史上与苏轼并称“苏辛”，与李清照并称“济南二安”。有词集《稼轩长短句》传世，现存词600多首。③鹈鴂：鸟的一种，指伯劳。④将军：这里指汉将李陵。

【赏析】

这是一首送别抒怀之作。上片以“绿树”起兴，营造出暮春特有的悲凉气氛。“鹈鴂”“鹧鸪”“杜鹃”等鸟的啼鸣，汇成了“春归无啼处”的意境。鸟的悲凉之声，再衬以“芳菲都歇”的惨淡之景，不能不引起人的“苦恨”。然而，词人所言之苦，并不是这引人愁苦的景致，而是“人间离别”。“马上”数句分别运用王昭君出塞、汉武帝陈皇后幽闭长门宫、庄姜送归妾典故，表达了极其悲痛的离愁别恨。

过片“将军百战”三句用李陵送苏武事，“易水萧萧”三句用荆轲事表达了死生难再相见的诀别之情。“啼鸟”两句以鸟之“啼血”喻人之恨。结尾“谁共我”两句点明题旨，将所有的情感归结到送茂嘉十二弟之事。文章结构收纵有度，体现了词人娴熟的填词技巧。

这首词曾被陈廷焯《白雨斋词话》评为辛词“之冠”，可以说当之无愧。

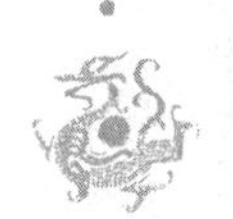

贺新郎（凤尾龙香拨）

贺新郎
赋琵琶

辛弃疾

凤尾龙香拨[①]。自开元、《霓裳曲》罢，几番风月。最苦浔阳江头客，画舸亭亭待发。记出塞、黄云堆雪。马上离愁三万里，望昭阳[②]、宫殿孤鸿没。弦解语，恨难说。

辽阳[③]驿使音尘绝。琐窗寒、轻拢慢捻，泪珠盈睫。推手含情还却手，一抹《梁州》哀彻。千古事、云飞烟灭。贺老[④]定场无消息，想沉香亭北繁华歇。弹到此，为呜咽。

【注释】

①凤尾龙香拨：形容琵琶的精致和名贵。②昭阳：汉未央宫中殿名，泛指后妃所住的宫殿。③辽阳：在今东北。这里指边塞的代称。④贺老：即贺怀智，唐玄宗时人，善弹琵琶。

【赏析】

这首词以弹琵琶为喻，表达了国家兴亡与个人失意的悲哀。起首“凤尾”三句，借用唐玄宗《霓裳曲》的典故，抒发了北宋沦亡之悲，讽刺了南宋小朝廷一味追求偏安的软弱。琵琶的名贵，《霓裳曲》的高雅，预示了国朝歌舞繁华的极盛时期。而曲罢的“几番风月”，则预示了国运的衰微与动乱的开始。“最苦”二句用白居易《琵琶行》与郑文宝《柳枝词》事，借他人酒杯，浇自己块垒，尽显天涯沦落之意。“记出塞”数句用“昭君出塞”与“望昭阳宫殿”进行对比，暗喻靖康之变二帝被掳、后妃沦落胡地的悲哀和去国怀乡之痛。

下片转从闺中女子的角度，写辽阳驿使自从远戍边疆一直没有消息，女主人公不顾琐窗深处的寒冷，借琵琶舒解内心的苦闷，却越弹越伤心，以至于泪水盈睫。“推手”三句化用欧阳修《明妃曲》“推手为琵却手琶”诗意，以《梁州》曲之哀状抒发主人公内心之哀。最后归结到“千古事、灰飞烟灭”，从而使个人遭际升华到关乎国家兴亡的“千古之事”。“贺老”两句是说唐代琵琶名家贺怀智再也没有消息，而沉香亭北的繁华也早已风光不再。说明物移景迁，世事难料。结尾“弹到”两句写抒情主人公悲伤难抑，琵琶发出呜咽的声音。

这首词首尾遥相呼应，再次强调盛景不再，其含蕴远远超出咏物词的范围，深深体现了以小见大、触类旁通的特点。

水龙吟（楚天千里清秋）

水龙吟
登建康[①]赏心亭

辛弃疾

楚天千里清秋，水随天去秋无际。遥岑远目，献愁供恨，玉簪螺髻[②]。落日楼头，断鸿声里，江南游子。把吴钩[③]看了，阑干拍遍，无人会、登临意。

休说鲈鱼堪脍。尽西风、季鹰[④]归未。求田问舍，怕应羞见，刘郎[⑤]才气。可惜流年，忧愁风雨，树犹如此。倩何人，唤取红襟翠袖，揾[⑥]英雄泪。

【注释】

①建康：今江苏南京。②玉簪螺髻：这里用来比喻山。③吴钩：古代吴地制造的一种宝刀。④季鹰：指西晋张翰，字季鹰。⑤刘郎：指三国蜀主刘备。⑥揾：擦拭。

【赏析】

这首词通过登临所见，抒发了英雄失意的孤独与悲哀。起首两句交待时间、地点，烘托出一幅辽阔的意境。“遥岑”三句写词人远眺，只见那隐隐约约的远山，很像美人头上的发髻和玉簪。“献愁供恨”四字，说明这些美景反而更引起词人的愁闷。“落日”数句直抒胸臆，写出了一个爱国将领报国无门、英雄无用武之地的悲愤。这里的“落日”象征着南宋朝廷日益衰微的国运，断鸿哀鸣比喻像词人这样有爱国之心的人的悲哀。而“吴钩”失去了应有的作用，只能作为人的把玩之物，借以说明英雄无用武之地。“阑干拍遍”意味着词人难以排遣的痛苦。“无人会”则显示了词人的孤独。词人借登临感叹自己空有恢复中原的远大抱负，而南宋统治集团中竟然没有一个人懂得他、理解他、支持他。

过片“休说”五句运用典故，说明词人既不想做因思故乡鲈鱼之美而归乡的张翰，也不想做求田问舍的许汜，而是希望做一个像刘备那样驰骋疆场，以光复祖国为志业的英雄。“可惜”三句逆笔一转，写词人感叹岁月流逝，国家处在风雨飘摇之中，北定中原的夙愿已经无望，而自己也已经老迈。“树犹如此”句借用典故，以树的变化说明人的变化。“倩何人”三句是词人自伤宏图难展，世无知己，

得不到同情和慰藉，深深表达了英雄失路的痛苦与悲哀。

这首词也和辛弃疾的其他豪放之作一样，倾吐了他的志向和心声。

摸鱼儿（更能消）

摸鱼儿

辛弃疾

淳熙己亥，自湖北漕移湖南，同官王正之①置酒小山亭，为赋。

更能消、几番风雨。匆匆春又归去。惜春长怕花开早，何况落红无数。春且住。见说道、天涯芳草迷归路。怨春不语。算只有殷勤，画檐蛛网，尽日惹飞絮。

长门事，准拟佳期又误，蛾眉曾有人妒。千金纵买相如赋。脉脉此情谁诉。君莫舞。君不见、玉环飞燕皆尘土。②闲愁最苦。休去倚危阑，斜阳正在，烟柳断肠处。

【注释】

①同官王正之：名正己，辛弃疾的旧交。淳熙年间，词人调离湖北转运副使后，由王正之接任，因而称为“同官”。②玉环：指唐玄宗宠幸的贵妃杨玉环。飞燕：指汉成帝的第二任皇后赵飞燕。

【赏析】

这是一首感时伤世之作。起首“更能消”两句写如今已是暮春，不知还能经得起几番风雨的侵袭？词人明写暮春，实际上别有所指，并不仅仅是岁月流逝的问题。“惜春”二句进一步揭示词人珍惜春天，害怕春花开得早也谢得早。“何况落红无数”借对落花命运的担心，表明对国家命运衰败的担心。“春且住”两句写词人呼唤春天停下匆匆而去的脚步，并且直接与春对话：“听说芳草已经弥漫到天涯海角，遮断了你的归路。”“怨春不语”数句进一步写词人无法留住春天，倒是那画檐之下的蜘蛛，殷勤地结网，粘住那象征残春剩景的飞絮，从而留下了一丝残春的痕迹。

过片“长门事”五句借陈皇后失宠居于长门宫是由于“蛾眉”的妒忌，说自己遭朝中的佞臣谗毁而报国无门，得不到朝廷重用。“君莫舞”两句是对那些得志的小人做出的警告，意思是说你们不要高兴得太早，你们没见那得宠一时的杨玉环和赵飞燕最后都归于尘土的下场吗？结句“闲愁”四句以景结情，提醒人们不要凭高临远，因为那即将落山的斜阳，正照着令人断肠的烟柳，如此之景，让人更加伤情。

这首词和那些慷慨激昂的豪放词不同，体现了辛词含蓄婉约的一面。然而，在婉约含蓄的词句中，却始终跳动着一颗火热的耿耿忠心。梁启超《艺蘅馆词选》评价此词："回肠荡气，至于此极，前无古人，后无来者。"

永遇乐（千古江山）

永遇乐
京口北固亭怀古[①]

辛弃疾

千古江山，英雄无觅、孙仲谋[②]处。舞榭歌台，风流总被，雨打风吹去。斜阳草树，寻常巷陌，人道寄奴[③]曾住。想当年，金戈铁马，气吞万里如虎。

元嘉[④]草草，封狼居胥[⑤]，赢得仓皇北顾。四十三年，望中犹记，烽火扬州路。可堪回首，佛狸祠[⑥]下，一片神鸦社鼓。凭谁问，廉颇[⑦]老矣，尚能饭否。

【注释】

①京口：古城名，即今江苏镇江。因临京岘山、长江口而得名。②孙仲谋：指三国时期的吴主孙权，字仲谋，曾建都京口。③寄奴：南朝宋武帝刘裕的小名。④元嘉：南朝宋文帝刘义隆年号。⑤狼居胥：山名，在内蒙古自治区西北部。⑥佛狸祠：指北魏太武帝拓跋焘在长江北岸瓜布山建造的行宫，因拓跋焘小名叫佛狸，故后人称其所建的行宫为佛狸祠。⑦廉颇：战国时期赵国的名将。

【赏析】

这是一首怀古吊远之作。起首"千古"五句赞扬建立霸业的孙权，发思古之幽情。慨叹当年的舞台歌榭依然存在，而英雄却在岁月的流逝中无处寻觅。"斜阳"六句赞扬英雄人物刘裕，斜阳照耀下长满草树的小巷，听说那就是刘裕曾经住过的地方。回想当年，他率军北伐，收复失地，是何等的威猛！而如今他的历史遗迹也同样找不到了。

过片"元嘉"三句，写南朝宋文帝刘义隆仓促北伐，反而让北魏太武帝拓跋焘乘机挥师南下，刘义隆的军队受到重创。"元嘉"，宋文帝刘义隆年号。"四十三年"三句，回忆四十三年前，词人率义军南归，凝望中仍记得扬州路上烽火连天的情景。"可堪"三句，由回忆转写如今的佛狸祠下，却是一片神鸦社鼓。这与

"烽火扬州路"形成鲜明的对比。结尾"凭谁问"三句，词人以廉颇自比，表明自己勇武不减当年，对朝廷忠心耿耿，只要起用，就立刻奔赴疆场，为国杀敌。

这首词多处用典，却显得娴熟自然，深深体现了辛词的特色。

木兰花慢（老来情味减）

木兰花慢
滁州送范倅①

辛弃疾

老来情味减，对别酒、怯流年。况屈指中秋，十分好月，不照人圆。无情水、都不管，共西风、只管送归船。秋晚莼鲈②江上，夜深儿女灯前。

征衫。便好去朝天。玉殿正思贤。想夜半承明，留教视草③，却遣筹边。长安故人问我，道愁肠、泥酒只依然。目断秋霄落雁，醉来时响空弦。

【注释】

①范倅：即范昂，滁州通判。倅：副职。②莼鲈：指莼菜和鲈鱼。多用来代指思乡。③视草：为皇帝起草制诏的草稿。

【赏析】

此词是词人于滁州在任时送其同事范昂赴临安而作。起首"老来"两句写词人已经感到了人生的衰老，早年的情怀、趣味顿减，面对送别的酒宴，怯惧岁月的流逝。"况屈指"三句照应主题，突出离别之情。明月虽好不照人团圆，却专照人的离别。"无情水"两句，写流水无情，根本不管人们怎样不忍分离，与西风一起推波助澜，只管送归船远去。"只管"二字，道出了流水与西风的无情。歇拍"秋晚"两句，前者用张翰的典故，后者化用黄庭坚诗意，祝愿范倅在这秋江之上，能够品尝到莼菜羹和鲈鱼脍的美味，回家与儿女深夜团聚在灯前。

过片"征衫"六句，与上片歇拍的"归欤"之叹截然不同，格调转为高亢。词人有意用积极进取的精神和高昂的语调，劝朋友趁着身上的征衫还没有换下，正好去朝见天子，而今朝廷正思贤若渴，料想在深夜的承明殿，友人会被留下来为朝廷起草诏书文件，还有可能被派去筹划边防军务。这几句寄寓了词人光复中原、效忠贞之节的理想，显示了"但用东山谢安石，为君谈笑静胡沙"的英雄气概。"长安"两句嘱咐朋友倘若去京城，有老朋友问自己的情况，就告诉他们，如今仍然是借酒消愁，为酒所困。结尾"目断"两句化用《战国策》"虚弓落病雁"

的典故，写词人醉中张弓，空弦虚射，却惊落了秋雁。一个身怀绝技，却又无用武之地的英雄形象跃然纸上。

此词运用丰富的联想和跌宕起伏的笔法，将跳跃性的结构串联成一个整体，感情大起大落，体现了辛词沉郁雄放的风格。

祝英台近（宝钗分）

祝英台近[①]

辛弃疾

宝钗分，桃叶渡。烟柳暗南浦。怕上层楼，十日九风雨。断肠片片飞红，都无人管，倩谁唤、流莺声住。

鬓边觑[②]。试把花卜归期，才簪又重数。罗帐灯昏，呜咽梦中语。是他春带愁来，春归何处。却不解、带将愁去。

【注释】

①祝英台近：词牌名，始见《东坡乐府》。双调77字，前片三仄韵，后片四仄韵，忌用入声韵。②觑：偷看，窥视。

【赏析】

这是一首抒写别情的闺怨词。起首三句以凄迷的“烟柳”点明暮春和情人的分别。“怕上”两句紧承“烟柳”，点明抒情主人公的心情和多变的天气。一个“怕”字揭示出伤春与伤别的情绪。“断肠”三句，写片片飞红更使人肝肠寸断，以至于那清脆悦耳的流莺之声都让人感到厌烦。“无人管”三字，显示出对落花漫天飞舞的无奈。“倩谁唤”三字与“无人管”相应对，反衬抒情主人公的孤独。

过片“鬓边觑”三句写其偷偷地把插在鬓边的花摘下来，用以占卜心上之人的归期。“鬓边觑”三字，细致地刻画出少妇特有的娇羞心理和情态。“罗帐”数句借梦中呓语道出难以排解的愁绪，在梦中，女主人公犹自埋怨，春带着愁来，却不懂得把愁带走。这里，明写怨春，字里行间蕴含着女主人公对心上人的痴情之苦无处可诉的惆怅。

此词上下片分别以“怕”和“愁”字为诗眼，将抒情女主人公江山风雨怯于登览，知音不至、难以诉愁的心境展现无遗。表情含蓄委婉，深深地体现了“景中带情，而有骚雅”的特点。

青玉案（东风夜放花千树）

青玉案

元夕

辛弃疾

东风夜放花千树。更吹落、星如雨[1]。宝马雕车香满路。凤箫[2]声动，玉壶[3]光转，一夜鱼龙[4]舞。

蛾儿雪柳黄金缕[5]。笑语盈盈暗香去。众里寻他千百度。蓦然[6]回首，那人却在，灯火阑珊处。[7]

【注释】

①星如雨：指焰火纷呈，乱落如雨。②凤箫：箫的美称。③玉壶：这里比喻明月。④鱼龙：这里指鱼灯和龙灯。⑤蛾儿雪柳黄金缕：这里的蛾儿、雪柳、黄金缕都是妇女头上所戴之物。⑥蓦然：突然，猛然。⑦阑珊：零落稀疏貌。

【赏析】

这首词是辛词的代表作品之一。起首“东风”三句，以东风吹开万千花树的绮丽之景，比喻元宵节火树银花的光华灿烂。这既是比拟，又是实写。言东风吹开春花是虚，而吹开了元宵节的火树银花却是实。同时，东风还吹落了那如同急雨一般的彩星。这里写星雨，实际是写流动的焰火。静态的花树与动态的焰火，交相辉映，将元宵节的气氛渲染到极致。“宝马”四句写街上的车马、鼓乐、月光，以及那舞动的鱼龙。在这几句描写中，语词艳丽，如宝马、雕车、凤箫、玉壶、鱼龙等，构成了此词特有的风格。同时，又运用满、动、转、舞等修饰性的字眼，绘形绘色地将元宵节的气氛进一步着意点染。

过片“蛾儿”两句描绘出一群游女的形象，她们蛾儿、雪柳插戴满头，穿着节日的盛装，笑语盈盈，在她们走过之处，从她们身上散发出来的衣香暗暗在空中飘荡。“众里”数句写抒情主人公在茫茫人海之中一遍遍追寻，猛然回首，却发现自己所要寻找的人，正在那灯火阑珊的地方。这几句所表达的意蕴，与夏云鼎《绝句》“踏破铁鞋无觅处，得来全不费工夫”的诗意是一样的。说明苦苦追寻未必会有好结果，而真正的发现往往在不经意之间。

鹧鸪天（枕簟溪堂冷欲秋）

鹧鸪天

鹅湖[1]归病起作

辛弃疾

枕簟溪堂[2]冷欲秋。断云依水晚来收。红莲相倚浑如醉，白鸟无言定自愁。

书咄咄，且休休[3]。一丘一壑[4]也风流。不知筋力衰多少，但觉新来懒上楼。

【注释】

①鹅湖：在江西铅山，辛弃疾曾经谪居并卒于此地。②溪堂：临溪的堂舍。③书咄咄，且休休：表示失意不平的感叹。④一丘一壑：指寄情山水。

【赏析】

此词是词人罢官闲居在上饶期间所作。开头“枕簟”句写气候的变化，“冷欲秋”说明季节虽未到秋天，天气已开始转凉。这既是季节的变化所致，也是词人大病初愈，身体抵抗力弱的缘故。“断云”句写江上的景色，断云依水，落日余辉，一个“收”字带出烟云消散的澄静之美。“红莲”两句转写眼前的景物，红莲互相依傍，如同醉酒的美人。一个“醉”字描画出了红莲在风中起舞的动态。白鸟无言静立，好像是独自在那里发愁。这里，红莲、白鸟两个意象形成鲜明的对比，从而奠定了此词醉愁的基调。

过片“书咄咄”三句连用殷浩、司空图、班嗣三个典故，表达了词人在忧世伤时之余，寄情于山水的无奈之情。其实，这并不是真正的寄情山水，风流快活，而是对社会现实感到无望之后的一种情感的宣泄。结尾“不知”两句语意双关，它既是指词人病体尚未恢复，同时也是词人因功业难成而产生的深深忧虑。所以，“懒上楼”不只是身体慵懒，更重要的是怕登楼远望引起心底那无可排遣的浓愁。刘辰翁《辛稼轩词序》指出：“英雄感怆，有在常情之外。”词人一生志在恢复中原，虽屡遭谗毁而不变初衷。其情感早已超越了一般的世态人情，与国家的命运密切地结合在一起。正所谓“此中有真意，欲辩已忘言”，给后人留下了回味的余地。

菩萨蛮（郁孤台下清江水）

菩萨蛮

书江西造口壁[①]

辛弃疾

郁孤台[②]下清江水。中间多少行人泪。西北望长安。可怜无数山。

青山遮不住。毕竟东流去。江晚正愁予。山深闻鹧鸪。

【注释】

①造口：一名皂口，在江西万安县南。②郁孤台：又称望阙台。地址在今江西省赣州市西北部。

【赏析】

这首词是词人任江西提点刑狱驻节赣州途经造口时所作。开头“郁孤台”两句将郁孤台与江水以及行人的眼泪相联系，营造出一片愁惨的气氛。同时由郁孤台一名的字义生发，联想到它的孤独与忧郁，指出它是人们登高望远、洒泪分别的所在，从而赋予其特有的忧愁含义。“西北”两句写词人站在高台之上，远望长安，却被无数的高山阻挡了视线。这里的长安，并非历史上的长安城，而是北宋的都城汴京。词人的远望，包含了深沉的故国之思和爱国热情。

过片写青山虽然能够遮挡住词人“望长安”的视线，却遮不住江水的滚滚东流。这里，词人借水怨山，含不尽之意在其中。“江晚”两句写江天渐晚，词人愁绪满怀，只听到深山之中传来了鹧鸪的叫声。寥寥数语，既有景，又有情，情景结合得天衣无缝，深深体现了词人驾驭语言文字的功力。

点绛唇（燕雁无心）

点绛唇[①]

丁未冬，过吴松作

姜夔[②]

燕雁无心，太湖西畔随云去。数峰清苦。商略黄昏雨。

第四桥[③]边，拟共天随[④]住。今何许。凭阑怀古。残柳参差舞。

【注释】

①点绛唇：词牌名，因江淹《咏美人春游》诗中有“白雪凝琼貌，明珠点绛唇”句而得名。双调41字，上片四句三仄韵，下片五句四仄韵。②姜夔（1154—1221）：字尧章，号白石道人，饶州鄱阳（今江西鄱阳）人。南宋著名的文学家、音乐家。有《白石道人歌曲》传世。③第四桥：即甘泉桥。④天随：指唐代的陆龟蒙，号天随子。

【赏析】

这首小令是姜夔的词作名篇之一。整首词通篇写景，意境清远。上片起首两句以“燕雁”起兴，以其无心远飞，暗喻词人的江湖漂泊。“数峰”二句以景结情，道出词人的清苦之状与千丝万缕的忧愁。

过片“第四桥边”三句写第四桥的旁边乃是晚唐隐逸诗人陆龟蒙隐居的地方，“拟共”二字，表达了词人与陆龟蒙之间深深的共鸣。“今何许”三字，蕴含丰富，令人产生无限遐思。“凭阑”两句人景结合，将词人的无限感慨和思古之幽情都落在残柳参差不齐的飘舞上。“残柳”意象，隐含了整个南宋的国运。

整首词无限感慨，尽在虚处，从而构成“清空”之妙境。“燕雁”“黄昏”“参差”等双声叠韵的使用，增强了语言的音乐感与节奏感。同时，云、峰、雨、桥、柳等意象，将自然、人生、历史、时代和谐地融为一体，在尺幅之间尽情地展现了山川古今、历史兴亡的风貌。

鹧鸪天（肥水东流无尽期）

鹧鸪天
元夕有所梦

姜夔

肥水[1]东流无尽期。当初不合种相思。梦中未比丹青见，暗里忽惊山鸟啼。

春未绿，鬓先丝。人间别久不成悲。谁教岁岁红莲夜[2]，两处沉吟各自知。

【注释】

①肥水：即淝水。源出于安徽合肥紫蓬山，东南流经将军岭，至施口入巢湖。②红莲夜：指元宵节之夜。红莲，红色的莲花形的灯。

【赏析】

这是一首描写恋情的词作。上片“肥水”两句以想象中的肥水起兴，以肥水东流的无尽比喻相思的无尽，深深揭示了这种相思之情给抒情主人公带来的痛苦。“梦中”两句点明题旨，分别写梦中和梦醒时的情景。写梦中所见的心上人身影模糊，感觉不如画上看到的真切。然而，即便是这样的梦，也不能持久，梦境迷蒙中，忽然听到山鸟的啼鸣之声，便被惊醒。梦中的遗憾与梦醒之后的惆怅相互交织，再度印证了“不合种相思”。

过片“春未绿”两句针对元夕开春换岁之际的气候特征，写此时春色尚未转绿，而自己由于辗转江湖，头发已经变白。这两句语对工整，造意奇绝，产生了强烈的对比效果。“人间”一句是全词的点睛之笔，饱含了词人深刻的人生体验和深沉的悲慨。结尾“谁叫”两句意谓在这岁岁团圆、张灯结彩的元宵节之夜，这种刻骨相思之情，只有两人心中明白。“岁岁”二字，突出了两人相爱之深、相思之切。

这首词以清健之笔写刻骨铭心的柔情，显示出一种峭拔隽永的情韵。

踏莎行（燕燕轻盈）

踏莎行

姜夔

自沔东[1]来。丁未元日，至金陵江上，感梦而作。

燕燕轻盈，莺莺娇软。分明又向华胥[2]见。夜长争得薄情知，春初早被相思染。

别后书辞，别时针线。离魂暗逐郎行远。淮南皓月冷千山，冥冥归去无人管。

【注释】

①沔东：指汉阳。②华胥：指梦中。

【赏析】

这是一首记梦词。起首“燕燕”三句写意中人的体态像燕一般轻盈，声音像黄莺一般娇软，分明在梦中又见到了她。“分明”一句，运用黄帝梦游华胥国的典故来写梦境。“夜长”两句是梦中情人的嗔怪之语：在这漫长的春夜之中，薄情的你怎知道我相思的苦情呢？言下之意，我比你相思更苦。这里的“薄情”，并非指无情无义，而是情人之间的昵称。它更多地体现了将心比心之意。

过片“别后”两句写分别后那一封封书信，分别时那缝制衣服的密针细线，都显示着心上人的款款深情。“离魂”一句承上片所梦，写心上人的灵魂脱离躯壳暗随着词人，来到他所在的地方。“淮南”两句以景结情，写淮南皎洁的月光照耀着千山，显得那样冷清，而她的魂魄就这样孤零零地回去了，无人照管，怜香惜玉之情跃然纸上。

这首词以梦见心上人开端，又以其梦魂归去收笔，意境空灵，格调淡雅，堪称一篇描写情词的佳作。

庆宫春（双桨莼波）

庆宫春[1]

姜夔

绍熙辛亥除夕，余别石湖[2]归吴兴，雪后夜过垂虹[3]，尝赋诗云："笠泽[4]茫茫雁影微，玉峰[5]重叠护云衣。长桥寂寞春寒夜，只有诗人一舸归。"后五年冬，复与俞商卿、张平甫、铦朴翁自封禺同载，诣梁溪[6]。道经吴松，山寒天迥，云浪四合，中夕相呼步垂虹，星斗下垂，错杂渔火，朔吹凛凛，卮酒不能支。朴翁以衾自缠，犹相与行吟，因赋此阙，盖过旬，涂稿乃定。朴翁咎余无益，然意所耽，不能自已也。平甫、商卿、朴翁皆工于诗，所出奇诡。余亦强追逐之，此行既归，各得五十余解。

双桨莼波，一蓑松雨，暮愁渐满空阔。呼我盟鸥，翩翩欲下，背人还过木末。那回归去，荡云雪、孤舟夜发。伤心重见，依约眉山，黛痕低压。

采香径里春寒，老子婆娑，自歌谁答。垂虹西望，飘然引去，此兴平生难遏。酒醒波远，正凝想、明珰[7]素袜。如今安在，惟有阑干，伴人一霎。

【注释】

①庆宫春：词牌名。双调102字，有平韵、仄韵两体。平韵体始自北宋，有周邦彦诸词；仄韵体始自南宋，有王沂孙诸词。姜夔此词即仄韵体。②石湖：这里指范成大，号石湖居士。吴兴：今浙江湖州。③垂虹：即吴江城利往桥，因桥上建亭名垂虹，故称垂虹桥。④笠泽：指太湖。⑤玉峰：指太湖中白雪覆盖的西洞庭山缥缈峰和东洞庭山百里峰。⑥梁溪：今江苏无锡。⑦明珰：泛指珠玉。

【赏析】

这是一首记游怀人之作。小序交代了词的写作背景、时间、地点以及写作缘由。起首三句写双桨划动在漂浮着莼菜的水面之上，松风吹雨，落在蓑衣之上。暮霭生愁，渐渐充满了广阔的天地。"空阔"二字，奠定了全词清旷高远的基调。"呼我"三句写画面之上沙鸥盘旋飞翔，似乎想要落下，但最终还是背着人掠过树梢远远飞去。"那回"两句转写五年前回归吴兴的情景，荡开云雾寒雪，乘着一叶孤舟连夜起程。"伤心"三句是说伤心的往事如今又重现，隐隐约约出现在眼前的远山，如同女子的秀眉。

过片“采香径”三句缅怀历史古迹，发思古之幽情，兼怀故人。“自歌谁答”四字，既是词人自叹当前的孤独之状，也是对以前“自作新词韵最娇，小红低唱我吹箫”生活的怀念。“垂虹”三句是说，向西望去，便是垂虹桥，词人乘着一叶小舟飘然离去，这真是平生难以遏制的豪兴逸致。“酒醒”数句写词人酒醒之后，发现舟行已远。词人所思之人，如今已经不知去向，只有曾经倚过的栏杆，能陪伴人片刻。

这首词意境空阔，情感跌宕，格调清远。融写景、抒情、记游、怀古、怀人于一体，将无限感慨蕴储于写景之中，悲今思昔，感慨万千。在结构的安排上，纵横开阖，收束有力。词采精工秀逸，景中见情，读之令人意驰神摇。

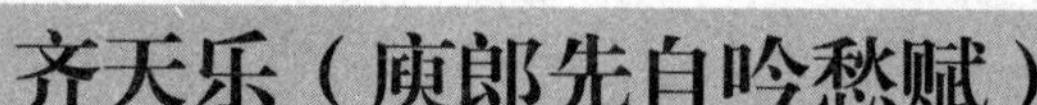

齐天乐（庾郎先自吟愁赋）

齐天乐①

姜夔

丙辰岁与张功甫会饮张达可之堂，闻屋壁间蟋蟀有声，功甫约余同赋，以授歌者。功甫先成，词甚美。余徘徊茉莉花间，仰见秋月，顿起幽思，寻亦得此。蟋蟀，中都②呼为促织，善斗，好事者或以三二十万钱致一枚，镂象齿为楼观以伫之。

庾郎先自吟愁赋。凄凄更闻私语。露湿铜铺③，苔侵石井，都是曾听伊处。哀音似诉。正思妇无眠，起寻机杼。曲曲屏山④，夜凉独自甚情绪。

西窗又吹暗雨。为谁频断续。相和砧杵⑤。候馆迎秋，离宫⑥吊月，别有伤心无数。《豳》诗⑦漫与。笑篱落呼灯，世间儿女。写入琴丝，一声声更苦。

【注释】

①齐天乐：词牌名。双调102字，前片十句六仄韵，后片十一句六仄韵。②中都：指南宋都城临安。③铜铺：铜制的铺首，多制成虎、螭等头形，装在门上用来衔门环。④屏山：指屏风上画的远山。⑤砧杵：捣衣石和捣衣棒。⑥离宫：皇帝出巡在外居住的行宫。⑦《豳》诗：《诗经》十五国风之一，这里用来指《豳风·七月》，诗中有“十月蟋蟀，入我床下”诗句。

【赏析】

这是一首咏物词，借描写蟋蟀的悲鸣之声，抒发了人间的幽恨。词的开篇运用典故，以庾信来指代听蟋蟀鸣叫之人。指出本来心情已经愁苦不堪，又听到蟋蟀的“私语”之声，心情更加愁烦。“露湿”三句描写露珠浸湿的门上铜环，青苔侵蚀的井边石板，这都是蟋蟀发出叫声的地方。“哀音”三句是说这如泣如诉的哀鸣之声，使本来就辗转难眠的思妇更加难以入梦，只好起来以织布来排遣心中的愁绪。蟋蟀俗名“促织”，而其鸣叫之声又与机杼之声相类，于是很自然地引出织妇之思。“曲曲”两句写思妇面对屏风上的远山，心中涌起对远方之人的深切思念。“甚情绪”三字将思妇复杂的感情渲染到极致。

过片“西窗”三句写深沉的暗夜风雨敲窗，蟋蟀声断断续续，与思妇捣衣的砧杵之声此起彼伏。“为谁”二字将无情的蟋蟀之声化为有情，从而使词的境界显得空灵深远。“候馆”三句写蟋蟀鸣叫之声的转移，将空间和视角转向游子所在的客馆与那些不幸的帝王后妃以及宫女所在的离宫，里面的人都会因听到蟋蟀的叫声而伤心。“《豳》诗”三句是说诗人受到蟋蟀叫声的感染，激起作诗的兴致，却被儿女们呼灯在篱落间捉蟋蟀的声音打乱。结尾“写入”两句是指词人将这种天真烂漫的小儿女特有的乐趣谱入乐章，反而更增添了琴曲的哀音。以乐景衬愁情，反而使愁味更浓。

这首词借咏物抒情，通过听蟋蟀的鸣叫之声，寄托家国之恨。它通过空间的转换和人事的融合，营造了一种凄迷深远的艺术佳境，给人留下丰富的想象空间。

琵琶仙（双桨来时）

琵琶仙[①]

姜夔

《吴都赋》云：“户藏烟浦，家具画船。”惟吴兴为然。春游之盛，西湖未能过也。己酉岁，余与萧时父[②]载酒南郭，感遇成歌。

双桨来时，有人似、旧曲[③]桃根桃叶。歌扇轻约飞花，蛾眉正奇绝。春渐远，汀洲自绿，更添了几声啼鴂。十里扬州，三生杜牧，前事休说。

又还是、宫烛分烟，奈愁里、匆匆换时节。都把一襟芳思，与空阶榆荚。千万缕、藏鸦细柳，为玉尊、起舞回雪。想见西出阳关，故人初别。

【注释】

①琵琶仙：词牌名，姜夔自度曲。双调一百字，上片十一句四仄韵，下片八句四仄韵。②萧时父：萧德藻之侄，姜夔的内弟。③旧曲：旧日坊曲。桃根桃叶：桃叶，指晋代王献之爱妾，桃根为桃叶之妹。这里用来指歌女。

【赏析】

这是一首春游感怀之作，描写词人在春游中偶遇一位与旧日情人相似的女子，从而勾起对往日的美好回忆。上片开门见山，指出荡着双桨迎面而来的女子很像自己昔日的恋人。“旧曲桃根桃叶”，点明恋人的歌女身份。“歌扇”二句转入回忆，写恋人手持团扇，轻轻迎接那些自在飞舞的杨花，她的容貌是那样美。“春渐远”三句转写美好往事渐渐离自己遥远，汀州已是芳草碧绿。这幽静的画面，又添了几声鹈鴂的鸣叫声，迟暮之感跃然纸上。“十里”三句化用杜牧“春风十里扬州路，卷上珠帘总不如”黄庭坚“春风十里珠帘卷，仿佛三生杜牧之”诗意，喻指美好的往事恍如隔世，空留下伤情无限。

过片“又还是”两句感叹如今又是清明时节，风景依然，年华却已暗换。“匆匆换时节”一句，写出了词人对春之将暮、今昔变迁的无限伤怀之情。“都把一襟芳思”以榆荚喻杨柳，从而引出下文的“起舞回雪”。“千万缕”四句写柳牵情思，为客人飞舞盘旋，词人再度回忆当初与故人分别的情景。这几句是词情的高潮，词人写到此戛然而止，余音袅袅，不绝如缕。

念奴娇（闹红一舸）

念奴娇

姜夔

余客武陵[①]，湖北宪治在焉。古城野水，乔木参天。余与二三友，日荡舟其间，薄[②]荷花而饮，意象幽闲，不类人境。秋水且涸，荷叶出地寻丈，因列坐其下，上不见日，清风徐来，绿云[③]自动。间于疏处，窥见游人画船，亦一乐也。朅来[④]吴兴。数得相羊[⑤]荷花中，又夜泛西湖，光景奇绝，故以此句写之。

闹红一舸，记来时，尝与鸳鸯为侣。三十六陂[⑥]人未到，水佩风裳[⑦]无数。翠叶吹凉，玉容销酒，更洒菰蒲[⑧]雨。嫣然摇动，冷香飞上诗句。

日暮。青盖[⑨]亭亭，情人不见，争忍凌波去。只恐舞衣寒易落，愁入西风南浦。高柳垂阴，老鱼吹浪，留我花间住。田田多少，几回沙际归路。

【注释】

①武陵：今湖南常德。②薄：临近。③绿云：这里指荷叶。④朅来：来到。⑤相羊：亦作“相徉”，徜徉、徘徊。⑥三十六陂：地名，在今江苏扬州。诗文中常用来借指湖泊多。⑦水佩风裳：以水为佩饰，以风为衣裳。⑧菰蒲：水草。⑨青盖：这里指荷叶。

【赏析】

这是一首咏荷词，借荷花寄托了词人的身世之感。起首“闹红”三句写荷花丛中荡舟，一路之上，一对对鸳鸯伴着船儿嬉戏。“三十六陂”两句写三十六陂人迹罕至，那一眼望不到边的荷塘，碧波荡漾，荷叶亭亭玉立，呈现出一片超凡脱俗、清新雅丽的意境。“翠叶”数句进一步写荷之美，碧绿的荷叶间，吹来阵阵凉风；鲜艳的荷花，如同美人的玉容带着残酒退去的微红。而此时，菰蒲丛中密雨飘洒，荷花在风雨中嫣然摇动身姿，散发出幽幽的清香，惹得诗人诗兴大发。

下片转写暮色降临时的情景，那车盖一般的绿荷，亭亭玉立，好像是等待情人的凌波仙子，情人未见，不忍凌波而去。“只恐”两句是说只怕西风骤至，舞衣般的荷叶不耐秋寒而容易凋落，更为那无情的秋风将南浦变得一片萧条而担忧。“高柳”三句运用拟人化的手法，说那高高的柳树垂荫，肥大的老鱼吹波吐浪，似乎都在挽留词人住在荷花之间。结尾“田田”两句是写田田的荷叶到底有多少难以计算，而自己到底在沙地旁边的归路上多少次徘徊也不清楚。结尾连用两个问句，表达了对荷花深深的依恋之情。

姜夔这首词，写出了赏爱荷花的心灵感受，体现了他所追求的一种理想的人生境界。他运用空际传神的词笔，寄托了深微而又美好的情愫。

扬州慢（淮左名都）

扬州慢[①]

姜夔

淳熙丙申至日，余过维扬[②]。夜雪初霁，荠麦弥望[③]。入其城则四顾萧条，寒水自碧，暮色渐起，戍角[④]悲吟；余怀怆然，感慨今昔，因自度此曲。千岩老人[⑤]以为有“黍离”之悲也。

淮左名都，竹西佳处，解鞍少驻初程。过春风十里，尽荠麦青青。自胡马窥江去后，废池乔木，犹厌言兵。渐黄昏、清角吹寒，都在空城。

杜郎[⑥]俊赏，算而今、重到须惊。纵豆蔻词工[⑦]，青楼梦好，难赋深情。二十四桥[⑧]仍在，波心荡、冷月无声。念桥边红药，年年知为谁生。

【注释】

①扬州慢：词牌名，姜夔自度曲。双调98字，上片十句四平韵，下片九句四平韵。②维扬：指扬州。③荠麦弥望：满眼都是荠菜和野麦。④戍角：军营

中发出的号角声。⑤千岩老人：指南宋诗人萧德藻，自号千岩老人。姜夔曾跟他学诗，也是他的侄女婿。⑥杜郎：指唐代著名诗人杜牧。⑦豆蔻词工：杜牧《赠别》诗中有“娉娉袅袅十三余，豆蔻梢头二月初”之句。⑧二十四桥：扬州城内的古桥，即吴家砖桥，又名红药桥。

【赏析】

这首词起首“淮左”数句写扬州城昔日的繁华景象，“自胡马”数句写令人心痛不已的凋残与破败状况。同是扬州城，今与昔强烈的对比，突出了盛衰之感和国事的变换。“胡马窥江”指金兵入侵，北宋灭亡，南宋偏安于江南的历史事实。“废池乔木，犹厌言兵”，指人们对战争心有余悸。“渐黄昏”两句写日落黄昏，凄厉的号角之声吹来了阵阵寒意，回荡在空寂的扬州城。一个“空”字，透露出了今日扬州的破败与荒凉，也揭示出了词人惨淡的心灵空间。

下片进一步深化“黍离之悲”的主题。“杜郎”五句借用晚唐著名诗人杜牧典故，设想假如这位多情的才子如今再到扬州，一定会感到吃惊。纵然他有写“豆蔻”词的天才，面对这样的破败之景，恐怕也难以写出昔日的款款深情。“二十四桥”四句写作为扬州名胜之一的二十四桥虽然仍然存在，但在水波荡漾、清冷的月光下，四周的静寂令人心寒。尽管桥边的红芍药花年年如期开放，却很难再有人去欣赏它们的鲜艳美丽与婀娜多姿。

纵观全词，格调苍凉悲壮，移情入景。通过今昔对比，以昔日之乐衬今日之哀。善于化用前人的诗句入词，用虚拟的手法营造清雅空灵的意境，使“黍离”之悲意蕴深藏，不着痕迹。

长亭怨慢（渐吹尽）

长亭怨慢[①]

姜夔

余颇喜自制曲。初率意为长短句，然后协以律，故前后阕多不同。桓大司马[②]云：“昔年种柳，依依汉南。今看摇落，凄怆江潭。树犹如此，人何以堪。”此语余深爱之。

渐吹尽，枝头香絮，是处人家，绿深门户。远浦萦回，暮帆零乱，向何许。阅人多矣，谁得似、长亭树。树若有情时，不会得、青青如此。

日暮。望高城不见，只见乱山无数。韦郎[③]去也，怎忘得、玉环分付。第一是、早早归来，怕红萼[4]无人为主。算空有并刀，难剪离愁千缕。

【注释】

①长亭怨慢：词牌名，姜夔自度曲。双调97字，前后片各九句五仄韵。②桓大司马：指桓温，东晋明帝之婿，初为荆州刺史，定蜀，攻前秦，破姚襄，权威日重，官至大司马。③韦郎：指韦皋。④红萼：红花。这里用来指代女子。

【赏析】

这是一首惜别言情之作。起首“渐吹尽”四句写枝头的香絮渐渐吹尽，说明已是暮春。到处是绿荫深深，遮掩着人家的门户。“远浦”三句转写别地，引出折柳送别。“阅人”四句写长亭的柳树阅人无数，看尽了人间的离恨情愁。柳树是没有感情的，否则不会如此青葱碧绿。这里，以柳树的无情，来衬托人的有情。

过片“日暮”三句写词人离开合肥时的依依不舍之情。黄昏暮景之中，词人远望高城，所看到的只有“乱山无数”，说明离心上人已远。“韦郎”两句化用唐代韦皋游江夏的典故，写自己不会忘了恋人的殷勤叮嘱，定会再度重来。“第一是”两句是心上人的叮咛之语，要词人在第一时间早早归来，以免来晚了“红萼无人为主”。这里的红萼，是心上人自指。结尾“算空有”两句以离愁难剪作结，将离别后的愁情离绪渲染到极致。

整首词以主客变换和内心独白，表现出行者与送者之间的双向情感交流，在姜词中是比较有特色的一篇。

淡黄柳（空城晓角）

淡黄柳[1]

姜夔

客居合肥南城赤栏桥之西，巷陌凄凉，与江左异，惟柳色夹道，依依可怜。因自度其曲，以纾[2]客怀。

空城晓角。吹入垂杨陌。马上单衣寒恻恻。看尽鹅黄嫩绿。都是江南旧相识。

正岑寂。明朝又寒食。强携酒、小桥宅。怕梨花、落尽成秋色。燕燕飞来，问春何在，惟有池塘自碧。

【注释】

①淡黄柳：词牌名，姜夔自度曲。双调65字，前片五句三仄韵，后片七句五仄韵，以用入声为宜。②纾：宽解，排解。

【赏析】

此词起首“空城”三句写词人的所闻所感，空城吹响了晓角，直传入垂杨陌。词人骑在马上，身着单衣，感到阵阵寒意袭来。实际上，词人的“寒恻恻”，既是衣衫单薄不耐春寒，也是“清角吹寒”的心寒。“看尽”两句是说看尽那些“鹅黄嫩绿”的杨柳，都是江南的旧相识。其言外之意是，除了杨柳，自己一概不识，孤寂冷清之意溢于言表。

过片“正岑寂”承上启下。“明朝”三句，写词人在寒食节携酒到小桥宅，强自遣欢。怕的是梨花落尽，顿成一片秋色。这里的“小桥宅”，是别有所指。词人在合肥，感情笃者有大乔、小乔两人，因而，“小桥宅”当指小乔的住处。结尾“燕燕”三句则是“梨花落尽”后的景象，燕燕归来，发现春不知归于何处，故而发问。“惟有”一句是对归燕发问的回答，说明春已归去，繁花不再，只有池塘里的水碧绿一片。

这首词通篇写景，深深寄寓了词人寄居他乡、伤时感世的愁怀。全词意境凄清冷隽，用语清新质朴。在柳色春景的描写中，融入了词人的无限哀怨之情。

暗香（旧时月色）

暗香①

姜夔

辛亥之冬，余载雪诣石湖。止既月，授简索句，且征新声，作此两曲，石湖把玩不已，使二妓肄习之，音节谐婉，乃名之曰：《暗香》《疏影》。

旧时月色。算几番照我，梅边吹笛。唤起玉人，不管清寒与攀摘。何逊②而今渐老，都忘却、春风词笔。但怪得、竹外疏花，香冷入瑶席。

江国。正寂寂，叹寄与路遥，夜雪初积。翠尊易泣，红萼无言耿相忆。长记曾携手处，千树压、西湖寒碧。又片片吹尽也，几时见得。

【注释】

①暗香：词牌名，姜夔自度曲。双调97字，前片九句五仄韵，后片十句七仄韵。②何逊：南朝梁代诗人，早年曾任建安郡王萧伟记室。任扬州法曹时，廨舍有梅花。这里，词人以何逊自比，说明自己逐渐衰老。

【赏析】

这首词是姜夔咏梅的名篇之一。起首“旧时”数句写月光皎洁，梅花溢香。词人在梅花旁边，吹起了悠扬的笛曲。笛声唤起了冰清玉洁的佳人，不顾清寒料峭，与词人一起攀折梅花。“玉人”的参与，无疑为这幅寒梅图增添了许多诗情画意。“何逊”两句转写现实，词人以何逊自比，叹息自己渐渐衰老，往日那春风般绚丽的辞采和文笔，如今全都忘记。结尾“但怪得”两句以竹林映衬疏花，以瑶席映衬冷香，既写了梅花超凡脱俗的形貌姿色，又写出了其高洁的品性。

过片“江国”六句转写词人独处异乡，感到异常冷清寂寞。路途遥远，阻隔重重，纵然折得梅花，也无法寄达。捧起酒杯，忍不住伤心落泪，面对红梅默默无语，唯有耿耿于怀，长期忆念对方。“长记”两句回忆当年与情人携手同游梅林的地方，千树梅花，压在寒冷的西湖碧水之上。结句“又片片”两句写梅花凋谢时的衰煞景象，隐隐透露出词人的惋惜之情。“何时见得”一语双关，既指梅花落了何时才能再开放，又寓含何时才能与所思之人再度相逢之意。

这首词向来以格高著称，它的成功之处在于，以绘画的方法写词，善于勾勒和精工细描，在展现梅花绝美神姿的同时，也塑造了梅花高洁的品格。同时融入词人的身世之感与相思之情，进一步丰富了咏物词的内涵。

疏影（苔枝缀玉）

疏影[①]

姜夔

苔枝缀玉。有翠禽小小，枝上同宿。客里相逢，篱角黄昏，无言自倚修竹。昭君不惯胡沙远，但暗忆、江南江北。想佩环月夜归来，化作此花幽独。

犹记深宫旧事[②]，那人正睡里，飞近蛾绿[③]。莫似春风，不管盈盈，早与安排金屋。还教一片随波去，又却怨、玉龙哀曲。等恁时、重觅幽香，已入小窗横幅。

【注释】

①疏影：词牌名，姜夔自度“仙吕宫”曲，与《暗香》为组曲，有乐谱传世。双调110字，前片十句五仄韵，后片九句四仄韵。②深宫旧事：指寿阳公主梅花妆事。据《太平御览》载：宋武帝女寿阳公主卧于含章殿下，有梅花落在公主额上，成五出花，后即为梅花妆。③蛾绿：指眉黛。

【赏析】

这首词起首“苔枝”三句运用隋代赵师雄在罗浮山遇仙女的典故。写古老的梅树之上，缀满了洁白如玉的梅花，与翠禽同宿在枝头。“客里”三句化用杜甫《佳人》“天寒翠袖薄，日暮倚修竹”诗意，转写梅花的孤独与超尘脱俗。“昭君”数句是写梅花是昭君的灵魂所化，它不仅有绝代佳人的姿色，更有其不辱祖国的高尚情操。

过片“犹记”三句用寿阳公主事，写梅花和妆扮女子的行为。“犹记”二字承接上片，引出“梅花妆”的故事。“那人正睡里，飞近蛾绿”，既写出了公主的娇姿憨态，也写出了梅花随风飘落的轻盈姿态。“莫似”三句，用汉武帝“金屋藏娇”典故，写惜花与护花之情。“还教一片随波去”句写花落水流，徒有惜花之心而无护花之力的遗憾与惆怅。“又却怨、玉龙哀曲”可视为梅花的招魂曲，前词《暗香》有梅边吹笛，这里以“玉龙哀曲”相照应，是从音乐的角度来赞赏梅花。结句“等恁时”两句则是从绘画的角度进一步深化主题。“小窗横幅”从绘画的角度赞美梅花，赞其为一幅“小窗横幅”的特写。

《暗香》《疏影》二词“自立新意”，主要表现在打破了传统的写法，改单线的平面的描摹刻画为摄取事物的神理，以多线条、多层次、富有立体感的艺术境界和性灵化、人格化的艺术形象来描摹事物，并且调动大量素材、大量采用典故，虚实结合，纵横交错，生动地刻画了梅花独有的神韵。

翠楼吟（月冷龙沙）

翠楼吟[①]

姜夔

淳熙丙午冬，武昌安远楼[②]成，与刘去非[③]诸友落之，度曲见志。余去武昌十年，故人有泊舟鹦鹉洲[④]者，闻小姬歌此词，问之，颇能道其事。还吴，为余言之，兴怀昔游，且伤今之离索也。

月冷龙沙，尘清虎落[⑤]，今年汉酺[⑥]初赐。新翻胡部曲，听毡幕、元戎[⑦]歌吹。层楼高峙。看槛曲萦红，檐牙飞翠。人姝丽。粉香吹下，夜寒风细。

此地宜有词仙，拥素云黄鹤，与君游戏。玉梯凝望久，但芳草萋萋千里。天涯情味，仗酒祓[⑧]清愁，花消英气。西山外，晚来还卷，一帘秋霁。

【注释】

①翠楼吟：词牌名，姜夔自度曲。双调101字，前片十一句六仄韵，后片十一句七仄韵。前后片第七句第一字是领格，宜用去声。后片第二句是上一下四句式。②安远楼：即武昌南楼，在黄鹤楼上。③刘去非：词人的朋友，生卒年月不详。④鹦鹉洲：在今湖北汉阳西南长江中。⑤虎落：篱落，藩篱。⑥汉酺：皇帝赏给臣下的干肉。⑦元戎：主将，统帅。⑧祓：古代为除灾驱邪而举行仪式。这里指消除。

【赏析】

这首词是为武昌安远楼落成而作。起首“月冷”数句写清冷的月光照耀着边塞，围护城堡的护栏一片安静，今年朝廷开始赏赐臣民聚会欢饮，弹奏起塞北的新曲，听元帅的军帐之中歌声悠扬。这说明，宋金和议已经达成，国家形势暂时趋于稳定，从而显示出安远的意义。“层楼”三句转写安远楼的宏伟气势，层楼高耸入云，红色栏杆曲折环绕，向外伸张的琉璃檐牙一片翠碧。“槛曲萦红”“檐牙飞翠”两句偶对极工，既体现了铸词技巧，也显示出了色彩搭配的美感。“人姝丽”三句照应前面的“歌吹”，写宴会的盛况。与会的佳人美丽动人，从其身上散发出来的幽香，被寒夜的清风吹出好远。这一派歌舞升平的景象，进一步为安远楼作了点缀。

过片“此地”三句是说，在这样的形胜之地，应当有妙笔生花的词仙，乘着白云黄鹤前来祝贺，同登楼观赏的人们一起尽兴地游戏。“玉梯”五句写词人在高楼之上久久凝望，只见芳草萋萋，绵延千里，不由引起乡关之思。此句化用崔颢“芳草萋萋鹦鹉洲”诗意，道出了人在天涯的况味。词人心中的悲苦无以排遣，只好借酒消愁，以赏花来忘却曾经拥有的一腔豪情。结尾“西山外”三句写景，以景结情。以西山之外，黄昏时卷起的一帘秋雨过后晴丽之色，来喻指词人的愁苦心情逐渐转朗。

这首词在庆贺安远楼落成的同时，打入了词人的身世之感，流露出表面承平而实则衰煞的时代气象，使这首词的含蕴超出了为安远楼庆贺的意义范围，体现了时代感和历史感。

杏花天（绿丝低拂鸳鸯浦）

杏花天[①]

姜夔

丙午之冬，发沔口。丁未正月二日，道金陵，北望淮、楚，风日清淑[②]，小舟挂席，容与波上。

绿丝低拂鸳鸯浦[③]。想桃叶，当时唤渡。又将愁眼与春风，待去。倚兰桡、更少驻。

金陵路。莺吟燕舞。算潮水、知人最苦。满汀[④]芳草不成归，日暮。更移舟、向甚处。

【注释】

①杏花天：词牌名。此调有三体，分别为54字、55字、56字，均为双调，前后片各四仄韵。②风日清淑：风光清丽秀美。③鸳鸯浦：鸳鸯栖息的水滨。多用来指美色荟萃之所。④汀：水边平地，小洲。

【赏析】

这是一首思念旧日情人的词作。起首“绿丝”三句写回忆当时在鸳鸯浦，绿柳低拂，词人所钟爱的女子，曾经呼唤小舟摆渡。桃叶，本是晋代王献之的爱妾，这里用来比喻词人钟爱的女子。“又将”句写杨柳又将含愁的柳眼送与春风，这里的“愁眼”，是指柳眼，即刚刚长出不久的柳叶。春风初至，柳眼似开还闭，状若含愁。“待去”两句写词人正要离去，倚着木兰船桨，又泊舟稍作停留。寥寥数语，将词人欲去而又不忍离去、留恋驻足的复杂心态表现出来。

过片“金陵路”句既指明词人此时身在金陵路上，又暗指合肥杨柳依依的巷陌。“莺歌燕舞”是词人对当时那些秦淮佳丽妙舞清歌的回忆。这两句写词人站在金陵路上，北望淮楚，心系伊人。“算潮水”句言能知自己心最苦者，唯有潮水，言外之意是说其心中的痛苦无人知晓。“满庭芳草”一句推想将来，词人此行是千里依人，此时小泊金陵，行将向东，去魂牵梦绕之合肥亦将日远，难做归计。结尾两句写天色已晚，词人心中凄然，不知道舟将移向何处。

这首词以健笔写柔情，寄意隐幽，情深词苦，清雅空灵，深深体现了姜词清空骚雅的风格。

一萼红（古城阴）

一萼红[①]

姜夔

丙午人日[②]，余客长沙别驾[③]之观政堂。堂下曲沼，沼西负古垣，有卢橘幽篁[④]，一径深曲。穿径而南，官梅数十株，如椒如菽，或红破白露，枝影扶疏。着屐苍苔细石间，野兴横生。亟命驾登定王台[⑤]，乱湘流入麓山，湘云低昂，湘波容与，兴尽悲来，醉吟成调。

古城阴。有官梅几许，红萼未宜簪。池面冰胶，墙腰雪老，云意还又沉沉。翠藤共、闲穿径竹，渐笑语、惊起卧沙禽。野老林泉，故王台榭，呼唤登临。

南去北来何事，荡湘云楚水，目极伤心。朱户粘鸡[⑥]，金盘簇燕，空叹时序侵寻[⑦]。记曾共、西楼雅集，想垂柳、还袅万丝金。待得归鞍到时，只怕春深。

【注释】

①一萼红：词牌名，因北宋无名氏词中有“未教一萼，红开鲜蕊”句而得名。双调108字，有平韵、仄韵两体。姜夔此词为平韵格。②人日：指旧历正月初七。③别驾：宋代判官的别称。④幽篁：幽深的竹林。⑤定王台：在长沙城东，汉代长沙定王刘发所筑。⑥粘鸡：据《岁时记》载：“人日贴‘画鸡’于门上，在上面系上苇杆，旁边插上灵符，可以辟邪。”⑦侵寻：渐进，渐次发展。

【赏析】

这首词是词人客居长沙时所作，表达了怀人之思与漂泊之苦。起首“古城阴”三句写在古城墙的下面，有一些官府所种的梅，红萼尚小，还不到插花戴发之时。“池面”三句写凝冰难化，积雪不融，浓云沉沉，似在酝酿再次降雪。“冰胶”“雪老”，形象地绘出了冰雪的神态。寥寥数语，展示了一个清幽凄苦的意境。“翠藤共”两句转写词人与友人一起，闲步穿过翠藤、竹径，来到园林的清幽之处。众人一路走来，兴致颇高，欢声笑语不断，以至于惊飞了水边栖息的水鸟。“野老”三句写携友登定王台、渡湘江、登麓山的过程，体现了词人投入大自然的怀抱，深爱林泉之逸趣，发思古之幽情，乐以忘忧的情怀。

过片“南去”三句是词人感慨之词，叹息自己年年南去北来，漂泊江湖，竟不知为了何事。看到湘云起伏，楚水奔流，目光所及处，顿觉得无限伤心。“朱户”三句借写立春的习俗，慨叹立春时节家家团圆，而自己却孤身漂泊在外，徒然为时光流逝而伤心。这里的“粘鸡”“簇燕”都是立春的习俗。“空叹”二字，含有诸多无可奈何的伤感。“记曾共”两句是全词的主旨，写西楼相聚的快乐，“还袅万丝金”的垂杨，如今都已是美好的回忆。结尾“待得”两句由过去想到未来，设想自己回去之时，恐怕已是暮春时节。

这首词结构严谨，词中意境富于变化，时空转换、意境切换、情绪变化等笔断意连，看似无迹可寻，实则暗脉潜通。构思巧妙，是姜夔词过人之处。

霓裳中序第一（亭皋正望极）

霓裳中序第一[①]

姜夔

丙午岁，留长沙，登祝融[②]，因得其祠神之曲，曰《黄帝盐》《苏合香》[③]。又于乐工故书中得商调《霓裳曲》[④]十八阕，皆虚谱无辞。按沈氏乐律《霓裳》道调，此乃商调，乐天诗云散序六阕，此特两阕。未知孰是。然音节闲雅，不类今曲。余不暇尽作，作《中序》一阕传于世。余方羁游，感此古音，不自知其辞之怨抑也。

亭皋正望极。乱落江莲归未得。多病却无气力。况纨扇渐疏，罗衣初索。流光过隙，叹杏梁、双燕如客。人何在，一帘淡月，仿佛照颜色。

幽寂。乱蛩吟壁。动庾信、清愁似织。沉思年少浪迹。笛里关山，柳下坊陌。坠红无信息，漫暗水、涓涓溜碧。飘零久、而今何意，醉卧酒垆侧。

【注释】

①霓裳中序第一：词牌名，姜夔创调。双调101字，前片七仄韵，后片八仄韵。例用入声韵，前片第四句第一字领格，宜用去声。②祝融：山名，衡山七十二峰最高峰。③《黄帝盐》《苏合香》：南宋献神的乐曲。④《霓裳曲》：即《霓裳羽衣曲》，原为盛唐宫廷音乐，调属黄钟商，为唐乐的代表乐曲。

【赏析】

这首词抒写了词人客中的幽怨之情。起首“亭皋”句展开一幅境界高远的画面，“望极”二字，尤显情深意切，怀遥念远。“乱落”句写江上莲花一片凋零，而自己却当归不得归。“乱落江莲”，暗指心上人已经红颜渐老，面容憔悴，“未得归”三字，深深地透露出词人的凄苦与无奈。“多病”一句，交代未归的原因。“况纨扇”两句更进一层，写秋风萧瑟，团扇渐被闲搁，罗衣已显单薄，开始更换穿

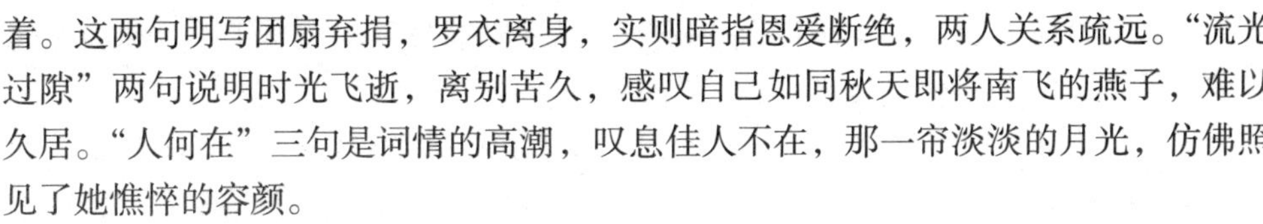

着。这两句明写团扇弃捐，罗衣离身，实则暗指恩爱断绝，两人关系疏远。“流光过隙”两句说明时光飞逝，离别苦久，感叹自己如同秋天即将南飞的燕子，难以久居。“人何在”三句是词情的高潮，叹息佳人不在，那一帘淡淡的月光，仿佛照见了她憔悴的容颜。

过片以“幽寂”二字领格，转写词人眼前的现状。“乱蛩”两句，词人以庾信自比，写蟋蟀在墙壁间的乱吟之声，触动其内心如同织丝一般纷乱的愁绪。“沉思”三句写词人当年的情事以及浪迹天涯的生活，“笛里关山”一语双关，既是指古代笛曲《关山月》，又指词人关山跋涉。“柳下坊陌”则暗指当年在合肥的情遇。“坠红”三句写落花无声无息地坠落，随着碧水暗暗流逝而去，喻指所怀之人杳无音信。结尾“飘零久”两句用阮籍醉卧当垆的典故寄托幽微之情，意谓久已飘零离散，早无当年醉卧酒垆侧的豪情逸兴，表明自己对当年情遇的珍惜。

这首词写景空灵，寄托遥深，意象玲珑清澈，意境超旷深远，兼具情感、文采、声情、音乐之美。

小重山（柳暗花明春事深）

小重山[①]

章良能[②]

柳暗花明春事深。小阑红芍药，已抽簪[③]。雨余风软碎鸣禽。迟迟日，犹带一分阴。

往事莫沉吟。身闲时序好，且登临。旧游无处不堪寻。无寻处，惟有少年心。

【注释】

①小重山：词牌名。双调58字，前后片各六句四平韵。②章良能（？—1214）：字达之，丽水（今属浙江）人。淳熙五年（1178年）进士，嘉定二年（1209年）同知枢密院事，六年参知政事。间作小词，饶有思致。③抽簪：比喻花开。

【赏析】

这是一首春日感怀之作。起首“柳暗”三句点明时节，写眼下正值柳暗花明的盛春，小阑干围着的花圃里，红芍药花已经含苞待放，好像一支支玉簪。“雨余”三句写雨后初晴，春风柔软温和，各种鸟儿婉转的鸣叫声混杂在一起，显得细碎杂乱。太阳缓缓升起，晴空中偶有一团乌云。这段描写，词人抓住雨后和春深的特点，极力铺排，将眼前风物写得诗情画意，令人流连忘返。

过片“往事”句起笔突兀，似乎与上片的写景没有什么关系。其实不然，正因为风景此时独好，才使词人力图忘记以往那些不堪回首的往事，希望趁着“身闲时序好”的大好时机登临游赏。“旧游”三句写词人故地重游，旧游的痕迹无处不在，唯有少年时代的蓬勃朝气，再也找不回来了。物是人非的凄凉之感溢于言表。

整首词语言清新淡雅，上片以乐景铺排，令人赏心悦目。下片一波三折，富于情感变化。结句寓哲理于平淡，给人以深思和启迪。

唐多令（芦叶满汀洲）

唐多令[①]

刘过[②]

安远楼小集，侑觞歌板之姬，黄其姓者，乞词于龙洲道人，为赋此。同刘阜之、刘去非、石民瞻、周嘉仲、陈孟参、孟容，时八月五日也。

芦叶满汀洲。寒沙带浅流。二十年、重过南楼。柳下系船犹未稳，能几日、又中秋。

黄鹤断矶[③]头。故人今在否。旧江山、浑是新愁。欲买桂花同载酒，终不似、少年游。

【注释】

①唐多令：词牌名。双调60字，上下片各四平韵，亦有前片第三句加一衬字者。②刘过（1154—1206）：字改之，号龙洲道人，吉州太和（今江西泰和）人。南宋文学家，有《龙州词》传世。③黄鹤断矶：指黄鹤矶，在武昌城西，上有黄鹤楼。

【赏析】

这是一首故地重游时的忆旧之作，词人借重过武昌南楼之际，感慨时事，表达了怀才不遇的心情。起句“芦叶”两句写词人登上城楼，远远望见水中的小洲之上，芦叶弥漫。寂寒的沙滩萦带着浅浅的水流。短短十字，勾勒出了一片荒凉的景象。“二十年”一句包括了无限感慨。“柳下”两句上承“过”字，行色匆匆之中，深深体现了词人对故地的眷恋之情。“能几日、又中秋”，意谓过不了几天，

就又是中秋了。一种岁月匆匆的感慨与无奈之情，通过“能”“又”等字深深地体现出来。

过片“黄鹤”三句写黄鹤矶头如今已是荒凉不堪，当年一起畅游此地的故人，如今已经没有几个。眼前满目苍凉的旧江山，无故平添了无限的新愁。“故人”“旧江山”“新愁”，这旧与新的强烈对比，增强了情感的艺术表达效果。结尾“欲买”两句写词人虽然有心载酒游乐，但如今的游乐再也无法和少年时的游乐相比。结尾沉郁而又浑成，令人读之为之凄然。

这首词将爱国之情蕴蓄于无限的怀旧伤感之中，含蓄蕴藉，在词人众多的爱国词中可谓别具一格。

木兰花（春风只在园西畔）

木兰花

严仁①

春风只在园西畔。荠菜花繁蝴蝶乱。冰池晴绿照还空，香径落红吹已断。

意长翻恨游丝短。尽日相思罗带缓。宝奁如月不欺人，明月归来君试看。

【注释】

①严仁：生卒年月不详，字次山，号樵溪，邵武（今福建）人。好古博雅，与同族严羽、严参齐名，人称“三严”。工于词，存词30首。

【赏析】

这是一首描写相思之情的小词。起首“春风”两句描写小园西畔，春风和煦，荠菜花正开得茂盛，引得蝴蝶乱舞。一个“乱”字形象地再现了蝴蝶上下翻飞的姿态。“冰池”两句转写暮春的衰残之景，池水澄澈，小径的落花已被吹尽。“空”“断”二字透露出女主人公惆怅寂寞、柔肠寸断的心境。

过片“意长”两句生动地刻画了女主人公愁肠百结、因相思而消瘦的形象。以“游丝短”突出对远人的思念之长；以“罗带缓”意指女主人公因相思而消瘦。园中怡人的春色，与闺中女子的愁绪难遣形成鲜明的对比，从而更加反衬出女子的相思之苦。结尾“宝奁”两句别开一面，说梳妆匣中的明镜不会欺骗人，等明日对方归来时，再让他一看自己憔悴的容颜。这两句看似女子对心上人的倾诉之语，而实为女子在不寐之夜的自言自语。因过于想念对方，便设想对方如在眼前，而与之对话。这种痴想的挚情，令人为之感动。

风入松（一春长费买花钱）

风入松[1]

俞国宝[2]

一春长费买花钱。日日醉湖边。玉骢惯识西湖路，骄嘶过、沽酒楼前。红杏香中箫鼓，绿杨影里秋千。

暖风十里丽人天。花压鬓云偏。画船载取春归去，余情付、湖水湖烟。明日重扶残醉，来寻陌上花钿。

【注释】

①风入松：本为古琴曲，后用为词牌名，双调76字，前后片各六句四平韵。②俞国宝：生卒年月不详，号醒庵，临川人（今江西抚州）人。著有《醒庵遗珠集》10卷。全宋词收其词30首。

【赏析】

这是一篇旖旎和婉、风雅秀丽的词作。起首“一春”两句写出了词人对西湖的无限眷恋。长费买花之钱，日日湖边沉醉。“玉骢”两句借马写人，以马儿认识西湖的路，说明人经常来此。马“骄嘶”，说明人的惬意，“沽酒楼前”，以照应“日日湖边沉醉”。“红杏”两句偶对工整，视觉与听觉的结合、色彩的搭配均别具匠心，组成一幅春意盎然的图画。

过片“暖风”两句写春风和煦，如云的丽人头戴漂亮的簪花，俨然一幅春景丽人图。“画船”两句转写暮春之景。这里，词人把无形的“春”当成一种有形有体、可取可载的东西，因而画船能够载取，深深体现了西湖特有的春色。本来，春归容易引起人的伤感，而“余情付、湖水湖烟”则又表现出另外一番天地，从而使词的意境变得幽俏淡远。“明日”句再次申明对西湖的留恋。明日带着残留的醉意，到湖边小路上寻找遗落的花钿。

这首词词风香艳，情致浓而近雅，结构别致，深受人们的喜爱。它以“醉”为词眼，将词人对西湖的留恋渲染得淋漓尽致。

满庭芳（月洗高梧）

满庭芳

促织儿[①]

张镃[②]

月洗高梧，露溥幽草，宝钗楼外秋深[③]。土花沿翠，荧火坠墙阴。静听寒声断续，微韵转，凄咽悲沉。争求侣、殷勤劝织，促破晓机心。

儿时曾记得，呼灯灌穴，敛步随音。任满身花影，独自追寻。携向华堂戏斗，亭台小、笼巧妆金。今休说、从渠床下，凉夜伴孤吟。

【注释】

①促织：蟋蟀的别称。②张镃（1153—1221？）：字功甫，一字时可，号约斋，西秦（今属陕西）人，寓居临安（今浙江杭州）。为南渡名将张俊曾孙。善诗词，曾经学诗于陆游，与尤袤、杨万里、范成大等皆有交游。有《玉照堂词》传世。③宝钗楼：唐宋时期咸阳的酒楼名。

【赏析】

这首词作于宋宁宗庆元二年（1196年）在张达可家与姜夔会宴之时。起首“月洗”五句写夜空澄净如洗，高大的梧桐沐浴在月光下。一个“洗”字形神兼备地绘出了月光的明净之美。露水凝聚在幽草之上，宝钗楼外秋意正浓。墙下的青苔顺着墙角缓缓伸展，忽然一点萤火飘坠在墙根，这便是蟋蟀发出声音的地方。“静听”五句具体写蟋蟀的鸣叫之声和听者的感受。词人静静地听着蟋蟀断断续续的叫声，凄楚呜咽，悲凉低沉。“争求侣”三句是词人对蟋蟀鸣声的理解和想象，蟋蟀鸣叫，一是为了求侣，二是为了促织。它的叫声伴随着织妇纺织到晓。

过片“儿时”五句回忆词人小时候，呼朋引伴，提着灯笼到处搜寻蟋蟀。用水灌溉蟋蟀的洞穴，又放轻脚步，细听蟋蟀逃跑的声音。任凭花影满身，独自一人也要追踪。这几句纯用白描，生动地描绘出儿时的天真烂漫与带着稚气的小心和淘气，给人以身临其境之感。“携向”两句写斗蟋蟀，从捕捉蟋蟀到斗蟋蟀，细致地展现了当时的情事。结尾“今休说”三句感叹如今再也懒得提儿时的趣事，只是静听蟋蟀躲在床下，在寒冷的夜里陪伴自己孤独地悲叹哀吟。

此词细节描写生动传神，化抽象为具体，化无形为有形，将词人的主观情志与所吟咏的客观物象统一于一体，达到了物我相融的艺术境界。

宴山亭（幽梦初回）

宴山亭

张镃

幽梦初回，重阴未开，晓色催成疏雨。竹槛气寒，蕙畹[①]声摇，新绿暗通南浦。未有人行，才半启、回廊朱户。无绪。空望极霓旌，锦书难据。

苔径追忆曾游，念谁伴、秋千彩绳芳柱。犀奁[②]黛卷，凤枕云孤，应也几番凝伫。怎得伊来，花雾绕、小堂深处。留住。直到老、不教归去。

【注释】

①蕙畹：种植兰蕙的园圃。②犀奁：用犀牛角装饰的妇女妆奁。

【赏析】

这首词起首“幽梦”三句写词人从幽谧的梦境之中初醒，看到天空中重云密布，拂晓的曙光催落一阵疏雨。“竹槛”三句写周围的环境，竹子护栏上冒着寒气，花圃之中风声摇曳，一条新绿的小溪暗暗通向南浦。“未有”两句写路上没有行人，回廊上窗户半开，显示出居处的宁静。歇拍“无绪”三句写词人心绪烦乱，徒然极目远望，天边的云霓像梦一般瑰丽，而自己空有相思的书信难以为寄。

过片“苔径”两句写词人走在满是苍苔的小路之上，追忆昔日曾经游赏的踪迹，不由得怀念当初与心上人一起荡秋千的时光。“犀奁”三句设想心上人犀牛角的妆奁用青黑色的布卷起搁置在一边，凤枕上云梦孤栖，她应当也是久久地伫立，默默地怀念昔日的情意。“怎得”四句写词人痴想如何才能使心上之人回到自己的身边，在花雾缭绕的小堂深处，把她留住，一直相守到老，再也不分离。

这首词在艺术表达上别具一格：一是意象更为密集，以景带情，情含于景；二是意象更加精细，每个意象的中心词前有另一个词来修饰，这些修饰词多来自词人对景物的敏锐感受，承载了抒情主人公内心深沉的情思；三是打破了意象层次的单一性，层次迭起，显得顺序井然，意象密而不乱。

绮罗香（做冷欺花）

绮罗香[1]

咏春雨

史达祖[2]

做冷欺花[3]，将烟困柳，千里偷催春暮。尽日冥迷[4]，愁里欲飞还住。惊粉重、蝶宿西园[5]，喜泥润、燕归南浦。最妨他、佳约风流，钿车不到杜陵[6]路。

沉沉江上望极，还被春潮晚急，难寻官渡。隐约遥峰，和泪谢娘[7]眉妩。临断岸、新绿生时，是落红、带愁流处。记当日、门掩梨花，剪灯深夜语。

【注释】

①绮罗香：词牌名，双调104字，前片九句四仄韵，后片九句五仄韵。②史达祖（1163—1220？）：字邦卿，号梅溪。汴（今河南开封）人。其词奇秀清逸，辞情俱佳，多以咏物见长。有《梅溪词》一卷，清代词家颇为推重。③做冷欺花：指春天寒冷，妨碍了花的开放。④冥迷：昏暗迷离。⑤西园：泛指园林。⑥杜陵：地名，在今陕西西安东南。⑦谢娘：即谢秋娘，唐代歌妓名，这里泛指歌妓。

【赏析】

这首词是史达祖咏物的佳作之一。起首“做冷”三句写春雨带来的寒气，妨碍了花的开放，烟雾弥漫，困住了袅娜的杨柳。千里烟雨暗暗地催促着春的迟暮。一个“偷”字，揭示了自然物景的悄然变化。“今日”两句，进一步描写春雨特有的面貌。整日里昏暗迷蒙，像是有满腹的忧愁。“惊粉重”两句写春雨使蝴蝶惊惧，归燕欣喜。凄凉的春雨有了蝴蝶和燕子的陪衬，不仅扩大了词境，而且也衬托出词人寂寞黯淡的心境。歇拍“最妨他”两句，写春雨对约会的情侣的影响。写最让人无奈的是道路的泥泞，妨碍了风流男女约会的佳期，使他们华丽的车辆无法到达杜陵路。

下片“沉沉”三句，写词人极目眺望，江面上浓雾弥漫，再加上春潮正在汛期，难以寻觅官家的渡口。“春潮晚急”化用唐代韦应物《滁州西涧》“春潮带雨晚来急，野渡无人舟自横”诗句，构成一种愁绪似织、道路阻绝的意境。“隐约”两句将隐隐约约的远山，与所思女子妩媚的眉毛联系在一起，生动地写出了烟雨之中的山峰形态。“和泪谢娘”四字，透露出所思女子歌妓的身份及其多情的性格。

“临断岸”两句写临近残断的河岸，碧绿的水波涨起，那是片片落红带着忧愁漂流的地方。“记当日”两句回忆以前的往事。“门掩梨花”，化用李重元《忆王孙》“欲黄昏，雨打梨花深闭门”词意；“剪灯深夜语”，化用李商隐《夜雨寄北》“何当共剪西窗烛，却话巴山夜雨时”诗句，写雨打梨花，院门深闭，自己与心爱的女子剪着灯花，促膝交谈。

此词构思精巧，没有一字言及雨事，却又句句不离雨。抒情婉转曲折，意蕴深厚，借事言景，景中含情，用语工丽，意境清幽，读之令人赏叹不已。

双双燕（过春社了）

双双燕[①]

咏燕

史达祖

过春社[②]了，度帘幕中间，去年尘冷。差池[③]欲住，试入旧巢相并。还相雕梁藻井[④]，又软语、商量不定。飘然快拂花梢。翠尾分开红影。

芳径。芹泥雨润。爱贴地争飞，竞夸轻俊。红楼归晚，看足柳昏花暝[⑤]。应自栖香[⑥]正稳，便忘了、天涯芳信。愁损翠黛双蛾，日日画阑独凭。

【注释】

①双双燕：词牌名。史达祖自度曲。双调98字，上片九句五仄韵，下片十句七仄韵。②春社：古代春天的社日，在立春后第五个戊日，以祭祀土神。③差池：燕子飞时羽翼参差不齐貌。④藻井：用彩色图案装饰的天花板，形状似井栏，故称。⑤柳昏花暝：柳色昏暗，花影迷蒙。暝，天色昏暗貌。⑥栖香：栖息得很香甜，睡得很香。

【赏析】

这首词起首“过春社”三句交代燕归旧巢时所面对的居住环境，写春天的社日刚刚过去，燕子就在帘幕中间穿飞，房梁之上落满了往年的灰尘，显得孤寂冷清。“差池”四句写燕子欲住又有所犹豫的情态。由于燕子离巢已久，这次来归，已是人去楼空，梁尘厚积，因而使燕子感到迟疑。“又软语、商量不定”惟妙惟肖地描画出了燕子细语呢喃、犹疑不定的神态。“飘然”两句写燕子决定在此居住，开始新的生活。

过片“芳径”两句写燕子往来于弥漫着芳香的小径之间，衔来湿润的芹泥筑巢。“爱贴地”四句具体描写双燕争相飞舞的神态，竞夸俊俏轻盈的心理，以及观赏风景的勃勃兴致。“爱”“竞夸”“看足”等包含感情色彩的词语的运用，使本来无情的燕子有了人的感情和思维。“应自”两句宕开一笔，写双燕只顾自己在温暖的巢里安稳栖息，却忘了替远在天涯的游子捎回书信。结尾“愁损”句写闺阁红楼中的思妇对远方之人消息的盼望和深深的思念之情。

从整首词来看，结尾所描写的红楼思妇似乎与咏燕并没有直接的关系，其实，这正是词人的独具匠心之处。实质上，上片双燕回来所看到的“去年尘冷”，正是由于游子远行，思妇深闺寂寞，无心收拾所致。只是一直没有道破，直到最后才揭出其中的原因。同时，燕子的双飞双栖，与思妇的独守深闺、日夜盼望形成鲜明的对比。这种以燕之乐反衬人之悲的抒情方式，进一步丰富了这首咏物词的含蕴。

东风第一枝（巧沁兰心）

东风第一枝[①]
春雪

史达祖

巧沁兰心，偷粘草甲[②]，东风欲障新暖。谩疑碧瓦难留，信知暮寒犹浅。行天入镜，做弄出、轻松纤软。料故园、不卷重帘，误了乍来双燕。

青未了、柳回白眼。红欲断、杏开素面[③]。旧游忆着山阴，后盟遂妨上苑[④]。寒炉重熨，便放慢、春衫针线。怕凤靴、挑菜归来，万一灞桥相见。

【注释】

①东风第一枝：词牌名，传为吕渭老所创，原为咏梅而作。双调一百字，上片九句四仄韵，下片八句五仄韵。②草甲：草木萌芽的外皮。③素面：不施脂粉而天然美颜。④上苑：这里指梁苑，即兔园。

【赏析】

这首词起首三句写春雪沁入兰心，粘住春草的外壳，仿佛是想阻挡春风送来的温暖。“巧”“偷”“欲”三字，不仅将没有生命的春雪写活了，而且还使其具有了人的智慧和思维。“谩疑”两句写春雪落在碧瓦之上，只留下薄薄的一层。“难留”二字更进一层，写薄薄的积雪顷刻融化，再一次照应“新暖”，说明春已到来，暮寒浅了许多。“行天”两句化用韩愈《春雪》“入境鸾窥沼，行天马渡桥”

诗句，意指雪后鸾鸟临水自照，如同进入镜中一般；马走在桥上就像是行在天上。“轻松纤软”四字，写春雪的柔软细腻。歇拍“料故园”两句借燕传书抒发对故园的怀念之情。“重帘不卷”是“春雪”“暮寒”所至，春社已过，应是春燕来归之时，可重帘却将传书的双燕阻隔在外。

过片“青未了”两句写柳眼刚刚呈现青色，却又因蒙雪而变白。刚刚开放的杏花，也由原来的红色变成了粉妆素面。“旧游”两句化用王徽之雪夜访戴安道至门而返、司马相如雪天赴兔园宴迟到的典故，描写了与雪有关的文人趣事。“寒炉”两句写因为春雪意外降临，闲置不用的寒炉又重新派上了用场。因为冬衣还需要穿些时日，做春衫的针线也就渐渐放慢。结尾“怕凤靴”两句运用“灞桥风雪”的典故，说明即使到了挑菜节，寒气仍然未退，人们因畏寒而倦出的因素仍然存在。

这首词因将雪景写得凄美而为人所称道，其妙处在于，精工细刻，写景状物意态传神。锻句炼字，尤显情致婉约，清空脱俗。

喜迁莺（月波疑滴）

喜迁莺

史达祖

月波[1]疑滴。望玉壶天近，了无尘隔。翠眼圈花，冰丝织练[2]，黄道宝光相值[3]。自怜诗酒瘦，难应接、许多春色。最无赖，是随香趁烛。曾伴狂客。

踪迹。谩记忆。老了杜郎，忍听东风笛。柳院灯疏，梅厅雪在，谁与细倾春碧[4]。旧情拘未定，犹自学、当年游历。怕万一，误玉人、夜寒帘隙。

【注释】

①月波：指月光，月光似水，故称。②冰丝织练：形容月光如丝如练。③黄道宝光相值：这里指灯光和月光交相辉映。④春碧：美酒名。

【赏析】

词作起首“月波”三句写澄澈的月光洁净无尘，“月波”“玉壶”等词语，突出了元宵节的月色之美。“翠眼”三句写花灯的盛况，五光十色的彩灯，花团锦簇，都是用透明的丝绢织就，月光和灯光交相生辉。“自怜”两句写词人因沉湎于诗酒而憔悴消瘦，难以有兴致观赏大好的春光。“最无赖”三句写让人感到最为无奈的，是拿着香趁着蜡烛，去陪伴那些风流狂客。

下片抚今思昔。“踪迹”四句是说旧日的游踪隐约还能记得，如今的词人已被岁月催老，实在不忍心去听东风之中的幽幽笛声。“柳院”三句写词人独自追寻昔日的踪迹，看到柳院灯光稀疏，梅厅积存的残雪仍在，可是却再无人陪伴自己饮酒。“旧情”四句交代自己寻访旧迹的原因，道出自己旧情难忘，想效仿当年的狂放，又恐怕误了寒夜与情人约会的矛盾心理。整首词情景交融，感情真挚，含蕴深厚，意境清幽悲凉，令人读之有身临其境之感。

三姝媚（烟光摇缥瓦）

三姝媚[①]

史达祖

烟光摇缥瓦[②]。望晴檐多风，柳花如洒。锦瑟横床，想泪痕尘影，凤弦常下。倦出犀帷[③]，频梦见、王孙骄马。讳道[④]相思，偷理绡裙，[⑤]自惊腰衩。

惆怅南楼遥夜。记翠箔张灯，枕肩歌罢。又入铜驼，遍旧家门巷，首询声价。可惜东风，将恨与闲花俱谢。记取崔徽[⑥]模样，归来暗写。

【注释】

①三姝媚：词牌名，史达祖创调，调名源于古乐府《三妇艳》。双调94字，前片十一句五仄韵，后片十句五仄韵。②缥瓦：琉璃瓦。③犀帷：用犀牛角装饰的帷幔。④讳道：忌讳，怕说。⑤绡裙：生丝绢裙。⑥崔徽：唐代歌女名。

【赏析】

这首词是史达祖悼念亡妓所作。起首三句写词人到亡妓的住处来访，目光所及之处，烟光微照，缥瓦闪烁在晴日的屋檐下，春风扑面，搅得漫天柳絮如同醉酒一般。“锦瑟”五句写词人进入亡妓所在的妆楼，只见“锦瑟横床”，却不见伊人。词人不禁黯然神伤，料想对方自从别后一定经常伤心落泪，无心理丝弦，倦怠走出犀帷，不出闺门半步，频频梦见自己。“倦”“颦”二字，深深地刻画出亡妓对自己的刻骨相思之情。歇拍“讳道”三句进一步写这位多情女子尽管在人前极力掩饰，可当她暗自整理以前穿过的衣裙，却为腰围突然瘦损了许多而吃惊。“讳道”“偷理”“自惊”等词语的运用，将女主人公难掩相思之苦的心理与动作描写得出神入化。

过片“惆怅”三句转写两人初次相遇时的情景。“南楼”，即词人现在所在的妆楼，“遥夜”点明两人初次相遇与此次来访相隔的时间之长。词人犹记得当时翠箔张灯、枕肩曼歌的情景。“又入铜驼”三句写词人又一次进入临安，走遍以前的旧家门巷，寻访女子的行迹，向人打听她的情况。“可惜”两句写东风无情，致使伊人与鲜花一同凋谢，意指女子已经香消玉殒，不在人世。结尾“记取”两句化用崔徽的典故，写因伊人没有留下肖像，词人准备凭着记忆，归来后暗写，委婉地表达了对亡妓的思念。

此词情感沉痛，叙述委婉曲折，刻画人物细致入微，气格浑成，意境空灵，深深体现了史达祖词善于勾勒形象和刻画人物心理的特点。

秋霁（江水苍苍）

秋霁[①]

史达祖

江水苍苍，望倦柳愁荷[②]，共感秋色。废阁先凉，古帘空暮，雁程最嫌风力。故园信息，爱渠入眼南山碧。念上国[③]，谁是脍鲈江汉未归客。

还又岁晚，瘦骨临风，夜闻秋声，吹动岑寂。露蛩悲、青灯冷屋，翻书愁上鬓毛白。年少俊游浑断得。但可怜处，无奈苒苒[④]魂惊，采香南浦，剪梅烟驿。

【注释】

①秋霁：词牌名，据传此调始于宋人胡浩然，因赋秋晴，故名。此调有多体，一般以双调105字、上片十句六仄韵、下片十一句四仄韵为定格。②倦柳愁荷：疲倦的衰柳，忧愁的残荷。③上国：春秋时期称中原诸国为上国。这里指家乡。④苒苒：愁苦连绵不绝貌。

【赏析】

这首词是词人在开禧北伐失败之后，被流放江汉时期所作。起首“江水”三句写江水浩渺苍茫，举目望去，只见柳丝疲倦，荷花含愁，词人与愁荷倦柳一起感到了秋色。“废阁”数句主要写词人居住的环境，阁是废阁，帘是古帘，可见其居处的简陋、生活的清贫。“雁程最嫌风力”，明写飞翔的大雁怕风阻止自己的行程，实则是词人担心雁因为风力大而难以停歇，不能捎来故园的信息。“故园”数句写词人眷恋家乡、怀念京都，不由得产生强烈的思归之情。“南山碧”意指家乡的山水之美，“念上国”包含强烈的忠君爱国之心。“脍鲈江汉未归客”，词人以张翰自比，表达了对家乡深切的思念之情。

过片“还又”四句写又是一年岁末之时，瘦骨嶙峋的词人在寒冷的夜里迎风而立，听秋声阵阵，倍感孤寂凄凉。“露蛩”两句写周围的环境，寒露中蟋蟀悲鸣，一盏青灯照耀着冷屋，词人只能靠“翻书”来打发寂寞，愁苦满腹，以至于头发都白了。“年少”数句写少年时一起俊游的同伴如今已完全隔绝了消息，“但可怜处”更进一层，指出最让词人留恋、魂牵梦绕的，是在南浦采撷香草相送，在烟雾笼罩的驿馆折梅送别。结尾两句化用“南浦”“折梅”的典故，写客中送客。词写至此戛然而止，给读者留下了丰富的想象空间。

这首词格调沉郁苍凉，结构回环往复、虚实相间，词人的深沉哀婉之情历历可感。

夜合花（柳锁莺魂）

夜合花[①]

史达祖

柳锁莺魂，花翻蝶梦，自知愁染潘郎[②]。轻衫未揽，犹将泪点偷藏。念前事，怯流光。早春窥、酥雨[③]池塘。向消凝里，梅开半面，情满徐妆[④]。

风丝一寸柔肠。曾在歌边惹恨，烛底萦香。芳机瑞锦[⑤]，如何未织鸳鸯。人扶醉，月依墙。是当初、谁敢疏狂。把闲言语，花房夜久，各自思量。

【注释】

①夜合花：词牌名，调见《琴趣外编》，因唐代韦应物诗中有“夜合花开香满庭”句而得名，有多体。此词为双调一百字，前片十一句五平韵，后片十一句六平韵。②潘郎：指西晋潘岳。这里是“潘鬓”的意思。③酥雨：蒙蒙细雨。④徐妆：指半面妆。⑤芳机瑞锦：指织机织出龙凤彩锦。

【赏析】

这是一首闺怨词。“柳锁”三句以凄清的景色渲染悲凉的气氛，点明愁意浓浓的主题。本来，翠柳藏莺、花香蝶舞的景色是美的，却使抒情主人公“愁染潘郎”。“轻衫未揽”两句写其伤心落泪的神态。“念前事”三句运用倒插的方法，转写从前的情事。歇拍“向消凝里”三句将半开的梅花比作徐妃的半面妆，描写了女子的美貌，想象奇特，新颖别致。一个“满”字深深体现出思妇的款款深情。

过片“风丝”三句写风惹愁绪，引起女主人公对往事的回忆。“歌边惹恨”“烛底萦香”，写出了当年的快乐生活。一个“恨”字带出了今日的失意惆怅。“芳机”

两句说明其渴望与心上人长相厮守的美好愿望终将落空，未能如鸳鸯一般双并双栖。“人扶醉”数句写女子因愁而醉，看着月光照耀下倚在墙上的身影，不由得想起当时两人幽会的情景，当时彼此都有好感，却都非常拘谨，不敢表现出丝毫的疏狂之态。而如今，只能久久地待在闺房之中，把以前相聚时所说的言语，一一拈来思量。

整首词轻盈绰约，工丽细腻，于柔媚中显艳冶之姿。意脉清晰，抒情回环往复，有吞吐腾挪之妙。

玉蝴蝶（晚雨未摧宫树）

玉蝴蝶

史达祖

晚雨未摧宫树，可怜闲叶，犹抱凉蝉。短景①归秋，吟思又接愁边。漏初长、梦魂难禁，人渐老、风月俱寒。想幽欢、土花②庭甃，虫网阑干。

无端啼蛄③搅夜，恨随团扇，苦近秋莲。一笛当楼，谢娘悬泪立风前。故园晚、强留诗酒，新雁远、不致寒暄。隔苍烟、楚香罗袖，谁伴婵娟④。

【注释】

①短景：指夏去秋来，白昼渐短。②土花：苔藓。③啼蛄：即蝼蛄。雄虫能鸣，昼伏夜出。④婵娟：形容仪态美好，这里用来借指美人。

【赏析】

这首词在是词人被流贬之后所作。起首三句写黄昏时分，秋雨绵绵，少得可怜的树叶，还在遮蔽着秋日的寒蝉。“短景”两句由秋景引出愁思，与吟思相互交织。一个“又”字，增强了情感的表达效果，说明并非第一次如此。“漏初长”两句写夜漏渐长，难免魂牵梦绕，如今人已渐渐老去，连风清月白的良宵美景都带有秋寒之意。歇拍“想幽欢”两句回忆往日与情侣甜蜜相处的情景，用往日的快乐来衬托目前的悲秋情绪，进一步深化主题。

过片“无端”三句，以蝼蛄悲啼的景象渲染悲凉的气氛，同时以团扇和秋莲为喻，进一步烘托抒情主人公凄苦孤寂、恨意重重的心情。“一笛”两句回忆当年词人对楼吹笛，所爱之人迎风洒泪、倚楼伫立的情景。“故园晚”两句写词人不能返回故乡，也无法与情人传递书信的惆怅。结尾“隔苍烟”两句设想闺中佳人无人陪伴的孤独，表达了词人深深的思念之情。

整首词缠绵悱恻，凄婉感人。语词工丽，注重声律，多用偶句，具有韵律之美，富有节奏感，体现了高度的艺术凝聚力和艺术美感。

八归（秋江带雨）

八归[①]

史达祖

秋江带雨，寒沙萦水，人瞰画阁愁独。烟蓑[②]散响惊诗思，还被乱鸥飞去，秀句[③]难续。冷眼尽归图画上，认隔岸、微茫云屋。想半属、渔市樵村，欲暮竞然[④]竹。

须信风流未老，凭持尊酒，慰此凄凉心目。一鞭南陌，几篙官渡，赖有歌眉舒绿[⑤]。只匆匆眺远，早觉闲愁挂乔木。应难奈、故人天际，望彻淮山，相思无雁足。

【注释】

①八归：词牌名，有平仄两体。此词为双调115字仄韵体，前片十句四仄韵，后片十一句四仄韵。②烟蓑：烟雨迷蒙中披着蓑衣的人。这里指渔父。③秀句：佳句，美好的诗句。④然：同“燃”。焚烧，点燃。⑤舒绿：舒展黛眉。

【赏析】

这是一首临秋感怀之词。起首“秋江”三句写词人独自登上画阁登高远望，只见秋江连带着秋雨，寒冷的沙滩萦绕着水湾。这一幅意境氤氲的秋江寒雨图，更增添了词人心中的愁独之意。“烟蓑”三句，写渔父撒网的声响，惊动了词人的诗思，同时乱鸥群飞，搅得词人秀句难以再续。“冷眼”两句写词人冷眼观看，所有景色都聚集到一幅画图之中。隔岸相望，对岸隐约有如云的房屋。歇拍“想半属”两句是词人猜想那些房屋多半属于渔市樵村，黄昏暮色之中，竞相燃起了枯竹。

过片“须信”三句写词人自信仍风流未老，凭借杯酒来抚慰触目凄凉的悲苦心情。“一鞭”三句回忆往昔冶游的快乐，纵马南陌，撑篙官渡，这一路行来，都有歌儿舞女相伴。“只匆匆”三句回到现实，写词人向远方匆匆眺望，早感觉到忧愁挂在高树。“闲愁挂乔木”，化无形的愁为有形的树，堪为构思奇特之语。结尾“应难奈”三句进一步表达对故人的思念之情，写词人难以忍受这种故人远隔天际的事实，望断江淮的群山，却连一只传信的大雁也看不到。

这首词以景带情，承转自然，情意缠绵之余，又不失洒脱的情怀。

生查子（繁灯夺霁华）

生查子

元夕戏陈敬叟[①]

刘克庄[②]

繁灯夺霁华[③]，戏鼓侵明发。物色旧时同，情味中年别。

浅画镜中眉，深拜楼西月。人散市声收，渐入愁时节。

【注释】

①陈敬叟：字以庄，号月溪，建安人，刘克庄友人。②刘克庄（1187—1169）：字潜夫，号后村居士，莆田（今属福建）人。南宋末期文坛领袖，辛派词人的重要代表。其词以爱国的思想内容和豪放的艺术风格著称，但也不乏清切婉丽之作。《彊村丛书》中收有《后村长短句》五卷。③霁华：月光皎洁貌。

【赏析】

这首词虽题为“元夕戏作”，实际上却抒发了人生的感慨。起首“繁灯”两句以繁灯的光辉夺去月光这一大胆的想象和通宵达旦的戏鼓之声，描述了元宵节热闹非凡的喜庆场面。“物色”两句通过“物色”与“情味”的反差，揭示了物是人非的历史沧桑感。这里，特别强调“中年”二字，以突出岁月给人的心灵留下的刻痕。

过片“浅画”两句借用汉代张敞画眉的典故，写夫妻的恩爱之情，表达对吉日良宵的向往和期待。这是设想陈敬叟之妻在家画眉拜月，盼望夫君早归。而陈敬叟因滞留在临安，无法与妻子团聚，当夜深人静之时，难免会思乡恋家。结尾“人散市声收”两句虽为戏朋友之言，却照应开头的热闹繁华，进一步揭示盛极必衰的道理。

整首词层次分明，构思新颖，语言工丽，感情真挚，写景细腻，富含真实的人生体验，哲理性强。能够小中见大，寓庄于谐，堪称一篇理趣词的佳作。

贺新郎（深院榴花吐）

贺新郎

端午

刘克庄

深院榴花吐。画帘开，练衣[①]纨扇，午风清暑。儿女纷纷夸结束[②]，新样钗符艾虎。[③]早已有、游人观渡。老大逢场慵作戏，任陌头、年少争旗鼓。溪雨急，浪花舞。

灵均[④]标致高如许。忆平生、既纫兰佩，更怀椒糈。谁信骚魂千载后，波底垂涎角黍[⑤]。又说是、蛟馋龙怒。把似[⑥]而今醒到了，料当年、醉死差无苦[⑦]。聊一笑，吊千古。

【注释】

①练衣：葛布衣。指平民衣着。②结束：装束，打扮。③钗符：又称钗头符，端午节的一种头饰。艾虎：旧俗端午节用艾作虎，或者剪彩为虎，粘上艾叶，佩戴以辟邪。④灵均：屈原的字。⑤角黍：粽子。⑥把似：假如。⑦差无苦：几乎没有什么痛苦。

【赏析】

词作起首以“深院榴花吐”起兴，点明季节。“画帘开”三句写气候的清爽宜人和词人的悠闲。“儿女”两句写年轻人争相夸耀自己的装束，头上插着式样新颖的钗符与艾虎。“早已有”句写人们观看龙舟竞渡的情景。“老大”两句感叹自己已经老大，懒得参与这些活动，任凭陌头那些少年争抢旗鼓。寥寥数语，刻画出词人旁观者的姿态和心理。歇拍“溪雨急”两句写年轻人争渡的热闹场面，极富动态之美。

过片“灵均”三句回忆屈原平生的经历，赞扬屈原的高风亮节。“谁信”三句写粽子的来历与风俗，表达词人对这种风俗并不认同的态度。“把似”数句忧愤尤深，指出如果屈原能够活到现在，还不如当年醉死，免得受这般痛苦。权且把这些作为笑谈，来凭吊他的千古英灵。

这首词借端午节投粽子祭奠屈原的风俗针砭世情，颇有“世人皆醉我独醒”之慨。

贺新郎（湛湛长空黑）

贺新郎

九日

刘克庄

湛湛[1]长空黑。更那堪、斜风细雨，乱愁如织。老眼平生空四海，赖有高楼百尺。看浩荡、千崖秋色。白发书生[2]神州泪，尽凄凉、不向牛山滴。追往事，去无迹。

少年自负凌云笔[3]。到而今、春华落尽，满怀萧瑟。常恨世人新意少，爱说南朝狂客。把破帽、年年拈出。若对黄花孤负酒，怕黄花、也笑人岑寂。鸿北去，日西匿。

【注释】

①湛湛：深厚貌。②白发书生：这里是词人自指。③凌云笔：指笔端纵横，气势干云。

【赏析】

这是一首重阳节登高临远之作。起首三句以写景起兴，烘托气氛。浓云密布，整个天空笼罩在黑暗之中，再加上阵阵斜风裹着细雨，更使人心乱如麻，愁思似织。“老眼”三句写词人平生就喜欢登高临远眺望四海，幸亏现在身处百尺高楼，看那广大旷远的千山万壑，尽显秋色。“白发”四句诉说自己虽是一介白发书生，但所流的眼泪都是为了神州大地，绝不会像那登临牛山的古人那样，只是为自己生命的短暂而垂泣，追怀以往的荣辱兴衰，一切都消失了行迹。

过片“少年”句回忆少年时期自负有下笔千言的才华，很想有所作为。“到而今”两句转写现在才华消尽，空余暮年萧瑟之感。这里以“春花落尽”来形容词人暮年才华消尽，迟暮之感跃然纸上。“常恨”三句慨叹一些文士只是一味地效法魏晋风流，每到重阳节，总是模仿孟嘉落帽，因而很少有新意。“若对”两句意指词人对酒赏花，借酒浇愁。结尾两句以鸿雁北去、太阳西落作结，感叹唯有鸿雁能够南来北往，而北上恢复神州的大业却无法实现。这里的“日西匿”，象征着国势的衰危。

这首词借重阳节登高临远，抒发了词人的豪情壮志难以实现的感伤，与对国家前途命运的深深担忧。词情慷慨激昂，多胸臆语。

木兰花（年年跃马长安市）

木兰花
戏林推[1]

刘克庄

年年跃马长安[2]市。客舍似家家似寄。青钱换酒日无何，红烛呼卢宵不寐。

易挑锦妇机中字。难得玉人心下事。男儿西北有神州，莫滴水西桥畔泪。

【注释】

①林推：姓林的推官，具体姓名不详。②长安：这里用来指南宋都城临安。

【赏析】

这是一首规劝友人的词作。起首“年年”两句写林推年年纵马驰骋在繁华的都市街头，将客舍当成家，反而把家当成了寄居之所。这种异于常人的生活习性，显示出林推放荡不羁的行为。“青钱”两句化用杜甫《逼侧行赠毕四曜》“速宜相就饮一斗，恰有三百青铜钱”与晏几道《浣溪沙》“户外绿杨春戏马，床前红烛夜呼卢”诗意，言其纵情欢乐，日夜纵酒浪博。

过片“易挑”两句批评林推迷恋青楼女子、疏远家中妻子的放荡行为，并指出家中妻子真情发自肺腑，忠情专一；而青楼女子则水性杨花，朝秦暮楚，不会有真正的感情。“男儿”两句指出男儿当为恢复中原建功立业，而不应在偎红倚翠中消磨自己。“水西桥”是当时妓女聚居之地，词人借以提醒友人不要同那些妓女们厮混在一起。结尾两句，由个人生活上升到国事，进一步深化了主题。

这首词洋溢着高度的爱国热情，对声色犬马的生活予以否定，使人读之不由击节赞赏。辞气委婉，外柔内刚。

江城子（画楼帘暮卷新晴）

江城子

卢祖皋[1]

画楼帘暮[2]卷新晴。掩银屏。晓寒轻。坠粉飘香，日日唤愁生。暗数十年湖上路，能几度、着娉婷[3]。

年华空自感飘零。拥春醒。对谁醒。天阔云闲，无处觅萧声。载酒买花年少事，浑不似、旧心情。

【注释】

①卢祖皋：生卒年月不详，字申之，又字次夔，号蒲江，永嘉（今浙江温州）人。工小令，时有佳趣，纤雅婉秀。有《蒲江词稿》一卷。②暮：一作“幕”。③娉婷：姿态美好的样子。

【赏析】

这是一首伤春怨别词。起首“画楼”三句写抒情主人公因天气新晴而卷起帘幕，掩上银色的屏风，走到室外，感觉有一股轻微的晓寒袭来。“坠粉飘香”二句写坠落的花瓣散发着淡淡的幽香，天天唤起人的愁绪。“日日”二字叠用，说明愁绪的频繁。“暗数”两句是对生愁的原因所作的注脚，写词人暗自盘算十年之中在湖上所走过的路，真正和心上人一起度过的时光少之又少，伤春怨别之情溢于言表。

过片“年华”句写大好的年华空成虚度，四处飘零，难免会使词人“生愁”。“拥春醒”两句是说，遣愁的办法，唯有在春日醉酒的困倦中打发时光，因为没有知心人可以交谈，对谁也用不着清醒。“天阔”两句，化用杜牧“二十四桥明月夜，玉人何处教吹箫”诗意，言尽管天地广大，无处去寻找那悠扬的箫声。结尾“载酒”两句，感叹自己年岁已老，再没有少年时载酒买花的激情。

整首词低回委婉，沉郁深厚。用一个“愁”字贯穿全篇，通过丰富细腻的心理变化来拓展愁境。

宴清都（春讯飞琼管）

宴清都[①]

卢祖皋

春讯飞琼管。风日薄，度墙啼鸟声乱。江城次第，笙歌翠合，绮罗香暖。溶溶涧渌冰泮。[②]醉梦里，年华暗换。料黛眉、重锁隋堤，芳心还动梁苑。

新来雁阔云音，鸾分鉴影，无计重见。啼春细雨，笼愁淡月，恁时庭院。离肠未语先断。算犹有、凭高望眼。更那堪、芳草连天，飞梅弄晚。

【注释】

①宴清都：词牌名，《清真集》并入“中吕调”。双调102字，前片十句五仄韵，后片十句四仄韵。后片第六句以一字领下三字。卢祖皋此词为变格，多押了两韵。②溶溶：水缓缓流动貌。冰泮：冰雪融化。

【赏析】

这是一首伤春咏怀之作。起首“春讯”三句化用杜甫《小至》“冬至阳生春又来”“吹葭六琯动飞灰”诗句，描写初春时节琼管灰飞，风日尚薄，春暖不足，但越过墙头的啼鸟已经声乱的现象。这是早春特有的特征。“江城”四句写转眼之间，江城已是翠碧笼罩，笙歌一片。人们开始穿上绮罗春衫，迎来沁人心脾的花香，暖融融的阳光。溪涧的残冰消融，绿水涓涓流淌。“醉梦里”两句写词人仿佛还在醉梦之中，年华已经暗暗转换。一个“暗”字体现了自然变化的悄无声息，不知不觉中，已经物换星移，季节代序。“料黛眉”两句描写柳绿花发，用语清丽精巧。“隋堤”“梁苑”，并非实指。整个上片从各个不同的角度描写了初春的大好风光。

过片“新来”三句借“雁阔云音”“鸾分鉴影”来说明与心上之人无由再见。“啼春”三句回忆离别时的情景，春天的庭院之中，细雨如啼，淡月笼愁。这里运用移情法，将人的感情转移到物景之中，深深地体现了“以我观物，则物皆著我之色彩”的特点。“离肠”两句写词人因为离愁而痛苦，即使登高可以舒怀，也难以消释离恨。结尾两句以景语作结，写望中“芳草连天，飞梅弄晚”的景致更触动人的离愁。

陈廷焯盛赞“此词绝幽怨，神似梅溪高境”，尤其是结句，以景结情，余味隽永。

南乡子（生怕倚栏干）

南乡子[①]

题南剑州[②]妓馆

潘牥[③]

生怕倚阑干。阁下溪声阁外山。惟有旧时山共水，依然。暮雨朝云去不还。

应是蹑飞鸾。[④]月下时时整佩环。月又渐低霜又下，更阑。折得梅花独自看。

【注释】

①南乡子：唐教坊曲，后用作词牌名。原为单调，有27字、28字、30字体，平仄换韵。南唐冯延巳始增为双调，冯词平韵56字，上下片各五句四平韵，为此词的定格，另有58字体。②南剑州：今福建南平。③潘牥（1205—1246）：字庭坚，号紫岩，闽（今福建福州）人。有《紫岩集》。赵万里《校辑宋金元人词》辑有《紫岩词》一卷，存词5首。④蹑飞鸾：乘坐飞鸾。

【赏析】

这首题南剑州妓馆的小词，是词人为一个已经离开、寻访无着的歌妓所写。起首“生怕”两句写词人重到南剑州，害怕登楼凭栏远眺，怕听到阁下流动的溪水声，怕看到阁外那绵延起伏的青山。一个“怕”字，生动地揭示了词人的内心世界。“惟有”两句写溪水和青山没有变化，依然和过去一样。“暮雨朝云去不还”化用巫山云雨的典故，写自己所思恋的佳人一去不返，音信杳无。

过片“应是”两句是词人因思念对方而产生的幻觉，他把心上人想象成一位仙子，她乘着飞鸾来和自己相见，在月光下不时发出整理佩环的声音。“月又”三句转回现实，写明月西沉，寒霜满地，漫漫长夜即将过尽。词人折下一枝梅花，独自观看。“独自”二字深深透露出词人的孤独。词写到此戛然而止，给人留下丰富的想象空间。

这首词虽为小令，却婉转曲折，极尽变幻之妙，显示词人高超的艺术表现力。

瑞鹤仙（湿云粘雁影）

瑞鹤仙

陆叡[1]

湿云粘雁影。望征路愁迷，离绪难整。千金买光景。但疏钟催晓，乱鸦啼暝。花悰[2]暗省。许多情，相逢梦境。便行云、都不归来，也合寄将音信。

孤迥[3]。盟鸾心在，跨鹤[4]程高，后期无准。情丝待剪，翻惹得、旧时恨。怕天教何处，参差双燕，还染残朱剩粉[5]。对菱花、与说相思，看谁瘦损。

【注释】

①陆叡（？—1266）：字景思，号云西，会稽（今浙江绍兴）人。今存词3首。②花悰：花的心绪。③孤迥：孤立，远离其他事物。④跨鹤：指仙人飞升。⑤残朱剩粉：残留的脂粉。这里指落花。

【赏析】

这是一首怀人词。起首“湿云”句以阴湿的浓云粘住雁影起兴，引起下文。“望征路”两句写长路漫漫，征尘迷蒙，使人难以整理纷乱如麻的离愁别绪。“千金”三句写黎明时分，晨钟催促行人出发，傍晚乱鸦迎接行人。一个“催”字道出了光阴流逝的迅速。“花悰”数句是抒情主人公在旅途寂寞中对往日欢情的回忆，写其在感花伤别的同时暗自警省，回想自己多少深情都付于梦境之中，埋怨对方即便不能回来，也应当寄个音信。在不厌其烦的诉说之中，深深地体现了对心上人刻骨铭心的思念之情。

过片以“孤迥”二字领格，写抒情主人公孤寂之深。“盟鸾”数句说明词人盟誓之心不变，但毕竟不能像仙人一样跨鹤神游，后期的事难以定准。待要剪断情丝，反而惹得旧情更浓，愁恨更炽，深刻地揭示了抒情主人公对于恋情欲罢不能的矛盾心理。“怕天”三句，借言双燕和残朱剩粉，意指无论在哪里，都难以逃脱男欢女爱，难以摆脱相思之苦。这是古往今来人生注定的命数。“对菱花”两句以痴语写相思之情。“看谁瘦损”，意谓和心上人比瘦损。这种对镜自语的痴情，更显出词人的重情。

整首词意境凄迷、悲凉，以痴语写相思，愈显相思之深。

霜天晓角（千霜万雪）

霜天晓角

梅

萧泰来[1]

千霜万雪。受尽寒磨折。赖是[2]生来瘦硬，浑不怕、角吹彻。

清绝。影也别。知心惟有月。原没春风情性，如何共、海棠说。

【注释】

①萧泰来：生卒年月不详，字则阳，号小山，临江（今江西清江）人。存词2首。②赖是：亏得，幸好。

【赏析】

这是一首咏梅的佳作。起首“千霜”数句写梅花生活的环境，“千霜万雪”极言霜雪之多，“受尽寒磨折”点明梅花耐寒的特点。正如唐代诗人黄蘖禅师《上堂开示颂》中所说：“不经一番寒彻骨，怎得梅花扑鼻香。”梅花之所以经受得住“寒磨折”，是因为它生来瘦硬，全然不怕角声吹彻。这段描写，不仅写出了梅花耐寒的本性与瘦硬的品格，而且用泼墨写意的方法晕染出其傲然挺立的形象。

过片两句盛赞梅花超凡脱俗，就连它的影子也与众不同。“知心”句看似平淡，却道出了梅花与月之间的款款深情。“原没春风情性”两句指梅花凌霜傲雪，不与春风为伍，绝不会向海棠倾诉。这里，词人反用前人“欲令梅花聘海棠”的典故，来表现梅花不屑与凡俗之花争胜的孤傲之气。“如何共”三字，深深体现了梅花孤芳自赏的品格。

这首词命意高雅，气度不凡，体现了梅品与人品的高度统一。

霜叶飞（断烟离绪）

霜叶飞[①]

重九

吴文英[②]

断烟离绪。关心事，斜阳红隐霜树。半壶秋水荐黄花[③]，香噀[④]西风雨。纵玉勒、轻飞迅羽[⑤]。凄凉谁吊荒台古。记醉踏南屏，彩扇咽、寒蝉倦梦，不知蛮素[⑥]。

聊对旧节传杯，尘笺蠹管[⑦]，断阕经岁慵赋。小蟾[⑧]斜影转东篱，夜冷残蛩语。早白发、缘愁万缕。惊飙纵卷乌纱去。漫细将、茱萸看，但约明年，翠微高处。

【注释】

①霜叶飞：词牌名。双调111字，上片十句六仄韵，下片十句五仄韵。②吴文英（约1212—约1274）：字君特，号梦窗，四明（今浙江宁波）人。有《梦窗词甲乙丙丁稿》四卷。③荐黄花：插上菊花。④噀：含在口中而喷出。⑤迅羽：这里形容骏马奔驰如疾飞的鸟。⑥蛮素：指歌舞姬。⑦尘笺蠹管：信笺生尘，笛管生虫。⑧小蟾：指未圆之月。

【赏析】

这是一首借景抒情之作。起首“断烟”句引出离别之苦。在斜阳隐于霜树之际，词人以半壶秋水，插上黄花祭奠亡妾。“关心事”数句借景抒情，斜阳、霜树、秋水、黄花、风雨等意象，构筑成萧瑟、凄凉的意境，进一步渲染了词人思念亡妾的凄苦心境。“纵玉勒”数句，写词人飞马疾驰，赶往荒台吊古，不禁回忆起当年重阳节与伊人一起登高的情景。当时伊人手持彩扇，曼舞清歌，扇底歌声与寒蝉同咽。而词人却因酒酣困倦而入梦，几乎忘了身边还有伊人相伴。

过片“聊对”三句转写如今又是重阳节，词人虽然应景传杯却毫无意绪，任凭尘埃落满素笺，随便让蠹虫蛀坏毛笔，未写完的辞章过了多年也懒得再续。“小蟾”两句，写半轮月影斜照在东篱之上，夜间已显得十分清冷，寒蛩悲鸣不止，似在向人诉说心事。“早白发”两句化用杜甫“羞将短发还吹帽，笑倩旁人为正冠”诗句，意指词人已是白发苍颜，因为愁绪满怀，而听任狂风将帽子吹去。结尾“漫细将”三句，写词人将茱萸细细观看，只能预约明年再登临山的最高处。

这首词脉络贯通，形象完整。虚实结合，线索明晰。尤其是在炼字、炼句、炼意方面，颇有独到之处。

宴清都（绣幄鸳鸯柱）

宴清都
连理海棠

吴文英

绣幄鸳鸯柱。红情密、腻云低护秦树。芳根兼倚，花梢钿合，锦屏人妒。东风睡足交枝，正梦枕、瑶钗燕股。障滟蜡、满照欢丛，嫠蟾[1]冷落羞度。

人间万感幽单，华清惯浴，春盎风露。连鬟并暖，同心共结，向承恩处。凭谁为歌《长恨》，暗殿锁、秋灯夜语。叙旧期、不负春盟，红朝翠暮。

【注释】

①嫠蟾：嫦娥在月宫无夫，故称嫠蟾。嫠，寡妇。

【赏析】

这是一首咏物词。起首“绣幄”三句写海棠花生长的环境与生长的茂盛。彩绣的大帐，成双成对的立柱，言其居住环境的富丽堂皇。“红情”“腻云”，写出了海棠花的繁茂姿态。“芳根”三句，写连理海棠两根相倚，花梢相合，其在一起的亲密无间使闺中女子羡慕嫉妒不已，字里行间流露出人不如花的感叹。“东风”数句化用苏轼“只恐夜深花睡去，故烧高烛照红妆”诗意，描写海棠花的娇姿媚态。它像熟睡的美人，倚卧在交合的花枝上，如同一对情人进入甜蜜的梦乡。“瑶钗燕股”，这里用来比喻海棠的交枝。而多情之人举起红烛，照遍整个花丛，尽情地欣赏海棠花。月宫中的嫦娥，看到这种情景，更觉得孤独哀伤。整个上片，以美人比花，以月中的嫦娥衬花，进一步突出了海棠花之美。

下片由咏花转为感叹人事。“人间”句写人世间许多难成连理的夫妻，不得不过着孤独的生活。“华清”数句写赐浴华清池的杨贵妃，占尽了风光雨露。她与唐玄宗共结同心，誓愿永不分离。而最终，却是一曲《长恨》，贵妃身死，玄宗孤老宫中，秋灯之下独自夜语。盼望所爱之人能够早日归来，以不辜负当初爱情的盟誓。“红朝翠暮”寄寓了抒情主人公永结连理、永不分离的厚望。

这首词含蓄委婉，意境深远，结构严谨，精于用丽字，注重丽字与表现题材的切合关系，使词达到了声情并茂的艺术效果。

齐天乐（烟波桃叶西陵路）

齐天乐

吴文英

烟波桃叶西陵[①]路，十年断魂潮尾。古柳重攀，轻鸥聚别，陈迹危亭独倚。凉飔[②]乍起，渺烟碛[③]飞帆，暮山横翠。但有江花，共临秋镜照憔悴。

华堂烛暗送客，眼波回盼处，芳艳流水。素骨凝冰，柔葱蘸雪，[④]犹忆分瓜深意。清尊未洗，梦不湿行云，漫沾残泪。可惜秋宵，乱蛩疏雨里。

【注释】

①西陵：又名西兴，渡口名，在今浙江省萧山县西。②凉飔：凉风。③碛：浅水中的沙洲。④素骨凝冰，柔葱蘸雪：形容歌姬的手纤柔洁白。

【赏析】

这是一首别后相思之词。起首“烟波”两句借王献之妾桃叶指代思恋的情人，写十年后词人重游与情人分别的渡口，内心无限感伤。“断魂潮尾”，既写出了别后相思之苦，也为下文回忆十年前相见的情景作了铺垫。“古柳”三句写面对当年折柳送别的柳树，回忆当时在亭上相聚、折柳话别的情景。如今独倚危亭，追寻当年的陈迹，词人十分感伤。“凉飔”三句写倚亭所见，凉风乍起，吹送云帆掠过沙洲，黄昏暮景下远山翠影依稀。“乍”“飞”“横”三字，将凉风、云帆、远山三个本不相干的意象和谐地组合在一起，构成了一幅别开生面的暮色远行图。歇拍“但有”两句借花喻人，衬托出因相思而憔悴的凄苦之状。

过片“华堂”三句化用淳于髡典故，回忆女主人当初送走别的客人，单独留下自己。秋波顾盼，满含柔情蜜意。“素骨”三句写女子手腕洁白冰肌玉骨，手指如柔葱蘸雪一般纤细洁白。当时分瓜共尝的深意，词人至今仍记忆犹新。“清尊”三句写深深的思念之情。“清尊未洗”，意谓想留下残酒消忧解愁。“梦不湿行云”，表明与心上人梦中相见，未及欢会便风流云散。“漫沾残泪”是说词人醒来脸上依然带有泪痕。结尾“可惜”两句以景结情，写秋宵的雨声和寒蛩的鸣叫声，陪伴词人度过难熬的不眠之夜。

这首词脉络清晰细密，用意深婉绵密，精于炼字、炼意。尤其是结尾两句，将凄凉的景色与凄冷的心境融合在一起，增强了词情的艺术感染力。

花犯（小娉婷）

花犯

郭希道送水仙索赋①

吴文英

小娉婷，清铅素靥②，蜂黄③暗偷晕。翠翘④攲鬓。昨夜冷中庭，月下相认。睡浓更苦凄风紧。惊回心未稳。送晓色、一壶葱茜⑤，才知花梦准。

湘娥⑥化作此幽芳，凌波路，古岸云沙遗恨。临砌影，寒香乱、冻梅藏韵。熏炉畔、旋移傍枕，还又见、玉人垂绀鬓⑦。料唤赏、清华池馆，台杯须满引。

【注释】

①郭希道：即郭清华，词人的朋友。②清铅素靥：这里用来比喻水仙花花瓣的洁白。③蜂黄：唐代宫妆，这里比喻水仙花蕊。④翠翘：翠玉装饰，这里用来比喻水仙的绿叶。⑤葱茜：青翠茂盛貌。⑥湘娥：湘水女神。⑦绀鬓：青发。

【赏析】

词作以拟人的手法，描绘了水仙清雅、俏媚的姿容和神韵。起首三句，以佳人的绰约多姿比喻水仙的纤柔袅娜，洁白的脸庞比喻水仙花瓣，古代女子妆饰用的鹅黄比喻水仙花的花蕊，生动而形象。“翠翘”三句，写青翠的绿叶斜倚在水仙花周围，在月光映照下，水仙花更像一位飘然欲去的仙子，进一步写出了水仙花的形态之美。“睡浓”两句写词人被刺骨的寒风惊醒，心头久久不能平静。“送晓色”两句写刚刚迎来了天明，便有朋友给自己送来一壶水仙，词人不由惊诧梦竟然是这样确准。

过片“湘娥”三句介绍水仙花的来历，说明水仙花乃是湘水女神所化，往来于烟波浩渺的水边之路，在荒古的岸边与云一般的沙滩上，留下了无穷的遗恨。“临砌影”四句，写词人将朋友送来的水仙花放在台阶的阴影处，水仙花散发出阵阵幽香，连那凌风傲雪的腊梅也不及它的神韵。通过和梅花相比，进一步衬托水仙的清雅脱俗。“熏炉畔”两句写词人对水仙花的喜爱，词人将水仙放在暖炉旁，水仙在暖炉的催发下，显得格外精神。进而又把它放到精美的靠枕旁边，以便时刻能欣赏美丽的凌波仙子。“料唤赏”两句是词人的设想，想象友人此刻也一定在自己的花园之中，一边欣赏水仙，一边举杯畅饮。说明友人也和自己一样喜爱水仙花，水仙花因此也成为两人增进友谊的媒介。

这首词构思新颖别致，整篇充满了奇思妙想，确是一首咏物的佳作。

浣溪沙（门隔花深梦旧游）

浣溪沙

吴文英

门隔花深梦旧游。夕阳无语燕归愁。玉纤[1]香动小帘钩。

落絮无声春堕泪，行云有影月含羞。东风临夜冷于秋。

【注释】

①玉纤：指女子的纤纤玉手。

【赏析】

这是一首怀人感梦之词。起首“门隔”三句写词人梦游故地，来到当年的庭院。夕阳斜照在庭院当中，一片沉寂，连归来的燕子都感到忧愁。她那带有香味的纤细玉指，轻轻地拉开了帘幕。门隔花深、夕阳归燕、小巧帘钩，这一系列意象，构筑了上片特有的梦中之境。

过片“落絮”三句着力刻画词人梦醒之后的失意与惆怅。落絮无声，春风堕泪，行云留影，月色含羞。这些景物，无不带有词人强烈的主观色彩，揭示了词人痛苦失意的内心世界。东风临夜，春冷于秋，这既是气候的特征，又是词人内心寂冷的写照。

整首词情景交融，表情含蓄，语言精警。下片“落絮”两句偶对工整，平仄讲究，体现了词的韵律之美。特别是结句，情余言外，含蓄不尽，值得玩味。

浣溪沙（波面铜花冷不收）

浣溪沙

吴文英

波面铜花[①]冷不收。玉人垂钓理纤钩[②]。月明池阁夜来秋。

江燕话归成晓别，水花[③]红减似春休。西风梧井叶先愁。

【注释】

①铜花：铜镜。这里用来比喻水波清澈如镜。②纤钩：这里指新月映在水中的影子。③水花：指荷花。

【赏析】

整首词借写西湖秋夜之景，抒发了对故人的深深怀念之情。上片写西湖澄澈的水波像一面铜镜，被丢弃在孤寂冷清的静夜之中，无人收取。新月弯弯，倒映在湖水之中，好像是玉人在整理纤细的钓钩。而这些，均是词人在洒满月光的池阁之上所见。“月明池阁”，点明词人欣赏西湖美景的地点。“夜来秋”既点明秋令时节，又暗示出词人内心的凄凉。

下片回忆当年与心上人分别的情景。词人在拂晓时分与心上人告别，看到湖水之上红莲凋谢，仿佛在告诉人们春天已经结束。西风劲吹，梧桐叶在风中纷纷掉落。词中的江燕、水花等意象，点染出一个劳燕分飞、花叶飘零的悲秋景象。“水花红减”“井叶先愁”，进一步营造衰煞、悲凉的气氛，将时光的流逝、词人对心上人的刻骨相思融入其中，同时也流露出词人的身世飘零情怀。

整首词意境朦胧、清寒奇崛，情味隽永，意蕴深厚，使人读之有身临其境之感。

点绛唇（卷尽愁云）

点绛唇

试灯夜[1]初晴

吴文英

卷尽愁云，素娥临夜新梳洗。暗尘不起。酥润[2]凌波地。

辇路重来，仿佛灯前事。情如水。小楼熏被。春梦笙歌里。

【注释】

①试灯夜：指元宵节的前一夜。②酥润：滋润。

【赏析】

这首词借抒写元宵节试灯夜感旧，抒发了一种淡淡的哀愁。起首两句写试灯日遇雨，而入夜之后雨消云散，月色朗朗。“素娥”，本是月中的仙女，这里用来代指月亮。“新梳洗”，形容雨过之后月色更加明净，如同刚梳洗过一般。“暗尘”写空中洁净无尘，大地光润如酥，一群身姿轻盈的女子载歌载舞，细腻地勾勒了试灯夜热闹的歌舞场面。

过片“辇路”两句写词人故地重游，眼前的景象和当初一样，不由得想起以前灯节的往事。“情如水”三句，写往事如烟，柔情似水。月与灯依旧存在，而自己思恋的情人却无从寻觅。无心赏灯的词人独上小楼，熏被而眠。在一片笙歌之中，词人渐渐进入了梦乡，在梦中，他遇到了日思夜想的佳人，和她一起赏灯，其乐无穷。

这首词以婉转多情的笔调，营造了倘恍迷离的朦胧意境。结句余音袅袅，韵味无穷，给人留下丰富的想象空间。

祝英台近（采幽香）

祝英台近
春日客龟溪游废园[1]

吴文英

采幽香，巡古苑，竹冷翠微路[2]。斗草溪根，沙印小莲步。自怜两鬓清霜，一年寒食，又身在、云山深处。

昼闲度。因甚天也悭春[3]，轻阴便成雨。绿暗长亭，归梦趁风絮。有情花影阑干，莺声门径，解留我、霎时凝伫。

【注释】

①龟溪：水名，在今浙江省德清县境。②翠微路：山间苍翠的小路。③悭春：吝惜春光。

【赏析】

此词是词人客居龟溪村，于寒食节游览废园时所作，起首“采幽香”三句写废园的风景。“幽”“冷”“古”三字，将废园的荒凉、寂冷景象尽情展现。“斗草”两句触景生情，引起身世之感。“自怜”三句感叹自己两鬓苍苍，又是一年寒食节，自己却孤零零地在这云山深处飘零。一个“又”字，说明这种情况已非第一次，一种长期飘零的孤独感透过文字显现出来。

过片“昼闲度”写词人孤身独处废园，内心感到无限寂寞与无聊。“因甚”两句写天气多变，轻阴成雨。“悭春”二字是对天公不作美的埋怨，怨其吝惜春光，不能使人尽情游赏。“绿暗”两句写阴暗的天气中，浓郁的绿荫遮掩着长亭，词人思乡的梦魂随着风絮飘忽不定。结尾“有情”三句写栏杆旁边的花影、门边那婉转的莺声，都似乎包含着浓浓的情思，给人以安慰和深情的挽留，令词人久久伫立，不忍离去。

这首词在描写词人对废园的深厚感情的同时，将自己的孤独与废园的清冷、荒凉联系在一起，使人感到废园虽废，却给人以说不出的亲切感。全篇情景交融，写景清丽有致，抒情婉转流畅，意境含蓄蕴藉，令人回味无穷。

祝英台近（剪红情）

祝英台近
除夕立春

吴文英

剪红情，裁绿意[①]，花信[②]上钗股。残日东风，不放岁华去。有人添烛西窗，不眠侵晓，笑声转、新年莺语。

旧尊俎[③]。玉纤曾擘[④]黄柑，柔香系幽素[⑤]。归梦湖边，还迷镜中路。可怜千点吴霜[⑥]，寒消不尽，又相对、落梅如雨。

【注释】

①剪红情，裁绿意：这里指裁成红花绿叶。②花信：花期。③尊俎：古代用以盛酒肉的器具。④擘：同“掰”，分开。⑤幽素：幽美纯洁的心地。⑥吴霜：指头发变白。

【赏析】

这是一首节日感怀之作。起首“剪红情”三句，描写迎春的习俗，点明新春佳节的喜庆气氛。“剪”“裁”二字，将除夕前人们为过新年而忙碌的热闹场面真实地展现出来。“花信”句着一“上”字，将人们为庆祝节日把各种鲜花饰品插戴满头的喜悦之情刻画得惟妙惟肖。“残日”两句写夕阳也像人一样，对即将逝去的一年恋恋不舍，迟迟不肯落山。“不放”二字，写出了残阳的依依不舍之情。“有人”三句写除夕之夜降临，守岁的人们彻夜不眠，剪烛夜话，笑语朗朗，迎来了新年第一天。

过片“旧尊俎”三句回忆在以前的春节宴上，恋人斟酒共饮时的情景。当时恋人的纤纤玉手曾剖开黄柑用来荐酒，那柔腻的馨香，至今还萦绕在词人的内心深处。“归梦”两句写词人梦见自己回到当初与恋人约会的湖边，怎么也寻不到佳人的身影，反而迷失了归路。此二句意境幽深冷峭，却更能反衬出词人浓烈的情愫。结尾“可怜”三句叹息自己白发如霜，即便是春风，也不能将这人生的寒霜消融。而且，还要面对那如雨一般飘落的梅花。词人虽未直接言愁，愁情却通过含蓄的描写跃然纸上。

这首词紧扣除夕立春的主题，通过眼前的欢乐情景与往日幸福的回忆，突出表现了物是人非的感伤与浓郁的怀旧之情。对比鲜明，笔致婉曲，情真意切，感人肺腑。

澡兰香（盘丝系腕）

澡兰香[1]
淮安重午

吴文英

盘丝系腕[2]，巧篆垂簪，玉隐绀纱[3]睡觉。银瓶露井，彩箑[4]云窗，往事少年依约。为当时、曾写榴裙，伤心红绡褪萼。黍梦[5]光阴，渐老汀洲烟箬[6]。

莫唱江南古调，怨抑难招，楚江沉魄[7]。熏风燕乳，暗雨梅黄，午镜澡兰帘幕。念秦楼、也拟人归，应剪菖蒲自酌。但怅望、一缕新蟾[8]，随人天角。

【注释】

①澡兰香：词牌名。调见吴文英《梦窗甲稿》，因词中有“午镜澡兰帘幕”句，取以为名。双调104字，前后片各十句四仄韵。②盘丝系腕：指端午节在腕上系上五色丝线。③绀纱：青色的纱帐。④彩箑：彩扇。⑤黍梦：指黄粱梦。典出于唐代沈既济的传奇小说《枕中记》。⑥烟箬：柔嫩的蒲草。⑦楚江沉魄：指屈原。⑧新蟾：新月。

【赏析】

这是一首咏端午节的节序词。起首三句描写女子以盘旋的五色丝系腕，将书写了咒语和符篆的小笺垂挂在别发的簪子上，以辟邪驱疫。然后，在青纱帐中美美地睡上一觉。“银瓶”三句，写在庭院的花树下摆好酒宴，在窗前轻摇彩扇，对酒当歌，往日的美景仿佛就在眼前。“彩箑”，即彩扇，歌儿舞女所用之物，这里指代歌舞。“为当时”两句运用羊欣榴裙的典故，写词人由榴花想到榴裙，于是便回忆起当年在她裙上书写的韵事。如今窗外的石榴花将残，曾经拥有的欢乐已逝，词人心中十分伤感。“黍梦”两句，化用“一枕黄粱”的典故，感叹时光易逝，盛衰无常，连烟都会变老，借衰败的景物感叹人事的变迁。

过片“莫唱”三句转写端午节纪念屈原，说明江南古调并不能安慰屈原的怨魂。同时，也寓含词人因伤心不忍再听哀怨凄婉的江南古调之意。“熏风”三句描写端午节悬镜和澡兰浴的习俗。“燕乳”，刚出生不久的乳燕，“梅黄”，五月梅子黄。悬镜和澡兰浴都是端午节的习俗，以驱鬼辟邪。这几句是词人设想姬人过端午节的情景，表达了对恋人的深深思念之情。“念秦楼”两句设想姬人也在思念自己，她一边自斟自饮，一边盘算词人何时才能归来。结尾“但怅望”两句写两人

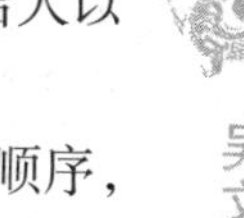

共同望着天边的新月，借以表达无穷无尽的思念。寄情于景，含蓄蕴藉，给人以有余不尽之感。

这首词围绕端午节的风物、景色、习俗展开描写，打乱了时间、空间的顺序，时空交错，使人眼花缭乱。词中意象繁多，词藻丰富，多处用典。因而显得语词典丽，意蕴深奥。

风入松（听风听雨过清明）

风入松

吴文英

听风听雨过清明。愁草瘗花铭[1]。楼前绿暗分携路，一丝柳、一寸柔情。料峭春寒中酒，交加晓梦啼莺。

西园日日扫林亭。依旧赏新晴。黄蜂频扑秋千索，[2]有当时、纤手香凝。惆怅双鸳不到，幽阶一夜苔生。

【注释】

①瘗花铭：庾信为悼念花所作的铭文，一般认为今已失传。这里指悼念落花的文章。②黄蜂：指蜜蜂。

【赏析】

这首词通过描绘暮春之景，表达了怀人之情。起首两句写词人在风雨中度过清明节，这里连用两个“听”字，极力渲染听觉的感受。“愁草瘗花铭”借用庾信《瘗花铭》的典故，表达对落花的伤逝之情。“楼前”两句写分别时的情景，“一丝柳、一寸柔情”，语浅情深，将一丝柳条与一寸柔情联系在一起，写极了离别的深情。“料峭”两句写词人借酒浇愁，期待梦中与心上人相聚，却又被黄莺的啼叫声惊醒，表达了好梦难成的失意与惆怅。

过片“西园”两句写词人天天去以前常和情人所去的林亭游赏。“日日”二字说明词人去的次数之频繁。“黄蜂”两句写词人看到蜜蜂频频扑向当时情人荡过的秋千，绳索上还有情人的手留下的芳香。这两句采用侧面烘托的方法，通过写其留下的芳香，使佳人的美好形象如在眼前。结尾“惆怅”两句将词人盼望情人不至的愁苦凝注于“幽阶一夜苔生”的描写，这里的“一夜”，并非实指，而是借以说明时间之短，愁苦之浓。

整首词风格质朴，清新淡雅，不事雕琢，形象丰满，意蕴深邃。在写作方法上，不作正面描写，采用侧面烘托的方法突出人物形象。在情理与事实描写的处理上，注重情理的真实，达到了艺术性与表现手法的高度统一。

莺啼序（残寒正欺病酒）

莺啼序[1]
春晚感怀

吴文英

残寒正欺病酒，掩沉香绣户。燕来晚、飞入西城，似说春事迟暮。画船载、清明过却，晴烟冉冉吴宫[2]树。念羁情游荡，随风化为轻絮。

十载西湖，傍柳系马，趁娇尘软雾[3]。溯红渐、招入仙溪，锦儿[4]偷寄幽素。倚银屏、春宽梦窄，断红[5]湿、歌纨金缕。暝堤空，轻把斜阳，总还鸥鹭。

幽兰旋老，杜若还生，水乡尚寄旅。别后访、六桥[6]无信，事往花委，瘗玉埋香，几番风雨。长波妒盼，遥山羞黛，渔灯分影春江宿。记当时、短楫桃根渡，青楼仿佛，临分败壁题诗，泪墨惨淡尘土。

危亭望极，草色天涯，叹鬓侵半苎。暗点检、离痕欢唾，尚染鲛绡[7]，亸凤[8]迷归，破鸾慵舞。殷勤待写，书中长恨，蓝霞辽海沉过雁，漫相思、弹入哀筝柱。伤心千里江南，怨曲重招，断魂在否。

【注释】

①莺啼序：词牌名，吴文英创调。此词是词史上最长的一首词。四叠240字，第一片八句四仄韵，第二片十句四仄韵，第三片十四句四仄韵，第四片十四句四仄韵。②吴宫：这里指南宋宫苑。临安旧属吴地，故称。③娇尘软雾：这里用来形容杭州西湖的热闹情景。④锦儿：钱塘名妓杨爱爱的侍儿。⑤断红：这里指眼泪。⑥六桥：指杭州西湖的堤桥。⑦鲛绡：指罗帕。⑧亸凤：垂翅之凤。

【赏析】

这是一首感怀伤离悼亡之作。整首词四片共240字，是宋词中最长的词调。第一片以写景起兴，描绘了暮春的景色，引出羁旅感怀和思念故友之情；第二片回忆当年和情人游西湖的情景；第三片写词人再次游湖却已是物是人非，往事已成追忆；第四片抒发相思之苦，伤春叹老，表达对亡者的哀悼之情。

伤春怀人，本是一个古老的话题，就其内容而论并无新意可言。这首词的成就，主要体现在艺术方面。作为词中最长的一篇，这首词在结构安排上是颇下了一番工夫的。这主要体现在，以赋法入词，极尽铺排之能。比如词的第一片，词人在写景过程中先交代天气正值残寒，接着写掩绣户，晚来之燕飞入西城，继而写画船，写吴宫烟树，最后才提到羁旅之情。虽然涉及的物象多，头绪繁，但有条有理，秩序井然。

整首词情深意挚，语词凝练，结构缜密，层次分明。大开大合，收纵自如，深深体现了词人驾驭语言文字的高超能力。

惜黄花慢（送客吴皋）

惜黄花慢[①]

吴文英

次吴江，小泊，夜饮僧窗惜别。邦人赵簿携小妓侑尊。[②]连歌数阕，皆清真词。酒尽已四鼓。赋此词饯尹梅津。[③]

送客吴皋[④]。正试霜夜冷，枫落长桥。望天不尽，背城渐杳，离亭黯黯，恨水迢迢。翠香零落红衣老，暮愁锁，残柳眉梢。念瘦腰。沈郎旧日，曾系兰桡。

仙人凤咽琼箫。怅断魂送远，《九辩》[⑤]难招。醉鬟留盼[⑥]，小窗剪烛，歌云载恨，飞上银霄。素秋不解随船去，败红趁、一叶寒涛。梦翠翘[⑦]。怨鸿料过南谯。

【注释】

①惜黄花慢：词牌名，此调有平、仄两体。梦窗此词双调108字，上片十二句六平韵，下片十一句六平韵。②赵簿：姓赵的主簿。侑尊：劝酒。③尹梅津：名焕，字惟晓，山阴人。嘉定十年（1217年）进士，词人的好友，曾为《梦窗词》作序。④吴皋：吴江边。皋，水边高地。⑤《九辩》：《楚辞》篇名，宋玉所作。⑥留盼：顾念，留意观看。⑦翠翘：女子头饰。这里用来代指词人所思念的女子。

【赏析】

这首词是词人为好友尹惟晓饯别而作。起首“送客”三句点明题旨，直言送别。“试霜”“枫落”点明送别的时间是霜夜枫落的秋天，“望天”四句写送别的情景，客船向茫茫无际的水天驶去，回头观望，离城越来越远。主客分别的地方已隐约难辨，无尽的离恨如同碧水迢迢。“翠香”四句，写水中和岸上所见的景物。进一步描写离别之情。翠叶凋残，花老香消，残柳被黄昏的愁烟困锁，也仿佛在替人惜别。“念瘦腰”三句化用沈约瘦腰的典故，进一步渲染离别的黯然销魂情绪。

过片“仙人”三句用萧史、弄玉典故，比喻箫声幽咽，使送行之人肠断。然而，即便有宋玉作《九辩》那样的才思，也难以将远行的人招回。“醉鬟”四句写歌女微醉，顾盼之间情意绵绵，她像是理解主客分别的心情，在小窗前频剪烛花，歌声载着离愁别恨，直飞到九霄云外。“素秋”四句写惆怅离别之情不懂得随着客人离去，只有那衰败的红叶，在寒涛中追随着一叶小舟。梦中忽然见到鬟插翠翘的情人，料想是那传递怨情的鸿雁已经飞过了南楼。

这首词亦真亦幻，虚实结合。词人从旁观者的角度表达了友人与其恋者分别的离愁别恨。用字准确、生动，通篇词义幽隐，令人回味无穷。

高阳台（宫粉雕痕）

高阳台
落梅

吴文英

宫粉雕痕，仙云[1]堕影，无人野水荒湾。古石埋香[2]，金沙锁骨连环。南楼不恨吹横笛，恨晓风、千里关山。半飘零、庭上黄昏，月冷阑干。

寿阳空理愁鸾。问谁调玉髓[3]，暗补香瘢。细雨归鸿，孤山无限春寒。离魂难倩招清些，梦缟衣、解佩溪边。最愁人，啼鸟晴明，叶底青圆。

【注释】

①仙云：这里比喻梅花飘落的倩影。②古石埋香：原指美人死去。这里用来比喻落梅。③玉髓：香料名。

【赏析】

这首词借描写落梅，抒发了词人真挚的感旧之情。起首“宫粉”三句写梅花凋谢的状态，“宫粉”形容梅花的颜色，“仙云”形容梅花飘落时的倩影，“雕痕”与“堕影”言其飘零。“无人野水荒湾”，是指梅花的飘落之地。仙姿绰约、幽韵冷香的梅花，悄无声息地飘落在渺无人迹的荒湾。“古石”两句写古石下埋葬着梅花芳香的遗骨，“金沙锁骨连环”，化用锁骨菩萨的典故，意谓梅花以其美艳绝伦之姿入世阅人，谢后复归于洁净。“南楼”两句以“不恨”与“恨”对举，进一步突出关山阻隔的感伤。“半飘零”两句，写落梅无人赏爱的孤独与寂寞。一个“冷”字，透露出无限伤感和凄凉。

过片“寿阳”三句化用寿阳公主梅花妆与孙和误伤邓夫人留下瘢痕的典故，感叹已经没有落梅助妆添色。“细雨”两句化用林逋隐居孤山种梅养鹤事，写对落梅的无限眷恋之情。“离魂”两句，寄托了往事如烟、离魂难招的遗憾。结尾“最愁人”两句，写梅花落后梅树的形象。“叶底青圆”，化用杜牧《叹花》“绿叶成阴子满枝”诗意，寄寓世事变迁的惆怅与岁月无情的蹉跎之感。

这首词明写落梅，实则怀人，寄寓了词人对亡人深深的怀念之情。写景空灵，意蕴深厚，从不同时空层面，渲染了隐秘的情事和深藏的词旨，堪称咏物词中的佼佼者。

高阳台（修竹凝妆）

高阳台

丰乐楼分韵得“如”字

吴文英

修竹凝妆[①]，垂杨驻马，凭阑浅画成图。山色谁题，楼前有雁斜书。东风紧送斜阳下，弄旧寒、晚酒醒余。自消凝，能几花前，顿老相如[②]。

伤春不在高楼上，在灯前攲枕，雨外熏炉。怕舣游船，临流可奈清臞。[③]飞红若到西湖底，搅翠澜、总是愁鱼。莫重来、吹尽香绵，泪满平芜。

【注释】

①凝妆：盛妆，浓妆。②相如：指西汉文学家司马相如，这里是词人自指。③清臞：清瘦。

【赏析】

此词起首“修竹”三句，写丰乐楼所见之景。楼边修长的翠竹，楼下驻马的垂杨，登楼远眺，眼前风景如画。“山色”两句，意谓楼前飞过的雁阵就像是眼前这幅湖光山色图上题写的诗句。“东风”两句，转写酒醒后的所观所感，“东风”点明季节，“斜阳”说明时间是傍晚。“旧寒”则指出这一次是故地重游。“自消凝”三句写词人感叹自己能够在花前赏花的机会已经不多，自己老得竟是那样迅速。一个“顿”字，凸显了岁月变化的迅速。“相如”本指汉代辞赋家司马相如，这里是词人自指。

过片“伤春”三句紧承上片，把伤春之地转到“灯前”“雨外”，写出了孤灯明灭、独自攲枕、雨声潇潇、炉烟袅袅的情境下词人的伤感。不过，这里的“伤春”，已远非那种对春花的珍惜和留恋，而是包含了更多的伤感情绪。“怕舣”两句转到游湖和临流，写词人害怕船只停靠在湖边，害怕自己面对清澈的流水看到自己清瘦的身形。“飞红”两句则又把忧思由湖面深入到湖底，想象湖底的游鱼也会因为春残花落而忧愁。结尾“莫重来”两句更是把思绪由现在跳跃到未来，想象异日再来，也许柳绵也将吹尽，那时一片平芜，更让人泪水难禁。“泪满平芜”四字，将全词的悲情进一步推向高潮。

这首词情感深婉沉郁，意象华丽，寓意幽深缠绵，语言优美凝练。时空跳跃，视角转换频繁，步步换景，句句转意，深深体现了结构变化的多样性。然而，整首词又浑然一体，脉络分明。密中见疏，实中有虚，重而不滞，确是一首丽密厚重而又空灵的佳作。

三姝媚（湖山经醉惯）

三姝媚
过都城旧居有感

吴文英

湖山经醉惯。渍[①]春衫，啼痕酒痕无限。又客长安，叹断襟零袂[②]，涴尘谁浣[③]。紫曲[④]门荒，沿败井、风摇青蔓。对语东邻，犹是曾巢，谢堂双燕。

春梦人间须断。但怪得当年，梦缘能短。绣屋秦筝，傍海棠偏爱，夜深开宴。舞歇歌沉，花未减、红颜先变。伫久河桥欲去，斜阳泪满。

【注释】

①渍：浸渍，沾染。②断襟零袂：形容衣衫破碎。③涴：污，弄脏。④紫曲：妓女所居的坊曲。

【赏析】

这首词是词人重访旧居时悼念亡姬所作。起首“湖山”三句，写词人面对湖光山色，不由得想起以前与爱姬一起醉吟湖上的情景。当时，词人一副醉醺醺的模样，满身都是啼痕酒迹，渍污了身上的春衫。一个“惯”字，说明词人经常如此。“又客”三句意谓以前词人每到临安，都是爱姬替自己洗尘浣衣，而如今人亡屋空，再无人像爱姬这样照顾自己、关心自己，伤感之情溢于言表。“紫曲”数句，写原来热闹的“紫曲”场所，如今门庭冷落，满目荒凉，残垣败井，青草弥漫，在微风中摇摆。唯有东梁之上一对呢喃对语的燕子，与词人为邻。

过片“春梦”三句，写往日欢快的生活如同春梦一样短暂，叹息自己与爱姬的缘分，竟是如此之浅。“绣屋”三句回忆当年快乐的生活，词人绣屋藏娇，纤指

拨动秦筝。两人情意缠绵地依偎在海棠花下，深夜设宴。“舞歇”两句转回现实，写那欢乐的歌舞场面早已不复存在，虽然鲜花的颜色并未减退，而人的红颜却早已改变。结尾“伫久”两句以景结情，写词人在河桥伫立了许久，带着满襟的泪痕和满眼的泪花，在斜阳的余辉中，依依不舍地告别了旧居。

此词谋篇布局连贯细密，前以湖山开篇，后以河桥收束，笔致细腻，势如贯珠，体现了浑然一体的效果。

八声甘州（渺空烟四远）

八声甘州
灵岩陪庾幕诸公游[①]

吴文英

渺空烟四远，是何年、青天坠长星。幻苍崖云树，名娃金屋，[②]残霸宫城。箭径[③]酸风射眼，腻水[④]染花腥。时靸[⑤]双鸳响，廊[⑥]叶秋声。

宫里吴王沉醉，倩五湖倦客，独钓醒醒。问苍波无语，华发奈山青。水涵空、阑干高处，送乱鸦、斜日落渔汀。连呼酒，上琴台去，秋与云平。

【注释】

①灵岩：又名石鼓山，在今江苏苏州西南的木渎镇西北。山顶有灵岩寺，相传为吴王夫差所建的馆娃宫遗址。庾幕：幕府僚属的美称。这里指苏州仓台幕府。②名娃：这里指西施，越王勾践献给吴王夫差的美女。③箭径：指采香径。《苏州府志》：“采香径在香山之旁，小溪也。吴王种香于香山，使美人泛舟于溪水采香。”从灵岩山望之，一水直如，故曰“箭径”。④腻水：宫女洗妆的脂粉水。⑤靸：一种草制的拖鞋。这里用为动词，指穿拖鞋。⑥廊：指响屧廊。相传吴王夫差令西施等人步屧，廊虚而响，故名。

【赏析】

此词通过凭吊吴宫古迹，回顾吴越争霸往事，抒发兴亡之感和词人白发无成的遗憾。起首“渺空”五句辟空入笔，写天空浩渺，烟云无际，不知何年，天空中坠落一颗长星，幻化成这座苍翠的山崖，葱茏的云树，美女西施所住的馆娃宫，以及吴王夫差的宫城。“是何年”三字，强调了年代的久远。一个“幻”字，将虚与实、真与幻联系在一起，体现了梦幻与现实的高度统一。“箭径”四句以“采香径”和“响屧廊”为聚焦点，想象采香径如同一支利箭，凄冷的秋风直刺人的

眼睛。油腻的流水飘浮着当年美人用来化妆的脂粉，使岸上的花朵都沾染了腥味。耳边似乎传来美人们穿着木屐在廊上走过的声音，原来是廊前的树叶发出的秋声。

过片“吴王”三句，讽刺当年吴王夫差沉迷于酒色，终至亡国亡身，遗人笑柄。只有头脑清醒的范蠡，在太湖上垂钓，功成身退。“问苍波”两句写词人向苍波发问，是什么力量主宰着历史的兴盛与衰亡，而苍波沉默无语；词人因为愁苦无奈而白发满头，只有无情的群山，依旧苍翠青青。这里，以无情的苍波和青山衬托词人的有情，愈显情之深厚。“水涵空”两句写江水浩瀚包蕴长空，词人凭栏眺望，只见乱鸦纷纷落向渔汀。一个“送”字，堪称神笔，道出了词人留恋不舍而又无可奈何的吊古之情。结尾“连呼酒”三句，以豪语结笔，尤见词人的洒脱。词人连声呼唤取酒，登上琴台，去欣赏那秋光与云齐平的美景。

这首词以“幻”字为词眼，借吴越争霸的往事，抒发历史兴亡之感。虚实结合，变幻莫测。

踏莎行（润玉笼绡）

踏莎行

吴文英

润玉[①]笼绡，檀樱倚扇。绣圈犹带脂香浅。榴心空叠舞裙红，艾枝[②]应压愁鬟乱。

午梦千山，窗阴一箭。香瘢[③]新褪红丝腕。隔江人在雨声中，晚风菰叶生秋怨。

【注释】

①润玉：形容美人玉一般润泽的肌肤。②艾枝：端午节用艾叶制成虎形戴于发间以辟邪。③香瘢：这里指手腕上因系红丝线留下的瘢痕。

【赏析】

这是一首端午节怀人感梦之词。起首“润玉”三句着力刻画梦中佳人柔润洁白的肌肤，朦胧绰约的纱衣，用扇遮掩的浅红的樱桃小口，围在脖颈上的绣花圈饰，散发着淡淡的脂粉香气。寥寥数语，从色、香、形态、服饰等方面，生动地刻画了梦中人之美。“榴心”两句点明端午节时令，写梦中之人榴心裙空叠，无心歌舞，艾枝压乱鬟，似含愁怨。

过片“午梦”两句点明上片所写皆是词人梦中所见，“千山”“一箭”，表明梦

魂与现实距离的遥远，说明梦中经历万水千山，而实际上不过是片刻的光景。“香瘢”一句把笔触又拉回梦境，补写梦中所见之人依端午节风俗，手腕上系着五彩丝线，以至于留下渐退的红色印痕。“隔江”两句从梦境回到现实，江面上雨声阵阵，却无法见到对岸之人。晚风吹动菰叶，生起无限秋怨。

整首词采用虚景与实景相结合的方法，表达了词人的情思与幽怨。

瑞鹤仙（晴丝牵绪乱）

瑞鹤仙

吴文英

晴丝[①]牵绪乱。对沧江斜日，花飞人远。垂杨暗吴苑[②]。正旗亭烟冷，河桥风暖。兰情蕙盼。惹相思、春根[③]酒畔。又争知、吟骨[④]萦消，渐把旧衫重剪。

凄断。流红千浪，缺月孤楼，总难留燕。歌尘凝扇。待凭信，拌分钿。试挑灯欲写，还依不忍，笺幅偷和泪卷。寄残云、剩雨蓬莱，也应梦见。

【注释】

①晴丝：晴空中的游丝。②吴苑：指吴王阖闾所建的宫苑。③春根：指春末。④吟骨：指诗人的瘦骨。

【赏析】

这首词将恋爱双方互相思念的情感对比来写，别有一番情趣。起首“晴丝”四句写暮春晴日里的游丝牵动纷乱的思绪，面对着碧水悠悠的吴江和西斜的落日，眼前片片落红随风飘舞，而心上人却远在天涯。低垂的杨柳一片幽暗，遮蔽着古老的吴宫旧苑。“正旗亭”两句点明正值寒食节。“烟冷”与“风暖”对照，既突出了季节的变化，也暗示出寒食节禁烟的习俗。“兰情”两句回忆抒情主人公在旗亭与心上人相遇，顾盼生情，在暮春的酒宴上，两人情意缠绵的情景，惹起抒情主人公刻骨铭心的相思。“又争知”两句写远在天涯的心上人又怎能知道，自己为她魂牵梦绕，以至于形容憔悴，衣带渐宽。

过片以“凄断”两字领格，转写女子的相思。“凄断”四句写女子凄凉魂断的心境。层层细浪漫卷残红，一钩残月映照孤楼。这些意象，表达了离别之后女子失意、伤春、孤单的情绪。“总难留燕”写女子居处的孤寂，连双燕也不愿在楼中筑巢与她相伴。“歌尘凝扇”，写女子以前歌舞用过的彩扇，积满了灰尘，说明她已久不歌舞。“待凭信”五句写女子欲写书诀别，试着挑亮灯芯，铺好纸笔，最终还是不忍，于是又把写有字、滴满泪痕的信笺暗暗卷起。结尾“寄残云”两句，以痴语结笔，意谓将自己的魂魄寄托于蓬莱山的残云剩雨，希望帮助自己与情郎相见。

整首词采用层层递进的笔法，用意婉曲刻画传神。写到尽致处，又化为无声的呼唤，别有一番意在言外的艺术构思。

鹧鸪天（池上红衣伴倚栏）

鹧鸪天
化度寺[①]作

吴文英

池上红衣伴倚栏。栖鸦常带夕阳还。殷云度雨疏桐落，明月生凉宝扇闲。

乡梦窄，水天宽。小窗愁黛淡秋山。吴鸿[②]好为传归信，杨柳阊门[③]屋数间。

【注释】

①化度寺：在杭州西部江涨桥附近。②吴鸿：指吴地飞来的大雁。③阊门：苏州西门。这里指词人姬妾所居之地。

【赏析】

这是一首思乡悲秋感怀之词。起首“池上”两句写词人倚在池边的栏杆之上，在一位身穿红衣的女子的陪伴之下，看着栖息的归鸦带着夕阳飞回。“常”字说明这样的景象经常有之。“殷云”两句写浓云带来一阵急雨，稀疏的桐叶簌簌飘落。很快雨过天晴，明月当空，天气转凉，宝扇得以清闲。一个“凉”字，体现了一场秋雨过后天气转凉的状态，然而，词人不说雨助秋凉，而说明月生凉，还隐含有另外一层意思，即看到明月，更勾起词人浓重的思乡之情，从而产生身在异乡的凄凉之感。

过片“乡梦窄”三句以思乡的梦“窄”与碧水蓝天的“宽”进行对比，进一步写思乡之愁。倚窗看到的，只有那淡淡的满写着愁意的秋山。远山如眉黛一般浅淡，着一“秋”字，更显其愁情。“吴鸿”两句写词人寄希望于大雁，希望它能替自己传达思归的心情，阊门外杨柳下的数间小屋，便是词人日思夜想的家。

整首词意境清隽绵邈，用笔疏淡有致，包含了深远的情味。偶对工整，富有节奏感。

夜游宫（人去西楼雁杳）

夜游宫

吴文英

人去西楼雁杳。叙别梦、扬州一觉。云淡星疏楚山晓。听啼乌，立河桥，话未了。

雨外蛩声早。细织就、霜丝①多少。说与萧娘②未知道。向长安，对秋灯，几人老。

【注释】

①霜丝：指白发。②萧娘：女子的泛称。

【赏析】

这首词是词人在临安时思念爱妾所作。起首“人去”两句化用杜牧《遣怀》“十年一觉扬州梦”诗意，写人去雁杳，畅叙别情只能寄希望于梦中。“云淡”数句，写词人在梦中与爱妾站立在河桥之上，互相倾诉别后的相思，话还没有说完，就被窗外鸟儿的啼鸣惊醒了。只见外面云淡星稀，天刚刚拂晓。整个上片，纯用白描的语言，诉说与爱妾梦中相见的情景，语淡情深。

过片“雨外”三句，写秋雨夹杂着蟋蟀的悲鸣之声，淅淅沥沥地下个不停。仿佛织布的机梭来回穿行，织出了词人满头的白发。即便告诉心爱的人，她也未必能体会自己的心情。“多少”，犹言很多。“向长安”两句写词人遥望京师，感叹面对秋灯，几度使人衰老。

这首词短小精悍，句法变化生动，语意曲折，韵致清雅，是一首不可多得的好词。

青玉案（新腔一唱双金斗）

青玉案

吴文英

新腔一唱双金斗[①]。正霜落、分柑手。已是红窗人倦绣。春词裁烛，夜香温被，怕减银壶漏。

吴天雁晓云飞后。百感情怀顿疏酒。彩扇何时翻翠袖。歌边拚取，醉魂和梦，化作梅花瘦。

【注释】

①金斗：酒杯。

【赏析】

这首词是词人怀念苏州的姬人所作。起首“新腔”二句写姬人每唱一曲，二人就举杯畅饮。她伸出纤纤素手，为词人剖柑。“霜落”二字突出了其纤手的洁白。“已是”句意指天色已晚，红烛映窗，佳人厌倦了刺绣。“春词”三句，写姬人唱起情意缠绵的春词，在歌声中，蜡烛渐渐短小。熏香袅袅，被褥逐渐温热，如此良宵，深怕时光流逝。一个“怕”字，道出两人情意缠绵，渴望时光延长的心理。

过片“吴天”三句，拂晓时分，吴地的鸿雁穿过彩云飞去之后，词人百感交集，思绪万千，顿时连酒也难以喝下去了。“疏酒”，疏远酒之意，什么时候才能再见到她翠袖翩翩、彩扇翻飞的舞姿呢？言语之间流露出对姬人的深切思念。“歌边”三句是词人的想象，词人希望再见到姬人，一定要在她的歌声中喝个沉醉，然后醉魂入梦，化作清瘦的梅花。“梅花瘦”三字，深深体现了一种诗意的清秀之美与高雅的情调。整首词意境氤氲，思维跳跃，言语虽有晦涩之处，但不失朦胧绰约之美。

贺新郎（乔木生云气）

贺新郎

陪履斋先生①沧浪看梅

吴文英

乔木生云气。访中兴、英雄陈迹，暗追前事。战舰东风悭借便，梦断神州故里。旋小筑②、吴宫闲地。华表月明归夜鹤，叹当时、花竹今如此。枝上露，溅清泪。

遨头③小簇行春队。步苍苔、寻幽别墅，问梅开未。重唱梅边新度曲，催发寒梢冻蕊。此心与东君④同意。后不如今今非昔，两无言、相对沧浪水。怀此恨，寄残醉。

【注释】

①履斋先生：吴潜，字毅夫，号履斋，观文殿大学士，封庆国公。②小筑：指规模小、环境清幽而比较雅致的住宅。③遨头：太守的俗称。④东君：本指司春的神。这里用来借指履斋先生。

【赏析】

这首词借沧浪亭看梅，怀念抗金名将韩世忠，感慨时事，表达了强烈的爱国热情。起首“乔木”三句，从韩世忠沧浪亭别墅写起，高大的乔木云气苍然，展现了韩世忠旧宅郁郁葱葱的景象，同时也暗示出这位叱咤风云的英雄离世已久。“战舰”两句反用三国周瑜借东风典故，说明天不佑人，以至于恢复神州河山的大业功亏一篑。这位盖世英雄只好返回故里，在吴宫旧址筑起这座休闲的小筑。“华表”数句用丁令威化鹤归辽东典故，意指韩世忠如果能够化成鹤落在华表上，一定会深深叹息以前繁茂的花竹，如今却变得如此萧条冷寂。枝头上珠露点点，仿佛是流下的伤心清泪。

过片“遨头”五句，点明此行是陪伴吴潜来沧浪亭赏梅，沿着长满苍苔的路径，探寻英雄的别墅遗迹，看那里的梅花是否开放。在梅边重唱新度的词曲，以期把枝头沉睡的梅蕊唤起。“此心”句表明宾主的想法一致。“后不如今”四句意谓今非昔比，以后的岁月恐怕还不如现在，面对沧浪亭下的流水，主与客相对无语。唯有将一腔悲愤，寄托在残醉之中。

整首词格调清新，结构严密，用典独到，有很高的艺术价值。

唐多令（何处合成愁）

唐多令

何处合成愁。离人心上秋。纵芭蕉、不雨也飕飕[1]。都道晚凉天气好，有明月、怕登楼。

年事梦中休。花空烟水流。燕辞归、客尚淹留。垂柳不萦裙带住，漫长是、系行舟。

【注释】

①飕飕：象声词，形容风雨的声音。

【赏析】

这是一首羁旅怀人之词。起首“何处”两句别出心裁，利用“愁”的字形结构巧组词句，通过一问一答的形式，道出了悲秋伤别的愁怀。“纵芭蕉”一句是说即便没有下雨，芭蕉也会因为飕飕的秋风而发出凄凉的声音。“都道”三句，写人人都说傍晚凉爽天气好，可因为有明月存在，词人却更害怕登楼。这几句道出了游子的真实心态。

过片“年事”句感叹年光过尽，往事如梦。“花空”句借春花凋谢、烟水东流比喻青春年华的流逝，同时又兼赋秋景，深得二义之妙。“燕辞归”句以归燕与客尚滞留他乡进行对比，犹有人不如鸟之慨。结尾“垂柳”两句写其人已去，而自己却不能随行，进一步体现了客里送客的哀愁。

这首词以“愁”字为词眼，深沉地表达了羁旅愁思。语言简洁明快，毫无拖沓之感。

湘春夜月（近清明）

湘春夜月[①]

黄孝迈[②]

近清明，翠禽枝上消魂。可惜一片清歌，都付与黄昏。欲共柳花低诉，怕柳花轻薄，不解伤春。念楚乡旅宿，柔情别绪，谁与温存。

空尊夜泣，青山不语，残照当门。翠玉楼[③]前，惟是有、一陂湘水，摇荡湘云。天长梦短，问甚时、重见桃根。者次第，算人间、没个并刀[④]，剪断心上愁痕。

【注释】

①湘春夜月：词牌名，黄孝迈自度曲。双调102字，前片十句四平韵，后片十一句四平韵。②黄孝迈：生卒年月不详，字德夫，号雪舟。有《雪舟长短句》，《全宋词》收其词4首。③翠玉楼：指华丽的楼阁。④并刀：并州出产的剪刀。

【赏析】

这首伤春之词，是黄孝迈的代表作。起首“近清明”四句在点明时令，写翠鸟的叫声凄婉动人，可惜这一片清脆悦耳的歌声，都付与了寂寞的黄昏。“黄昏”二字，有着双重的含义，不仅指黄昏之景，而且喻指整个国运已近黄昏。“欲共”三句写词人想对柳花低声倾诉，又恐怕轻薄的柳花，不理解自己伤春的心情。歇拍“念楚乡”三句写词人寄宿在楚地的旅馆之中，满腔的柔情与离别的愁苦交织在一起。“谁与温存”四字写尽了词人的孤独与寂寞。

过片“空尊”三句，进一步说明“举杯浇愁愁更愁”，同时用沉默不语的青山和当门而照的残月烘托环境。“翠玉楼”三句，写词人倚楼观望，只见月光下的湘江，波光隐隐，摇荡着空中浮云的倒影。“天长”两句，以天的久长与梦的短暂相比，引出对意中之人的思念。结尾“者次第”三句，写仔细盘算，人间没有一种锋利的并刀，能够剪除心上的愁恨。“并刀”，并州产的刀，向来以锋利著称。其意是说，并州刀虽快，也难以剪掉心中的愁苦。

这首词以拟人的手法，将词人的主观情愫对象化，使情景的描写与人物的心境相契合。哀婉凄切，真实感人。

大有（戏马台前）

大有[①]

九日

潘希白[②]

戏马台前，采花篱下，问岁华、还是重九。恰归来、南山翠色依旧。帘栊昨夜听风雨，都不似、登临时候。一片宋玉情怀[③]，十分卫郎[④]清瘦。

红萸佩，空对酒。砧杵动微寒，暗欺罗袖。秋已无多，早是败荷衰柳。强整帽檐攲侧，曾经向、天涯搔首。几回忆、故国莼鲈，霜前雁后。

【注释】

①大有：词牌名，属小石调，始见《片玉集》。双调99字，前片八句四仄韵，后片十句五仄韵。②潘希白：字怀古，号渔庄，永嘉（今浙江湖州）人。存词一首。③宋玉情怀：指悲秋情怀。④卫郎：卫玠，字叔宝，河东安邑（今山西夏县）人，晋朝玄学家。

【赏析】

这首词抒发了重阳节悲秋伤感、怀乡思归的情绪。起首“戏马”三句，借宋武帝重阳节登戏马台和陶渊明东篱把酒的故事，点明时令。“还是重九”四字，说明如此过重九并非第一次。“恰归来”两句指出词人归来的时候山色依旧和往常一样。“帘栊两句”以夜听风雨与登临对比，抒发词人内心的愁怀。“一片”两句运用宋玉和卫玠的典故，来比拟词人的愁苦之深。

过片“红萸佩”两句，描写词人在重阳节这天头插茱萸，一个人对酒当歌的情景。一个“空”字，道出了词人的孤独与苦闷。“砧杵”两句写秋天的微微凉意，“暗欺”二字说明寒意并不强烈。“秋已”两句写残秋的景象，同时，“秋已无多”也暗含了南宋王朝行将覆灭之意。“强整”两句写词人的失意之态与无穷的愁苦，深深地流露出人在天涯的孤独与感伤。结尾“几回忆”两句流露出浓重的思乡之感和感伤时事的悲慨。

清代查礼《铜鼓书堂遗稿》评价此词：“用事用意，搭凑得瑰丽有姿，其高谈处，可与稼轩比肩。”可见这首词的不同凡响。

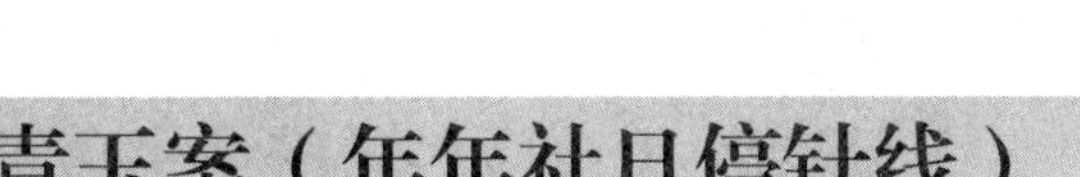

青玉案（年年社日停针线）

青玉案

无名氏[①]

年年社日[②]停针线。怎忍见、双飞燕。今日江城春已半。一身犹在，乱山深处，寂寞溪桥畔。

春衫着破[③]谁针线。点点行行泪痕满。落日解鞍芳草岸。花无人戴，酒无人劝，醉也无人管。

【注释】

①此词作者一作黄公绍。②社日：这里指春社。③着破：穿破。

【赏析】

这是一首游子思归之作。词以一对久别的夫妻相互思念为主题，表达了夫妻恩爱之深、离别之痛与刻骨的相思之情。起首一句从词人的想象入笔，写社日来临、妇女们停下手中的针线。“怎忍见”两句设想闺中佳人在伤春的同时思念自己的情景。“春已半”说明大好的春光即将逝去，同时也寓含有青春年华即将逝去之意。“一身”三句转写词人的孤独与凄凉。春光已过大半，而词人却不得不在乱山深处、寂寞冷清的溪桥之畔逗留，饱尝离别的凄苦滋味，与闺中佳人的凄凉处境相互映衬。

过片“春衫”两句感叹自己的春衫已破，因爱妻不在身边，无人替自己缝补，因而思念爱妻忍不住伤心落泪。“落日”四句将刻骨铭心的相思熔铸于具体的事物，从而更显得词情充沛、情意缠绵。尤其是三个“无”字，更是将词人无比凄楚与孤独寂寞的心情渲染到极致。

整首词情感恣肆，笔调放纵，极力渲染一腔愁情，进一步增强了此词的艺术效果。

摸鱼儿（对西风）

摸鱼儿

朱嗣发[1]

对西风、鬓摇烟碧[2]，参差前事流水。紫丝罗带鸳鸯结，的的[3]镜盟钗誓。浑不记、漫[4]手织回文，几度欲心碎。安花着叶[5]。奈雨覆云翻，情宽分窄，石上玉簪脆。

朱楼外，愁压空云欲坠。月痕犹照无寐。阴晴也只随天意，枉了玉消香碎[6]。君且醉。君不见、长门青草春风泪。一时左计[7]。悔不早荆钗，暮天修竹，头白倚寒翠。

【注释】

①朱嗣发（1234—1304）：字士荣，号雪崖，乌程（今浙江吴兴）人。《阳春白雪》录其词一首。②鬓摇烟碧：形容鬓发如碧空烟霭一般散乱。③的的：清清楚楚，明明白白。④漫：徒然。⑤安花着叶：一作"安花著蒂"。⑥玉消香碎：这里指女子殉情而死。⑦左计：打错了主意。

【赏析】

这是一首弃妇词，描写了一位女子与情人结合、被弃与后悔的经过，同时也寄托了亡国之思。起首两句写西风吹乱了女主人公的鬓发，引起她对往日情事的回忆，感叹岁月如同流水一般去而不返。"紫丝"两句写女主人公回忆当初与心上人情结罗带、互相盟誓的情景。"镜盟钗誓"分别运用徐德言与乐昌公主、唐玄宗与杨贵妃的典故，表示夫妻定情、永不分离。"浑不记"两句用苏蕙织锦事，写女主人公对负情男子刻骨铭心的思念之情。"几度"句充分体现了女主人公的愁情之苦。"安花着叶"四句写男子的薄情寡义以及两人交往的不可挽回。这里的"雨覆云翻"表示男子的反复无常。"情宽分窄"是说女子用情太深，而两人的缘分太浅。"玉簪脆"比喻感情像玉簪一样容易摧折。

过片"朱楼外"三句写彻夜无寐的女主人公站在朱楼之上，思绪万千，朱楼之外，空中的浓浓云雾似乎被愁绪压得几乎要坠落下来，月亮只剩下一抹残痕照着这位多情的女子。"阴晴"两句写出了女主人公不能左右自己命运的痛苦。"随天意"表明只能听从天意的安排。"君且醉"两句借用汉武帝皇后幽居长门宫典故，感叹富贵荣辱皆如过眼烟云，终究是一场空，枉自劳心费神。结尾"一时左计"四句写女主人公后悔当年一时糊涂，以至于今日在暮色之中独倚修竹，空老白头。

这首词化用前人典故、诗句，浑化无迹，如同己出，显示了词人高超的语言组织能力和广博丰富的知识。同时，此词寓情于景，借景抒情，进一步增强了抒情的生动性和形象性。

兰陵王（送春去）

兰陵王
丙子送春

刘辰翁[①]

送春去。春去人间无路。秋千外、芳草连天，谁遣风沙暗南浦。依依甚意绪。漫忆[②]海门飞絮。乱鸦过、斗转城荒，不见来时试灯处。

春去谁最苦。但箭雁[③]沉边，梁燕无主。杜鹃声里长门暮。想玉树凋土，泪盘如露。咸阳送客屡回顾，斜日未能度。

春去尚来否。正江令[④]恨别，庾信愁赋。苏堤[⑤]尽日风和雨。叹神游故国，花记前度。人生流落，顾孺子，共夜语。

【注释】

①刘辰翁（1232—1297）：字会孟，号须溪，庐陵（今江西吉安）人。作为遗民词人，其词多写战乱之苦与故国之思。爱国情怀及遒劲词风与辛弃疾一脉相承，含蓄而不隐晦，真挚而不雕琢，清丽中有激越豪迈之情。有《须溪词》三卷。②漫忆：空自思忆。③箭雁：中箭坠落的大雁。④江令：指江总。他在陈后主时任尚书令，故称江令。⑤苏堤：西湖长堤，苏轼守杭州时修筑。

【赏析】

这首词借伤春表达了亡国之痛和故国之思。起首两句写送春归去的感伤，“春去”说明人间已无春天，透露出词人对现实社会的绝望。“秋千外”三句运用透过一层的写法，由芳草引出离情。一个“暗”字，既道出了自然天气的昏暗，也影射了因国破家亡而导致的政治黑暗。“依依”两句写词人将复国的希望寄托于南逃的端宗皇帝，表达了词人意欲随端宗南行的心愿。“乱鸦过”两句写临安城当前的残破景象：乱鸦飞舞，斗转星移，城池荒芜，再也找不到原来的试灯之处，暗指此时南宋已亡。

中片写南宋君臣所遭受的亡国之痛。“春去”句以设问引起话题，“但箭雁”数句是对春去谁苦的回答，“箭雁沉边”是指被掳至北方的臣民，如同被射落的大雁，永无归日。“梁燕无主”比喻南宋臣民面对大厦将倾的局面，惶惶不可终日。“杜鹃”句写临安皇家宫苑之中的凄凉景象，“玉树”三句化用典故，写人们亡国之后的沉痛心情。“凋土”“泪盘”“斜日”等意象，均体现了被迫北去的君臣对故国的眷恋。

下片“春去”三句化用江总、庾信典故写去国之恨。“苏堤”句以杭州名胜苏堤为代表，暗示整个南宋都处在风雨飘摇之中。“叹神游”两句，说明故国的春天从此只能在梦中相见。“人生”三句再次表明“人间无路”，只能与孺子共话人生的流落之感和亡国的哀伤。

这首词明为送春，实则悲悼南宋的灭亡。伤春的同时，进一步深化了爱国的主题，具有较强的现实性。

宝鼎现（红妆春骑）

宝鼎现[1]

刘辰翁

红妆春骑。踏月影、竿旗穿市。望不尽、楼台歌舞，习习[2]香尘莲步底。箫声断、约彩鸾[3]归去，未怕金吾呵醉。甚辇路、喧阗且止，听得念奴[4]歌起。

父老犹记宣和事。[5]抱铜仙、清泪如水。还转盼、沙河多丽。滉漾[6]明光连邸第，帘影冻、散红光成绮。月浸葡萄十里。看往来、神仙才子。肯把菱花扑碎。

肠断竹马儿童，空见说、三千乐指。等多时、春不归来，到春时欲睡。又说向、灯前拥髻，暗滴鲛珠[7]坠。便当日、亲见《霓裳》，天上人间梦里。

【注释】

①宝鼎现：始见康与之《顺庵乐府》。全词分三片，共157字。前片四仄韵，中片五仄韵，后片五仄韵。刘辰翁此词为变格体。②习习：香气盈盈貌。③采鸾：指出游的美人。④念奴：唐代天宝年间著名娼妓，这里用来比喻歌妓的唱技之精。⑤宣和：宋徽宗赵佶的最后一个年号。⑥滉漾：形容广阔无涯。⑦鲛珠：传说中鲛人泪珠所化的珍珠。这里用来比喻眼泪。

【赏析】

这首词抚今追昔，以过往的繁华来与残酷的现实相比较，抒发了家国沦亡之痛。起首“红妆”三句写贵族女子盛妆出游的情景，踏着婆娑的月影，高杆之上彩旗如林，在热闹的繁华街市上来回穿行。“望不尽”数句，写当时歌舞的盛况与男女之间的恋爱情事。歇拍“甚辇路”两句皇家经行的道路人声嘈杂，突然又鸦雀无声，原来是著名歌手开始演唱。整个上片，描绘了繁华的闹市景象。

中片“父老”两句，写宣和旧事之悲。“抱铜仙”一语引用典故，抒发去国之感。“还转盼”两句写南宋承平时期的繁华美景：沙河塘繁华美丽，河面上灯光倒影在水中，明光闪烁的是一片连绵不断的宅第。“帘影冻”句，写帘影映在湖面上的绮丽色彩。“月浸”三句，写月色倒影在西湖的景色之美，以及那些神仙一般的才子佳人对镜湖明月的爱惜。

下片“肠断”数句写南宋覆亡后年轻人的痛苦与悲哀。“空见说”三字说明对于未成年人来说只是听闻，而并未实见，生不逢时的感伤充溢着字里行间。“又说向”四句，则描写了老年人的失意与落寞。老人们曾经目睹过当年元宵佳节的盛况，亲见过当年的《霓裳》，而如今，空余遗恨。“天上人间”一句，辞气悲凉，深深体现了亡国之痛和暮年难春的感伤。

这首词通过三个不同时代元宵节对比，表达了南宋遗民的亡国之痛和今非昔比的感伤之情。逻辑性强，结构错落有致。语言朴实，音律优美。

永遇乐（璧月初晴）

永遇乐

刘辰翁

余自乙亥上元，诵李易安《永遇乐》，为之涕下。今三年矣，每闻此词，辄不自堪，遂依其声，又托之易安自喻。虽辞情不及，而悲苦过之。

璧月初晴，黛云①远淡，春事谁主。禁苑娇寒，湖堤倦暖，前度遽如许②。香尘暗陌，华灯明昼，长是懒携手去。谁知道，断烟禁夜，满城似愁风雨。

宣和旧日，临安南渡，芳景犹自如故。缃帙③流离，风鬟④三五。能赋词最苦。江南无路。鄜州今夜，此苦又谁知否。空相对、残釭无寐，满村社鼓。

【注释】

①黛云：青绿色如同眉黛一般的薄云。②前度遽如许：意谓词人再来临安时局势变化如此之快。③缃帙：书卷。④风鬟：头发散乱的样子。

【赏析】

这首词通过今昔对比，抒发了国破家亡的痛苦和对故国的无限眷恋与思念之情。起首“璧月”三句渲染气氛，暮雨初晴，璧月东升云色如黛，淡淡地飘浮在遥远的天空。这美好的春景，竟然无人为主，感伤之情溢于言表。“禁苑”三句，写故宫禁苑中袭来阵阵微寒，西湖的堤岸显得有些慵倦，词人这个前度的“刘郎”又来到了这里，想不到如今这里变得如此冷寂。“香尘”三句回忆昔日上元节的繁华景象，而自己却没有什么心情和人们携手同去观赏。“谁知道”三句写如今的上元夜禁止宵行，人烟断绝，满城似有凄风苦雨。

过片“宣和”三句回忆宣和旧日临安南渡之时上元节热闹繁盛的情景。“缃帙”三句描写李清照与赵明诚辛苦收藏的金石书画在南渡时几乎散失殆尽，元宵节也无心打扮、任凭鬓发散乱的凄苦生活。尤其是她写下的词章，更让人感到凄苦。结尾“江南”六句转写如今江南已经无路可走，词人到处漂泊，不由得想到被叛军困在长安的杜甫，月明之夜思念鄜州的亲人的凄苦心境，如今自己的情景与杜甫是何其相似啊！词人无法入睡，空自对着一盏残灯发愁，这时候，外面又传来满村的社鼓之声。词写到此戛然而止，给人们留下了无限的回味空间。

摸鱼儿（怎知他）

摸鱼儿
酒边留同年徐云屋①

刘辰翁

怎知他、春归何处，相逢且尽尊酒。少年袅袅天涯恨，长结西湖烟柳。休回首，但细雨断桥，憔悴人归后。东风似旧，问前度桃花，刘郎能记，花复认郎否。

君且住，草草留君剪韭②。前宵更恁时候。深杯欲共歌声滑③，翻湿春衫半袖。空眉皱。看白发尊前，已似人人有。临分把手。叹一笑论文，清狂④顾曲，此会几时又。

【注释】

①同年：古代科举考试中同科举者之间的称呼。徐云屋：词人的朋友，生平事迹不详。②剪韭：古人以春初嫩韭为美味，故用来招待客人。这里用来表示旧友重逢时淳朴深厚的情意。③歌声滑：指歌声婉转流畅。④清狂：放逸不羁。

【赏析】

这是一首送别友人的词作。起首“怎知他”一句点明时间是暮春，同时流露出春光不再的惆怅之感。“相逢”句言饯别，“尽尊酒”三字，既包含酒逢知己千杯少之意，又含有以酒遣愁之意。“少年”两句写词人少年便尝到天涯漂泊的凄苦，其怨恨之长如同西湖边那烟雾朦胧的垂柳。“休回首”三句告诫自己不要回首往事，眼前细雨蒙蒙的断桥，等到人归去之后，已是憔悴不堪。“东风”四句，写东风和以往一样温暖，问前度开放的桃花，刘郎尚能记得，而桃花是否能够记得刘郎的容颜?

过片“君且住”两句，是对友人的挽留，体现了词人的依依不舍之情。“剪韭”源于杜诗，这里指词人没有珍馐美味招待客人，茶饭虽粗劣，但两人的关系却更加亲密。“前宵”三句追叙昨夜两人一起痛饮的情景，放歌豪饮，酒湿春衫。这既显示出二人性格的狂放，也体现出二人分别的痛苦。本来昨日已经饯别，今日又一起畅饮，足见两人关系深厚。“空眉皱”三句，写两人都已生白发，徒然浩叹伤怀。“临分”四句，写二人握手言别而又难分难舍，叹息平日谈笑论文，清高疏狂地鉴赏乐曲，这样的聚会不知到何时才能再有!

此词抒写别情，与一般的送别词不同，更多地倾注了词人的人生感慨，因而在内容方面更为丰富。遒劲有力的风格、曲折顿挫的笔势与丰富复杂的内容融铸一体，相得益彰。

瑶华（朱钿宝玦）

瑶华①

周密②

后土③之花，天下无二本。方其初开，帅臣以金瓶飞骑进之天上，间亦分致贵邸。余客辇下，有以一枝（下缺。按他本题改作“琼花”）。

朱钿宝玦④。天上飞琼⑤，比人间春别。江南江北，曾未见，漫拟梨云梅雪。淮山春晚，问谁识、芳心高洁。消几番、花落花开，老了玉关豪杰。

金壶⑥剪送琼枝，看一骑红尘，香度瑶阙⑦。韶华正好，应自喜、初识长安蜂蝶。杜郎老矣，想旧事、花须能说。记少年、一梦扬州，二十四桥明月。

【注释】

①瑶华：词牌名，调见吴文英《梦窗丁稿》。双调102字，仄韵格。②周密（1232—1298）：字公瑾，号草窗，祖籍济南（今属山东），南宋词人。善诗词，风格典雅秾丽，格律严谨，与吴文英齐名，号称“二窗”。编有《绝妙好词》。③后土：指扬州后土祠。④宝玦：珍贵的佩玉。⑤飞琼：指许飞琼，仙女，传说中西王母的侍女。⑥金壶：酒壶的美称。⑦瑶阙：传说中的仙宫。

【赏析】

这是一首借咏物讽喻政治之作。起首“朱钿”三句赞美琼花的特异资质。写琼花像朱红色的钿饰和珍贵的玉玦，是天上的许飞琼所化，和人间的春色不同。“江南”三句指出此花罕见，江南江北都未曾有，它既非梨花，又非梅花。“淮山”数句写琼花生长在胡尘弥漫、兵戈扰攘的江淮地区，无人赏识它品格的高洁。琼花年复一年地开放、凋零，曾经见证守边将士的衰老。这既是写花，也是写人，一个“老”字，深深透露出边防将士壮志难酬的无限悲凉。

过片“金壶”三句写琼花被剪下来插在金壶之中，以飞骑传送到临安皇宫，供皇帝和妃嫔们观赏。“一骑红尘”，化用杜牧“一骑红尘妃子笑，无人知是荔枝来”诗意，将度宗飞骑传琼花与唐玄宗飞骑送荔枝作比，借古讽今，规劝南宋统治者不要沉湎声色，否则将招致亡国之祸。“韶华”两句谓琼花正值盛期，被进贡到临安，能够为都城的观赏者们赏识，也是一件幸事。“杜郎”四句写词人以杜牧自比，感叹已老，想起历史上的每桩事情，这琼花便是见证。回忆起少年时在扬州的生活，简直就像在梦中一样。那时候，二十四桥都沉浸在一片明净的月光之中。此词结尾以淡语出之，发人深省，令人荡气回肠。

全词结构紧密，盘旋而下，偶置一闲笔，增加词的意味，从而使情趣顿生。此词借咏琼花感慨时事，通过历史“旧事”讽喻当朝，具有一定的思想价值和意义。

玉京秋（烟水阔）

玉京秋[①]

周密

长安独客，又见西风，素月丹枫，凄然其为秋也，因调夹钟羽一解。

烟水阔。高林弄残照，晚蜩凄切。碧砧度韵，银床飘叶。衣湿桐阴露冷，采凉花[②]、时赋秋雪[③]。叹轻别，一襟幽事，砌虫[④]能说。

客思吟商还怯。怨歌长、琼壶暗缺。翠扇恩疏，红衣香褪，翻成消歇。玉骨西风，恨最恨、闲却新凉时节。楚箫咽，谁倚西楼淡月。

【注释】

①玉京秋：词牌名，周密自度曲，属夹钟羽调。双调95字，上片十一句六仄韵，下片九句六仄韵。②凉花：这里指芦花。③秋雪：指芦花。④砌虫：一作“砌蛩”。

【赏析】

这是一首秋日伤怀之作。起首“烟水阔”句写水天空阔、苍茫无际。“高林”四句，写夕阳西下，高大的树林尽情地赏玩着暮色，晚蝉悲凉地鸣叫着，如泣如诉，如怨如慕。捣衣砧上发出阵阵秋韵，井边飘落下梧桐的枯叶。这四句，清晰地描绘出一幅凄凉的湖天秋暮图。“衣湿”三句写词人久立在桐阴之下，寒露沾湿了衣服，采摘一枝芦花，不时吟咏其洁白似雪。“叹轻别”三句追悔昔日轻易离别，慨叹如今相见无期。阶下的蟋蟀低声悲鸣，仿佛在替人诉说满怀的幽怨。

过片“客思”两句写客里胸怀郁结之状，秋声如商调般凄楚悲凉，低回徘徊，让词人情不自禁，在反复吟唱中不知不觉地敲破了唾壶。“翠扇”三句借写物表达内心的凄凉之感。秋扇见捐，残荷凋零，一切芳景都已消歇。“玉骨”四句，写词人独立在秋风之中，心中无限怅恨，白白虚度了这清凉的时节。远处传来悲咽的箫声，是谁凭倚在西楼之上侧耳细听？身上披着朦胧的淡月。此词以问句作结，令人回味。

整首词结构井然有序，语言精练，格调清雅。表情达意不滞于实事，而是凭借最具特征的事物描写，层层熏染，委婉道出。

曲游春（禁苑东风外）

曲游春[①]

周密

禁烟湖上薄游，施中山[②]赋词甚佳，余因次其韵。盖平时游舫，至午后则尽入里湖，抵暮始出断桥，小驻而归，非习于游者不知也。故中山极击节余“闲却半湖春色”之句。谓能道人之所未云。

禁苑东风外，飏[③]暖丝晴絮，春思如织。燕约莺期。恼芳情偏在，翠深红隙。漠漠香尘隔，沸十里、乱丝丛笛。看画船、尽入西泠，闲却半湖春色。

柳陌，新烟凝碧。映帘底宫眉[④]，堤上游勒。轻暝笼寒，怕梨云梦冷，杏香愁幂。歌管酬寒食，奈蝶怨、良宵岑寂。正满湖、碎月摇花，怎生去得。

【注释】

①曲游春：词牌名，双调102字，前片十句五仄韵，后片十一句七仄韵。②施中山：施岳，字中山，能词，精通音律。③飏：飘扬。④帘底宫眉：宫中丽人。

【赏析】

这首词是词人和施岳于“清明湖上”所作，描写寒食节前后西湖游春的盛况。

上片“禁苑”三句，写春风由宫苑吹到西湖使人感到丝丝暖意，引起人们春日的思绪。“燕约”三句，写树底花间，莺燕婉转，撩起词人对春的爱怜。这里的“恼”字，有撩拨之意。意谓芳情偏偏在翠深红隙处撩拨人的情思。“漠漠”两句写散发着香气的尘雾笼罩着西湖，歌欢箫鼓之声，震动远近，如在耳边沸腾。这里的“十里”，并非确数，而是指声响传得很远。“看画船”两句写画船尽入西泠桥内，竟让西湖一半的春色都被闲置起来。“闲却”二字，逼真地再现出游人去后西湖的宁静，同时也透露出词人从容游赏西湖，对春天的爱惜之情。

过片“柳陌”四句，写湖堤之上绿柳成荫，烟霭凝聚成碧色。游赏的士女们香车宝马，来来往往，络绎不绝。“轻暝”三句，写游人渐散，湖上生起淡淡的暮烟，笼罩着寒意，使人感到像梨花梦一般凄冷，香气馥郁的杏花笼罩一层愁意。这几句主要描绘了残春的景象。“歌管”数句是对全天游赏活动的总结，写在歌管声中，度过了寒食节，怎奈蝴蝶还埋怨如此良宵太过于寂寞。整个西湖波光闪耀，明月荡碎，花影摇曳，这样的美景让人流连忘返。

这首词深婉含蓄，意味隽永，前后照应，层次分明，时间、空间转换自如，手法灵活多变，令人耳目一新。

花犯（楚江湄）

花犯

水仙花

周密

楚江湄[①]，湘娥再见，无言洒清泪。淡然春意。空独倚东风，芳思谁寄。凌波路、冷秋无际，香云随步起。漫记得、汉宫仙掌，亭亭明月底。

冰丝[②]写怨更多情，骚人恨，枉赋芳兰幽芷。春思远，谁叹赏、国香风味。相将共、岁寒伴侣，小窗静、沉烟熏翠被[③]。幽梦觉，涓涓清露，一枝灯影里。

【注释】

①湄：河岸。②冰丝：一作“冰弦”。③翠被：一作“翠袂”。

【赏析】

这是一首咏物词。起首“楚江湄”三句，借用湘妃的典故，赞扬水仙花好像是楚江边满含幽怨的湘妃，她无声地洒下清泪。“淡然”三句写水仙花露出清新淡然的春意。空自倚春风，满怀的芳思无以寄托。“谁寄”写出了水仙花的孤芳自赏。

"凌波"四句写水仙如凌波仙子，踏着水波一路轻盈地走来。凄冷的秋色，茫茫无边。随着她那轻盈的步履，升腾起团团香云。依稀记得，她正像捧着承露盘的金铜，在明月下亭亭玉立。

过片"冰丝"五句以有声的冰弦比喻水仙，写屈原抒发心中的怨愤，空将兰草和白芷讴歌，竟然忘了多情的水仙。"谁叹赏"三字，寄寓了词人对水仙无人赏爱的深切同情。"相将"句，写词人将水仙作为岁寒伴侣，认为其可与松、竹、梅岁寒三友相媲美。"小窗静"写水仙摆在窗明几净的小窗前，沉香的缕缕轻烟，将水仙的绿叶熏染。结尾"幽梦"三句，写词人梦中醒来，只见灯影下摇曳着一枝带有露珠的水仙花。宛如一幅精简隽永的画卷，给人留下深刻的印象。

这首词借咏水仙，寄托了遗民之恨，写其自甘寂寞，品行高洁，实堪以国香誉之。整首词以淡语写深情，令人回味无穷。

贺新郎（梦冷黄金屋）

贺新郎

蒋捷[①]

梦冷黄金屋。叹秦筝、斜鸿阵里，素弦尘扑。化作娇莺飞归去，犹识纱窗旧绿。正过雨、荆桃[②]如菽。此恨难平君知否。似琼台涌起弹棋局。消瘦影，嫌明烛。

鸳楼碎泻东西玉。问芳踪、何时再展，翠钗难卜。待把宫眉横云样，描上生绡画幅。怕不是、新来装束。彩扇红牙今都在，恨无人、解听开元曲[③]。空掩袖，倚寒竹。

【注释】

①蒋捷：生卒年月不详，字胜欲，号竹山，阳羡（今江苏宜兴）人。有《竹山词》传世。②荆桃：樱桃。③开元曲：指盛唐时期的歌曲。

【赏析】

这首词抒发了亡国之痛。起首"梦冷"三句运用陈阿娇"黄金屋"典故，写梦中的黄金屋已然凄冷，可叹秦筝上的弦柱空自排成斜行的雁阵，洁白的素弦扑满了灰尘。"化作"三句写梦魂化作娇莺飞回黄金屋，还能认得旧时的绿纱窗。一场雨过后，荆桃果实已长得像豆一般大。"此恨"四句，意谓相思的苦恨难以平静，就像琼玉棋枰，弹棋的棋局起伏不定。抒情主人公清瘦的身影，总是嫌那孤灯太明。这里借形容的消瘦，表达一种悲凉的心境。

过片“鸳鸯”三句以杯碎酒泻比喻宋朝的灭亡，“东西玉”，本为酒器名，这里用来指和美人的分离，以及与故国的诀别。美人的芳踪难以探寻，“翠钗难卜”说明再度相逢的希望渺茫。“待把”三句写自己准备将那美好的容颜画在生绡画幅上，只怕不是时兴的新装束。一个“怕”字，写出了欲画美人图时犹豫不定的神态。“彩扇”四句写旧物俱在，而人事已非。叹息如今已没有多少人能够听得懂盛世的乐曲，空自掩袖拭泪，独倚寂寞寒冷的翠竹。

这首词婉约典丽，意境朦胧，用笔婉曲，极尽吞吐之妙。

女冠子（蕙花香也）

女冠子[①]

元夕

蒋捷

蕙花香也。雪晴池馆[②]如画。春风飞到，宝钗楼上，一片笙箫，琉璃光射。而今灯漫挂。不是暗尘明月，那时元夜。况年来、心懒意怯，羞与蛾儿[③]争耍。

江城人悄初更打。问繁华谁解，再向天公借。剔残红灺[④]。但梦里隐隐，钿车罗帕。吴笺银粉砑。[⑤]待把旧家风景，写成闲话。笑绿鬟邻女，倚窗犹唱，夕阳西下。

【注释】

①女冠子：唐教坊曲名，后用为词牌名，因咏女道士而得名。此调有多种体格。小令始于温庭筠，长调始于柳永。小令41字，长调有107字、110字、111字、112字、113字、114字等多体，俱为双调。②池馆：池苑馆舍。③蛾儿：妇女插戴在发间的饰物。④红灺：红色的灯烛。⑤吴笺：吴地所产的笺纸。常用来指书信。银粉砑：碾压上银粉的纸。

【赏析】

这是一首元夕感怀之作。起首“蕙花”两句回忆过去元宵节的美好景象，兰蕙飘香，雪后天晴，池馆如在画中一般。“春风”四句，写春风吹到酒楼之上，到处是笙箫和鸣，琉璃灯光彩四射。“而今”三句转写今日元夜的情景，“灯漫挂”，意指草草挂着几盏灯。“暗尘明月”，化用苏味道《上元》“暗尘随马去，明月逐人来”诗意，进一步突出了今昔对比。“况年来”两句，写词人心灰意懒，兴味索然，没有心思出去观灯。

过片“江城”句点明词人所在的地点，同时再度说明灯市的冷落。“问繁华”二句言有谁能向天宫借来繁华，言外之意是说繁华难再。“剔残”三句写词人剔除烛台残余的灰烬入睡，梦中又出现了钿车罗帕的情景。“吴笺”三句写词人把旧家风景写成文字，以寄托自己的故国之思。“旧家风景”，这里指当年的盛事。结尾“笑绿鬟”三句写词人听到邻家少女倚窗唱当年的元夕词，一个“笑”字，包含无限酸楚之意。

这首词情韵兼胜，风格自然，词意婉转，顿挫之中不失流动之美。

高阳台（接叶巢莺）

高阳台

西湖春感

张炎[①]

接叶巢莺[②]，平波卷絮，断桥[③]斜日归船。能几番游？看花又是明年。东风且伴蔷薇住，到蔷薇、春已堪怜。更凄然。万绿西泠，一抹荒烟。

当年燕子知何处，但苔深韦曲[④]，草暗斜川。见说新愁，如今也到鸥边。无心再续笙歌梦，掩重门、浅醉闲眠。莫开帘。怕见飞花，怕听啼鹃。

【注释】

①张炎（1248—1320？）：字叔夏，号玉田，又号乐笑翁，临安（今浙江杭州）人。有词集《山中白云词》、词论著作《词源》传世。②接叶巢莺：语本杜甫诗“接叶暗巢莺”。③断桥：西湖孤山附近桥名。④韦曲：唐时长安城南是韦氏所居之地，这里用来借指杭州城贵族居处。

【赏析】

这首词借咏西湖抒发了国破家亡之痛。起首三句写浓密的树叶遮住了巢莺。湖面的微波轻轻卷起柳絮，断桥伴随斜阳，静静地迎接归来的船只。“斜日”二字，说明天色将晚。“能几番”两句感叹时光流逝飞快，转眼之间春光已去，要想看花只好等到明年。“东风”两句呼唤东风能够伴随蔷薇留住，等到蔷薇花开之时，春已少得可怜。“更凄然”三句是说，更让人伤心的，是那掩映在万绿丛中的西泠，如今只剩下一抹荒烟。“荒烟”二字，深深体现了时下西泠的凄凉，与过去的“万绿西泠”形成鲜明的对比。

过片“当年”三句化用刘禹锡“旧时王谢堂前燕，飞入寻常百姓家”诗意，抒发词人的故国之思。当年的燕子如今不知去向，当年的烟柳繁华之地，如今长满了青苔野草。“韦曲”，指贵族聚居之地。“斜川”，本指文人雅士聚集之所，这里用来指遗民隐居之地。“见说”两句感叹新的愁苦，如今也到了意态悠闲的沙鸥身边。这里借用沙鸥的白头暗指词人的愁苦之深。“无心”两句写词人的失意与寞落，同时也暗示了词人以前贵公子的身份和今日的隐士生活。“莫开帘”三句照应前文的“掩门”“卷絮”，首尾呼应，营造了一种花飘絮落、杜鹃啼血的悲凉气氛。尤其是连用两个“怕”字，将词人内心的愁苦之情渲染到极致。

八声甘州（记玉关）

八声甘州

张炎

辛卯岁，沈尧道[①]同余北归，各处杭、越。逾岁，尧道来问寂寞，语笑数日。又复别去，赋此曲，并寄赵学舟[②]。

记玉关、踏雪事清游，寒气脆貂裘。傍枯林古道，长河[③]饮马，此意悠悠。短梦依然江表，老泪洒西州[④]。一字无题处，落叶都愁。

载取白云归去，问谁留楚佩，弄影中洲[⑤]。折芦花赠远，零落一身秋。向寻常、野桥流水，待招来、不是旧沙鸥[⑥]。空怀感，有斜阳处，却怕登楼。

【注释】

①沈尧道：名钦，张炎的词友。②赵学舟：张炎的词友，生平事迹不详。③长河：指黄河。④西州：古城名，在今南京西，这里用来代指故国旧都。⑤中洲：洲中。⑥旧沙鸥：这里指志同道合的朋友。

【赏析】

这首词是词人在北归途中所作。起首“记玉关”两句写词人于辛卯年冬天赴北写经的旧事。起笔气势开阔，笔力劲峭，展现了一幅冲风踏雪的北国旅行图。“寒气脆貂裘”五字极写北国之寒，使人有身临其境之感。“傍枯林”三句主要记录北归途中的行程。写词人与同伴沿着枯林古道前行，到黄河岸边饮马作短暂休息。“此意悠悠”四字道出了词人内心无限的忧思。“短梦”两句继续写北归的情况，“江表”“西州”说明词人已经回到江南，想到自己所遭受的屈辱经历，忍不住老泪纵横。“一字”两句化用“红叶题诗”的典故，写片片落叶都饱含了愁意，不忍在上面题诗，怕引起那无法排遣的浓愁。

过片“载取”三句写故友造访，给词人带来诸多温暖，然而故人很快要回去，词人依依难舍。“问谁”两句写词人与故人两情依依，难舍难分。“折芦花”两句写以芦花赠送远别之人，表达了凄楚如秋叶的心情。“零落一身秋”是词人身世的自况之语，饱含了生不逢时的沉痛之情。“向寻常”两句写寻常的野桥流水附近也能招来一些闲朋淡友，但绝非沈尧道、赵学舟之类的知心故交可比，字里行间深深透露出对故友情谊的珍重。结尾“空怀感”三句写余晖斜照徒增伤悲，因而词人怕登高楼。

这首词先悲后壮，先述友情后叹国恨，将身世之感与国事之悲融为一体。令人如闻断雁惊风、哀猿啼月，顿觉荡气回肠、哀婉动人。

解连环（楚江空晚）

解连环

孤雁

张炎

楚江空晚。恨离群万里，恍然惊散。自顾影[①]、却下寒塘，正沙净草枯，水平天远。写不成书，只寄得相思一点。料因循误了，残毡拥雪[②]，故人心眼。

谁怜旅愁荏苒。谩长门夜悄，锦筝弹怨。想伴侣、犹宿芦花，也曾念春前，去程应转。暮雨相呼，怕蓦地、玉关重见。未羞他、双燕归来，画帘半卷。

【注释】

①自顾影：顾影自怜之意。②残毡拥雪：此句运用苏武的典故，比喻那些困在元朝统治下有气节的仁人志士。

【赏析】

这首咏物词是张炎久负盛名的词作之一。起首“楚江”三句借孤雁失群，表达词人的孤独与惆怅之情。“自顾影”三句写孤雁惊魂未定之际，目光所及之处，只见水天相接，黄沙枯草，一片荒凉景象。“写不成书”两句是指孤雁失群万里之遥，无法与同伴排成雁字，只能遥寄一点相思之情。“料因循”三句借用苏武托雁寄书典故，表达了对沦陷区人们的担心和牵挂之情。

过片“谁怜”句说明孤雁的旅愁无人怜惜。“长门”句借用汉陈皇后典故，以诉孤雁之怨。“想伴侣”三句采用透过一层的写法，写伴侣曾念及自己春前“去程应转”。不正面言自己如何，转言伴侣如何想自己。这种化实为虚的方法，使词中描写的意境既婉转又空灵。“暮雨”两句写孤雁在潇潇暮雨中急切地呼唤同伴的情景，由呼唤到怕突然间重新相见，细致入微地描写了孤雁的矛盾心理。“未羞他”两句写孤雁不愿像“双燕”那样寄人篱下，表现了孤高自许的情怀，同时也寄寓了词人不愿侍奉新朝的清高品格。

纵观整首词，言情状物精巧而不着雕饰痕迹。咏物、抒情、叙事紧密结合，构思巧妙，体物细致入微。

疏影（碧圆自洁）

疏影
咏荷叶

张炎

碧圆[①]自洁。向浅洲远浦，亭亭清绝。犹有遗簪[②]，不展秋心，能卷几多炎热。鸳鸯密语同倾盖，且莫与、浣纱人说。恐怨歌、忽断花风，碎却翠云千叠[③]。

回首当年汉舞，怕飞去谩皱，留仙裙折。恋恋青衫，犹染枯香，还叹鬓丝飘雪。盘心清露如铅水，又一夜西风吹折。喜净看、匹练飞光，倒泻半湖明月。

【注释】

①碧圆：指荷叶。②遗簪：指刚露出水面尚未展开的荷叶。③翠云千叠：指荷叶堆叠如云的样子。

【赏析】

这是一首咏物词。起首“碧圆”三句是对荷叶特征的概括。荷叶呈碧圆形，本性洁净。亭亭卓立在浅洲远浦，显得清超至极。“犹有”三句是说，那刚刚露出水面尚未展开的新叶，好像佳人遗落在水中的发簪。它不肯舒展一颗含愁的心，又能把多少炎热卷起？一个“卷”字，借新叶的形状来说明其欲留炎夏之意。“鸳鸯”四句化用郑谷“多谢浣纱人未折，雨中留得盖鸳鸯”诗意，写鸳鸯暗自商量将荷叶作为盖被，并叮嘱不要说与浣纱的女子知道。担心她所吟唱的怨歌会折断花风，将翠云千叠的绿叶扯碎。

过片“回首”三句利用历史故事，以赵飞燕曼妙的舞姿来形容荷叶随风舞动的姿态，以留仙裙的皱褶比喻荷叶的皱褶。“恋恋”三句化用李商隐“留得枯荷听雨声”诗意，写落魄文士对枯荷的留恋。“盘心”两句借用李贺《金铜仙人辞汉歌》

典故，将荷叶比作承露盘，被一夜无情的西风吹折，犹如铜人被拆迁于魏宫。结尾“喜净看”两句与开头的“自洁”“清绝”相照应，写匹练秋光倒泄于水，使半湖都笼罩在澄明的月光中。然而，这里所描写的荷塘月色，是荷叶被秋风吹折之后的残景。词人通过这一景象，是想告诉人们：虽然荷花荷叶都已不复存在，而明月却永远长存，秋光依然如画。同时，也进一步揭示了荷“质本洁来还洁去”的本质。

月下笛（万里孤云）

月下笛①

张炎

孤游万竹山中，闲门落叶，愁思黯然，因动黍离之感。时寓甬东积翠山舍。

万里孤云，清游渐远，故人何处。寒窗梦里，犹记经行旧时路。连昌②约略无多柳，第一是、难听夜雨。谩惊回凄悄，相看烛影，拥衾谁语。

张绪。归何暮。半零落，依依断桥鸥鹭。天涯倦旅，此时心事良苦。只愁重洒西州泪，问杜曲、人家在否。恐翠袖，正天寒，犹倚梅花那树。

【注释】

①月下笛：词牌名，始见周邦彦《片玉词》，因词中有“凉蟾莹彻”以及“静倚官桥吹笛”句，取以为名。此词有四体：即双调99字，前片十句五仄韵，后片十句四仄韵体；双调99字，前片十句仄韵，后片十一句七仄韵体；双调一百字，前片十句五仄韵，后片十一句七仄韵体；双调99字，前片十句五仄韵，后片十一句六仄韵体。张炎此词为双调一百字仄韵体。②连昌：唐宫名，唐高宗所置，地址在今河南宜阳县西，多种柳。

【赏析】

词人作此词时，南宋已亡。这首词意境悲凉、格调凄楚，当为词人此时心声的反映。起句“万里”句以强烈的空间对比极力渲染了词人的孤寂情绪。天宇万里的空阔，与一朵孤云的渺小相映衬，更突出了孤独之感。“清游”二句写词人在孤寂冷清的旅途中渐行渐远，伤感故人不知身在何处。“故人何处”一句，寄寓了身世之感与亡国之悲。“寒窗”四句写词人身在寒窗之中，酣然入梦，尚且记得曾经走过的旧路。南宋故宫中的柳树已经衰残，所剩无几。最让词人难以忍受的，还要听那萧萧的夜雨之声，致使残梦难续。“谩惊”三句写词人从梦中醒来，却是身在异乡，烛光摇曳，独自拥衾，无人可与自己言语。“谁语”二字，深深地透出了词人内心的悲凉。

过片词人以南齐的张绪自况，写其迟迟不归。“半零落”四句言西湖断桥边的鸥鹭如今已经零落过半，这使词人不禁深感旧侣凋残，前盟难践。“心事良苦”四字深深揭示了词人心境的惨状。“只愁”两句意谓不忍重经旧地。“杜曲人家”化用典故，这里指词人自己的家。结尾“恐翠袖”三句化用杜甫诗句，写词人对家人的深深思念。

这首词运用曲笔，想象丰富，含蕴深厚，意境深邃，写出了黍离之悲。

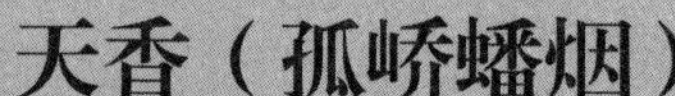

天香（孤峤蟠烟）

天香
龙涎香[①]

王沂孙

孤峤蟠烟[②]，层涛蜕月，骊宫[③]夜采铅水。汛远槎风，梦深薇露，化作断魂心字。红瓷候火，还乍识、冰环玉指。一缕萦帘翠影，依稀海天云气。

几回殢娇半醉。剪春灯、夜寒花碎。更好故溪飞雪，小窗深闭。荀令[④]如今顿老，总忘却、樽前旧风味。漫惜余熏，空篝[⑤]素被。

【注释】

①龙涎香：古代香料。②蟠烟：盘旋缭绕的云烟。③骊宫：骊龙居住的宫殿。④荀令：东汉末荀彧，任汉献帝守尚书令，故人称荀令。⑤篝：熏笼。

【赏析】

这是一首咏物言志词，借咏龙涎香寄托遗民的亡国之痛。起首“孤峤”三句写龙涎香所产之地，鲛人乘着月光，到骊宫去采集清泪一般的龙涎。“汛远”三句写采集龙涎后载回进行研炼的过程：“汛远槎风”是指采集的龙涎乘着木筏返回，“梦深薇露”是说在夜深之时将龙涎与蔷薇花的清露一起进行研炼，“化作断魂心字”是指做成令人销魂的心字篆香。“红瓷”两句写龙涎被制成各种形状，以及燃烧时的情景。“冰环”“玉指”均是指龙涎香制成的形状，写其如同美人的纤手和佩带的玉环。“一缕”两句真切地描绘出龙涎香被焚时翠烟浮空、凝结不散的状态，并以之与“海天云气”相关联，深深体现出其与“孤峤蟠烟”的关系。

过片“几回”四句回忆当年她不知多少次撒娇耍蛮，故意喝得似醉非醉，不厌其烦地将灯花剪碎。更喜欢在家乡的小溪边看雪花飞舞，回来后小窗深闭，室内一片温馨。“荀令”两句感叹自己如今已像荀令那样变老，无复当年爱熏香的况味。“顿”字强调了时光流逝的迅速。“漫惜”两句写词人徒然爱惜当年留下的余香，把素被放在空空的熏笼上。其言外之意是说，如今不再有熏香之事，篝内已空，只不过独留一丝怅然罢了。

这首词虽然咏龙涎香一物，但其情致却并不止于一物。而是在咏物的过程中融入人的情思和时代的特殊感受。意蕴含蓄，寄托遥深，情节低回婉转。

眉妩（渐新痕悬柳）

眉妩

新月

王沂孙

渐新痕[①]悬柳，淡彩穿花，依约破初暝[②]。便有团圆意，深深拜，相逢谁在香径。画眉未稳。料素娥、犹带离恨。最堪爱、一曲银钩小，宝帘挂秋冷。

千古盈亏休问。叹谩磨玉斧，难补金镜[③]。太液池犹在，凄凉处、何人重赋清景。故山夜永。试待他、窥户端正。看云外山河，还老尽、桂花影。

【注释】

①新痕：指初露出的新月。②初暝：夜幕刚刚降临。③金镜：比喻月亮。

【赏析】

这首词借歌咏新月，寄托了故国山河破碎的悲愤之情。起首“渐新痕”三句由“渐”字领格，细致地描绘出新月初升的状态。新月如同佳人的一抹淡眉，悬挂在柳梢。淡淡的月色透过花丛，朦胧的光华将刚刚降临的暮色划破。“便有”三句写从新月一出现，人们便对它寄寓了团圆的厚望。更有那闺中佳人，深深拜月祈盼，祝愿能与心上人相逢在花香四溢的小径。“深深拜”三字，体现了人们的虔诚。“画眉”两句写新月极像两道美人的秀眉没有画完，料想那是月中的嫦娥还带有离愁别恨。这两句明写月，而实际上则融入了人的情愫。“最堪爱”两句，以珠帘上的帘钩比月，说天空中那一弯新月恰似宝帘上的帘钩，小巧玲珑，反而更令

人喜爱。

过片“千古”三句写千古以来，月的盈亏变化就是如此，不必细问究竟。可叹吴刚空有玉斧，也难以将残月补全。这既体现了自然规律的不可改变，也暗示了国家危亡、山河破碎已再无修复的可能。“太液池”两句感叹故都的太液池依然存在，只是已经变得萧条冷清，无人再去吟咏当时清丽的景致。寥寥数语，写尽了古今盛衰。“故山”句衬托出残月暗淡之景，同时也象征了亡国的哀痛。“试待”句照应“团圆意”设想他日能有月圆之日，澄明的月亮能够端端正正地照耀门庭。“看云外”两句写月影之中的山河风景无限，可以千古永恒，而人间的山河一旦破碎却难以复旧如初。故国情怀，憾人至深，令人读之感伤不已。

齐天乐（一襟余恨宫魂断）

齐天乐
蝉

王沂孙

一襟余恨宫魂断①，年年翠阴庭树。乍咽凉柯②，还移暗叶，重把离愁深诉。西窗过雨。怪瑶佩③流空，玉筝调柱。镜暗妆残，为谁娇鬓尚如许。

铜仙铅泪似洗，叹携盘去远，难贮零露。病翼惊秋，枯形④阅世，消得斜阳几度。余音更苦。甚独抱清商⑤，顿成凄楚。谩想熏风，柳丝千万缕。

【注释】

①宫魂断：据《古今注》载：“齐王后怨齐王而死，死后尸体化为蝉。”宫魂，指齐王后之魂。②凉柯：秋天的树枝。③瑶佩：这里以玉声比喻蝉的声音美妙。④枯形：指蝉蜕。⑤清商：指清商曲。

【赏析】

这是一咏物词。起首“一襟”两句营造了全词的悲剧气氛，写齐女因怀有一襟余恨而导致“宫魂断”，然后尸变为蝉，年年栖身于翠阴庭树之间。“乍咽”三句进一步写蝉一会儿在树枝间呜咽，一会儿又转到浓密的暗叶中鸣叫，一遍又一遍地向人倾诉生离死别之根。“西窗”句写秋雨洒窗，带来阵阵寒意，这意味着蝉的生命将尽。“怪瑶佩”两句是描写雨后蝉的鸣叫宛如击打瑶佩的声音流过夜空，又像是玉筝弹奏的声音在窗外响起。“镜暗”两句写女子满腹幽怨，无心梳妆，以至于妆镜蒙尘，妆容不整，可其鬓发还是这样娇美。

过片“铜仙”三句借用“金铜仙人”典故，写承露盘已去，以餐风饮露为生的蝉失去了赖以生存的保障。“病翼”三句写蝉在秋天的生活状况以及凄苦的心情，蝉翼微薄，难耐秋寒，将亡的枯骸，难以忍受人世的沧桑。“余音”三句写将死之蝉不住地哀鸣，其声音更让人感到悲苦。并指出其至始至终独抱清高，以至于结局竟是如此心酸。“谩想”二句熏风袅袅，柳丝万缕，这样的情景，如今只能成为追忆。

这首词借咏蝉托物寄意，表达了国破家亡、穷途末路的无限哀思。

高阳台（残雪庭阴）

高阳台

和周草窗①寄越中诸友韵

王沂孙

残雪庭阴，轻寒帘影，霏霏玉管春葭②。小帖金泥，不知春在谁家。相思一夜窗前梦，奈个人水隔天遮。但凄然、满树幽香，满地横斜。

江南自是离愁苦，况游骢③古道，归雁平沙。怎得银笺，殷勤与说年华。如今处处生芳草，纵凭高、不见天涯。更消他，几度春风，几度飞花。

【注释】

①周草窗：周密，字公瑾，号草窗，南宋末期著名词人。②霏霏：飘洒，飞扬。玉管春葭：古代用来侯验节气的器具，也叫灰琯。将芦苇茎中的薄膜制成灰，置于十二月律的玉管内，放在室内特设的木案上。到某一节气，相应律管内的灰就会自行飞出。葭，芦苇，这里指芦灰。③游骢：行在旅途的马。

【赏析】

这首词是词人和周密的词作。起句“残雪”三句点明季节和天气，写庭院的背阴处还留有残雪，阵阵轻寒，透过帘幕进入室内，玉管中葭灰飞扬，不知不觉已到了立春的季节。“小帖”两句写宋代帖金泥的习俗，引出改朝换代的感伤。“不知春在谁家”，犹言春事无主。“相思”两句写词人思念身在杭州的周密，表达因两人“水隔天遮”而不得相见的感伤之情。歇拍“但凄然”两句，写周密虽然生活凄凉，但品行高洁，其住处满树幽香，满地横斜的梅花，说明其居住环境的清雅。

过片“江南”句写词人理解周密的离愁之苦，“况游骢”二句更进一层，写青骢马游过的古道和舟行所见的平沙落雁更引起周密的愁思。“怎得”两句是说词人想写信安慰周密，和他诉说江南的物华。“殷勤”二字透露出词人对周密的关切。“如今”两句转写离别之恨，意谓如今芳草丛生，纵然是凭高望远，也难以望见远在天涯的友人。结拍“更消他”三句，是说这样的离别相思，能禁得住几番春风、几番花谢呢？字里行间流露出年华流逝、好景不长的感伤。

这首词表达了对友人的深挚感情和离别相思之情，情真意切，动人心魄。

法曲献仙音（层绿峨峨）

法曲献仙音[①]
聚景亭梅次草窗韵

王沂孙

层绿峨峨[②]，纤琼皎皎[③]，倒压波痕清浅。过眼年华，动人幽意，相逢几番春换。记唤酒寻芳处，盈盈[④]褪妆晚。

已销黯，况凄凉、近来离思，应忘却、明月夜深归辇[⑤]。荏苒一枝春，恨东风、人似天远。纵有残花，洒征衣，铅泪都满。但殷勤折取，自遣一襟幽怨。

【注释】

①法曲献仙音：词牌名，双调92字，前片三仄韵，后片六仄韵。前片结尾以一去声字领下五言两句，后片结尾以一去声字领下四言一句、六言一句。②峨峨：高耸貌。③皎皎：洁白润泽貌。④盈盈：形容女子端庄秀丽，这里用来比喻白梅。⑤归辇：游园归来的銮驾。

【赏析】

这是一首咏梅词。起首三句写聚景园梅花开放的盛况，绿梅层层叠叠，白梅皎洁似玉。倒映在清浅的水波之上。“过眼”三句感叹光阴迅速流逝，美景依旧，而心情却与以往迥然不同。“过眼年华”写光阴的迅速，“动人幽意”写梅花的高雅，“几番春换”写多次逢春才能一见园梅。“记唤酒”两句回忆起当年游赏之处，梅花久开不败，好像盈盈盛装的佳人迟迟不肯卸妆。这里以佳人盛装比喻梅花的娇艳，揭示出对梅花的钟爱之情。

过片“已销黯”三句转写物是人非的沧桑之感，点出国家沦亡的惨痛事实。写词人本已黯然伤神，再加上朋友之间的离别，心境倍加凄凉。词人面对聚景亭中的梅花，不由发出“应忘却、明月夜深归辇”的苦叹。这里的“应忘却”，是指国事已非，往年的盛事应当忘却。“荏苒”两句诉说天涯漂泊的悲慨，写报春的梅花逐渐凋零，最可恨东风匆匆归去之时，故人却依然天涯相隔。一个“恨”字深深透露出词人的悲苦与无奈。“纵有”三句倾吐惜梅之情，写点点残花洒落衣襟，使人联想到物移境迁的铅泪。结尾“但殷勤”两句化用“江南寄梅”的典故，感叹友人相隔之远，连“聊赠一枝春”都无法做到，只好折梅自赏。

这首词通篇贯穿着梅花的标格和神韵，道尽了梅花的盛衰，深深地表达了词人的兴废之感与伤离之情。语意传神，格调凄婉，令人有不忍卒读之悲。

疏影（江空不渡）

疏影
寻梅不见

彭元逊[①]

江空不渡，恨蘼芜杜若，零落无数。远道荒寒，婉娩[②]流年，望望美人迟暮。风烟雨雪阴晴晚，更何须，春风千树。尽孤城、落木萧萧，日夜江声流去。

日晏[③]山深闻笛，恐他年流落，与子同赋。事阔心违，交淡媒劳，蔓草沾衣多露。汀洲窈窕[④]余醒寐，遗佩环、浮沉澧浦[⑤]。有白鸥、淡月微波，寄语逍遥容与。

【注释】

①彭元逊（生卒年月不详）：字巽吾，庐陵（今江西吉安）人。存词20首。《宋词三百首》多有收录。②婉娩：迟暮，指青春年华悄悄逝去。③日晏：天色已晚。④窈窕：美丽娴静貌。⑤澧浦：澧水之滨。

【赏析】

这首词为词人寻访梅花不见，失意怅恨之作。起首三句写春光难以挽留，不用说梅花，即便是江边的蘼芜杜若，也都已凋残。词的开篇以花草零落之景写梅花难以寻觅，使整个词境充满了凄凉的格调。“道远”三句感叹人的青春像花一样有荣有枯，美人总有迟暮之时。“风烟”三句写词人经历无数风霜雨雪、阴晴晨昏，却难以见到梅花，更别说“春风吹开花千树”了。“尽孤城”两句写古城之内尽是落木萧萧，江水日夜奔流而去。整个上片描绘了一幅凄清的环境，同时流露出词人极度失望的心情。

过片“日晏”数句写天色将晚，深山之中传来一阵阵悠扬的《梅花落》笛声，那是人们担心梅花零落，将它谱写成曲而传唱的。“日晏”、“山深”，再加上清幽的笛声，构筑了一种清幽、凄凉的意境。“事阔”三句是词人因寻梅不见而产生的哀怨之语，写自己与梅花交情淡薄，因而想要见面却不能够，再殷勤也是徒劳，空自使衣襟沾满了蔓草上的浓露。“汀洲”三句是词人的想象，猜想梅花或许此时正在沙洲上开放，就像刚刚睡醒的美人，将佩环遗留在澧水之浦。结尾“有白鸥”三句是词人对梅花的真诚祝愿，希望梅花有白鸥相伴，能够自由自在，逍遥容与，进一步表达了对梅花的深情。

这首词意境扑朔迷离，词人时而以梅花自喻，时而又把梅花比作自己所追求的对象。既对梅花寄寓了执着的情感，又因梅花的零落难以排遣美人迟暮的感伤。全词造语清淡，表达了词人对理想的执着追求和现实中难以实现的苦闷。

六丑（似东风老大）

六丑
杨花

彭元逊

似东风老大，那复有、当时风气。有情不收，江山身是寄。浩荡何世。但忆临官道，暂来不住，便出门千里。痴心指望回风坠。扇底相逢，钗头微缀。他家万条千缕，解遮亭障驿[①]，不隔江水。

瓜洲曾舣，等行人岁岁。日下长秋，城乌夜起。帐庐好在春睡。共飞归湖上，草青无地。愔愔[②]雨、春心如腻。欲待化、丰乐楼前帐饮，青门都废。何人念、流落无几。点点抟[③]作，雪绵松润，为君裛泪[④]。

【注释】

①解遮亭障驿：懂得遮护长亭，屏障驿馆。②愔愔：和悦安舒貌。③抟：用手把东西揉捏成团。④裛泪：被泪水沾湿。

【赏析】

这首词通过吟咏杨花而写身世，寄托了深沉的故国之思。起首两句写东风已经没有了当初意气风发的活力。以衰退之势起笔，流露出悲哀的情调。“有情”三句感叹杨花虽然有情，但无人接纳它，任它随处飘零，寄身于辽阔的江山之间，飘荡荡不知身处何世！“但忆”数句回忆当年在临官道无忧无虑的生活。只记得临近通衢大道，在那里做过短暂的停留，之后便出门远行千里。痴痴地盼望回风能够吹落在地，相逢在美人的扇底，或者轻轻缀在美人的钗头。这表面上是写杨花，实则寄寓了词人能够重归都城、重温过去那种轻歌曼舞生活的渴望。“他家”三句借写杨柳万千枝条，能够遮蔽亭台驿站，却隔不断滔滔江水，表达了词人强烈的思归之情。

过片“瓜洲”六句写曾经在瓜洲渡口依舟靠岸，年年等待着行人返归。斜阳渐渐从都城的上空坠下，城头的乌鸦在夜间惊飞。在帐庐之中安然春睡，又一起飞到湖面之上，却是青草无地。这里明写杨花到处漂泊，无处安身，暗指词人漂泊他乡、居无定所。“愔愔雨”数句写绵绵细雨静悄悄地下着，杨花被雨沾湿，似一片柔腻的春心，将要随雨化去，无法再赴丰乐楼前的宴席，无法再去青门外东陵侯种瓜的园地。寥寥数语，写出了杨花将逝的悲哀。结尾“何人念”四句感叹杨花无人怜念，流落无依，生命无多，一点点抟成松润绵软的雪团，为君浸满了伤心的泪水。

这首词运用象征的手法，描写了杨花的身世以及漂泊无依的一生。语意深婉含蓄，情词悲苦。

紫萸香慢（近重阳）

紫萸香慢[①]

姚云文[②]

近重阳、偏多风雨，绝怜此日暄明[③]。问秋香浓未，待携客、出西城。正自羁怀多感，怕荒台高处，更不胜情。向尊前、又忆漉酒[④]插花人。只座上、已无老兵。

凄清。浅醉还醒。愁不肯、与诗平。记长楸走马，雕弓搾柳，前事休评。紫萸一枝传赐，梦谁到、汉家陵。尽乌纱、便随风去，要天知道，华发如此星星[⑤]。歌罢涕零。

【注释】

①紫萸香慢：词牌名，双调114字，前片十句四平韵，后片十二句七平韵。②姚云文（生卒年月不详）：字圣瑞，号江村，高安（今属江西）人。咸淳四年（1268）进士，官高邮尉、兴县尉；入元后授承直郎，抚、建两路儒学提举。今存词9首。③暄明：暖和而明亮。④漉酒：滤酒。⑤星星：头发花白貌。

【赏析】

这首词为词人自创调，主要描写了重阳节凄凉萧索的景象，抒发了物是人非的沧桑之感。起首“近重阳”三句写临近重阳节，风雨偏多，能有今日这样的温暖晴和天气，便觉得倍加珍惜。“问秋香”三句，借问秋天的花香是否浓郁，引出携客西城出游的话题。“正自”三句写词人正满怀羁旅之愁，因而怕登荒台高处，以免更加伤情。“向尊前”两句运用陶渊明葛巾滤酒和谢奕逼桓温饮酒典故，写词人面对美酒宴席，不由得回忆起从前滤酒插花的友人，而如今，座上已无旧友的身影。从“荒台”“老兵”，可知词人曾经参加过抗元战争，有过金戈铁马的生活经历。座上已无老兵说明旧友或沙场捐躯，或已是风烛残年，再不能和以前一样，滤酒插花、指点江山了，内心感伤之情溢于言表。

过片以“凄清”二字领格，抒写词人深重的愁怀。“浅醉”两句写词人借酒消愁，醉了还醒。尽管拼命作诗填词以排遣，但仍旧无法抹平内心久积的愁怨。“记长楸”数句化用曹植《名都篇》“斗鸡东郊道，走马长楸间”诗句，写词人回忆当年沿着楸树茂盛的大道纵马狂奔，手持雕弓，施展百步穿杨的本领。而如今，往事不堪回首，再也不想评说。只记得每年重阳节时，朝廷传赐茱萸的情景。现在，即便是梦魂，也难到故国陵园了。“尽乌纱”四句运用晋朝孟嘉登高落帽的典故，写任凭乌纱帽随风吹去，要让老天知道，自己的头发如此斑白，已呈垂老之状。一曲歌唱罢，词人不禁涕泪交流。

这首词以重阳节为发端，抒发了对故国的无限眷恋。语言平易，情感跌宕起伏。整首词章法浑成，意蕴丰富，令人读之顿生凄怆之感。

金明池（天阔云高）

金明池[①]

僧挥[②]

天阔云高，溪横水远，晚日寒生轻晕[③]。闲阶静，杨花渐少，朱门掩、莺声犹嫩。悔匆匆、过却清明，旋占得余芳，已成幽恨。却几日阴沉，连宵慵困，起来韶华[④]都尽。

怨入双眉闲斗损[⑤]。乍品得情怀，看承全近。深深态、无非自许；厌厌[⑥]意，终羞人问。争知道、梦里蓬莱，待忘了余香，时时音信。纵留得莺花，东风不住，也则眼前愁闷。

【注释】

①金明池：词牌名，秦观创调，双调120字，前段十句四仄韵，后段十一

句五仄韵。②僧挥（生卒年月不详）：又名仲殊，字师利，俗姓张，名挥。安州（今湖北安陆）人。有词七卷，名《宝月集》。今已失传。今有赵万里辑本，仅一卷。③轻晕：指淡淡的光圈。④韶华：美好的时光，这里指大好春光。⑤闲斗损：指双眉有事无事总是紧皱在一起。⑥厌厌：同“恹恹”，精神不振的样子。

【赏析】

这是一首伤春之作。起首“天阔”三句描绘了早春天宇空阔、闲云高浮、碧水横流、夕阳焕彩却乍暖还寒的景象。“闲阶”三句写无人行走的台阶异常安静，杨花时而飘过，红色的大门紧闭，却关不住那娇嫩悦耳的黄莺鸣啭之声。“悔匆匆”数句感叹岁月匆匆，转眼便过了清明。只好去欣赏那些残留的“余芳”，结果空惹了一腔幽恨，惜春、惆怅之情溢于言表。特别是句中“匆匆”“过”、“旋”“已”等词汇的运用，将春光难留、稍纵即逝的惜春情怀与伤感情绪宣泄无遗，同时也体现了词人高超的用字遣词技巧。“却几日”三句写一连几天天气阴沉，抒情主人公精神倦怠，等到再度光顾那些“余芳”，却发现美好的春光全都消失殆尽了。字里行间，流露出未能及时赏春的悔恨与徒然看着春光流逝却难以挽留的懊丧之意。

过片“怨入”数句转入抒情，写抒情主人公因心有愁怨而双眉紧锁。本来，抒情主人公刚刚体会到赏春的情味，本想好好“看承”、亲近，然而，她很快认识到，这只不过是自己的自我期许。“深深态”“厌厌意”说明抒情主人公因惜春而自怜，因伤春而恹恹，深深地体现了闺中女子的娇羞与多情。“争知道”数句说明只有梦中才有蓬莱仙境，等到把留恋的一点余香都忘干净，自然会有期待的美好信音传来。否则，即便是能够留住黄莺和鲜花，只要东风不停止，眼前仍然充满愁闷。

这首词以细腻委婉的笔触，描写了春色消逝的过程，表达了惜春、伤春与年华不再的感伤。

如梦令（昨夜雨疏风骤）

如梦令

李清照[1]

昨夜雨疏风骤。浓睡不消残酒。试问卷帘人[2]，却道海棠依旧。知否。知否。应是绿肥红瘦。

【注释】

①李清照（1084—1155）：号易安居士，济南章丘（今属山东）人。宋代杰出的女词人，其词在宋代独立标格，号称为“易安体”，在宋代颇有影响。有《漱玉集》传世。②卷帘人：指侍女。

【赏析】

这首词是李清照早期的代表词作之一。起首“昨夜”两句交代时间、环境以及抒情主人公的状态，写昨天夜里淅淅沥沥地下着小雨，风势很猛。词人因饮酒睡得很沉，直到第二天早上还残酒未消。“试问”两句写词人清晨醒来，第一件事就是问侍女海棠花的情况，侍女回答“海棠依旧”。“试问”二字，生动地体现了词人关心海棠花，却怕听到花落消息的矛盾心理。“知否”三句是词人对侍女回答做出的纠正。词人连用两个“知否”，意在突出“应是绿肥红瘦”的结果，强烈地表达了惜春情怀。

这首词写法别致，曲折委婉。明代蒋一葵《尧山堂外纪》云：“李易安又有《如梦令》，云‘昨夜雨疏风骤。浓睡不消残酒。试问卷帘人，却道海棠依旧。知否？知否？应是绿肥红瘦。’当时文士莫不击节称赏，未有能道之者。”可见这首词在当时的影响之大，即便在后世，它也堪称影响深远。

凤凰台上忆吹箫（香冷金猊）

凤凰台上忆吹箫[①]

李清照

香冷金猊[②]，被翻红浪[③]，起来慵自梳头。任宝奁尘满，日上帘钩。生怕离怀别苦，多少事、欲说还休。新来瘦，非干[④]病酒，不是悲秋。

休休，这回去也，千万遍《阳关》[⑤]，也则难留。念武陵人[⑥]远，烟锁秦楼。惟有楼前流水，应念我、终日凝眸。凝眸处，从今又添，一段新愁。

【注释】

①凤凰台上忆吹箫：词牌名，因传说中萧史吹箫引凤故事而得名。词调最早见于《晁氏琴趣外编》，一般以《漱玉词》为准。双调95字，前片十句四平韵，后片九句五平韵。②金猊：狮子形的铜香炉。③红浪：指红色的被子乱摊在床上，犹如波浪。④干：关连，涉及。⑤阳关：这里泛指送别之曲。⑥武陵人远：化用陶渊明《桃花源记》武陵人入桃花源典故，指所思念的人远去。

【赏析】

这首词是李清照抒写离愁的名篇之一，以曲折含蓄的笔墨，抒写了女子思念远行丈夫的深挚感情。起首五句写女子的慵懒状态，金炉香冷，无心再焚，锦被乱陈，无心折叠，起床后懒于梳头，一个惫懒的女子形象活脱脱地出现在读者面前。接着词人将视角转向妆台和门帘，“宝奁尘满”，说明久不打扫；“日上帘钩”则暗示天色不早，说明女子起得很晚。“生怕”数句始言离别之苦，却又欲说不说。只是交代最近身体消瘦，并说明自己消瘦不是因为过分饮酒身体不适，也并非因为“悲秋”所至。其言外之意是说，自己愁苦消瘦，都是因为丈夫远离的缘故。

过片“休休”四句写两人离别的难舍难分。《阳关》，即《阳关曲》。离歌唱了无数遍，也难以将丈夫留住。惜别之情，跃然纸上。“念武陵”数句既写自己对丈夫的思念，也写丈夫对自己的牵挂，进一步强调了两人感情之深、思念之切。结尾“凝眸处”三句以再添新愁结笔，说明其愁之重之深。

这首词以含蓄深婉的笔触描写离愁，步步深入，层次井然。化用典故和借鉴生活语言入词，自然中节，具有音律之美。

醉花阴（薄雾浓云愁永昼）

醉花阴[①]

李清照

薄雾浓云愁永昼。瑞脑[②]销金兽。佳节又重阳，玉枕纱橱[③]，半夜凉初透。

东篱把酒黄昏后。有暗香[④]盈袖。莫道不消魂，帘卷西风，人比黄花瘦。

【注释】

①醉花阴：词牌名，初见于毛滂《东堂词》，因词中有“人在翠阴中，欲觅残春，春在屏风曲。劝君对客杯须覆。”语句而得名。双调52字，前后片各五句三仄韵。一般以李清照此词为正格。②瑞脑：一种熏香，又称为龙脑，即冰片。③纱橱：用来防蚊蝇的纱帐。④暗香：这里指菊花的香气。

【赏析】

这是一首描写重阳节赏菊的词作，抒发了重阳节对丈夫的思念之情。起首“薄雾”两句写一天到晚，天空都布满了浓云，这样的天气让人愁闷难掩。词人只好待在屋里，独自望着香炉之中瑞脑香飘起的缕缕青烟出神。“佳节”三句写正值良辰佳节，而词人却玉枕孤眠，“半夜凉初透”五字所展现的不仅是环境凄凉，更多的是词人孤独凄凉的心境。

过片“东篱”两句写词人在重阳节的黄昏，独自把酒赏菊，菊花的香气盈满了衣袖。菊花经霜不落，历来是高洁品行的象征，这里借言菊花的高洁暗指词人品行的高洁。“莫道”三句历来受人推崇和重视。据说当时李清照以此词寄赵明诚，赵自叹不如，又想胜之。于是闭门谢客三日，成词五十首。然后将易安之词杂于其中，以示友人陆德夫，结果陆指出只有“莫道不消魂”三句绝佳。它以菊花的长条花瓣比喻人的消瘦，并伴以萧瑟的西风，更突出了抒情主人公弱不禁风的形象和难以掩饰的愁情。

这首词情深词苦，古今共赏。而语言上，则全用洗练、本色的语言，写出了经过艺术加工的日常生活图景，进一步揭示了词人的内心情感。

声声慢（寻寻觅觅）

声声慢[1]

李清照

寻寻觅觅，冷冷清清，凄凄惨惨戚戚[2]。乍暖还寒时候，最难将息[3]。三杯两盏淡酒，怎敌他、晚来风急[4]。雁过也，正伤心，却是旧时相识。

满地黄花堆积。憔悴损、如今有谁堪摘。守着窗儿，独自怎生得黑。梧桐更兼细雨，到黄昏、点点滴滴。这次第，怎一个愁字了得。

【注释】

①声声慢：词牌名，最早见于晁补之词。双调97字，上片十句四平韵，下片九句四平韵。另有仄韵体，李清照此词即用仄韵体。②凄凄惨惨戚戚：忧愁苦闷的样子。③将息：休养调理之意。④怎敌他、晚来风急：一作“怎敌他晓来风急”。

【赏析】

这首词表现了词人在国破、家亡、夫死之后孤独、凄凉、痛苦的心情。起首三句，连用七组叠词，表达了词人的迷茫与孤独。“乍暖”两句写词人本来心情不好，再加上这种乍暖还寒的天气，更难以休养调理自己的身心。“三杯”两句，是说两三杯淡酒无法抵挡晚来的寒风，进一步渲染悲凉的气氛。“雁过也”三句，写看到雁过不禁伤心，大雁是自己的旧相识，看到旧日的传情信使，词人想起如今已和丈夫人鬼殊途，纵有信使传信，也无法再通信息了。这种生与死的诀别，远比两地相隔难通信息更令人痛断肝肠。

过片“满地”三句写园中开满了菊花，而词人却因忧伤而憔悴瘦损，已没有心情摘花欣赏。“守着”数句写词人独坐在窗下，好不容易待到天黑，又迎来了细雨滴落在梧桐叶上的凄楚之声。“这次第”两句是对以上愁情的总结，虽简单直白，却更有耐人咀嚼的滋味。

这首词紧扣悲秋之意，将自己国破、家亡、夫死等多种人生感慨熔铸其中，以接近口语的语言娓娓道出，并巧妙地运用叠字，增强词的音乐节奏感，大气包举，不枝不蔓，深深体现了倚声家不假雕饰的本色。

念奴娇（萧条庭院）

念奴娇

李清照

萧条庭院，又斜风细雨[①]，重门须闭。宠柳娇花[②]寒食近，种种恼人天气。险韵[③]诗成，扶头酒[④]醒，别是闲滋味。征鸿过尽，万千心事难寄。

楼上几日春寒，帘垂四面，玉阑干慵倚。被冷香消新梦觉，不许愁人不起。清露晨流，新桐初引，多少游春意。日高烟敛，更看今日晴未。

【注释】

①斜风细雨：细微的风雨。②宠柳娇花：惹人喜爱的柳色，娇艳的花枝。多用来形容春色。③险韵：指生僻而又难押的韵字。④扶头酒：饮后易醉的酒。

【赏析】

这首词是李清照前期怀人之作。起首“萧条”三句描写庭院深深，寂寥无人，本来已经令人伤感，又加上风雨肆虐，更让人感到阴冷凄凉。“宠柳”两句写惹人喜爱的柳、娇艳的花，这些美好事物的到来，预示着寒食节已经来临，却遇到种种恼人的天气。“险韵”三句写在风雨交加的晚上，词人饮酒赋诗，以排遣愁绪，然而诗成酒醒之后，愁绪又涌上心头。“扶头酒”是饮后易醉的一种酒。词人喝这种酒，显然是为了更容易沉醉以忘忧。“别是闲滋味”，一个“闲”字，将词人的伤春念远之情轻轻逗出。“征鸿过尽”两句运用鸿雁传书的典故，比喻丈夫赵明诚走后，词人欲寄书给对方，却难逢信使，因而“万千心事”难寄。

过片“楼上”三句写春寒料峭，词人楼上独坐，风帘四垂，栏杆也懒得去倚，寥寥数语透露出词人心绪的无聊。“被冷”两句写锦被薄而清冷，香火消尽，词人渐渐从梦中醒来，“不许愁人不起”，词人许多无奈的愁绪都包含在这六字之中。“清露”数句写晨露清莹透亮，梧桐新长出的叶子青翠欲滴，顿使词人增添了许多游春的意绪。这时候，太阳已高，烟霭渐渐收起，再看看今天是否是一个晴朗的好天气。“日高烟敛”，说明天已放晴，可词人还是不放心地“更看晴未”，这也是连日来天气阴晴不定所致，同时也与上文的“斜风细雨”相呼应。

这首词从上片的天阴到下片的天晴，从愁绪满怀到心结得到宽解，条理清晰，次序井然。词中情感的变化与天气的变化相辅相成，深深体现了情随境迁的特点。

永遇乐（落日熔金）

永遇乐

李清照

落日熔金，暮云合璧，人在何处？染柳烟浓，吹梅笛怨[①]，春意知几许。元宵佳节，融和天气，次第岂无风雨？来相召、香车宝马[②]，谢他酒朋诗侣。

中州[③]盛日，闺门多暇，记得偏重三五[④]。铺翠冠儿[⑤]，撚金雪柳，簇带争济楚。[⑥]如今憔悴，风鬟霜鬓[⑦]，怕见夜间出去。不如向、帘儿底下，听人笑语。

【注释】

①吹梅笛怨：梅，指《梅花落》，用笛子吹此曲，声调哀怨。②香车宝马：这里指贵族妇女乘坐的雕饰华美的车。③中州：本意指中土、中原。这里指北宋的都城汴京。④三五：即十五日。这里指元宵节。⑤铺翠冠儿：用翠羽装饰的帽子。⑥簇带：插戴满头之意。济楚：整洁貌。⑦风鬟霜鬓：头发斑白零乱。

【赏析】

这是词人晚年的一篇伤今追昔之作。此词运用对比的手法，描写北宋京城汴京和南宋京城临安元宵节的情景，借以表达故国之思，并且含蓄地表达了对南宋统治者苟且偷安的不满。起首“落日”三句着力描绘元宵节绚丽的黄昏景色，写落日的余辉像熔解的金子，一片赤红璀璨，傍晚的云彩围绕着璧玉一般的圆月。这样的美景，引发的却是“人在何处”的感叹。人与景的不谐调，深深地表达了人世的沧桑。“染柳”三句转写初春之景，浓浓的烟霭熏染着柳色，笛子吹出《梅花落》的曲子，原先开放的梅花如今已经凋谢，这眼前的春意究竟有多少呢？词人如此发问，意谓春色尚浅。“元宵”三句写词人对天气融合的元宵节会不会有风雨的担心，深刻反映了在颠沛流离的环境中以及国难当头的政治背景下，词人特有的敏感和忧惧心理。“来相召”两句写一些乘着香车宝马的贵族妇女邀请词人去参加元宵节的诗酒盛会，但都被她谢绝了。这几句看似平淡，却隐隐透露出词人饱经忧患的落寞心情。

过片“中州”六句写词人回忆当年在汴京时，自己呆在闺中多有空闲，最重视的便是元宵佳节。当时词人同闺中女伴们带着插有翠鸟羽毛的帽子和金线捻成的雪柳，打扮得光鲜整洁，前去游玩。以上六句通过对昔日盛景的回忆，表达了词人对往日美好生活的向往之情。“如今”数句写词人形容憔悴，鬓发斑白散乱，而且心也老了，再也提不起往日的兴致，实在懒得夜间出去，更没有勇气面对外面的热闹繁华景象。因而，只能隔着门帘，在别人的笑语声中重温往日的旧梦。

这首词以浅显平易的口语与经过锤炼的书面语交错融合，创造了一种雅俗兼济的语言风格，艺术感染力强。

浣溪沙（髻子伤春慵更梳）

浣溪沙

李清照

髻子伤春慵①更梳，晚风庭院落梅初。淡云来往月疏疏②。

玉鸭熏炉闲瑞脑，朱樱斗帐掩流苏③。通犀④还解辟寒无。

【注释】

①慵：一作“懒”。②疏疏：亦作“踈踈”。朦胧貌。③流苏：排穗，指帐子下垂的穗子。④通犀：即通天犀，一种名贵的犀牛角。

【赏析】

这首词反映了贵族女子的伤春情怀。起句直接点明伤春的主题，写女主人公因为伤春懒得梳头。“晚风”句点明时间与居处的环境。“落梅初”意指梅花开始飘落。晚风料峭，梅花残落，凄凉之境跃然纸上。“淡云”句进一步烘托凄凉的气氛，淡云漂浮，月亮从云缝中时隐时现，洒下一片朦胧的月色。

过片转写室内的情景，瑞脑在香炉之中燃尽，一个“闲”字更增添了室内的闲静气氛，此字看似寻常，却用得不同凡响，它与上片的“慵”字一起，生动地展现了抒情主人公的懒散状态。“朱樱”句写红樱斗帐为流苏所掩，进一步衬托了环境的安静。结尾“通犀”一句词意委婉，与首句相回应。“通犀”，又名“通天犀”，是一种名贵的犀牛角，有避寒的功能。词人因梳头而想到犀牛角的梳子，因犀梳而想到避寒。词人因为在院中站立了许久，被晚风吹得寒意满身，回到室内又见香断床空，难免感到身心俱冷，反映了词人对于美好的爱情生活的追求。

这首词以清丽的风格，将无限的伤春之情融于景物描写之中。格高韵胜，富有诗的意境。

参考文献

[1] 吕明涛，谷学彝 . 宋词三百首［M］. 北京：中华书局，2009.
[2] 唐圭璋 . 宋词三百首笺注［M］. 北京：中华书局，1962.
[3] 蔡义江 . 宋词三百首全解［M］. 上海：复旦大学出版社，2007.
[4] 夏承焘 . 宋词鉴赏辞典［M］. 上海：上海辞书出版社，2003.
[5] 唐圭璋 . 全宋词［M］. 北京：中华书局，1999.
[6] [清] 彭定求 . 全唐诗［M］. 北京：中华书局，1999.
[7] 龙榆生 . 唐五代词选［M］. 上海：上海古籍出版社，2014.
[8] 龙榆生 . 唐宋词格律［M］. 上海：上海古籍出版社，2010.
[9] 唐圭璋 . 词话丛编［M］. 北京：中华书局，1986.
[10] [南宋] 张炎撰，吴则虞校辑 . 山中白云词［M］. 北京：中华书局，1983.
[11] [南宋] 张炎著，夏承焘校注 . 词源注［M］. 北京：人民文学出版社，1981.
[12] [清] 沈辰垣 . 历代诗余［M］. 上海：上海书店，1985.
[13] [清] 陈廷焯 . 白雨斋词话［M］. 北京：人民文学出版社，2005.
[14] 王国维 . 人间词话［M］. 上海：上海古籍出版社，2013.
[15] 俞陛云 . 唐五代两宋词选释［M］. 上海：上海古籍出版社，2011.